Am Ende dieses Jahres

Am Ende dieses Jahres

Anja May

© 2016 Anja May

Titel: Am Ende dieses Jahres
Erste Auflage, Oktober 2016

Lektorat: Tanja Steinlechner
Cover- und Umschlagsgestaltung: Dominika Hlinková
Verlag: tredition GmbH, Hamburg

ISBN Taschenbuch: 978-3-7345-6066-8
ISBN Hardcover: 978-3-7345-6067-5

Bibliografische Information der Deutschen Nationalbibliothek: Die Deutsche Nationalbibliothek verzeichnet diese Publikation in der Deutschen Nationalbibliografie; detaillierte bibliografische Daten sind im Internet über http://dnb.d-nb.de abrufbar.

Hintergrundinformationen zum Buch und Rezensionsexemplare erhältlich auf www.anjamay.de

Für Opa und Jonas

Ich trage, wo ich gehe, stets eine Uhr bei mir
Wieviel es geschlagen habe, genau seh ich an ihr.

Es ist ein großer Meister, der künstlich ihr Werk gefügt,
Wenngleich ihr Gang nicht immer dem törichten Wunsche genügt.

Ich wollt, sie wäre rascher gegangen an manchem Tag;
Ich wollte, sie hätte manchmal verzögert den raschen Schlag.

In meinen Leiden und Freuden, in Sturm und in der Ruh,
Was immer geschah im Leben, sie pochte den Takt dazu.

Und ward sie auch einmal träger, und drohte zu stocken ihr Lauf,
So zog der Meister immer großmütig sie wieder auf.

Doch stände sie einmal stille, dann wär's um sie geschehn,
Kein andrer, als der sie fügte, bringt die Zerstörte zum Gehen.

Zunftlied der Uhrmachergilde
Text: Johann Gabriel Seidl; Vertonung: Carl Loewe

Kapitel 1

Wenn nur dieser verdammte Krieg nicht wäre. Es könnte der schönste Sommertag sein. Die Sonne brennt warm auf meine Waden, als ich mich mit nackten Zehen auf der vorletzten Leitersprosse festklammere, um an die weiter oben hängenden Äste zu gelangen. Dort baumeln die Kirschen noch immer in dicken Bündeln und leuchten mich verlockend an. Als ich mir eine der Früchte in den Mund stecke und ihr süßer Saft durch meine Kehle rinnt, glaube ich beinahe, dass ich Sommerferien habe, so wie früher während der Schulzeit. Seit ich letztes Jahr meine Lehre angefangen habe, hatte ich keinen Urlaub mehr. Nur für heute Nachmittag hat mir die Meistersfrau »hitzefrei« gegeben, damit ich für sie Kirschen pflücke.

Aus dem geöffneten Küchenfenster tönt leise das Violinkonzert von Brahms, das sich mit dem Flöten der Amsel vermischt. Der Duft von gebratenen Zwiebeln zieht hinaus in den Garten. Mir läuft schon jetzt das Wasser im Mund zusammen.

Plötzlich bricht die Musik ab und die Stimme eines Nachrichtensprechers setzt ein. Sie klingt verzerrt, blechern … Ich schnappe nur einige Satzfetzen auf und beachte sie nicht weiter. Doch dann fängt ein Wort meine Aufmerksamkeit ein.

Ich schaue zum Fenster, als könnte ich so besser verstehen, was gesagt wird. Habe ich das eben richtig gehört? Oder bilde ich mir schon Sachen ein? Vielleicht habe ich einen Sonnenstich?

Frau Pollack, die Meistersfrau, reißt das Küchenfenster weiter auf und streckt ihren Kopf heraus. Ihre runden Wangen sind noch röter als sonst, wie die Bratäpfel, die es zur Weihnachtszeit bei uns zu Hause gibt. Sie schaut mich mit verwirrtem Blick und glasigen Augen an.

»Anton«, keucht sie, während im Hintergrund immer noch die Nachrichtenstimme schnarrt. »Auf unseren Führer«, sie stockt kurz, als fehlte ihr der Atem zum Weitersprechen, »ist ein Attentat verübt worden …«

Also doch! Habe ich also doch richtig verstanden. Ich stehe stocksteif und wie gelähmt auf der Leiter. Der einzige Gedanke, zu dem ich fähig bin, ist: Hat es diesmal geklappt? Die Antwort auf diese Frage entscheidet über alles: Was weiter mit Deutschland geschehen wird, mit meinem Bruder Helmut und Onkel Emil und all den anderen Soldaten an der Front, entscheidet über Sieg oder Niederlage, über das Ende des Krieges.

Ich halte die Luft an. Mein Herz pocht mir in den Ohren, sodass ich die nächsten Worte fast verpasse.

»Der Führer ist am Leben. Der Führer hat überlebt!«, kreischt die Stimme des Nachrichtensprechers hysterisch.

Was? Meine Finger und Zehen lösen sich von der Leiter; ich verliere den Halt und rutsche polternd und krachend die Sprossen hinab. Mit einem dumpfen Aufprall lande ich auf dem Boden, merke aber kaum, dass ich mir die Knie dabei aufschlage. Ich muss weiter zuhören.

»Ich wiederhole: Unser Führer, Adolf Hitler, lebt. Durch eine göttliche Fügung wurde er vor einem weiteren feigen Attentat gerettet und erlitt nur leichte Verletzungen. Unverzüglich hat er seine Arbeit wieder aufgenommen, um dem deutschen Volk Frieden und Wohlstand zu bringen. Noch in dieser Nacht will er sich selbst in einer Rundfunkansprache an alle Volksgenossen und -genossinnen richten.«

Eine »göttliche Fügung«? Wohl eher Hexerei! Es grenzt wirklich an ein Wunder – dieser Schweinehund hat so viele Leben wie eine Katze; immer wieder entrinnt er scheinbar im letzten Augenblick dem Tod. Oder ist die Tatsache, dass er bisher allen Anschlägen entgangen ist, wirklich ein Zeichen, dass er dafür bestimmt ist, uns Deutsche zu führen? Aber wohin?

Frau Pollack strahlt mich aus dem Fenster an. Ihre Gesichtsfarbe hat sich wieder normalisiert. Dann verschwindet sie in der Küche und dreht das Radio leiser. Ich betrachte meine blutigen Knie und zupfe ein paar Grashalme aus der Schürfwunde. Die Haut an Knien und Handballen brennt. Mit meiner Ferienstimmung ist es aus.

Beim Abendessen ist das Attentat Gesprächsthema Nummer eins.

»Donnerlittchen, das waren vielleicht Nachrichten, was! Da könnt' einem glatt das Blut in den Adern gefrieren«, sagt Meister Pollack. Er klingt entrüstet, aber zugleich aufgeregt wie ein kleiner Junge, der zum ersten Mal eine Luftschlacht in der Wochenschau miterlebt.

»Himmel, ich hätt' fast die Zwiebeln anbraten lassen«, stimmt Frau Pollack ein. »Und der Junge ist glatt von der Leiter gefallen, so hat's ihn getroffen, nicht wahr, Anton?«

»Diese wundersame Rettung, da sind sich alle Parteigenossen einig, das ist ein Omen! Ein Zeichen, das jetzt bald der Endsieg kommt. Mit einem Führer, der unverwundbar und unsterblich ist – was soll uns da schon passieren?«

»Ach, Hermann, ich möcht's nur gern glauben. Man hört ja sonst immer so Schreckliches. Aber wenn der Führer … ich mag's gar nicht aussprechen. Wenn er uns verloren gegangen wär, ja, dann wär ja alles aus. Aus und vorbei. Mit einem Mal.«

»Na, na, du musst mehr Vertrauen haben, Hilda!«

»Schmeckt's dir nicht, Anton?«

Ich schrecke auf, als ich meinen Namen höre, und bemerke, dass ich bis jetzt nur in meinem Essen herumgestochert habe. Der Berg Kartoffelbrei ist kaum angekratzt und die Bratwurst habe ich in immer kleinere Stücke zerschnitten. Ich schüttle den Kopf.

»Es ist sehr lecker, Frau Pollack.«

Wenn doch nur Mutter hier wäre. Oder Gerhard. Irgendjemand, mit dem ich reden könnte.

»Was hast denn, Junge? Ist dir irgendwas im Hals stecken geblieben?«

Der Meister lacht, dass sein buschiger grauer Schnauzbart erzittert und Kartoffelbreikrümel durch die Luft fliegen. Er wischt sich mit einer karierten Stoffserviette den Mund ab.

Herr Pollack lacht gern und viel. Und er isst auch gern und viel. Deshalb wundere ich mich immer darüber, wie geschickt seine wurstigen Finger darin sind, die winzigen Zahnräder im Uhrwerk von Taschenuhren auszuwechseln. Nur seine Augen lassen allmählich nach.

»Ich bin froh, dass ich nu' ein Paar junge Augen zur Hilfe habe«, sagt er immer und haut mir dabei derb auf die Schulter.

Ich habe meine Uhrmacherlehre vor etwa einem Jahr begonnen, nach dem Tod meines Vaters, der auch Uhrmacher war. Er und Pollack kannten sich noch aus ihrer Gesellenzeit. Ich bin gut darin. Meine Hände sind ruhig und geschickt und meine Augen scharf. Aber ich finde es sterbenslangweilig, den ganzen Tag durch eine Lupe auf die Innereien von Uhren zu starren.

»Na, sag schon«, drängt mich der Meister mit gutmütiger Besorgnis in der Stimme.

»Ich habe nur …«, mir fällt keine Antwort ein. Ich starre auf das Porträt an der gegenüberliegenden Wand, das die blauen Blumenmuster der Tapete verdeckt. Aus seinem dunklen Holzrahmen schaut der Führer auf mich herab, fast lebensgroß, mit gestrengem Blick und dem ebenso streng gescheitelten Haar. Der quadratische Oberlippenbart gibt seinen Gesichtszügen etwas Hartes, Unnachgiebiges.

»Der Junge ist wohl noch ein wenig geschockt von den Meldungen heut«, meint Frau Pollack.

Ich nicke. Das kommt der Wahrheit ziemlich nahe.

»Keen Wunder«, dröhnt der Meister. »Da ist selbst gestandenen Männern, die härter im Nehmen sind als so ein fünfzehnjähriger Bub, das Herz in die Hose gerutscht. Ich hab es selbst miterlebt. Ganz weiß ist der alte Petzold geworden. Aber ist ja noch mal gut gegangen, was! Der Führer wird diese Verräter schon fassen und hinrichten lassen.«

»Heut Abend, mein Jung', darfst du so lange aufbleiben, bis der Führer seine Ansprache hält«, fügt Herr Pollack noch hinzu.

Oh, toll! Ich kann es kaum erwarten, sein Geschwätz zu hören. Ich bemühe mich um ein dankbares Lächeln. Aber von dem Essen bekomme ich trotzdem nicht viel herunter.

Nach dem Abendbrot sitzen wir alle in der Stube auf dem Sofa und lauschen, mehr oder weniger gebannt, den Sendungen aus dem Volksempfänger, der vor uns auf dem Tisch steht. Es läuft der allabendliche Wehrmachtsbericht, der auch heute von den Siegen unserer tapferen Soldaten und einigen »Frontbegradigungen« berichtet. Offensichtlich fallen unsere Truppen an der Westfront immer weiter zurück, seit dort – vor etwa einem Monat – die Amis ihre Offensive gestartet haben. Und im Osten, nicht weit von Breslau, tritt uns der Russe schon auf die Füße. Ich frage mich wieder und wieder, ob sich etwas geändert hätte, wenn das Attentat gelungen wäre. Hätte Deutschland jetzt eine neue Regierung? Würde die den Waffenstillstand herbeiführen?

Zwischendurch läuft Marschmusik, unterbrochen von Sondersendungen und Eilmeldungen, die aber nicht viel Neues berichten können. Ich überlege, ob ich mich mit Kopfschmerzen in meine Kammer verabschieden soll, da klingelt das Telefon.

Meister Pollack erhebt sich grummelnd und etwas schwerfällig aus seinem Ohrensessel. »Das wird die Fegerlein sein, das alte Tratschweib.«

Er humpelt zu dem Telefonapparat, der im Flur an der Wand hängt, und hält sich den Hörer ans Ohr.

»Ja?«, brüllt er in die Muschel, als hätte er immer noch nicht ganz verstanden, dass das Telefon dafür gedacht ist, lange Entfernungen zwischen Menschen zu überbrücken, ohne dass sie sich anschreien müssen.

»Ach Sie sind's, Frau Köhler! … Ja, der ist hier … Hmhm … ja, aber freilich … Anton! Deine Frau Mutter will dich sprechen.«

Ein Anruf von Mutter um diese Zeit? Wir haben kein Telefon zu Hause. Um mich anzurufen, muss sie erst zum nächsten Postamt in meinem Heimatdorf laufen. Das kann nichts Gutes bedeuten.

»Geht es dir gut?«, frage ich als Erstes.

»Ja.«

»Alles in Ordnung mit den Kindern?«

Meine sieben jüngeren Geschwister sind eine Menge Arbeit für Mutter, besonders jetzt, da ich ihr nicht mehr helfen kann. Ob die Zwillinge Max und Fritz wieder etwas ausgefressen haben?

»Keine Sorge, Anton.«

»Helmut?«, krächze ich.

»Der schreibt, dass er gut in der Flakkaserne in Aachen angekommen ist.«

Ich lasse erleichtert die Schultern nach vorn sinken.

»Und du?«, fragt sie.

Ich zögere kurz, aber mit den Meistersleuten im Nachbarzimmer kann ich nicht aussprechen, was mich wirklich bewegt. »Mir geht's gut. Warum rufst du an?«

»Es ist wegen Onkel Emil. Martha hat mir ein Telegramm geschickt. Er ist im Osten schwer verwundet worden und wurde in ein Lazarett in Breslau eingeliefert. Die werden ihn bald entlassen, schreibt sie. Aber er braucht Hilfe, um nach Leipzig zurückzukommen.«

Mutter stockt und für einige Sekunden höre ich nur das Rauschen aus der Leitung.

»Weißt du, er ist auf beiden Augen erblindet.«

Ich schlucke. Erblindet.

»Für immer?«

»Ich weiß es nicht genau. Aber ich habe Martha versprochen, dass wir uns um ihn kümmern.« Sie klingt entschlossen. »Ich kann hier leider nicht weg, aber wenn die Meistersleute einverstanden sind, dir ein paar Tage Urlaub zu geben, würdest du dann Onkel Emil im Zug nach Leipzig begleiten und sicher bei deiner Tante abliefern?«

»Natürlich.«

Es ist eine vernünftige Lösung. Ich bin schließlich bereits in Breslau und damit ganz in der Nähe von Onkel Emil.

»Du wirst dir beim Verkehrsamt im Rathaus eine Sondergenehmigung für die Reise abholen müssen.«

»Alles klar«, sage ich, obwohl mir der Kopf schwirrt.

Ich habe so viele Fragen, aber hier im Flur, mit den Blicken der Meistersleute in meinem Rücken, kann ich sie nicht stellen.

»Ich bringe ihn heil nach Hause«, sage ich zum Abschied.

Als ich Herrn Pollack die Situation erkläre, ist er sofort einverstanden, mich für einige Tage zu entbehren. Anschließend entschuldige ich mich – noch bevor Hitler gesprochen hat –, aber keiner sagt etwas dagegen. Ich steige die knarrenden Holzstufen in meine kleine Bodenkammer hinauf, in der gerade einmal ein schmales Bett und eine Kommode Platz haben. Aber ein Fenster gibt es. Das reiße ich jetzt weit auf, um die laue Nachtluft einzulassen. Draußen ist es windstill. Die Grillen zirpen ihr Lied, als wäre die Welt in Ordnung.

Ich werfe mich bäuchlings aufs Bett, ignoriere das laute Knarzen und ziehe mein kleines Lederköfferchen darunter hervor. Da ich jedes Wochenende nach Hause fahre, lohnt es sich nicht, die wenigen Sachen jedes Mal auszupacken. Frau Pollack hat es aufgegeben, mir deswegen Predigten zu halten. Ich klappe den Koffer auf und lasse meine Hand in das Seitenfach gleiten, in der ich meinen Kleinkram verstaue, meine Heiligtümer: Fußballkarten, Notenblätter,

Postkarten mit Städtemotiven, zerfledderte Heftchen von Wildwestromanen und ein kleines ledernes Etui mit Fotos, das ich jetzt hervorkrame.

Ich ziehe die Fotos heraus. Sie zeigen mich mit meinen Geschwistern im Garten, bei Spaziergängen im Wald – auf Mutters Lieblingsbild sind wir acht Kinder wie Orgelpfeifen der Größe nach vor unserem Haus aufgereiht. Das war vor zwei Jahren, als Vater noch lebte. Damals war der kleine Erich noch nicht geboren und Helmut war noch nicht an der Front. Ich stehe zwischen Helmut und Fritz, meine Haare sind für den Sonntag gescheitelt und geglättet. Wie die Zwillinge Max und Fritz habe ich Vaters kastanienbraunen Schimmer im Haar geerbt – und Mutters haselnussbraune Augen.

Und dann die Bilder von den Sommerferien. Als ich noch zur Schule gegangen bin, habe ich fast jeden Sommer zwei Wochen meiner Ferien bei Onkel Emil und Tante Martha in Leipzig verbracht.

Obwohl der Anlass kein schöner ist, macht sich eine freudige Aufregung in mir breit. Ich werde Gert und Walter wiedersehen, meine Vettern. Auf dem Bild stehen wir vor der Schaukel im Nachbarsgarten, neben mir Luise Hofmann, deren dicke, geflochtene Zöpfe über ihre Schultern hängen. Ihre Augen sind kornblumenblau, auch wenn das im Bild nicht sichtbar ist. Mein Magen macht ein paar Purzelbäume, als ich daran denke, dass ich vielleicht auch sie bald wiedersehe.

Kapitel 2

Das Krankenhaus liegt am Ufer der Oder, in der Nähe der Breslauer Innenstadt. Ich steige am Ring aus der Straßenbahn, um mich noch ein wenig umzusehen. Es passiert nicht oft, dass ich in die Stadt komme. Der alte Stadtkern mit den hoch aufragenden Kirchtürmen und dem Rathaus mit seiner gotischen Fassade beeindruckt mich immer wieder – gerade weil alles so anders ist, als das, was ich aus meinem Heimatdorf kenne. Der von mittelalterlichen Patrizierhäusern gesäumte Marktplatz versetzt mich zurück in die Zeit, die ich aus Vaters Büchern kenne, und lässt in mir den Wunsch aufkommen, wir hätten im Geschichtsunterricht mehr gelernt als über die Eroberungen der germanischen Rasse und deren Unterwanderung durch die Juden. Die Bürger von Breslau können von Glück sagen, dass alles noch heil ist.

Auf dem Marktplatz haben die Bauern ihre bunten, markisengedeckten Stände aufgebaut. Die Menschen stehen in langen Schlangen an, um frische Tomaten und Gurken oder reife Pflaumen und Aprikosen zu erhaschen, die zwar nicht rationiert, aber in der Stadt schwer erhältlich sind.

Frau Pollack hat mir ein Fresspaket mitgegeben, darunter auch zwei Pfund von den Kirschen, die ich gepflückt habe, deshalb kann ich mir das Anstehen sparen.

Im Krankenhaus frage ich die eine Schwester nach Emil Schmidt und werde in den rechten Flügel verwiesen, wo die genesenden Soldaten untergebracht sind, Zimmer 114. Das Krankenhaus dient jetzt als Reservelazarett für die Frontsoldaten, die sich nicht mehr im kritischen Zustand befinden und stabil genug sind, um hierher verlegt zu werden. In einem Saal, in den ich im Vorbeigehen einen Blick werfen kann, stehen die Feldbetten dicht an dicht, aber die Männer darin sind alle in saubere, weiße Verbände gewickelt. Ich weiche einer Krankenschwester aus, die in ihrem adretten Kittel und dem Häubchen, auf dem ein rotes Kreuz prangt, an mir vorbei eilt. Ein einbeiniger Mann auf Krücken humpelt den Gang entlang. Seine Augen wirken stumpf.

Als ich vor der Tür zu 114 stehe, verlässt mich der Mut. Ich weiß nicht, wie ich Onkel Emil vorfinden werde, kann mir nicht vorstellen, wie es sich anfühlt, sein Augenlicht für immer verloren zu haben.

Doch das »Herein«, das auf mein Klopfen hin von drinnen ertönt, klingt nicht abweisend. Onkel Emil ist in einem Doppelzimmer untergebracht worden, ein Privileg für Offiziere. Im fensternahen Bett liegt ein grauhaariger Mann mit bleichem Gesicht; jeweils ein Arm und Bein stecken in einem Gips. Er starrt aus dem weit geöffneten Fenster und schenkt mir keine Beachtung. Auf dem anderen Bett sitzt Onkel Emil in seiner Uniform, aufrecht und frisch rasiert. Seine braunen Haare sind gestutzt und gescheitelt, genauso wie ich ihn in Erinnerung habe. Aber etwas ist anders: die breite schwarze Augenbinde, die ihm um den Kopf gewunden ist. Und auf der linken Wange leuchtet eine lange Narbe, die noch immer rot und an den Rändern hässlich gezackt ist. Sie zieht sich von unterhalb des Verbands bis zu seinen Mundwinkeln.

»Onkel Emil«, sage ich und füge vorsichtshalber hinzu: »Ich bin's, Anton.«

Er lächelt. »Anton! Schön, dich zu …«, er verstummt, dann tastet seine Hand in der Luft vor sich und ich ergreife sie mit beiden Händen und drücke fest zu.

»Also, du willst mich hier rausholen, ja?«

Ich nicke, dann fällt mir wieder ein, dass er mich nicht sehen kann.

»Ja. Tante Martha wird sich riesig freuen, dich wiederzuhaben.«

Onkel Emils Hand findet meine Wange und bleibt darauf liegen.

»Soll ich noch irgendwas einpacken?«, frage ich und schaue mich im Krankenzimmer um.

»Das hat die Schwester schon erledigt. Ich muss mich nur noch abmelden, dann händigen sie mir meinen Krankenschein aus. Soll ja keiner sagen, ich hätte mir die Augen nur zum Spaß verbunden, um mich zu drücken.«

Ich schiele zu dem grauhaarigen Mann im anderen Bett. Obwohl er so aussieht, als würde er von uns nichts mitbekommen, traue ich mich nicht, offen zu reden. Ich will Onkel Emil fragen, ob es stimmt, was man so hört – dass sich viele Soldaten in Russland, vor allem bei den Kämpfen um Stalingrad, selbst Verletzungen zugefügt haben, nur um von der Front fortzukommen. Aber Onkel Emil kann keiner »Feigheit vorm Feinde« vorwerfen, da bin ich mir sicher.

Ich ergreife Onkel Emils rechten Arm und nehme seinen Koffer in die freie Hand. Als wir schon an der Tür angekommen sind, hält er mich zurück.

»Die Blumen«, sagt er und deutet mit einem Schwenk seines Kopfes zum Bett.

Auf dem Beistelltisch steht ein kleiner Strauß Veilchen. Ich verstehe nicht ganz. Onkel Emil kann die Blumen doch sowieso nicht sehen. Aber ... er kann sie riechen! Ich hebe den Strauß aus dem Wasser, lasse ihn abtropfen und reiche ihn Onkel Emil. Der steckt ihn in die Brusttasche seiner Uniform, bevor wir das Krankenzimmer verlassen.

Räder müssen rollen für den Sieg.

Das verkündet ein großes Plakat über dem Eingang des Hauptbahnhofs. Daneben hängt die rote Hakenkreuzfahne herunter. Sie verdeckt fast die halbe Fassade des alten Gebäudes. Drinnen hält Onkel Emil inne und legt den Kopf schief. Er scheint zu lauschen. In der weiten Bahnhofshalle vermischt sich das Echo klackender Absätze auf dem Steinboden mit dem undeutlichen Murmeln dutzender Stimmen; darüber hallen die Ansagen des Stationsvorstehers. In der Ferne schnaufen und rattern Züge und quietschen auf den Gleisen.

»Unser Zug geht von Bahnsteig drei, Gleis fünf«, sage ich, nachdem ich die Anzeigetafel studiert habe. Wir haben eine anstrengende Reise vor uns: fast sieben Stunden Fahrt und zweimal Umsteigen. Ab der Grenze zu Sachsen dürfen Personenzüge nur noch nachts verkehren, weil die Gefahr eines Luftangriffs sehr hoch ist.

Als ich Onkel Emil zu unserem Gleis führe, fallen mir die vielen bewaffneten und uniformierten Männer auf, die mit Schäferhunden das Bahnhofsgebäude patrouillieren. Auch vor den Eisenbahnen stehen sie und bewachen die Türen: SS und Gestapo. Unser Zug wartet schon am Gleis, obwohl die planmäßige Abfahrt erst in einer halben Stunde sein soll. Auch er wird bewacht. Alle Türen sind noch verschlossen, bis auf die vorderste, direkt hinter der Lokomotive. Dort hat sich eine Menschentraube zusammengerottet, Leute mit Reisegepäck wie wir, die offenbar einsteigen wollen.

»Was ist los?«, fragt Onkel Emil.

»Die kontrollieren die Papiere von allen Fahrgästen einzeln«, sage ich leise. »Wir müssen uns hinten anstellen. Das kann eine Weile dauern.«

»Das ist wegen des Attentats«, sagt Onkel Emil, noch leiser als ich.

»Suchen die nach den Verschwörern?«

Der Onkel legt einen Finger vor den Mund und ich muss mich damit abfinden, meine Fragen immer noch nicht stellen zu können. Stattdessen helfe ich ihm beim Anzünden einer Zigarette. Dann warten wir, bis sich die Schlange lichtet und wir an der Reihe sind.

»Papiere!«, sagt der Beamte barsch, und, nachdem er sie ausgiebig studiert hat: »Wo soll's hingehen?«

»Nach Leipzig. Oberleutnant Emil Schmidt wird nach schwerer Verwundung im Kampfeinsatz fürs Vaterland zu seiner Familie entlassen«, antworte ich.

Der Beamte wirft einen Blick auf die verbundenen Augen von Onkel Emil, dann unterzieht er unsere Reiseunterlagen noch einmal einer sorgfältigen Überprüfung.

»Und du, Junge?«

»Ich bin nur die Begleitung.«

Anscheinend findet er nichts daran auszusetzen. Er winkt uns durch und ich atme auf.

»Herr Schmidt«, ruft er uns noch hinterher, »gute Reise und Heil Hitler!«

Onkel Emil erstarrt einen Augenblick, nickt dann aber in die Richtung des Uniformierten. Ich helfe ihm beim Einsteigen. Onkel Emil gilt jetzt als Kriegsheld. Daran wird er sich gewöhnen müssen.

In den Gängen der Waggons hängen Steckbriefe von »Hochverrätern«, auf denen Männerköpfe abgebildet sind, mit den dazugehörigen Namen darunter. Einige von ihnen kommen mir bekannt vor. Als ich Onkel Emil darauf hinweise, dass Carl Friedrich Goerdeler, Leipzigs ehemaliger Oberbürgermeister, unter den Gesuchten ist, nickt er nur bedächtig. Ohne einen Blick in seine Augen kann ich nicht erkennen, was er denkt.

Ich suche uns ein Abteil, das bisher nur von einer Frau mit ihrer kleinen Tochter besetzt ist. Das Mädchen starrt meinen Onkel ängstlich an, aber die Frau grüßt freundlich. Ich richte Onkel Emil einen Platz am Fenster ein und führe ihn dorthin. Kurz darauf ziehe ich die Tüte mit den Kirschen aus meinem Koffer und lasse ihn hineinlangen. Dem kleinen Mädchen und ihrer Mutter biete ich auch etwas an. Wir knabbern schweigend an den Kirschen, während der Zug sich langsam in Bewegung setzt.

Es geht stetig gen Westen, vorbei an Feldern und kleinen Ortschaften. Bis an die Zähne bewaffnete Männer laufen im Gang auf und ab. Nach unserem ersten Halt an einem kleinen Bahnhof in einem Vorort von Breslau durchkämmt die Gestapo erneut alle Zugabteile. Wir müssen wieder unsere Papiere vorzeigen. Das kleine Mädchen verkriecht sich hinter dem Rücken ihrer Mutter. Wahrscheinlich jagen ihr die Maschinenpistolen, die die Männer über der Schulter tragen, Angst ein.

Die gleiche Prozedur wiederholt sich an jedem Bahnhof. Gerne würde ich Onkel Emil dazu befragen, aber die Anwesenheit der Dame mit ihrer Tochter hält mich davon ab.

Auf einmal entsteht ein Tumult außerhalb unseres Abteils. Die Tür, die in den nächsten Waggon führt, öffnet sich mit einem Quietschen. Schwere Stiefeltritte bewegen sich im Laufschritt durch den Wagen. »Hey, stehen bleiben!«, brüllt jemand.

Ein Hund bellt. Ich stürze zur Tür unseres Abteils und schaue durch das Glasfenster, als ein Mann in grauer Jacke an mir vorbeihastet.

In wenigen Sekunden hat er das Ende des Wagens erreicht und sieht sich gefangen, denn unser Waggon ist der letzte des Zuges. Er schaut sich panisch um, dabei sehe ich für einen kurzen Moment sein angstverzerrtes Gesicht. Jetzt kommen auch seine schwarz bemantelten Verfolger in mein Blickfeld. Einer von ihnen hält einen Schäferhund an der kurzen Leine, die zum Zerreißen gespannt ist. Der Mann, den sie verfolgt haben, reißt die hintere Waggontür auf und wirft sich mit einem verzweifelten Satz aus dem fahrenden Zug.

Mein Herz klopft. Obwohl ich den Mann nicht kenne, fiebere ich mit ihm mit. Ist er einer von denen, die auf den Plakaten zu sehen sind? Kann er den Sturz überstanden haben?

»Zug anhalten!«, schreien die SS-Männer, während sie an mir vorbeistürmen. Einen wahnwitzigen Augenblick lang sehe ich mich selbst die Abteiltür öffnen und ihnen ein Bein stellen. Doch natürlich tue ich es nicht. Die Männer bleiben an der offenen Waggontür stehen und legen ihre MPs an. Ihre knatternden Schüsse übertönen selbst das Rattern des Zuges. Das kleine Mädchen schreit und drückt sich an seine Mutter.

»Keine Angst, meine Kleine, die tun dir nichts«, versucht Onkel Emil sie zu beruhigen.

Ich presse noch immer mein Gesicht dicht an die Scheibe, während der Zug quietschend und prustend zum Stehen kommt.

»Alle Fahrgäste haben auf ihren Plätzen zu bleiben«, schallt die Ansage durch den Bordlautsprecher.

Ich seufze und setze mich wieder neben Onkel Emil, der sich leise mit der Frau unterhält. Er scheint zu wissen, was vor sich geht, obwohl er nichts davon hat sehen können. Nach einer Ewigkeit erst setzt sich der Zug wieder in Bewegung. Es bleibt ein Geheimnis, wer der Flüchtling war und ob er es geschafft hat, zu entkommen. Ich hoffe es.

In Liegnitz steigen unsere beiden Abteilgenossinnen aus. Wir sind allein. Ich setze mich Onkel Emil gegenüber ans Fenster. Er löst langsam den Knoten seines Verbandes am Hinterkopf. Als er das schwarze Tuch abnimmt, kommt darunter eine Mullbinde zum Vorschein, die er abwickelt, bis nur noch zwei runde Wattepolster seine Augen bedecken. Vorsichtig zieht er eins nach dem anderen ab.

Ich starre auf das, was sich darunter verbirgt. Seine Augen sind geschlossen, die Augenlider und Wimpern verklebt von einer weißen Masse. Die tiefe Narbe, die sich über seine linke Wange zieht, setzt sich über sein geschwollenes Augenlid hinweg fort und scheint es in zwei Teile zu spalten.

»Anton, gibst du mir bitte die Salbe aus meiner Tasche, und neue Wattekissen? Es juckt so fürchterlich.«

Ich krame in der Tasche und reiche ihm das Gewünschte. Meine Hand, die die Cremedose hält, zögert. »Soll ich … dir helfen?«

»Ist schon in Ordnung, Junge.«

Während sich Onkel Emil mit den Wattebällchen die alte, verschmierte Creme vorsichtig abtupft, um die neue aufzutragen, frage ich mich, ob sich unter den geschundenen Lidern überhaupt noch Augen befinden, und wenn nicht – was dann? Eine leere Höhle? Ich erschaudere.

»Onkel?«, fange ich an.

Er hält kurz im Umwickeln der Mullbinde inne. »Ja, mein Junge?«

Ich nehme meinen Mut zusammen. »Wie ist das passiert?«, frage ich leise.

Onkel Emil nickt, als hätte er die Frage erwartet, und knotet seinen Verband wieder zu. Dabei sagt er nichts, scheint ganz in seine Tätigkeit vertieft. Ich fürchte schon, die falsche Frage gestellt zu haben. Er schweigt lange und ich schaue aus dem Fenster. Fast glaube ich, er könnte sich beobachtet fühlen, wenn ich ihn anstarre.

»Vor etwa einem Monat war es«, sagt er ausdruckslos. »Da haben die Russen mit ihrer Offensive begonnen, um uns aus ihren Gebieten zurückzudrängen. Ein cleverer Schachzug, so kurz nach der Landung der Amis in Westfrankreich. Wir hatten sie schon erwartet, aber trotzdem traf uns der Angriff härter, als wir gedacht hatten. Meine Infanterie-Division bekam den Befehl, eine Frontlücke bei Ludsen zu schließen. Aber die Russen waren uns in Material – Panzern, Flugzeugen, Waffen – und schierer Masse an Soldaten haushoch überlegen. Wir wurden jeden Tag in heftige Gefechte verwickelt und befanden uns ständig im Rückzug.«

Onkel Emil scheint mich durch die Binde hindurch anzublicken. »Es war eine unserer eigenen Minen, die man gelegt hatte, um die Bolschewisten in Schach zu halten. Beim Rückzug hat einer meiner Kameraden sie ausgelöst und wurde davon zerfetzt. Ich habe nur ein paar Splitter abbekommen. Danach haben Sie mich zum Oberleutnant befördert und mir das Eiserne Kreuz verliehen.« Onkel Emil lacht bitter.

Ich starre auf den kleinen silbernen Anstecker an seiner Uniformjacke. Ein einfaches Stück Metall, das sein Augenlicht nicht wird ersetzen können.

»Wie sieht es bei euch aus, Anton? Habt ihr schon was auf den Kopf bekommen?«

»Bisher haben die Bomber alle einen großen Bogen um Breslau gemacht.«

»Der Reichsluftschutzkeller. Hat also doch was Wahres. Ich würde nur nicht darauf wetten, dass es so bleibt.«

Ich schüttle den Kopf.

»Wann wirst du sechzehn?«, fragt er unvermittelt.

»Im März.«

»Wollen wir hoffen, dass der Krieg bis dahin vorbei ist.«

»Glaubst du –«, ich stocke, weil in dem Moment wieder einer der SS-Leute durch unseren Waggon läuft. Erst, als sich die Tür zum nächsten Wagen zischend schließt, fange ich wieder an: »Glaubst du, wir haben noch eine Chance?«, flüstere ich.

»Eine Chance?«

»Den Krieg zu gewinnen.«

Onkel Emil schweigt wieder lange. Er zieht eine Zigarette aus seinem Etui. Während ich sie ihm anzünde, gebe ich schon die Hoffnung auf eine Antwort auf.

Onkel Emil bläst ein feines Band Rauch zwischen seinen Lippen hervor, das sich in der Luft kringelt und verpufft. Dann beugt er sich in meine Richtung.

»Der Krieg ist meiner Ansicht nach schon lange verloren«, sagt er mit klarer Stimme. »Aber unser Führer«, es klingt, als würde er das Wort ausspucken, »wird niemals kapitulieren, bevor nicht der letzte deutsche Soldat in seinem Namen gefallen ist.«

Kapitel 3

Tante Martha empfängt ihren Mann unter Tränen und Küssen. Die ganze Familie ist schon wach, als wir um sechs Uhr früh das Haus der Schmidts erreichen. Wenn meine Tante und Vettern über die Augenbinde schockiert sind, lassen sie sich nichts anmerken.

Tante Martha tischt uns allen Kuchen auf, für den sie extra Zucker- und Mehlmarken angespart haben muss. Jetzt sitzen wir in der geräumigen Stube, Onkel Emil umringt von seinen Söhnen und mit der kleinen Mathilde auf dem Schoß, und plaudern über alles Mögliche, bloß nicht über den Krieg und Onkel Emils Verletzung.

Es klingelt an der Haustür. Ich springe auf, damit die Familie in Ruhe weiter beisammensitzen kann. Wer besucht uns so früh am Morgen? Ich öffne die Tür … und eine Armee von Schmetterlingen flattert in meinem Bauch auf.

Da steht Luise.

»Oh mein Gott, Anton? Du bist es wirklich!«

Mir versagt die Stimme und ich hebe nur kläglich meine Hand, lasse sie aber sofort wieder sinken, weil ich sehe, dass Luise mit beiden Händen den Henkel eines Weidenkorbs umklammert hält. Wie lange wir da stehen und uns anstarren, weiß ich nicht. Ich habe ganz vergessen, wie hell ihre Haare sind, wie reife Weizenfelder, die in der Sonne leuchten.

»Hast du Herrn Schmidt nach Hause gebracht?«, fragt sie schließlich.

Ich nicke.

»Also … darf ich reinkommen?« Sie hält ihren Korb hoch, aus dem ein Flaschenhals ragt.

»Äh, ja, klar«, krächze ich und trete einen Schritt zur Seite. In meiner Eile, sie durchzulassen, stoße ich mit der rechten Schulter unsanft an die Tür, die mit einem lauten Krachen gegen die Wand fliegt. Wir zucken beide vor Schreck zusammen. Dabei treffen sich unsere Augen und wir müssen lachen, sogar ich. Gekonnt, Anton, gekonnt, würde mein bester Kumpel Gerhard sagen!

Luise schiebt sich vorsichtig seitlich an mir vorbei, wobei sie den Korb schützend vor ihren Körper hält, als wäre ich ein Wachhund, der jeden Augenblick die Zähne fletschen und sich auf sie stürzen könnte. Ich folge ihr zurück in die Wohnstube.

»Ich hoffe, ich störe nicht«, sagt sie. »Ich wollte nur eine Kleinigkeit für Sie vorbeibringen, Herr Schmidt, als Willkommensgruß von Mutti und uns allen.«

Tante Martha nimmt den Korb lächelnd entgegen und zieht eine Flasche Cognac hervor, die in einem Bett aus dunkelblauen, saftigen Pflaumen gelegen hat.

»Vielen Dank, Luise!«, sagt Onkel Emil ernst. »Grüß deine Mutter herzlich. Ich komme bei Gelegenheit zu euch herüber, um mich persönlich zu bedanken.«

Luise ergreift Onkel Emils Hand. »Herr Schmidt, ich wollte Ihnen sagen, wie sehr ich Ihren Einsatz bewundere. Sie sind ein echter deutscher Held. Wenn wir nicht Soldaten und Offiziere wie Sie und meinen Vati hätten, die bereit sind, solche Opfer zu bringen …«

Im Raum ist es ganz still geworden. Auch Luise stockt,

vielleicht hat sie die veränderte Stimmung bemerkt. Onkel Emils Gesichtsausdruck wirkt unbeweglich wie eine Maske.

»Das sind aber wirklich eine ganze Menge Pflaumen«, sagt Tante Martha in die Stille hinein. »Wenn ich das gewusst hätte, ich hätt' einen Pflaumenkuchen gebacken ...« Sie rauscht in die Küche.

Luise wendet ihren Kopf zu mir, aber ich blicke auf meine Füße.

»Hast du etwas von deinem Vater gehört?«, fragt Onkel Emil sie.

»Oh, ja! Wir erhalten fast täglich Feldpost. Er liegt zurzeit noch im Lazarett in Lemberg, hinter den ukrainischen Linien ... zur Rekonvaleszenz.«

»Schwere Verwundung?«

»Seine Arme und Beine wurden von Granatsplittern getroffen. Die Splitter wandern noch, aber er sagt, es verheilt gut. Vielleicht bekommt er bald Heimaturlaub. Und sobald sein Bein dann voll belastungsfähig ist, wird er sicher wieder eingesetzt. Werden Sie auch wieder an die Front zurückkehren?«

»Was sollen die mit einem blinden Soldaten anfangen?«

Luise schaut betreten zu Boden. Danach verabschiedet sie sich rasch wieder, weil sie Dienst hat, beim Bund Deutscher Mädel. Ich bin ein wenig enttäuscht. Morgen reise ich schon wieder ab. Wenn ich sie bis dahin nicht noch einmal sehe, wird sie mich ewig als den Typen in Erinnerung behalten, der nur sinnloses Zeug vor sich hin gestammelt und gegen eine Tür gelaufen ist. Ganz toll!

»Hallo, Anton!«

Den ganzen Nachmittag über habe ich mich draußen aufgehalten, mit Gert und Walter Fußball gespielt und mit

Mathilde auf der Decke im Gras gesessen und ihr aus dem Struwwelpeter vorgelesen. Ich habe mir sogar die Haare mit Wasser zur Seite gekämmt, obwohl ich sonst kaum auf mein Äußeres Wert lege. So geglättet glänzen meine Haare wie reife Esskastanien. Ich will gerade wieder ins Haus gehen, weil Tante Martha mir aus der Küche zugerufen hat, dass es gleich Abendbrot gibt — da steht sie am Zaun, der ihren Garten von dem der Schmidts trennt.

Sie trägt ihre BDM-Uniform, den schlichten knielangen Rock aus grobem, dunkelblauem Baumwollstoff und die leuchtend weiße Bluse mit dem schwarzen Halstuch. Selbst in dieser Kleidung sieht sie aus wie ein Engel. Jetzt hätte ich gerne Gerhard als Sekundanten an meiner Seite. Wie würde er sich verhalten?

Na, komm schon, würde er sagen! Früher hast du das doch auch hingekriegt. Ich sehe mich mit Luise Seite an Seite ganz ungezwungen auf der breiten Holzschaukel sitzen, die vom Apfelbaum in ihrem Garten herabhängt. Damals haben wir gelacht und geredet, wie Kinder es eben tun. Die Erinnerung daran lässt mich endlich meine Stimme wiederfinden.

»Wie war der Dienst?«, frage ich und schlendere bewusst langsam zu dem grünen Holzzaun hin.

»Räumungsarbeiten. Wir haben geholfen, die Trümmer in der Antonienstraße zu beseitigen«, sagt sie. Dabei schaut sie mich prüfend an. Ich sehe, wie der Blick ihrer vergissmeinnichtblauen Augen von oben nach unten über meinen Körper wandert, und mir wird ganz heiß.

»Mensch, Anton, ist das lange her!«

»Fast zwei Jahre«, bestätige ich.

»Du siehst ganz anders aus. Aber irgendwie auch nicht. Ich hab dich gleich erkannt«, sagt sie und lächelt.

Ich stelle fest, dass ich sie jetzt tatsächlich um fast einen Kopf überrage – das war früher nicht so. Sie hat sich aber auch verändert. Ich kann mich nicht erinnern, dass sie beim letzten Mal so ... kurvig ... gewesen ist. Ich räuspere mich und hoffe, dass meine roten Ohren im Sonnenlicht nicht auffallen.

»Hier sieht alles noch so aus wie immer. Das Haus steht noch. Das ist gut ...« Mann, was rede ich da für einen Blödsinn? »Ich meine, wenn man sich den Rest von Leipzig so anschaut. Wo wir heute Morgen durch die Straßen gefahren sind ... überall Trümmer ... Und den Hauptbahnhof hat's auch erwischt.«

»Tja, das war letzten Dezember. Aber den kann so leicht nichts umhauen. Auch keine Terrorangriffe von Briten und Amis. Unser Stadtviertel hat bisher noch nicht so viel abgekriegt, weil wir ziemlich weit außerhalb liegen. Nur ein paar Notabwürfe. Ist bloß etwas lästig, dass wir ständig in den Keller rennen müssen, wenn Alarm ist.« Sie spricht davon, als wäre es das Normalste der Welt, als hätten sich alle Leipziger schon daran gewöhnt.

»Kommen die auch am Tag?«

»Mittlerweile ja. Und meistens gerade während meiner Lieblingsfächer ... Oskar freut's natürlich, wenn die Schule eher aus ist. Oft sind sie zu einem anderen Ziel unterwegs, Dresden oder Leuna oder so. Sieht aus wie ein riesiger Heuschreckenschwarm, der den Himmel verdunkelt. Und dann geht das Gedonnere los, wenn die Flak anfängt zu schießen. Nachts werfen sie die Christbäume ab, dass die ganze Stadt fast taghell erleuchtet ist. Das wäre ja ganz nützlich, um Strom zu sparen, wenn's nicht gleichzeitig so schaurig wäre. Beim Angriff vom vierten Dezember haben sogar bei uns die Wände gewackelt. Und danach war der Himmel über der ganzen Innenstadt feuerrot ... Aber davon lassen wir uns nicht kleinkriegen. Was ist mit dir? Was machst du so?«

Ich erzähle ihr stockend, dass ich nach Vaters Tod meine Lehre angefangen habe. Ihre hellen Augenbrauen ziehen sich leicht zusammen, sodass sich eine kleine Falte über ihre Stirn legt.

»Also wirst du Uhrmacher.« Es klingt fast enttäuscht.

»Sieht so aus«, sage ich etwas verunsichert.

»Was ist mit ... deiner Musik? Unserem gemeinsamen Traum. Weißt du noch?«

Natürlich weiß ich noch. Wir wollten ein berühmtes Duo werden und gemeinsam die *Träumerei* von Schumann einstudieren, ich an der Geige, sie am Klavier. Aber das waren doch nur Fantasien von Kindern.

Ich schüttle den Kopf. »Ich kann nicht mal ein Instrument spielen.«

»Du könntest es noch lernen«, sagt sie überzeugt.

»Und wer verdient inzwischen das Geld?«

Luise macht den Mund auf, sagt aber nichts.

Ich lege die Hände um einen der Holzbalken des Zauns und starre auf meine abgenutzten Schuhspitzen. Es ist nicht nur der Zaun, der uns trennt. Luise kennt keine Geldsorgen. Ihrer Familie gehört das Haus, in dem andere zur Untermiete wohnen. Ihr Vater ist Lehrer und sie selbst ist schrecklich klug und geht aufs Gymnasium, während ich gerade mal acht Jahre die Volksschule besucht habe. Klar, dass ich nicht gut genug für sie bin.

Als wir Kinder waren, war das noch egal, aber jetzt bedeutet es plötzlich etwas. Sie ist so hübsch, ein urdeutsches Mädel mit ihren blitzenden Augen, den Grübchen auf den Wangen und ihren goldenen Haaren, und dazu gertenschlank ... Auf einmal kann ich mir uns beide nicht mehr Seite an Seite vorstellen.

»Ich«, beginnt sie zögerlich, »habe eine neue Mozartsonate gelernt. Vati hat mir die Noten geschenkt. Willst du mal hören?«

Ich nicke und vergesse alle Gedanken von eben. Mit einem Satz springe ich über den niedrigen Zaun. Auf dem Weg zum Haus fragt sie: »Hast du auch die Feuerzangenbowle im Kino geschaut? Der Film war zum Schießen, oder?«

»Pfeiffer mit drei f, eins vor und zwei hinter dem *ei*«, erwidere ich.

»Sötzen Sö sich«, ahmt Luise einen der Lehrer nach und tut so, als würde sie mich über einen imaginären Kneifer hinweg anblicken. »Unsere Lehrer sind leider nicht so lustig ...«

»Bei uns an der Schule hatten wir einen Lehrer, der so ähnlich gesprochen hat«, sage ich. »Der alte Monse. Einmal habe ich im Deutschunterricht vor mich hingeträumt, da höre ich plötzlich meinen Namen. Ich springe auf und überlege verzweifelt, was er von mir wissen will. Aber er schaut mich nur an, als wären mir drei Köpfe gewachsen, und die ganze Klasse starrt auf mich.«

Luise öffnet ihre Haustür und dreht sich zu mir um. »Und was wollte er von dir?«

Ich grinse. »Nichts. Er hat nur gesagt: *Es ist köhler geworden*. Er meinte kühler, verstehst du?«

Luise prustet los. Ich bin ein bisschen stolz auf mich, dass ich es geschafft habe, sie zum Lachen zu bringen.

Wir betreten die Wohnstube, in der noch immer der große Flügel aus glänzendem dunklem Holz steht. An der gegenüberliegenden Wand befindet sich ein Erkerfenster, das mit Pflanzentöpfen vollgestellt ist und durch das man den Apfelbaum im Garten sieht. Es riecht frisch und blumig und alles ist makellos sauber.

Luise setzt sich auf den Klavierhocker und legt ihre Hände für einen Moment sanft auf die Tasten, ohne sie herunterzudrücken. Dann beginnen ihre schlanken Finger über das Klavier zu fliegen, klettern hinauf und hinunter und scheinen ein ganz eigenes Leben anzunehmen. Sie spielt auswendig, ohne auf die Notenblätter zu achten, und hält ihre Augen zeitweise geschlossen, während die Töne unter ihren flinken Händen hervorsprudeln. Ich beobachte sie und lausche ihr gebannt, will mir so viel von ihr einprägen wie möglich.

Als der Schlussakkord erklingt, kann ich mich gerade so davon abhalten, in die Hände zu klatschen.

Sie dreht sich mit glänzenden Augen zu mir um.

»Willst du auch mal?«, fragt sie und rückt ein Stück auf ihrem Hocker zur Seite, der breit genug ist, um zwei Leuten Platz zu bieten.

Ich rutsche mit den Füßen auf ihrem gebohnerten Dielenboden herum und kann ihr nicht in die Augen schauen. »Ich kann das doch nicht.«

»Ich kann es dir beibringen.« Ihre Stimme klingt seltsam, scheu und einladend zugleich.

In diesem Moment kommt ihre Mutter aus der Küche. »Ach, hallo Anton, schön, dich mal wiederzusehen.«

Sie hat ihr blondes Haar nach neuester Mode hochgesteckt und sieht selbst in ihrer Kittelschürze adrett gekleidet aus. Eine »dufte« Frau, würde Gerhard sagen. Ich finde, sie könnte eine Schauspielerin sein.

»Stört es euch, wenn ich eben den Volksempfänger anstelle? Der Wehrmachtsbericht läuft gleich.«

Luise schlägt die Augen nieder. Ich schüttle den Kopf, aber innerlich könnte ich mir in den Arsch treten, dass ich mich nicht einfach zu ihr gesetzt habe.

Nun tun wir beide so, als würden wir den Nachrichten zuhören. Es ist alles wie immer, Verluste an allen Fronten, die natürlich kleingeredet werden. Dann heißt es, wie tapfer die deutschen Soldaten sich dem Feind in den Weg stellen, um ihn am Vordringen zu hindern. Der Sprecher fordert noch einmal alle Deutschen, insbesondere die Frauen an der Heimatfront, dazu auf, für den totalen Krieg, für den Führer und für die deutschen Soldaten Entbehrungen in Kauf zu nehmen.

»Als ob wir das nicht tun würden«, ruft Luise, nachdem der Bericht geendet hat. »Meine BDM-Gruppe hilft jede Woche den ankommenden Flüchtlingen. Wir teilen ihnen Brote und Tee aus, weißt du. Die Menschen sind so dankbar. Wir Deutschen müssen ja jetzt zusammenstehen. Meine Mädelschaftsführerin Gertrud sagt immer, solange der Führer noch eine Jugend wie uns und Soldaten wie Vati und deinen Onkel hat, kann Deutschland gar nicht untergehen. Und dann gibt es ja noch die Wunderwaffe.«

»Die Wunderwaffe?«, frage ich verächtlich, bevor ich mich stoppen kann.

»Ja, die V2 soll doch bald fertig sein.«

Ich schnaube. Was soll die uns jetzt noch nützen? Alles nur Propagandalügen. Ich bin enttäuscht von Luise. Ich dachte, sie sei zu schlau, um alles zu glauben, was uns erzählt wird. Hat sie denn noch nie Feindsender gehört?

Sie blickt mich ehrlich erstaunt an. »Glaubst du das denn nicht?«

»Doch, die Wunderwaffe gibt es«, sage ich. Im Märchen! Wir schauen uns kurz in die Augen. In ihrem Blick liegt so eine aufrichtige Hoffnung, dass ich es ihr nicht einmal übelnehmen kann. Trotzdem macht es mich traurig, dass ich nicht offen mit ihr reden darf. Mutter und Vater haben mir eingeschärft, niemandem meine wahren Gedanken anzuvertrauen, wenn ich mir nicht absolut sicher bin, dass derjenige ähnlich empfindet. So weit ist es in Deutschland gekommen.

Luises Mutter stellt den Volksempfänger ab. Ich merke, dass es Zeit wird, mich zu verabschieden, als sie beginnt, den Tisch zu decken.

»Ich muss mal wieder«, stammle ich, plötzlich ganz verlegen. Luise erhebt sich langsam und steht mir unschlüssig gegenüber. Ihre Hände spielen an ihren Rockfalten.

»Wann fährst du wieder heim?«

»Morgen früh.«

Ihre Augen scheinen sich zu verdunkeln. Dann nickt sie. »Gute Reise, Anton! Ich hoffe, dein Zug kommt ungehindert durch. Passt auf euch auf, dort drüben in Schlesien.«

»Ja. Ihr auch«, erwidere ich. Wahrscheinlich werde ich sie lange nicht wiedersehen.

Kapitel 4

Der Winter ist über Schlesien hereingebrochen. Und nicht nur der! Wir haben unseren Ruf als Reichsluftschutzkeller nun endgültig verloren. Seit Oktober fallen auch hier die Bomben. Nun fahren die Züge nur noch nachts und man muss besonders darauf achten, nach Einbruch der Dämmerung die Verdunkelungsrollos nach unten zu ziehen.

Aber heute denken wir nicht daran. Denn es ist Weihnachten, das sechste Kriegsweihnachten. Draußen ist es ganz still. Es hat geschneit. Hinter dem Rollo glitzert die weiße Decke im fahlen Mondlicht und erhellt die Nacht. Keine Laterne brennt, kein Kerzenschein dringt durch die Fenster der Nachbarshäuser nach draußen. Aber in unserer Wohnstube leuchtet der Baum.

Ich bin mit den Zwillingen Max und Fritz im Wald gewesen, um eine hübsche kleine Fichte zu fällen, die wir nach Hause geschleift haben. Mutter und die Mädchen haben Strohsterne an die Zweige gehängt und ein paar wenige Kerzen angesteckt. Sie werden nicht lange brennen dürfen, denn Wachs ist knapp, wie alles andere auch. Trotzdem sind meine Geschwister von dem Anblick entzückt. Als sie in die Stube dürfen, klatschen sie in die Hände. Erich kräht begeistert. Wir singen alle gemeinsam *Stille Nacht* und dann *Kling Glöckchen*. Mutter hat das gerahmte

Foto von Vater auf den Sofatisch gestellt, damit er heute auch bei uns sein kann.

»Warum ist denn Helmut nicht da?«, fragt Lieschen, als der letzte Ton verklungen ist. Bestimmt hat sie auch daran gedacht, wie er uns jedes Jahr auf der Violine begleitet hat. Helmut, mein älterer Bruder, ist vor einiger Zeit als Flaksoldat zur Flugabwehr nach Westdeutschland abkommandiert worden.

»Er ist an der Front unabkömmlich«, sage ich.

»Was heißt unabkömmlich?«, fragt Max.

»Das heißt, dass er zu wichtig ist und sie nicht auf ihn verzichten können.« Als ich das traurige Gesicht meiner Schwestern sehe, füge ich hinzu: »Aber dafür ist ja Gerhard hier.«

»Jaaa«, Lieschen hängt sich an Gerhards Bein.

Gerhard gehört schon fast zur Familie. Er ist so alt wie ich und wir sind zusammen zur Schule gegangen. Als er noch im Waisenheim am Stadtrand lebte, war er fast jeden Tag bei uns zu Besuch. Mutter und Vater haben sich wohl gesagt, dass es auf ein Kind mehr oder weniger auch nicht ankommt. Jetzt arbeitet Gerhard als Knecht bei Bauer Moltke, der ihm für heute frei gegeben hat.

Mit einem Wink auf die Geschenke unter dem Baum lenke ich meine Schwestern von weiteren Fragen ab. Die Kleinen stürzen sich auf die Päckchen. Ich beobachte sie von Vaters abgenutztem Ledersessel aus und staune, was Mutter alles aufgetrieben hat. Und sei es auch nur eine Handvoll Haselnüsse und eine Häkelmütze, für jedes Kind ist etwas dabei. Fritz freut sich über das Schnitzmesser, das ich ihm vermacht habe.

Ich erwarte kein Geschenk. Daher bin ich doppelt überrascht, als Lotta mit strahlendem Gesicht zu mir und Gerhard rennt und uns beiden ein in braunes Papier gewickeltes Päckchen überreicht, das von einer einfachen Hanfschnur zusammengehalten wird. Gerhard und ich tauschen einen Blick aus. An der Form und Weichheit kann ich schon erraten, dass etwas Gestricktes darin sein wird. Gerhard packt sein Paar dicker Socken aus grober, grauer Wolle zuerst aus und strahlt wie jemand, der soeben das schönste Geschenk der Welt bekommen hat.

»Die sind echt dufte, Frau Köhler!«

Mutter lächelt. »Die Wolle hat mir der Bauer gegeben, bedank dich bei ihm. Ich dachte mir, ihr beiden könnt dicke Socken gut gebrauchen. Der Winter soll hart werden, hat die alte Frau Weber prophezeit. Und ihr wisst ja, ihr Zipperlein hat fast immer recht.«

Ich packe mein eigenes Paar aus und falte sie auseinander. Dabei blitzt mir etwas entgegen, das zwischen den beiden Socken gelegen hat. Neugierig ziehe ich das Objekt heraus.

Es ist eine Taschenuhr. Etwa so groß wie eine Walnuss, mit schlichtem Gehäuse aus mattem Gold. Ich klappe den Deckel auf und betrachte die ausgeblichenen römischen Zahlen auf dem Ziffernblatt, die filigranen Zeiger, die auf einer Position stehengeblieben sind.

Ich kenne sie gut. Die Uhr gehörte Vater. Auf dem Deckel befindet sich eine eingeätzte Inschrift. Die Schrift ist winzig, bereits zerkratzt und kaum zu entziffern. Aber ich weiß genau, was da steht.

> *Den rechten Weg wirst nie vermissen,*
> *Handle nur nach Gefühl und Gewissen.*
> *J.W.v. Goethe*

Ich lächle. Das hat Vater immer zu uns gesagt, zu Helmut und mir. »Am Ende ist jeder Mensch nur seinem eigenen Gewissen verpflichtet.« Daran hat er geglaubt und danach hat er gehandelt. Als Vater mit mir heimlich im Radio den Feindsendern gelauscht hat, hat er einmal gesagt: »Wenn man sich ein rechtes Bild von der Lage machen will, darf man sich nicht nur eine Seite anhören. Eine Seite kann immer lügen. Aber wenn man sich mehrere Lügen anhört, gelingt es einem vielleicht, die Wahrheit irgendwo dazwischen zu finden.«

Mutter steht plötzlich neben mir und legt mir eine Hand auf die Schulter. »Ernst hätte gewollt, dass du sie bekommst«, sagt sie leise.

Ich! Nicht Helmut. Diesmal nicht der älteste Sohn. Ich drehe an dem kleinen Rädchen, um die Uhr aufzuziehen, und höre das befriedigende Tick-Geräusch, als die Zeiger ihre Arbeit wieder aufnehmen. Dann klappe ich sie wieder zu und stecke sie in meine Hosentasche, um sie immer bei mir zu tragen.

Fritz und Max, die Zwillinge, kommen angestürzt und zeigen mir die Modellflugzeuge, die Gerhard ihnen gebastelt hat. Die kurzen Tragflächen und das Leitwerk sind aus Pappe, der Rumpf aus winzigen Stöckchen gebildet, mit einem Propeller an der Nase. Sogar ein Paar Räder aus harten Papierkügelchen hat er unten befestigt.

»Ist das ein Sturzbomber?«, fragt Fritz.

»Genau, das ist die Junkers Ju 87. Ist zwar schon etwas veraltet, aber Mann, hatte die was drauf«, sagt Gerhard und nimmt ihm das Modell aus der Hand. »So eine Stuka ist wie ein Raubvogel, sie geht im Sturzflug auf ihre Beute herab«, Gerhard lässt das Flugzeug senkrecht in die Tiefe sausen, »und kurz vor dem Ziel wirft sie die Bombe. Die schlägt

fast immer ein, wo sie soll. Dann fängt der Pilot den Sturzflug vor dem Boden wieder ab ... und wrummm ... zieht
er die Maschine wieder in die Lüfte.«

Max und Fritz machen große Augen. »Haben unsere
Feinde auch solche Flugzeuge?«

»Freilich. Die Tommys haben ihre Barracudas, die Amis
ihre Apache ...«

Ich lasse Gerhard zurück, der sich weiter über die Flugzeugtypen verschiedener Staaten auslässt, und gehe Mutter
in der Küche zur Hand. Im alten Eisenherd prasselt ein
Feuer. Es riecht schon nach Bratäpfeln. Heute Abend gibt
es Kartoffelpuffer mit Apfelmus, weil wir sonst nicht viel
da haben. Aber ich liebe Mutters Kartoffelpuffer, also habe
ich rein gar nichts dagegen. Die Zutaten sind aus unserem
eigenen Garten – beim Einkochen der Äpfel im Herbst
habe ich sogar geholfen, obwohl ich sonst wegen meiner
Lehre kaum noch dazu komme, Mutter zu unterstützen.
Aber sie meint, das Geld, das ich jede Woche nach Hause
bringe, ist Unterstützung genug.

Mutter lächelt mir zu und drückt mir die Reibe in die
Hand. Sie reicht mir die geschälten Kartoffeln und ich ras-
pele sie in eine Schüssel, in die dann noch Eier, Zwiebeln,
Salz und Pfeffer kommen. Dabei lauschen wir schweigend
dem Wehrmachtsbericht und der anschließenden Ansprache von Goebbels aus dem Volksempfänger.

»Dieses Volk will in dieser feierlichen Stunde wie eine
Mauer vor dem Führer stehen«, plärrt er.

»Genau das ist es«, sagt Mutter. »Eine Mauer aus
menschlichen Körpern sollen wir bilden. Nur damit die in
Berlin noch eine Weile länger am Leben bleiben können.«

Ich halte im Reiben inne und schaue sie an. Mutter
spricht selten so.

»Wie viele Soldaten sind sinnlos gefallen, weil sie dem Befehl gehorchen mussten, ein längst verlorenes Gebiet unter keinen Umständen aufzugeben? Und jetzt ist auch die Zivilbevölkerung an der Reihe. Der Volkssturm wird's schon richten, die Alten und Jugendlichen und die Frauen. Und als letztes Aufgebot kommen dann die Kinder an die Reihe …«

Ich sehe erschrocken, dass Mutter aufgehört hat, die Kartoffeln zu schälen, und sich mit dem Unterarm über die Augen wischt. Sie weint sonst nie. Dann lächelt sie entschlossen. Ihre Augen sitzen tief in den Höhlen und die grauen Strähnen im Haar haben sich vervielfacht. Heute sehe ich ihr die Sorgen zum ersten Mal an.

»Ich denke oft an Helmut«, sagt sie und nimmt ihre Arbeit wieder auf. »Wie er da wohl an der Westfront zurechtkommt. Lang kann das ja nicht mehr dauern. Wenn er nur durchhält! Fast wünsche ich mir, dass er in Gefangenschaft gerät, in amerikanische oder englische, nur nicht in russische …« Sie schaut mich besorgt an. »Was sollen wir bloß machen, wenn die Russen weiter vorrücken?«

Die Russen … vor denen hat jeder hier Angst. Sie haben in den letzten Monaten immer mehr Boden gewonnen, haben die Reichsgrenze überschritten und stehen jetzt schon an der Weichsel, gerade mal dreihundert Kilometer von Breslau entfernt.

In Ostpreußen haben sie bereits tausende Menschen in die Flucht getrieben. Sie sollen ganze Dörfer verwüsten, sich an den Frauen und Mädchen vergreifen, die Alten und Kinder ermorden … Angeblich werden deutsche Kriegsgefangene in Arbeitslager nach Sibirien verschleppt, wo man sie behandelt wie Tiere und sie verhungern oder erfrieren lässt.

Ich weiß nicht, wie viel von dem, was man so hört, wahr ist. Aber eins weiß ich: Die Russen haben einen verdammt guten Grund, uns zu hassen wie die Pest. Wir haben es ja 1941 und '42 mit ihren Dörfern nicht anders gemacht. Das habe ich Vater oft genug sagen hören.

Wenn die Rote Armee wirklich durchbricht – und das ist nur noch eine Frage der Zeit –, was soll dann aus meiner Familie werden?

Ich weiß keine Antwort. Aber ich werde Mutter und meine kleinen Geschwister beschützen, so gut ich kann.

Nach dem Essen schleiche ich mich aus der Stube, wo Mutter mit den Kindern *Mensch-Ärgere-Dich-Nicht* spielt, und laufe über den langen Flur mit seinen knarzenden Dielen bis zur letzten Tür, die in einen kleinen Anbau führt: Vaters alte Werkstatt.

Ich bin schon lange nicht mehr darin gewesen, aber heute zieht es mich hierher. Vielleicht weil Weihnachten ist und Vater in der Runde fehlt. Ich öffne vorsichtig die Tür und knipse das Licht an. Die schwache Deckenlampe erhellt den langen Holztisch, über den Vater stundenlang gebeugt gesessen und die winzigen Schrauben und Rädchen in Uhrgehäusen mit Pinzetten bearbeitet hat.

Dort habe ich ihn auch gefunden: zusammengesunken über seinen Basteleien. Das ist jetzt beinahe anderthalb Jahre her. Die ständige Arbeit hat sein Herz überlastet, sagt Mutter. Ich streiche über das raue Holz der Arbeitsplatte und hinterlasse einen fingerbreiten Streifen im Staub. Hinten in der Ecke steht eine alte Standuhr, deren Pendel schon lange nicht mehr aufgezogen worden sind. Und daneben ... Vaters Violine in ihrem Kasten.

Ich schaue verstohlen über die Schulter, bevor ich den geschwungenen schwarzen Lederkoffer öffne. Dort liegt sie auf einem Bett aus mitternachtsblauem Samt. Ihr bernsteinfarbener Körper glänzt wie frisch poliert. Ich höre beinahe Helmuts Stimme, wie er mich dafür zurechtweist, seine Geige in die Hand genommen zu haben. *Seine* Geige! Dabei hat er den Musikunterricht geschwänzt, so oft es ihm möglich war. Natürlich wussten Mutter und Vater nichts davon, sonst hätten sie das Geld für seinen Unterricht vielleicht für mich ausgegeben ...

Aber Helmut ist nicht mehr da.

Plötzlich fällt mir wieder das Gespräch mit Luise ein. Ich strecke mit klopfendem Herzen die Hand aus und lege meine Finger behutsam um den schlanken Hals; die rauen Metallsaiten drücken sich in meine Fingerkuppen. Ganz vorsichtig hebe ich die Violine von ihrem Ständer und lege sie auf meiner linken Schulter ab. Mit den Fingern der linken Hand klimpere ich versuchsweise auf dem Griffbrett. Dann nehme ich den Bogen in die rechte und berühre damit unendlich sanft die Saiten. Es entsteht eine Schwingung, die sich durch meine Hand in meinen Arm überträgt und von dort in meinem ganzen Körper ausbreitet. Ich höre den Ton nicht nur, ich spüre ihn auch. Die Härchen auf meinem Arm richten sich auf.

Ich stelle mir vor, wie ich nicht nur ein paar schiefe Töne hervorbringe, sondern ganze Lieder, Konzerte, Sinfonien. Wenn ich so spielen könnte wie die ganz großen Geiger, George Boulanger und Menuhin, die ich im Rundfunk gehört habe ... Wenn ich andere Menschen durch meine Musik begeistern und träumen lassen könnte ...

»Ach, hier hast du dich verkrochen.«

Ich zucke so heftig zusammen, dass der Bogen ruckartig über die Metallsaiten zieht und ein gänsehautauslösendes Kreischen erzeugt. Schuldbewusst lasse ich die Geige sinken und drehe mich um. Gerhard lehnt in der Tür, seine lange Gestalt ist fast so hoch wie der Rahmen.

Er verzieht das Gesicht. »Autsch – sieht aus, als müsstest du noch ein bisschen üben.«

Ich werde rot, räuspere mich und lege die Violine wieder in ihren Kasten. »Ich hab nur …«

»Ich versteh schon. Du hast die Geige doch schon immer so verträumt angeschaut, als wäre sie ein Mädchen.«

»Quatsch nicht«, sage ich und laufe in Richtung Tür.

Er grinst schief. »Tut mir leid, dass ich euch gestört habe. Ich kann auch wieder gehen …«

»Lass mich durch!« Ich boxe ihm leicht in die Rippen. Er klappt theatralisch zusammen und weicht einen Schritt zurück, sodass ich an ihm vorbeikomme.

Gerhard tritt ebenfalls aus dem Anbau heraus. Ich ziehe die Tür hinter ihm mit einem Knall zu. »Ich lache auch nicht darüber, dass du Flugzeugingenieur werden willst – du Bauernknecht.«

»Hey, warum auf einmal so empfindlich?«

»Ach, nichts!« Ich weiß, dass ich immer noch rote Ohren habe, und stürme durch den Flur zurück zur Stube. Er läuft mir hinterher und hält mich am Arm fest, bevor ich die Tür öffnen kann.

»Tut mir leid, Mann.«

Ich drehe mich zu ihm um. »Vergiss es. War dumm von mir.«

»Ich sag's auch keinem weiter«, flüstert er verschwörerisch und zwinkert mir zu, sodass auch ich grinsen muss.

Kapitel 5

Die Feiertage und auch die Tage darauf vergehen viel zu schnell. Wir machen Schneeballschlachten, rodeln den Friedhofshügel hinunter und schlittern auf dem zugefrorenen Dorfweiher. Das einzig Ungewöhnliche ist, dass Mutter damit beginnt, Taschen und Koffer mit den wichtigsten Habseligkeiten zu packen – falls wir ohne Vorwarnung abreisen müssen.

Am Neujahrstag trudelt die Nachricht ein, dass sich alle Jungs des Jahrgangs '29 beim Heim unserer früheren Hitlerjugendkameradschaft melden sollen. Seit ich meine Lehre angefangen habe, bin ich in Breslau zur HJ gegangen. Deshalb verwundert mich dieser Befehl und hinterlässt ein ungutes Gefühl.

Als ich auf dem Hof der alten Weberei ankomme, sehe ich Gerhard und viele meiner ehemaligen Kameraden bereits dort versammelt. Mit einigen von ihnen habe ich die Volksschule besucht. Leider ist Wilhelm Braun auch darunter.

»Hey, Anton, wie läuft's?« Herbert klopft mir freundschaftlich auf den Rücken. Er war der Kapitän unserer Fußballmannschaft. »Hast du eine Ahnung, was das alles soll?«

»Vielleicht wollen sie uns zum Schneeschippen abkommandieren«, erwidere ich hoffnungsvoll.

Wilhelm zieht die Brauen hoch. Er wirkt selbstgefällig, als wüsste er mehr als wir. Ich tue ihm nicht den Gefallen, meine Neugier zu zeigen. Wir waren uns schon in der Schulzeit nicht grün, weil ich es nicht ausstehen konnte, wenn er Schwächere schikaniert hat. Aber da sein Vater so ein hohes Tier bei der SS ist, konnte keiner etwas gegen ihn ausrichten.

Wilhelm kommt angeschlendert. Vor mir bleibt er stehen und schaut auf mich herab wie auf ein unliebsames Insekt.

»Na, Köhler, lässt du dich auch mal wieder hier blicken?«

»Hab Urlaub«, nuschele ich.

Er überragt mich um gut einen Kopf. Mit seinen militärisch kurz geschnittenen blonden Haaren und den durchdringenden grauen Augen sieht er aus, als wäre er direkt einer dieser Nazi-Zeitschriften entsprungen. Gerhard stellt sich neben mich. Er ist zwar ebenso groß wie Braun, aber eher dünn und schlaksig, während Wilhelm seine Muskeln vom Boxen hat. Ich bin weder so groß wie Gerhard noch so muskulös wie Wilhelm. Sehnig wie eine Wildkatze, sagt Mutter immer, und meint, das komme vom vielen Herumturnen als Kind im Wald.

»Ach ja, bist ja jetzt Uhrmacher. Wie dein Alter.«

»Was soll das heißen?«, quetsche ich hervor.

Gerhard legt mir eine Hand auf den Arm und sieht mich warnend an.

»Eine echt kriegswichtige Arbeit«, höhnt Wilhelm. »Aber vielleicht kommst du ja bald dazu, was Nützliches zu machen.«

»Ohne Uhren würde die Wehrmacht nicht funktionieren«, sagt eine dünne Stimme hinter mir. »Militärische Pünktlichkeit.«

Ich drehe mich um und lächle August zu. Früher hätte er sich nicht gegen Wilhelm aufgelehnt. Er war immer einer derjenigen, die am meisten unter ihm zu leiden hatten. Als Wilhelm einmal unseren Kameradschaftsführer vertreten hat, hat er August so sehr geschliffen, dass er in der Sommerhitze beinahe zusammengebrochen wäre. August war eben noch nie eine Sportskanone, dafür aber Klassenerster.

»Wer hat dich gefragt?«, fährt Wilhelm ihn an.

Ich ignoriere ihn. »Wie geht's, August?«

»Gut. Ich bin jetzt auf dem Gymnasium.«

Wie Luise, denke ich wehmütig.

»Weißt du, was sie mit uns vorhaben?«

August schüttelt seinen Lockenkopf. »Vielleicht werden wir eingezogen«, flüstert er mit aufgerissenen Augen.

»Das glaube ich nicht. Wir sind doch noch nicht mal sechzehn.«

»Was grinst du so?«, fragt Gerhard an Wilhelm gerichtet.

Der zuckt betont lässig mit den Schultern. »Und wenn doch? Habt ihr bei dem Gedanken etwa die Hosen voll?«

»Ich bin bereit, meine Pflicht zu tun«, sagt Herbert, der Offizierssohn, mit durchgedrücktem Kreuz. »Werde nicht zu Hause hocken, während der Russe auf unser Dorf vorrückt.«

»Ich hätte auch nichts dagegen, endlich was zu erleben«, mischt sich Gustav ein. »Dafür sind wir doch ausgebildet worden.«

Ausgebildet? Wenn er damit das Wehrertüchtigungslager meint, wo wir mit vierzehn ein paar Wochen getriezt wurden, und die Schießübungen mit dem Luftgewehr ... Meine Kameraden nehmen den Mund aber ganz schön voll.

Die Kirchturmuhr schlägt eins. Zeitgleich biegt ein großer Mann in langem schwarzem Mantel um die Ecke des Hofes.

»In einer Reihe aufstellen«, brüllt Wilhelm.

Wir reagieren trotz unserer Überraschung sofort auf den Befehl, weil wir das Exerzieren bereits im Schlaf beherrschen. Dabei ist Braun nicht mal unser Führer.

»Still gestanden! Augen geradeaus. Durchzählen!«, ruft er, während sich der Mann nähert. Jetzt erkenne ich, wer es ist. Wilhelms Vater, SS-Hauptsturmführer Braun.

Wir zählen rasch bis zwölf.

»Köhler, wo stehen denn deine Füße?«, herrscht Wilhelm mich an. »Die Fersen in einer Linie ausrichten! Hat dir das keiner beigebracht?«

Ich beiße die Zähne zusammen und rutsche wenige Millimeter nach vorn.

Herr Braun baut sich neben Wilhelm auf und lässt seinen Blick über uns schweifen. Er ist ebenso groß, hat das gleiche blonde, gescheitelte Haar und die gleichen unnachgiebigen, stahlgrauen Augen. Um den Oberarm trägt er die rote Hakenkreuzbinde und am Kragenspiegel seiner Uniform erkenne ich die silbernen Siegesrunen. Der Reichsadler, der auf seiner Schirmmütze prangt, hockt auf einem Totenkopf. Ich fand das Totenkopfzeichen schon immer sehr passend für Himmlers Verbrecherbande, die SS.

»Vater«, sagt Wilhelm und hört sich plötzlich gar nicht mehr so großschnäuzig an.

Sein Vater blickt ihn streng an.

»Ich meine … SS-Hauptsturmführer Braun! Melde gehorsamst, zwölf Hitlerjungen wie befohlen angetreten.« Er salutiert und wir machen es ihm nach.

»Heil Hitler«, ruft der Hauptsturmführer und mustert jeden von uns wie ein Falke, der sich auf seine Beute herabstürzen will.

Mein ganzer Körper beginnt zu kribbeln, als würde ich

von Ameisen überrannt. Je länger der Hauptsturmführer schweigt, desto schlimmer wird es.

»Ich bin persönlich hergekommen, um mich davon zu überzeugen, welch feine Truppe junger Männer ihr seid.«

Ein allgemeines Füßescharren auf dem gefegten Kopfsteinpflaster ist zu hören. Damit hat keiner gerechnet. Der Hauptsturmführer übersieht die Unruhe großzügig.

»Mein Sohn Wilhelm hat mir schon von euch berichtet. Einige hier sind recht gut in Form ... andere weniger.« Sein Blick bleibt an August hängen, der noch einen Kopf kleiner wird. »Aber jeder von euch, da bin ich mir sicher, wird die Nachricht, die ich euch zu überbringen habe, mit Freude begrüßen.«

Er macht eine Kunstpause und schreitet mit auf dem Rücken verschränkten Händen auf und ab. Bei jedem Wort bildet sich vor seinen Lippen ein Dunstwölkchen.

»Ich brauche euch nicht zu sagen, wie es an unseren Fronten aussieht. Trotz einiger Rückschläge steht unsere Wehrmacht noch immer wie ein Fels in der Brandung der Bolschewistischen Bedrohung. Es besteht kein Zweifel, dass wir die heranrollende rote Flut stoppen und mit doppelter Gewalt wieder zurückdrängen werden. Aber dafür brauchen wir jeden Mann, der willens ist, sich für sein Vaterland einzusetzen. Wir sind jetzt an einer entscheidenden Schwelle angelangt. Hier gibt es nur noch ein Vorwärts zum Sieg – oder den Untergang.«

Er bleibt stehen, dreht sich wieder zu uns und scheint uns alle gleichzeitig anzuschauen. »Was wählt ihr?«

»Sieg!«, brüllen alle, selbst ich. Eine andere Antwort gibt es nicht.

Er nickt zufrieden. »Ihr seid noch keine sechzehn und deshalb noch nicht berechtigt, euch freiwillig als Soldaten zu melden. Aber ihr werdet nicht zu Hause sitzen müssen und tatenlos zusehen, wie eure Mütter und Geschwister, eure Großeltern und Tanten, dem Iwan in die Hände fallen. Ihr werdet die Gelegenheit erhalten, euren Teil zum Sieg beizutragen. Ab sofort seid ihr Wehrmachtshelfer.«

Alle starren ihn stumm an. Wehrmachtshelfer? Ich versuche zu verstehen, was das bedeutet.

»Jungs«, brüllt Hauptsturmführer Braun unvermittelt. Ich zucke zusammen. »Wollt ihr euch und eure jugendliche Schaffenskraft für das Leben und Wohl eurer Volksgenossen einsetzen? Wollt ihr euch aufopfern für unseren Führer? Wollt ihr beitragen zum Siege des Tausendjährigen Reichs?«

»Jawohl!«, tönt es um mich herum. Das Wort brandet an meine Ohren, schwingt in meinen Adern, ich spreche es mit, ohne es zu merken.

»Gut!«, ruft der Hauptsturmführer. »Etwas anderes habe ich auch nicht von euch erwartet. Ihr werdet euch am Dienstag um acht Uhr früh in der Kaserne in Breslau-Rosenthal einfinden, wo man euch einweisen wird. Eigene Wintersachen mitzunehmen ist gestattet.«

Der Hauptsturmführer starrt noch einmal mit seinen Falkenaugen in die Runde. Ich fühle mich halb betäubt.

»Sieg Heil!«, ruft er, während sein rechter Arm in die Höhe schnellt. Dann dreht er sich auf der Hacke um und verlässt unseren Hof.

Kapitel 6

Mutter weint, als ich mit der Nachricht nach Hause komme. Ich weiß nicht, wie ich sie trösten kann. Wie soll ich jetzt auf sie und die Kinder aufpassen? Morgen muss ich schon fort. Es bleibt nur noch ein ganz kurzer Nachmittag daheim.

Bevor die Sonne verschwindet, sage ich zu Max und Fritz, dass ich noch einmal mit ihnen reden muss, von Mann zu Mann. Wir laufen gemeinsam zum Ufer der Oder hinunter. Die beiden sind stiller als sonst, fast feierlich schreiten sie neben mir durch den Schnee, beide von ihren dicken Pudelmützen gegen den beißenden Wind geschützt, der um die Häuserecken pfeift.

Am Ufer streiche ich den Schnee von einem umgestürzten Baumstamm und lasse mich darauf nieder. Max und Fritz setzen sich auf je eine Seite. So hocken wir wie die Vögel dick aufgeplustert und eng aneinandergedrückt auf dem Stamm. Ich schaue schweigend über die Eisfläche des Flusses, die stellenweise mit einer dünnen Schneeschicht bedeckt ist. Am gegenüberliegenden Ufer stehen schneebeladene Fichten, die vor dem Hintergrund des rot-glühenden Abendhimmels fast märchenhaft leuchten.

»Könnt ihr euch noch an euren Bruder Frank erinnern?«, frage ich.

Bestimmt haben die beiden nicht mit dieser Frage gerechnet. Max zuckt mit den Schultern, aber Fritz nickt langsam.

»Er ist an einer Lungenentzündung gestorben, oder?«, fragt er mit gerunzelter Stirn.

Ich nicke und schaue wieder über den Fluss. »Vor fünf Jahren ... damals war ich so alt wie ihr jetzt ... bin ich mit Frank im Winter hierhergekommen. Die Oder war zugefroren, also sind wir ein bisschen schlittern gegangen.«

Die Erinnerung kriecht in mir hoch wie die Kälte damals durch meine dünnen Schuhe. »Es gab Stellen im Eis, die dunkler aussahen als andere, so wie die da hinten. Das Eis auf Flüssen und Bächen gefriert nämlich ungleichmäßig stark, wegen der Strömungen. Ich habe zu Frank gesagt, er soll nah am Ufer bleiben, wo das Eis dick und fest ist. Aber Frank ist immer weiter auf die Mitte rausgeschlittert. Auf einmal gab es einen großen Krach. Das Eis unter ihm war gesprungen.«

Fritz und Max schauen mich atemlos an.

»Frank ist ins Wasser gefallen, aber er konnte sich am Rand des Eises festhalten. Ich habe mich flach auf den Bauch gelegt und ihm einen starken Ast hingehalten. Daran konnte er sich herausziehen. Aber er war nass bis auf die Knochen von dem eiskalten Wasser. Natürlich hätten wir sofort nach Hause gehen sollen ... sind wir aber nicht.«

»Warum nicht?«

»Weil wir dumm waren. Frank hatte Angst, dass Vater ihn ausschimpft. Deshalb sind wir erst noch eine Weile am Ufer auf- und abgelaufen, bis seine Kleider wieder trocken waren. Es war bitterkalt und er zitterte wie Espenlaub.«

Ich ziehe meine Nase hoch, die zu laufen droht. Auch wenn ich erst elf Jahre alt war, hätte ich als älterer Bruder besser auf Frank aufpassen sollen.

»Und dann?«, fragt Fritz.

»Drei Tage später lag er mit Lungenentzündung im Bett.«

Ich stehe auf und stelle mich vor meine kleinen Brüder, blicke in ihre Gesichter mit den roten Nasen und glänzenden braunen Augen, die meinen so ähnlich sind.

»So, Männer, jetzt müsst ihr mir ganz genau zuhören. Alles klar? Ihr wisst ja, dass ich morgen wegfahre, um als Wehrmachtshelfer meine Pflicht zu tun. Das heißt, ab jetzt seid ihr die Männer im Haus! Ihr seid schon alt genug, um Mutter unter die Arme zu greifen. Hört auf sie und passt gut auf sie und eure kleinen Schwestern und Erich auf. Und macht nicht solche Dummheiten wie ich und Frank. Versprecht ihr mir das?«

»Großes Indianerehrenwort«, sagen die beiden mit todernster Miene.

Wir schlagen darauf ein. Dann ziehen wir zurück nach Hause.

In dieser Nacht kann ich kaum schlafen. Ich wache schon kurz nach fünf auf und wundere mich nicht, auch Mutter bereits anzutreffen. Sie schmeißt mir ein Spiegelei in die Pfanne und benutzt dafür das letzte Fett, das wir noch im Haus haben. Auf meinen Protest hin meint sie: »Du musst dich doch stärken. Wer weiß, wie die euch da schuften lassen.«

»Vielleicht braucht ihr auch bald eure Kräfte«, sage ich.

Sie zuckt die Achseln. »Wir schaffen das schon irgendwie.«

Ich stehe auf, gehe um den Tisch herum und stelle mich vor Mutter hin. Ich bin erstaunt, dass ich auf sie herabschauen muss. Das war doch vor kurzem noch anders herum.

»Mutter?«, sage ich und fange den Blick ihrer Augen ein, die im Schein der Petroleumlampe dunkel und undurchsichtig wirken. »Wenn ihr auch nur das Gerücht hört, dass die

Russen die Weichsel überschritten haben und auf Breslau vorrücken, dann nehmt ihr eure Sachen und flieht. So bald wie möglich! Geht zu Tante Martha nach Leipzig«, sage ich eindringlich.

»Was wird aus dir?«

»Ich komme nach. Wir treffen uns dort wieder. Versprochen!«

Sie schaut mich versonnen an und ihre Augen glitzern ein wenig. »Du bist wirklich erwachsen geworden im letzten Jahr«, sagt sie kopfschüttelnd.

Schließlich stehe ich mit meinem kleinen Reiseköfferchen in der morgendlichen Kälte. Ich trage den langen Wollmantel, der schön warm hält. In der Innentasche habe ich Vaters Taschenuhr und einige Fotos verstaut. Das ist alles, was ich an persönlichen Dingen mitnehmen kann. Wiebke, Lieschen, Anna und Lotta drücken sich an mich. Dann streichle ich noch einmal über Erichs flauschiges Haar und schüttle Max und Fritz die Hand.

Der Abschied ist gar nicht so schwer, wie ich es mir vorgestellt hatte. Ich fahre schließlich jede Woche nach Breslau. Das hier könnte genauso ein Tag sein. Der Beginn einer neuen Woche beim Meister. Und am Samstagnachmittag bin ich wieder zurück …

Ich stapfe durch den verschneiten Garten. Am Zaun drehe ich mich noch einmal um und winke ihnen zu. Sie stehen zusammengekuschelt vor dem Haus, die Arme gegen die Kälte verschränkt, und bibbern. Trotzdem bleiben sie so lange dort stehen, bis ich auf der Breslauer Straße nach rechts abgebogen bin.

Auf dem Weg treffe ich Gerhard. Er kommt in seinem zerschlissenen Mantel daher, den er schon seit fünf Jahren trägt und der ihm an den Armen viel zu kurz ist.

»Bisschen luftig«, sagt er auf meinen Blick hin. »Aber ich hab so ein Gefühl, dass mir dort bald warm werden wird – die werden uns schon Feuer unterm Arsch machen.«

Das befürchte ich auch.

Wir schlagen einen strammen Schritt an und laufen schweigend nebeneinander her zum Bahnhof. Der Morgen ist dunkel und trübe, die Sonne mag sich nicht durch die Wolken schieben. An unserem kleinen Bahnsteig haben sich schon einige Menschen eingefunden. Alle unsere Kameraden sind da und noch einige andere Jungen aus angrenzenden Dörfern. Manche werden von ihren Eltern begleitet.

Eine füllige Frau in einem leuchtend roten Mantel schiebt einen Jungen vor sich her, auf mich und Gerhard zu.

»Aua Mama, ich kann selber laufen«, beschwert er sich gedämpft. Es ist Augusts Stimme.

Unter seiner riesigen Bommelmütze und dem bis zur Nasenspitze gewickelten Schal hätte ich ihn erst gar nicht erkannt …

»Anton Köhler!«, donnert seine Mutter mit voluminöser Stimme, die zu ihrem Körperbau passt.

»Mein Junge hat mir schon so viel von Ihnen erzählt!«

Ich bin irritiert, mit *Sie* angesprochen zu werden, und erst recht davon, dass Frau Hubrich meinen Namen kennt.

»Ich habe eine ganz große Bitte an Sie«, dröhnt sie weiter, während ihre in Lederhandschuhen steckende Hand besitzergreifend auf Augusts Schulter liegt. »Mein August hier – der ist doch noch nicht ganz ausgewachsen. Er war ja schon immer schmächtig und leicht anfällig. Und jetzt soll er hier im tiefsten Winter schuften wie ein Ackergaul. Ich weiß ja nicht einmal, ob ihr da ordentlich zu essen bekommen werdet. Haben Sie doch bitte ein Auge auf meinen Jungen, ja? Dass er sich nicht übernimmt. Und abends soll er immer seine Nasentropfen nehmen. Die braucht er wegen der chronischen Sinusitis.«

Alle im Umkreis starren jetzt zu uns herüber, auch Wilhelm Braun, dessen Mundwinkel sich schadenfroh nach oben ziehen. August verkriecht sich noch tiefer in seinem Schal.

Ich nicke verwirrt. Frau Hubrich hält Augusts Koffer in die Höhe. »Ich habe dir zwei Paar lange Unterhosen eingepackt, und dicke Socken«, sagt sie zu ihrem Sohn, so laut, dass es alle hören können. »Und vergiss nicht —«

»Mama, ich weiß!«

Als es dann ans Einsteigen geht, zieht Frau Hubrich ein riesiges kariertes Taschentuch heraus und schnäuzt sich. Es klingt wie eine Infanteriedivision, die zum Marsch bläst.

»Tut mir leid«, sagt August kleinlaut und setzt sich mir und Gerhard gegenüber auf die Holzbank im Abteil. »Meine Mutter hat keinen Funken Takt im Leib.«

Der Personenzug tuckert los und er winkt halbherzig nach draußen, seiner Mutter zu.

»Ach, sie macht sich halt Sorgen«, sagt Gerhard. »So sind Mütter.« Dabei hat er selbst nie eine gehabt.

»Aber andere Mütter geben ihren Söhnen nicht vor allen Leuten den Ratschlag, sich die lange Unterwäsche anzuziehen«, sagt August mit schmerzlich verzerrtem Gesicht.

Ich muss mich bemühen, ernst zu bleiben.

»Halb so wild«, beruhige ich ihn. »Das ist im Nu wieder vergessen, wenn wir erst mal in der Kaserne ankommen.«

Um uns herum herrscht eine beinahe ausgelassene Stimmung. Die Jungs reden und lachen laut, als würden wir in die Sommerferien fahren. So wie damals, als wir bei den

Pimpfen waren und jährlich die riesigen Sommerzeltlager stattfanden, mit Lagerfeuern und Geländespielen. Dann stimmt einer ein Lied an und bald singt fast der ganze Zug mit.

»Jugend, Jugend, wir sind der Zukunft Soldaten,
Jugend, Jugend, Träger der kommenden Taten.
Deutschland du wirst leuchtend stehn,
Mögen wir auch untergehn.

Unsere Fahne flattert uns voran.
Unsere Fahne ist die neue Zeit.
Und die Fahne führt uns in die Ewigkeit.
Ja, die Fahne ist mehr als der Tod.«

Kapitel 7

Schon aus der Ferne sehe ich das trostlose Kasernengelände: grau verputzte Häuserwände mit einheitlichen Reihen dunkler Fenster, umgeben von einem hohen Gitterzaun. Am Eingang stehen Wachen, die uns aber keine Beachtung schenken, als wir vom Wagen springen und auf den Innenhof strömen. Hier sind noch mehr Jungs in unserem Alter, insgesamt schätze ich einige Hundert. Sie schauen sich mit unruhigen Augen um, die Gesichter angespannt. Einige flüstern miteinander und lachen unsicher. Alles hier wirkt kalt und fremd

»In Finferreihen angetreten«, ruft eine volle Stimme mit starkem schlesischem Akzent, während sich noch die Letzten durch das Tor schieben.

Wir haben das Aufmarschieren zwar schon tausendmal geübt, aber nicht in einer so zusammengewürfelten Truppe. Ich reihe mich mit Gerhard in der dritten Reihe ein und spähe zwischen den Köpfen hindurch, um einen Blick auf den Mann zu erhaschen, der den Befehl gegeben hat.

Ein wenig erinnert er mich an meinen Meister, groß und kräftig wie ein Bär, mit einem runden Kopf und einem ebenso runden Bauch, über den sich die Uniformjacke spannt. Ihn könnte ich mir eher in einem Biergarten bei Kartoffelklößen und Grützwurst vorstellen als in Wehrmachtsuniform. Seine Augen blitzen uns gutmütig an.

»Alles klar, Jungens?« Seine tiefe Stimme trägt klar und deutlich über den ganzen Hof.

»Jawoll, Herr Unteroffizier!«, schallt es trotz der ungewöhnlichen Anrede wie aus einem Munde zurück.

»Na scheen. Wie ich seh', hat man eich die Manieren schon beigebracht. Da muss ich mich ni' mehr so sehr anstrengen, was?«

Er lacht aus vollem Hals, was seinen Bauch ein wenig erzittern lässt. Dann wird er schlagartig wieder ernst.

»Also, Jungens. Ich bin Unteroffizier Swarowski. Ihr wisst ja, warum ihr hier seid. Die Sowjets trete' uns ein paar Kilometer von hier schon fast auf die Stiefelspitze. Aber unsere scheene Stadt Breslau soll ihnen ni' auch noch in die Hände fallen, was? Wir werden die Oder zur Festung ausbauen, die kein Russki und kein Panzer ni' überschreiten kann. Ihr werdet Panzergräben ausheben, Stacheldraht ziehen und Granaten für die Artillerie und Flak stapeln, damit denen ni' die Munition ausgeht, wenn es heiß auf heiß kommt. Aber keine Sorge, hier bei uns wird ni' scharf geschossen. Höchstens mit Pralinen.«

Er lacht wieder dieses volltönende Lachen. Wir bleiben still, aber das stört ihn nicht.

»Ich will eich nichts vormachen«, fährt er wieder ernst fort. »Die Arbeit wird kein Zuckerschlecken. Ihr kennt eich schon mal auf schmerzende Knochen und reißende Muskeln einstellen. Aber ihr seid ja noch jung! Und nach getaner Arbeit weeß ma' wenigstens, was man gemacht hat, was? Nu' noch ein paar Kleinigkeiten: Aufstehe' ist um sechs Uhr. Der friehe Vogel legt das Ei … woar's ni' so? Friehstick gibt's Punkt sieben in der Kantine, danach geht'er alle raus zum Einsatzort. Essen is' genug da, verhungern werdet'er ni'! Müsst ja ordentlich gestärkt sein für eure

Arbeit! Mittag gibt's vor Ort, Abendbrot wieder hier in der Kaserne um sieben Uhr abends. Alles klar soweit?«

»Jawoll, Herr Unteroffizier!«

»Na prima. Nu' werden eure Namen verlesen und ihr werdet auf die Baracken aufgeteilt. Jede Stube wählt einen Stubenältesten – der hat das Kommando und die Verantwortung gegenüber dem diensthabenden Unteroffizier. Danach meldet'er eich als Erstes in der Ausrüstungskammer, da gebe' sie eich Kadettenuniformen. Ich hoffe, ihr Hänflinge fallt ni' da durch.« Er lacht kurz auf. »Noch Fragen?«

»Ja, Herr Unteroffizier.« Einer aus der vorderen Reihe hat den Mut, seine Hand zu heben. »Dürfen die Jungen, die sich schon von der HJ kennen, auf eine Stube?«

Swarowski nickt freundlich. »Freilich. Dagegen ist nichts einzuwenden, mein Jung'. Das fördert den Zusammenhalt.«

Na großartig! Ich wechsle einen Blick mit Gerhard. Das bedeutet, wir kommen mit Wilhelm Braun auf einer Stube!

Swarowski verliest unsere Namen in alphabetischer Reihenfolge. Als ich meinen Namen höre, trete ich vor den Unteroffizier, um ihm meinen HJ-Ausweis zu zeigen. Er winkt mich vorbei. Ich trabe zur Baracke und geselle mich zu Gerhard und den anderen Jungs aus unserer Gruppe, die bereits aufgerufen worden sind.

»Je zwanzig kommen auf eine Stube«, verkündet Herbert, der sich schon umgehorcht hat.

»Wer wird Stubenältester?«, fragt Wilhelm.

»Stimmen wir ab«, schlage ich vor und füge sofort an: »Ich bin für Herbert.« Herberts Vater ist ein hochdekorierter Offizier, deshalb hat er selbst bei Wilhelm schon immer ein gewisses Ansehen genossen.

»Ich für Anton«, erwidert Herbert.

»Ich auch«, piepst August.

Ich bin gar nicht begeistert, als immer mehr Jungs meinen Namen nennen. Gerhard, der mich gut kennt, stimmt für Herbert. Wilhelm bekommt nur seine eigene Stimme und die von Gustav und Heiner.

»Damit wird Anton dank Mehrheitsbeschluss zum Stubenältesten«, fasst Herbert am Ende zusammen. Wilhelms Oberlippe kräuselt sich. Das kann ja heiter werden!

Ich seufze. »Ich suche dann mal nach unserer Stube ...«

Wenig später betrete ich mit den anderen einen Raum im zweiten Stock der Baracke. Es gibt nur ein winziges Fenster mit löchrigem, rot-kariertem Vorhang, das auf den Hof hinaus zeigt. Die Stube ist unbeheizt, weshalb es drinnen kaum wärmer ist als draußen. Aber in der Ecke neben der Tür steht ein Kanonenofen. Zehn Doppelstockbetten mit Strohmatratzen und rauen Militärdecken reihen sich dicht an dicht vor einer kahlen Wand.

»Na ja, keine Himmelbetten, aber machbar«, sagt Gerhard. Er besetzt für uns ein Bett in der Nähe des Ofens. Gegenüber den Bettenreihen befinden sich lange Holz-Spinde. Ich ordne an, dass alle ihre Sachen einsortieren sollen.

»Swarowski ist schon ein komischer Vogel«, bemerkt Gerhard, während er seine Klamotten auspackt, »aber eigentlich ganz dufte.«

»Ja, der ist klasse«, sage ich. »Aber die Geschichte mit dem Stubenältesten schmeckt mir nicht. Jetzt muss ich den Kopf hinhalten, wenn einer von uns Mist baut ...«

»Ich hab dich nicht gewählt, Kumpel.«

Ich klopfe ihm auf die Schulter. »Auf dich ist Verlass.«

Er beugt sich zu mir und flüstert: »Immerhin kannst du jetzt mal dem Braun auf den Kopf spucken, statt umgekehrt.«

Ich hebe zweifelnd die Augenbrauen. Dafür bin ich leider nicht groß genug.

Die durchdringende Stimme von Wilhelm lässt mich herumfahren. Wenn man vom Teufel spricht …

»Na, Muttersöhnchen? Hast du deine warmen Unterhosen auch ordentlich eingeräumt?«

Braun hat sich vor August aufgebaut und späht in dessen Spind. »Das sieht ja aus wie ein Saustall! Was hast du da für Müll?«

Er zieht die blaue Pudelmütze heraus, die August bei unserer Abfahrt getragen hat. »Sowas setzt du dir auf den Kopf? Gut, dass es bei dir nicht auffällt, wenn du Müll auf der Rübe trägst.«

August will sich seine Mütze in einem Anflug von Heldenmut zurückholen. Er greift danach, aber Wilhelm hält sie mit Leichtigkeit über seinen Kopf, sodass er sie nicht erreicht.

Ich wusste ja, dass mir der Stubenältesten-Posten nichts als Scherereien bringen würde …

»Gib sie ihm wieder«, sage ich und stelle mich neben August. Ich werfe einen kurzen Blick in seinen Spind. Der Wintermantel hängt an der Stange, in den Fächern liegen gefaltet die anderen Kleidungsstücke und unten steht das Köfferchen.

»Was geht's dich an?«, knurrt Wilhelm.

»Ich bin dafür zuständig, dass die Ordnung eingehalten wird.«

»Dann kümmere dich mal um die Ordnung in deinem eigenen Spind! Ihr habt alle keine Ahnung, wie man Klamotten einräumt.«

»Und du bist darin der Experte, oder was?«

»Mein Vater hat mir beigebracht, wie sowas gemacht wird.«

»Mir egal. Jetzt gib ihm die Mütze wieder.«

Wilhelm reagiert nicht, er hält seinen Arm noch immer weit in die Höhe gestreckt.

»Ach, ich brauche die Mütze gar nicht«, murmelt August.

Ich spüre die Blicke aller Kameraden auf mir. Sie erwarten, dass ich irgendetwas tue, dass ich meine Autorität als Stubenältester geltend mache oder so. Na toll! Ich bin einen halben Kopf kleiner als Braun. Wenn ich versuche, an die Mütze heranzukommen, mache ich mich zum Affen. Ich bin auch kein großer Kämpfer und habe es immer gehasst, mich zu prügeln. Aber jetzt Schwäche zeigen gilt nicht. Dann habe ich ein für alle Mal verspielt. Außerdem hat mich Augusts Mutter darum gebeten, auf ihren Sohn zu achten.

Wilhelm grinst mich an.

Ich tue das Erste, was mir in den Sinn kommt. Mit Schwung ramme ich Wilhelm den Absatz meines Stiefels auf den linken Fuß. Als ihn der Schmerz so unerwartet durchzuckt, lässt er den Arm sinken.

Darauf habe ich gewettet. Ich schnappe mir die Mütze und drücke sie August in die Hand, während Braun noch auf einem Fuß hüpft.

Die Jungs johlen. August schaut mich voller Bewunderung an und Gerhard nickt mir grinsend zu.

Es geht so schnell, dass ich nicht reagieren kann. Wilhelm holt aus. Ich sehe seinen Arm auf mich zufliegen. In der nächsten Sekunde bohrt sich seine Faust in meinen Magen, dass mir die Luft aus den Lungen gepresst wird. Ich krümme mich zusammen wie ein Klappstuhl, schnappe nach Luft und richte mich dann mit Mühe wieder auf, gerade rechtzeitig, um einen zweiten Schlag auf mich zukommen zu sehen. Aber den drückt er mir nicht rein! Ich werfe mich nach vorne gegen Wilhelms massigen Oberkörper und bringe ihn aus dem Gleichgewicht.

Alles gerät außer Kontrolle. Ich bekomme kaum mehr mit, was ich tue, höre nur die Schreie der anderen, die um uns branden. Selbst die Schläge, die auf mich einhageln oder die ich selbst austeile, spüre ich kaum noch.

»Zeig's ihm!«, ruft irgendwer.

Plötzlich wird die Tür aufgerissen und ein kalter Luftzug fegt vom Flur herein. Wilhelm stößt mich von sich weg, sodass ich mit dem Rücken gegen die Spindtür knalle. Abgesehen von meinem eigenen Keuchen ist es im Raum mucksmäuschenstill geworden.

Kapitel 8

Im Türrahmen hat sich ein Soldat aufgebaut. Es besorgt mich, dass ich ihn nur verschwommen erkennen kann. Er muss sich bücken, um seinen Kopf nicht am Rahmen zu stoßen, und hat derbe Bauernhände, die wirken, als könnten sie einen Stier bei den Hörnern packen. Als sich mein Blick etwas aufklart, erkenne ich um die linke Achsel die gelbe Kordel, die ihn als Unteroffizier vom Dienst ausweist, den UvD.

»Was ist hier los?«, brüllt er, nachdem er den Anblick auf sich hat wirken lassen.

Wir lösen uns alle aus unserer Starre und stehen stramm.

»Wer ist der Stubenälteste?«, schnarrt der Unteroffizier mit kratziger Stimme.

Na toll! Ich blicke an mir herunter und fahre kurz mit der Zunge über meine Unterlippe, die sich geschwollen anfühlt. Ich nehme mich zusammen und trete vor.

»Anton Köhler, Herr Unteroffizier …«

»Unteroffizier Stoß.« Er mustert mich von oben bis unten. »Was ist mit dir passiert?«

»Bin hingefallen«, presse ich hervor.

»So, auf die Schnauze geflogen? Schön Scheiße siehst du aus.« Er lässt seinen Blick wieder durch die Stube schweifen. »Was liegt ihr noch auf der faulen Haut? Habt ihr nichts zu tun, oder was? Glaubt ihr, das hier ist ein Ferien-hotel?«

Keiner sagt etwas.

»Ich habe dir eine Frage gestellt, Stubenältester!«, bellt der Unteroffizier mir ins Gesicht.

»Nein. Das denkt keiner von uns.«

»Soll das eine ordentliche Antwort sein? ›Nein, Herr *Unteroffizier*‹ heißt das! Ich denke, ihr habt Befehle bekommen! Sollt ihr euch nicht unten zur Uniformausgabe melden?«

»Ja, Herr Unteroffizier. Wir wollten warten, bis die Schlange etwas kürzer wird.«

Der UvD kneift die Augen zusammen und sieht aus, als wittere er irgendwas. »Habt ihr die Zeit wenigstens genutzt, um in eurer Stube Ordnung zu schaffen? Lasst mich mal eure Spinde sehen!«

Jetzt kommt die Stunde der Wahrheit. Ich bemühe mich, nicht zu humpeln, als der Unteroffizier sich von mir jeden Spind einzeln öffnen lässt. In manche späht er voll Abscheu hinein, aus anderen zerrt er kurzerhand alle Sachen heraus und wirft sie in einem unordentlichen Berg auf den Boden.

»Ein Sauhaufen ist das!«

Jetzt ja, denke ich.

Auch meine Unterwäsche fliegt auf den Boden, der von unseren nassen Stiefelsohlen in ein matschig-braunes Gebilde verwandelt worden ist. Der UvD macht noch eine Weile so weiter. Die anderen stehen still, aber ein Blick in ihre Gesichter zeigt wachsende Verzweiflung, in manchen auch Wut.

»Aufräumen!«, schreit Unteroffizier Stoß, als er seine Inspektion beendet hat. »Und danach tretet ihr an zur Kleiderausgabe. Sollte es in einer halben Stunde hier nicht tipptopp aussehen, fällt das Mittagessen aus. Verstanden?«

»Jawohl, Herr Unteroffizier.« Ich schlage vorsichtshalber die Hacken zusammen.

Sobald die Schritte des UvD auf dem Flur verhallen, beginnt ein hektisches Treiben in unserer Stube. Ich muss nicht einmal eine Anweisung geben. Keiner von uns will das Essen verpassen.

»Ich hab's euch doch gesagt!«, motzt Wilhelm und klaubt widerwillig seine Kleidungsstücke vom Boden auf.

»Halt den Rand«, sage ich. Auch die anderen sind nicht mehr zu Späßen aufgelegt.

»Mistkerl«, murmelt Gerhard.

»Wer, der Braun oder der Stoß?«, frage ich.

»Beide. Swarowski ist mir tausendmal lieber.«

Ich bemühe mich, meine Wäsche einigermaßen sauber zu klopfen, bevor ich sie wieder zusammenfalte, so wie Mutter es mir gezeigt hat. Dann helfe ich August bei seinen Sachen. Am Ende gehe ich noch einmal alle Spinde durch. Hier und da muss ich jemanden auffordern, etwas nachzubessern.

Bei seiner Rückkehr findet der Unteroffizier nur noch vorbildlich aufgeräumte Spinde vor. Weil er daran nichts auszusetzen hat, meckert er stattdessen über den Fußboden, der immer noch aussieht »wie Sau«. Trotzdem schickt er uns zur Ausrüstungskammer.

Es sieht ganz so aus, als wären wir die Letzten, die sich anstellen. Das Lager ist vollgepackt mit Uniformen, Gewehren, Tornistern, Spaten, Taschenlampen und anderen Ausrüstungsgegenständen, die an Haken von den Wänden hängen oder auf Regalen eingeordnet sind. Drei Soldaten nehmen bei jedem Jungen nach Augenmaß eine Größenabschätzung vor und händigen ihm eine der Kadettenuniformen aus.

Als August an der Reihe ist, wühlt der zuständige Soldat lange in den Kleiderständern.

»Tut mir leid, aber die kleinsten Größen sind alle schon weg. Kann dir nur noch die hier anbieten. Musst du die Arme und Beine ein wenig hochkrempeln. Mit den Schuhen könnte es schwieriger werden.«

»Ich kann sie ja mit Zeitungspapier ausstopfen.«

Der Soldat nickt und lädt alles auf Augusts Armen ab, sodass er unter einem Berg von Stoff verschwindet.

Auch meine Uniform ist ein wenig zu groß. Ich ziehe mir Hose und Jacke über und befühle den rauen grünbraunen Stoff. Er ist unverziert, da wir keine echten Rekruten sind, nur Wehrmachtshelfer – ohne Rang und unvereidigt. Aber die Stiefel sind aus echtem Leder, trotz der Lederknappheit. Ich bin sehr froh darüber, denn Gerhards eigene Schuhe sind für den Winter, der uns bevorsteht, viel zu dünn und abgenutzt.

Als wir schräg über den Hof zur Kantine laufen, fängt es an zu schneien. Die Wolken entladen sich endlich ihrer Last. Gerhard geht neben mir. Die Uniform schlackert um seine Figur. Obwohl er groß genug ist, kann er sie nicht ausfüllen.

»Siehst gut aus, richtig offiziersmäßig«, sagt er, als er meinen Blick bemerkt. »Abgesehen von der dicken Lippe vielleicht. Wenn dich die Mädchen so sehen könnten, hättest du keine ruhige Minute mehr. Schade, dass es hier keine gibt. So ein paar knackige Luftwaffenhelferinnen wären doch nicht schlecht.«

Ich lächle vor mich hin.

Das Essen in der Kantine ist warm und schmackhaft. Wir hauen gehörig rein und essen so viel wir können von dem Hackbraten mit Kartoffeln und Möhrengemüse.

»Mensch, Anton, das war klasse! Wie du ihm auf den Fuß getreten bist!« Augusts Augen strahlen.

Ich zucke mit den Schultern. »Habe nicht geplant, mich zu prügeln.«

»Das hatte der aber mal dringend nötig«, meint Herbert.

Die Worte der Kameraden zu hören ist die dicke Lippe fast wert.

Den ganzen Nachmittag, solange es draußen hell ist, verbringen wir mit dem Schleppen von Granaten für die Flak – die Flugabwehr. Ich glaube nicht, dass sich die Kameraden ihre ruhmreiche Laufbahn als Helfer der deutschen Wehrmacht so vorgestellt haben. Eine eintönige Schufterei ist das. Wir laufen vom Munitionslager zu den Geschützstellungen, immer wieder hin und zurück. Die Granate für die 8,8 cm-Kanone wiegt gute zehn Kilo. Jetzt ärgert es mich besonders, dass ich mich von Braun in eine Rauferei habe reinziehen lassen. Meine Knochen schmerzen sowieso schon und mit jedem Bücken und Aufrichten fühle ich mich mehr wie ein Sechzigjähriger mit knarzenden Gelenken. Wir schichten die Granaten neben den Geschützen auf, sodass sie sofort zur Verfügung stehen, wenn die Kanonen feuern müssen.

Die Zeit vergeht sehr langsam. Die Sonne ist nicht zu sehen und ich kann nicht an ihrem Stand abschätzen, welche Tageszeit wir haben. Ab und zu ziehe ich heimlich die Uhr aus der Brusttasche meines Mantels und werfe einen Blick darauf. Als es endlich dämmert, stolpern wir auf wackligen Beinen zurück in Richtung Kaserne. Aus der beschwingt wandernden Meute Hitlerjungen, die am frühen Nachmittag hierhergezogen ist, ist ein Haufen schwankender Schneemänner geworden, die nur schleppend einen Fuß vor den anderen setzen. Swarowski watschelt in seiner dicken Pelzmütze neben uns her und lacht gutmütig über unsere Ungeschicklichkeit. Nur als August stolpert und sich der Länge nach in den Schnee wirft, zieht er ihn am Mantelkragen wieder in die Höhe. »Kumm ock, Jung!«

»Hoffentlich kriegen wir heute Abend wenigstens ordentlich was zu futtern«, sagt Gerhard und klopft August auf die Schulter, sodass der Schnee von ihm rieselt.

Als wir uns gerade mit unseren beladenen Tabletts in der Kantine niedergelassen haben, ertönt das auf- und abschwellende langgezogene Heulen des Luftalarms. Die Flakgeschütze bellen.

»Unsere Stellungen werden angegriffen«, ruft jemand. Wir stürzen an die Fenster, einige sogar nach draußen. In nordöstlicher Richtung, wo wir am Nachmittag Granaten gestapelt haben, tasten Scheinwerferkegel den Nachthimmel ab. Helle Funken lodern auf und verlöschen wieder. Es blitzt und donnert wie bei einem Gewitter. Ein grelles Aufleuchten … da wurde ein feindlicher Jäger oder Bomber abgeschossen!

»Mann! Das war eine Rata, bestimmt! Da fällt die Ratte«, ruft Gerhard. Die anderen jubeln.

Ich kann mich der allgemeinen Aufregung kaum entziehen. Es ist das erste Mal, dass ich einen Angriff aus dieser Nähe miterlebe.

»In den Bunker, sofort«, brüllt Swarowksi.

Doch kaum haben wir den Hof zur Hälfte überquert, da ertönt die Entwarnung. Swarowski ruft uns zurück. Ich frage mich, ob so etwas noch öfter vorkommen wird.

Nach dem Abendessen begeben wir uns auf unsere Stuben. Das Feuer im Ofen ist verloschen. Ich bitte Gerhard, es wieder in Gang zu bringen. Es ist kalt im Raum, mein Atem bildet kleine Wölkchen vor meinem Mund.

»Alle Mann Stiefel putzen«, rufe ich, »sonst geht der olle Stoß wieder in die Luft, wenn er zur Kontrolle kommt.«

Obwohl erst in einer Stunde Nachtruhe angeordnet ist, verziehen sich schon jetzt viele in ihre Kojen. Herbert breitet ein Kartenspiel auf einem der unteren Betten aus und verkündet: »Dem Gewinner leihe ich meine Bilder-Sammlung von den ›Glaube und Schönheit‹-Mädels.«

Sofort scharen sich einige um ihn. »Wo hast du die denn her?«, »Lass mal sehen!«

»Erst, wenn du gewinnst.«

Auch Gerhard hockt sich dazu. Die Mädels in ihren kurzen, weißen Kleidchen und sportlichen Posen will er sich nicht entgehen lassen.

Ich winke ab und verziehe mich zu August, der im Schneidersitz auf seinem Bett hockt und mit glasigen Augen vor sich hinstarrt. Er hat sich eine Decke um die Schultern gewickelt, zittert aber trotzdem noch. Ich setze mich auf seine Bettkante.

»Alles klar?«, frage ich leise. Er ist ungeheuer blass.

August zuckt mit den Schultern.

»An die Arbeit werden wir uns schon gewöhnen«, sage ich.

»Die Arbeit macht mir nichts. Mutter sagt immer, ich soll mich nicht überanstrengen, aber ich kann genauso gut arbeiten wie jeder andere hier auch.«

»Natürlich!«

»Wie geht's deiner Lippe?«

Ich merke, dass sie noch immer angeschwollen ist und jetzt ein wenig puckert. »Wird schon wieder. Der Schnee draußen kühlt gut.«

Wir starren eine Weile schweigend auf den Fußboden. Der Feuerschein aus dem offenen Kanonenofen, der das einzige Licht im Raum spendet, flackert und tanzt auf den Dielen. Es riecht ein wenig rauchig, weil das Abzugsrohr, das durch ein Loch in der Wand verschwindet, nicht mehr ganz dicht ist. Es erinnert mich an daheim, an Weihnachten. Das war erst vor ein paar Tagen und liegt schon jetzt so weit zurück.

»Du, Anton? Was glaubst du, wie lange wir hier bleiben müssen?« In Augusts Brillengläsern spiegelt sich der Feuerschein und verdeckt seine Augen.

»Ich schätze ein paar Wochen, bis die Arbeit erledigt ist. Oder bis der Russe anrückt.«

Er zittert noch mehr.

»Zeigst du mir deine Zigarettenbildersammlung?«, frage ich, um ihn abzulenken.

Es klappt. Seine Augen leuchten auf und er zieht ein Buch unter seinem Kopfkissen hervor. Er ist ein eifriger Sammler. Früher in der Schule haben wir untereinander getauscht, aber ich habe meine Bilder schon ewig nicht mehr angeschaut.

»Also, die Sammlung von Flaggen und Uniformen habe ich fast vollständig«, fängt er an und blättert durch das Buch. Ich höre nur mit halbem Ohr hin. Die anderen Jungs lachen leise, während sie sich über Herberts Fotos beugen. Ich brauche mir die Bilder nicht anzuschauen – ich habe etwas Besseres, ein Foto von Luise in meiner Manteltasche. Gut, dass sie nicht bei ›Glaube und Schönheit‹ mitmacht. Wenn sie von anderen Jungs so begafft würde, während sie fast in Unterwäsche herumturnt … schon bei dem Gedanken wird mir heiß.

»… von allen meine Lieblingssammlung, oder, Anton?«

Ich schrecke auf und schaue schuldbewusst auf Augusts Buch. Wo ist ein Eimer Wasser, wenn man ihn braucht? Er deutet auf eine Seite mit Zeppelinbildern und scheint zum Glück nicht mitzubekommen, dass ich in Gedanken weit weg gewesen bin.

»Äh, ja, die sind prima. Die musst du mal Gerhard zeigen … der mag alles, was fliegt.« Ich gähne.

»Zeit für die Nachtruhe«, verkünde ich. Es fühlt sich komisch an, Befehle zu erteilen. Aber Gerhard sorgt dafür, dass mir alle gehorchen.

Meine erste Nacht im Gefängnis, denke ich, denn genauso kommt es mir vor.

Kapitel 9

Swarowski begrüßt uns mit »Heil Hitler«. Bei ihm klingt das immer wie dahingesagt, was ihn mir noch sympathischer macht. Während er die Reihen der Jungs, die zum Morgenappell angetreten sind, abschreitet, zwinkert er dem ein oder anderen aufmunternd zu, verteilt sogar hier und da einen Klaps auf die Schulter.

»Gut gearbeitet habt'er in den letzten zehn Tagen.«

Zehn Tage sind wir schon hier? Bei der eintönigen Arbeit gehen die Stunden ineinander über, ohne dass ich es merke. Mittlerweile würde ich mich sogar darüber freuen, meine Lehre bei Meister Pollack wieder aufnehmen zu können. Aber wer weiß, ob ich dazu je wieder die Gelegenheit bekommen werde ...

»Wenn ihr so weitermacht, kriegt ihr am Sonntag einen freien Abend, na wie wär das?« Er bleibt genau vor mir stehen und grinst mich breit an. Ich lächle zurück. Swarowski ist wirklich in Ordnung.

Nachdem wir in den letzten Tagen Granaten gestapelt haben, werden wir heute für die Schanzstellungen eingeteilt. Ich steige hinter Gerhard auf den LKW und stelle mich auf einen harten Arbeitstag ein. Über Nacht hat es wieder geschneit, aber heute Morgen scheint die Sonne, sodass die ganze Landschaft unter einer blendenden, unberührten Decke verschwindet, die alle Geräusche verschluckt. Hier und da streckt eine Erle oder Birke ihre nackten Äste aus dem Meer aus Weiß und dort, wo bereits Autos über die Landstraße gefahren sind, ist der Schnee zu einer harten, grauen Decke zusammengestaucht, die sich wie ein schmutziges Band durch die Landschaft windet. Jeder Atemzug beißt in meiner Nase, denn der Tag ist klar und der Himmel kristallblau.

Der LKW hält. Wir springen ab, unsere Spaten bereits zur Hand. Vier bis fünf Meter tief soll der Graben werden und fast ebenso breit, damit kein Panzer ihn überwinden kann. Zusammen mit der zugefrorenen Oder soll er die letzte Verteidigungslinie um Breslau bilden. Aber ob das reichen wird?

Trotz der Kälte wird mir bald warm unter meiner Uniform und Gerhard neben mir stehen sogar Schweißperlen auf der Stirn. Ich schiebe eine Fuhre Schnee nach der anderen auf mein Schaufelblatt und werfe sie über den Grabenrand, wo sich ein hoher Wall gebildet hat, über den ich selbst im Stehen kaum noch schauen kann. Meine Muskeln ermüden.

August, der auch neben mir arbeitet, kann seine Arme kaum mehr weit genug anheben, um seine Spatenladung nach draußen zu befördern. Sein Gesicht unter der Mütze sieht trotz der Anstrengung blass aus. Er hüstelt vor sich hin, aber als ich innehalte und ihn stirnrunzelnd anschaue, winkt er ab.

»Geht schon, Anton.«

Das Mittagessen wird uns von Clothilde angeliefert. Sie ist eine drahtige Frau um die fünfzig mit grauen Haaren, aber ihr Gesicht verrät, dass sie einmal hübsch gewesen sein muss. Wir nennen sie alle nur Schlothilde, weil sie eine nach der anderen qualmt. Man sieht sie nie ohne eine

Kippe zwischen den gelblichen Fingern und sie kann ausgezeichnet auch mit der Fluppe zwischen den Lippen reden.

Da sie eine der wenigen Frauen in der Kaserne ist, wird sie von den Soldaten mit Respekt behandelt. Schlothilde weiß genau, wie sie genannt wird, aber sie nimmt es uns nicht übel. Sie hilft dem Kantinenchef und teilt uns jetzt dick belegte Leberwurst- und Käsebrote aus. Wie junge Wölfe schlingen wir sie in uns hinein. Zwischen ihren Zigarettenzügen zeigt sich ein dünnes Lächeln auf ihren Lippen.

»Darf ich auch mal ziehen?«, fragt einer der Jungs scherzhaft im Vorbeigehen. Schlothilde hält ihm wortlos die Zigarette vor die Nase. Heinz tut einen kräftigen Zug, versucht das Husten zu unterdrücken und verschluckt sich dabei. Nun muss er das Lachen der anderen ertragen.

Ich ergattere für mich und Gerhard einen der begehrten Sitzplätze auf der Ladefläche des LKWs. Wir lassen unsere Beine baumeln, trinken den lauwarmen Körnerkaffee und genießen die Pause. Ich schaue über die Schneise im Schnee, die wir und andere Gruppen in den letzten Tagen gegraben haben. Von hier aus wirkt sie weder breit noch tief genug, um gegen die Panzer der Russen irgendeine Barriere zu bilden.

Hat das überhaupt noch einen Sinn?, frage ich mich nicht zum ersten Mal.

Noch ist es ruhig an der Ostfront. Die Rote Armee scheint zu lauern, wartet vielleicht auf Nachschub, oder auf das richtige Überraschungsmoment. Aber sie werden kommen, soviel ist sicher. Die Alliierten haben klargemacht, dass sie nicht ablassen werden, bevor Deutschland nicht bedingungslos kapituliert hat.

Nach der kurzen Mittagspause beginnt die härteste Zeit des Tages. Ich sehne mich nach dem Ende der Schufterei, aber gerade jetzt kriechen die Stunden nur so dahin, während sich die Sonne dem Horizont im Schneckentempo nähert. Regelmäßig übersteigt meine Erschöpfung den Punkt, ab dem mein Körper nur noch wie ein Automat funktioniert. Ich spüre ihn nicht mehr, denke nicht mehr darüber nach, was ich tue, denke gar nichts mehr.

Alle sind still und verbissen bei der Arbeit, selbst Wilhelm sieht nicht begeistert aus über diese Art, dem Vaterland zu dienen. Mit zusammengebissenen Zähnen und finsterem Blick lässt er seine Muskeln spielen und schaufelt wie ein Verrückter, dass die Schnee- und Drecklawinen nur so über den Wall purzeln.

August stützt sich auf seinen Spaten und hustet wieder. Er sieht ganz grau aus. Ich bin mir nicht sicher, ob es nur am Zwielicht der hereinbrechenden Dämmerung liegt. Ein Unteroffizier geht vorbei und treibt ihn zur Weiterarbeit an. Doch ein paar Minuten später hält er schon wieder inne.

»Hey, alles in Ordnung?«, frage ich leise.

August sieht mit müdem Blick zu mir auf; seine Augen sind mit einem eigenartigen Glanz überzogen. Er nickt.

Dann sinkt er plötzlich in sich zusammen und liegt in dem tiefen Graben, ein kleines Häuflein Mensch in einem Berg viel zu großer Klamotten. Ich lasse den Spaten fallen und beuge mich zu ihm herunter.

»August, jetzt bloß nicht schlappmachen. Wir sind doch gleich fertig für heute.« Ich höre meiner Stimme die Panik an.

»Fertig«, murmelt August.

»Ja, genau, gleich fertig. Die Sonne ist schon fast weg.«

»Ja ...« Und dann sagt er etwas ganz Eigenartiges. »Bitte gib der Ratte nichts von meinem Käse.«

Ich lege eine Hand auf seine Stirn. »Was?«

»Sie ist so groß und rosa ... warum ist sie so rosa?«

Gerhard steht neben mir und blickt mich besorgt an.

»Hallo!«, rufe ich. »Mann am Boden. Ich brauche Hilfe! Sani!«

Dann versuche ich, August aufzuheben, damit er nicht mehr auf dem kalten Boden liegt. Er ist so leicht, dass ich ihn ohne Mühe halten kann, wiegt kaum mehr als eine der Granaten. Schlaff hängt er in meinen Armen.

Endlich kommt Swarowski angeschnauft. »Was gibt's, Köhler?«

Er leuchtet mit einer Taschenlampe Augusts Gesicht ab. Ich bin erstaunt, dass er sich meinen Namen gemerkt hat.

»Herr Unteroffizier, Wehrmachtshelfer Hubrich ist beim Dienst zusammengebrochen und hat fantasiert, vermutlich im Fieberwahn.«

»Ja, sowas!« Swarowski klopft dem bewusstlosen August mit seinen Bärenpranken auf beide Wangen, doch er reagiert nicht. Auch die anderen Jungs haben jetzt die Arbeit eingestellt und schauen uns an. Swarowski steht unentschlossen auf dem Fleck.

»Herr Unteroffizier, er muss sofort zu einem Sanitäter«, dränge ich.

»Da hast du wohl Recht.« Swarowski nickt und nimmt mir August ab, der für ihn ein Federgewicht sein muss. »Komm mit«, fordert er mich auf.

Swarowski trägt August zum LKW, mit dem wir hierher transportiert worden sind, und hebt ihn mühelos auf den Beifahrersitz. Ich soll mich daneben setzen und auf ihn achten. Er befiehlt dem Fahrer, uns sofort zur Kaserne zurückzubringen und dann wieder umzudrehen, um den Rest der Jungs abzuholen.

Ich bemühe mich darum, August so gut wie möglich aufrecht zu halten, während der LKW über die festgefahrene Schneedecke ruckelt. Trotzdem fällt sein Kopf bei jedem Holpern hin und her, vor und zurück, doch er wird nicht wach davon. Erst als ein Hustenanfall ihn schüttelt, schlägt er wieder die Augen auf. Sein Atem keucht und rasselt. Manchmal scheint es, als bekäme er keine Luft mehr. Selbst der Fahrer, ein älterer Soldat, schielt aus den Augenwinkeln besorgt zu uns herüber.

»Fahren Sie schneller, bitte!«, sage ich, kann aber nicht erkennen, ob er auf mich hört. Es wird zunehmend dunkler und er muss aufpassen, nicht von der Straße abzukommen. Die Scheinwerfer darf er wegen Verdunkelung nicht einschalten und so erhellt uns nur der Schnee den Weg.

In der Kaserne angekommen, springt der Fahrer von seinem Sitz und hilft mir, August aus dem Wagen zu hieven. Da er mittlerweile wieder bei Bewusstsein ist, kann ich ihn stützen, indem ich seinen Arm um meine Schultern lege und festhalte, während der Fahrer umkehrt.

Ich wanke mit August über den dunklen Kasernenhof zum Krankenrevier. Eine eisige Faust hält meinen Magen umklammert. Verflucht, August, warum musstest du bis zum Umfallen arbeiten? Ich hätte die Anzeichen eher bemerken sollen ... Hätte ihm eine Extra-Decke für sein Bett besorgen müssen. Nachts ist es bitterkalt, weil der Ofen nur bis zu Beginn der Schlafenszeit befeuert wird. Wenn die Wärme gegen Mitternacht gewichen ist, helfen auch die dünnen Decken nichts mehr.

Aber August hat keine Sonderbehandlung vor seinen Kameraden gewollt. Dummer kleiner August!

Mit letzter Anstrengung schleppen wir uns über die Schwelle zum Krankenrevier. Das Vorzimmer ist leer, aber die Tür zum Untersuchungsraum steht offen. Dort sitzt ein Mann hinter dem Tisch – ein Sani, erkennbar an der Rot-Kreuz-Binde am Ärmel. Er hat die Arme hinter dem Kopf verschränkt und die Beine auf dem Tisch abgelegt. Als er uns bemerkt, kippt er fast nach hinten um.

»Holla die Waldfee, was schneit denn da zur Türe rein!«

Ein reichlich dämlicher Ausruf. Kann der nicht sehen, dass August Hilfe braucht? Er ist wieder einer Ohnmacht nahe und hängt wie ein Stein an meiner rechten Seite.

»Könnten Sie mir mal helfen?«, bringe ich hervor.

»So, zwei kleine Soldaten!« Der Sani springt endlich auf und ergreift Augusts anderen Arm. Dann hebt er ihn mühelos hoch und trägt ihn ins Krankenzimmer, wo die Feldbetten für die stationäre Behandlung stehen. Sie sind alle leer.

»Was hat er?«, frage ich, sobald der Mann August auf eines der Betten gelegt hat.

»Jetzt lass ihn mich halt erst mal untersuchen. Was ist passiert?« Er legt eine Hand auf Augusts Stirn und fühlt mit den Fingern seinen Puls am Handgelenk.

»Wir haben Panzergräben ausgehoben, als er auf einmal umgekippt ist. Er hat schlimme Hustenanfälle. Ich glaube … ich glaube, es ist 'ne Lungenentzündung.«

»Nun mal langsam, Bürschchen, die Diagnose stell immer noch ich. Zieh ihm doch erst mal die Stiefel aus, die machen ja das Bett ganz dreckig.«

Er holt ein Stethoskop und legt es auf Augusts Brust. Hochkonzentriert horcht er auf Atemgeräusche. Ich kann das Rasseln auch ohne dieses Gerät hören.

»Mh-hm, sehr verschleimt, aber scheint nicht die Lunge zu betreffen, nur die oberen Atemwege.«

»Und das Fieber?«, frage ich und ziehe August den zweiten Schuh vom Fuß. Er hat sich Lappen um beide Füße gewickelt, um sie warm zu halten und einigermaßen in seine Stiefel zu passen.

»Kann auch bei akuter Bronchitis auftreten.«

»Was machen wir?«

Der Sani schaut mich mit einigem Erstaunen an. »Woll'n Sie vielleicht meine neue Krankenschwester werden, Herr ...?«

»Köhler, Anton.«

»So, Köhler, Anton. Was wäre denn Ihre Empfehlung zur Behandlung?«

Ich werde rot und ärgere mich darüber. »Ich ... würde ihn zu einem Arzt bringen.«

Der Sanitäter kratzt sich nachdenklich an der Wange. »Wenn es morgen nicht besser wird, lasse ich einen Arzt holen oder veranlasse, den Patienten in ein Krankenhaus zu verlegen. Aber sonst können wir leider nichts tun als abwarten. Er bleibt natürlich über Nacht hier. Braucht viel Ruhe und Wärme.«

»Ein Dampfbad vielleicht?«, sage ich in Erinnerung an die Hausmittel von Mutter.

»Ein guter Vorschlag, Schwester Köhler. Aber dazu muss unser kleiner Patient erst mal wieder zu Kräften kommen.« Er streckt mir eine Hand entgegen. »Willi.«

»Anton.«

»Das sagtest du bereits.«

Ich muss grinsen. Willi ist vom Rang her Obergefreiter, aber das scheint ihm egal zu sein.

»Ist das dein Freund, Anton?«

»Ja. Wir sind aus dem gleichen Ort und jetzt Stubenkameraden.«

Willi bettet Augusts Kopf auf einem weichen Kopfkissen und wechselt seine Kleidung, sodass er im Bett gemütlich schlafen kann. »Ich werd mich gut um deinen kleinen Freund kümmern, Anton. Du kannst jetzt ruhig essen gehen. Ist doch schon Zeit, oder?«

Ich zögere. »Darf ich ihn besuchen?«

»Freilich. Wenn du nicht die ganze Horde mitbringst. Ruhe, wie gesagt.«

Bevor ich zur Kantine laufe, gehe ich hinauf in unsere Stube. Die Kameraden sind noch nicht wieder zurück, oder sie sind direkt zum Essen gegangen. Aus Augusts Spind hole ich den dicken Wollpulli, den seine Mutter ihm gestrickt hat und ihm unbedingt hat mitgeben wollen, obwohl er ihn doch sowieso nicht unter der Uniform tragen kann. Ich packe alle Sachen in seinen kleinen Koffer, auch seine Zigarettenbildchen, falls er sich langweilt, und bringe es im Krankenrevier vorbei.

In der Kantine entdeckt Gerhard mich sofort und winkt mir zu. Nachdem ich bei Swarowski Meldung gemacht und meine Portion an der Essensausgabe abgeholt habe, rutschen die Jungs auf der Bank zusammen, sodass ich mich zwischen Gerhard und Herbert quetschen kann.

»Was war denn los mit dem August?«

»Geht's ihm wieder besser?«

Sie flüstern, da beim Essen nicht gesprochen werden darf.

»Er hat wohl eine Bronchitis und liegt jetzt im Krankenzimmer«, flüstere ich zurück.

»Simulant«, kommt es von Wilhelm, der schräg gegenüber sitzt. »Vor der Arbeit drücken kann sich jeder. Du dich gleich mit, was, Köhler?«

Ich will etwas erwidern, doch in diesem Moment geht knackend der Lautsprecher an, über den jeden Abend der Wehrmachtsbericht übertragen wird. Wir stellen unsere Gespräche ein, um zu lauschen.

Es heißt, im Westen kämpfen unsere Truppen um das Ruhrgebiet und versuchen verzweifelt, die Stellungen auf der linken Rheinseite gegen die anstürmenden Amerikaner zu verteidigen. Ich horche auf, als der Bericht auf die Ostfront zu sprechen kommt. Der Ansager verkündet mit monotoner Stimme, dass die Sowjets am heutigen Tage ihre Offensive an der Weichsel gestartet haben.

Ein Stromstoß fährt durch meinen Körper und meine Fingerspitzen kribbeln. Ich beuge mich zu Gerhard hinüber und flüstere ihm zu: »Es geht los.«

Kapitel 10

Seit vor zwei Tagen Bewegung in die Ostfront gekommen ist, werden wir noch mehr angetrieben. Aber keiner murrt, auch nicht hinter vorgehaltener Hand, denn jetzt wissen wir ja, wofür wir schuften. Die Ankunft der Russen an unserer eigenen Türschwelle ist auf einmal greifbar nah.

Gestern fing es an. Wir standen eng aneinandergepresst auf der Ladefläche des LKWs, auf dem Weg zur Schanz-stellung, da musste der Wagen plötzlich halten. Eine ganze Kolonne von Fuhrwerken, über und über beladen, schaukelte wie Schiffe in Seenot über die verschneite Landstraße. Auf den Wagen hockten Menschen, andere liefen nebenher – Frauen, Kinder und alte Leute. Alles Flüchtlinge, Volksdeutsche, die vor den Russen das Weite suchen.

Auf den Karren türmten sich Stühle, Lampen, Bettzeug und anderes Mobiliar auf. Diejenigen, die nicht das Glück hatten, einen Pferdewagen zu besitzen, oder jemanden zu kennen, der sie mit aufladen ließ, mussten ihr Hab und Gut selbst tragen. Manche schoben Fahrräder oder Kinderwagen, auf denen große Bündel festgeschnallt waren. Alte wie Junge trugen Rucksäcke und Taschen.

Es war ein gespenstisches Schauspiel, wie sie durch die Dämmerung stapften. Der Schnee schluckte den Klang der Pferdehufe und Füße. Nur das Klappern der Möbel auf den Wagen und das Quietschen von Rädern schallte durch die

Stille, ab und zu das Weinen eines Kleinkindes. Sie waren vermummt bis zur Nasenspitze gegen den eisigen Wind und wahrscheinlich auf der Suche nach einer Unterkunft und Verpflegung für die anbrechende Nacht.

Ich denke die ganze Zeit an meine Familie. Wenn wir die Russen nicht aufhalten können, muss auch Mutter bald fliehen.

Jeden Abend besuche ich mit Gerhard das Krankenrevier. Augusts Zustand hat sich ein wenig gebessert. Das Fieber ist gesunken und er hat keine Wahnfantasien mehr. Aber er ist noch immer schwach und schläft fast den gesamten Tag.

Heute Abend schauen wir danach noch bei Willi vorbei. Er sitzt an seinem Arbeitstisch, hat die Beine hochgelegt und die Arme hinter dem Kopf verschränkt, wie bei unserer ersten Begegnung.

»Na, was gibt's noch, Jungs?«, sagt er, als wir in der Tür stehenbleiben

»Weißt du schon was Neues?«, frage ich.

Er pustet Luft durch die Nase. Dann schüttelt er den Kopf. »Nichts. Der Bürgermeister hat angeordnet, dass sich keiner der Bewohner aus Breslau entfernen darf, weil unser Führer die Stadt zur Festung erklärt hat. Und eine Festung muss verteidigt werden, um jeden Preis. Fällt die Festung, fallen auch ihre Bewohner.«

»Aber die Frauen und Kinder ...«

»Gehen unserem lieben Führer am Aaaa-llerwertesten vorbei.« Willi spuckt auf den Boden. Dann zwinkert er uns zu, während er gleichzeitig einen Finger vor den Mund hält. »Aber das bleibt unter uns, versteht sich.«

Als wir eines Morgens über den Kasernenhof zur Kantine laufen, sehe ich Willi rauchend vor dem Sanitätsbereich stehen. Er entdeckt mich und winkt mir hektisch zu. Ich renne mit Gerhard zu ihm hinüber.

»Dem Kleinen geht's gar nicht gut«, sagt Willi, sobald wir in Hörweite sind, und tritt seine Zigarette aus. Auf seiner Stirn haben sich tiefe Furchen eingegraben. »Hat über Nacht 'nen Rückfall bekommen. Ich verstehe das nicht, gestern sah es noch so gut aus. Er hat wieder hohes Fieber und seine Lunge klingt wie ein Teekessel, der aus dem letzten Loch pfeift.«

Wir eilen zusammen ins Krankenzimmer. August liegt mit geschlossenen Augen im Bett, sein Gesicht wirkt beinahe so weiß wie der Kissenbezug. Mein Magen krampft sich zusammen.

»Warum kommt nicht endlich ein Arzt?«, frage ich.

Willi schüttelt den Kopf. »Totale Überlastung. Die Reservelazarette quellen über vor Verwundeten von der Front. Und dann die ganzen Flüchtlinge in der Stadt. Da kann sich kein Arzt mal eben zu einem Hausbesuch in die Kaserne aufmachen.«

»Dann muss August eben hingebracht werden«, sage ich.

»Immer mit der Ruhe, Jungs. Er ist jetzt gerade zu schwach, um bewegt zu werden. Morgen sehen wir weiter. Wir müssen abwarten.«

»Abwarten«, wiederhole ich tonlos. Ich weiß noch, wohin Abwarten bei meinem Bruder Frank geführt hat. »Er muss ins Krankenhaus!«, beharre ich.

Willi zuckt hilflos mit den Schultern. »Ich tue, was ich kann.«

Wir stehen eine Weile schweigend neben dem Bett, dann räuspert sich Willi. »Na los, ab mit euch zum Dienst.«

»Wir kommen später wieder«, sagt Gerhard und zieht mich mit.

Abends stehen wir wieder vor Willi. »Der Arzt war da. Hat ihm ein fiebersenkendes Mittel verabreicht. Wir warten jetzt, ob es anschlägt. Bis heute Nacht wissen wir mehr.«

Heute Nacht. Ich lasse mich auf den Stuhl sinken, den Willi mir hinschiebt.

Das hat der Arzt damals auch gesagt, bei Frank. Das ist der Wendepunkt. Wenn das Fieber bis dahin sinkt, ist er über den Berg. Wenn nicht ...

»Ich möchte heute Nacht hierbleiben«, sage ich.

»Ich geb dem Swarowski Bescheid«, bietet Gerhard an. »Der hat bestimmt nichts dagegen. Und ich vertrete dich als Stubenältester.«

Ich werfe ihm einen dankbaren Blick zu.

Nachdem Gerhard gegangen ist, bringt Schlothilde ein Tablett mit Abendessen, Nudeln mit Gulasch, aber weder Willi noch ich sind hungrig und August ist nicht in der Lage, etwas zu sich zu nehmen. Ich sitze still neben dem Bett und lege ab und zu ein neues kaltes Tuch auf Augusts Stirn. Willi raucht eine Zigarette nach der anderen, aber dafür geht er aus dem Krankenzimmer.

Einmal bekommt August einen Hustenanfall, der wie das Bellen eines Hundes klingt und in einem Röcheln endet. Es zieht mir die Brust zusammen. Ich hebe seinen Kopf leicht an, damit er nicht am Schleim erstickt. Der Anfall dauert Minuten und Schweißperlen treten auf seine Stirn. Halt durch, August, denke ich.

Die Nacht zieht sich hin. August ist wieder in einen unruhigen Schlaf gefallen. Ich fange an, leise zu summen, Schumanns Träumerei. Dabei sehe ich wieder Luise vor mir, die mit geschlossenen Augen am Klavier sitzt und sich zu der Melodie wiegt ... Erst als Willi eintritt, höre ich auf. Er zieht sich einen Stuhl heran und setzt sich auf die andere Seite von Augusts Bett. Ein starker Tabakgeruch geht von ihm aus.

»Willst du was essen?«

Ich schüttle den Kopf, aber mein Magen knurrt verräterisch.

Willi hält mir den Apfel hin, der auf Augusts Tablett gelegen hat. »Du hilfst ihm nicht, wenn du hungerst.«

Ich drehe den Apfel in meiner Hand; die glatte Oberfläche glänzt im fahlen Schein der Nachttischlampe. »Den hebe ich für August auf. Vitamine sind gut für ihn.«

»Er kann so viele Äpfel haben, wie er nur möchte, wenn er aufwacht.«

Ich lege den Apfel zurück aufs Tablett und Willi zuckt mit den Schultern. Dann beugt er sich vor, um Augusts Temperatur zu fühlen.

»Immer noch heiß wie Hölle«, murmelt er. Sein Gesicht wirkt aschgrau. Er lehnt sich wieder zurück und schaut mich an. »Ist Mist, wenn man nichts tun kann, außer zu warten, was?«

Ich nicke. »Seine Mutter hat mich gebeten, mich um ihn zu kümmern …«, krächze ich.

»Das machst du doch gerade.«

»Wenn ich das gemacht hätte, wäre er jetzt nicht hier.«

Willi winkt ab. »Liegt nicht alles in deiner Hand, Junge. Ich hab in meiner Zeit als Sanitäter so viele Menschen im Feld verloren. Man kann nicht jeden retten.«

Ich schaue auf. »Warst du an der Front?«

Er nickt. »Im ersten großen Krieg. Nun schau mich nicht so an, so lang ist das noch gar nicht her. Ich bin älter, als ich aussehe.« Er zwinkert mir mit einem müden Auge zu. »Hab mich 1917 freiwillig gemeldet. Jung und dumm, wie ich damals war. Ich wollte immer Arzt werden, also hab ich mich in die Sanitäterausbildung stecken lassen und bin nach Frankreich gekommen.«

»Wie war es dort?«, frage ich und setze mich gerade auf.

Willi runzelt die Stirn. »Anders wie heute, das kann ich dir sagen. Heute, da stoßen die Einheiten entweder vor, oder sie ziehen sich zurück. Damals ging's jahrelang keinen Zentimeter vorwärts. Dieser Stellungskampf in den Gräben, das war das Schlimmste; das war die reinste Hölle. Richtige Drecslöcher, es wuselte nur so von Ungeziefer … und der Gestank! Schon mal was von Wundbrand gehört? Der hat diejenigen geholt, die nicht das Glück hatten, an einem glatten Kopfschuss zu sterben. Besonders die Amputierten. War ja alles so schmutzig. Die Wunden haben sich infiziert und dann konntest du nichts machen, außer zuzusehen, wie sich die Fäulnis immer weiter fraß, bis schließlich der ganze Körper schlappmachte …«, er stockt, schüttelt den Kopf und winkt ab.

Ich schiebe meine Hände unter meine Knie. »Warum bist du nicht Arzt geworden? Nach dem Krieg, meine ich.«

»Nach dem Krieg war doch an Studium und sowas nicht zu denken. Hatte ja nicht mal die Schule abgeschlossen, ich Idiot. Dann kam der Hunger, und die Krise. Jeder konnte froh sein, wenn er überhaupt 'ne Arbeit fand.«

Ich nicke und erinnere mich an die Geschichten, die Vater mir erzählt hat.

»Aber am Schlimmsten war's für uns Jungen«, fährt Willi nachdenklich fort. »Als wir zurückgekommen sind, hatten wir gar keine Kraft mehr, uns wie gewöhnliche Leute zu benehmen, ins normale Leben wieder einzusteigen. Hat Jahre gedauert, bis ich mich wieder wie ein Mensch gefühlt hab. Der Krieg hat uns alle kaputtgemacht, die ganze Generation … Und nun passiert wieder das

Gleiche.« Er kratzt sich die Wange und schaut mich an. »Wenn die euch da auch noch mit reinziehen ...«

»Glaubst du, das machen die?«

»Darauf kannste wetten.«

Das hat Onkel Emil auch gesagt.

Kapitel 11

»Anton? Bist du wach?«

Ich schrecke auf, muss wohl auf dem Stuhl kurz eingenickt sein, denn mein Kopf schnellt nach oben, als hätte er auf meiner Brust gelegen. Einen Moment brauche ich, um mir klar zu werden, wo ich bin: Feldbetten in einem halbdunklen Raum, der nur von einer fuseligen Lampe auf dem Nachttisch beleuchtet wird; ein Geruch nach Putzmittel, Medizin und kalt gewordenem Essen liegt in der Luft. Ich schaue auf August. Seine Augen sind offen und schimmern im Halbdunkel.

»Wie fühlst du dich?«, frage ich.

»Ging mir schon besser«, haucht er, aber allein die Tatsache, dass er mit mir redet, ermutigt mich.

»Warum … bist du noch hier? Ist es nicht spät?«

»Mitten in der Nacht«, gebe ich zu und zucke mit den Schultern. »Ich wollte dir Gesellschaft leisten … falls du aufwachst.«

Er schaut mich seltsam an. »Wegen dem, was Mama gesagt hat?«

»Nein«, entgegne ich. »Weil du mein Freund bist.«

Augusts bleiche Wangen überziehen sich mit einem leichten rötlichen Schimmer. »Echt?«

»Klar. Warum bist du so überrascht?«

Er hustet in seine Faust. »Ich dachte nur … du hast ja Gerhard.«

»Ich kann doch mehrere Freunde haben.«

Er schweigt und scheint darüber nachzudenken, vielleicht auch über irgendetwas ganz anderes, so verträumt wie sein Gesichtsausdruck plötzlich wirkt. Ich überlege, ob es etwas gibt, womit ich ihn aufmuntern kann.

»Anton?«, flüstert August, bevor mir etwas einfällt.

»Ja?«

»Die Russen kommen. Nicht wahr?«

Ich rutsche auf meinem Stuhl herum. »Ja ...«

»Ich will unbedingt gesund werden, bevor es soweit ist. Damit ich auch fürs Vaterland kämpfen kann.«

»Ich weiß nicht —«, fange ich an.

Er unterbricht mich. »Die glauben alle, ich sei ein Schwächling.«

Ich will widersprechen, aber er macht eine leichte Kopfbewegung, die mich davon abhält.

»Es stimmt doch«, sagt er leise. »Ich bin eben nicht so sportlich wie du oder Gerhard ... und so mutig ...«

»Quatsch – dafür bin *ich* nicht so klug wie du«, werfe ich ein. »Du musstest mir doch immer beim Diktat helfen! Ich bin sogar zu dumm zum Schreiben.«

»Du bist nicht dumm. Ehrlich nicht.«

»Und du kein Schwächling!«

Er sieht nicht überzeugt aus. Da fällt mir etwas ein. »Hey, das Fußballspiel im Sommer, weißt du noch? Als wir mit unserer Mannschaft gegen die von Wilhelm angetreten sind?«

Augusts Augen leuchten kurz auf und er nickt.

»Du warst der Held des Tages! Wie du den Elfer von Braun gehalten hast ...«

Ein leichtes Lächeln umspielt seine Mundwinkel. »Das war aber auch dein Verdienst. Wenn du mir nicht gut zugeredet und mir verraten hättest, in welche Ecke der Braun immer zielt ...«

Ich schüttle den Kopf. »Aber du warst derjenige, der den Ball gehalten hat.«

August schweigt. Ich hoffe, dass ich ihn überzeugt habe.

»Du solltest dich jetzt ausruhen«, sage ich. Das Sprechen scheint ihn erschöpft zu haben.

Er liegt lange Zeit still da und ich glaube schon, dass er wieder eingeschlafen ist. Dann sagt er mit schwacher Stimme: »Ich würde gern Musik hören ...«

»Was denn für Musik?«, frage ich überrascht.

»Irgendetwas Schönes.« Er schließt die Augen. »Was zum Einschlafen.«

Ich schlinge mir die Arme um den Körper, weil mich plötzlich fröstelt. In diesem Moment erinnert er mich so sehr an meine kleinen Brüder, wie ihm die Locken über die Ohren fallen, die Augenlider so dünn wie Papier. Er hustet röchelnd. Über seinen Wangenknochen stehen leuchtend rote Flecken.

Ich ziehe ihm die Daunendecke bis unters Kinn und kurz darauf scheint er tatsächlich wieder einzuschlafen. Seine Wangen wirken eingefallen im Schein der Lampe, aber auf seinen Lippen liegt die Spur eines Lächelns.

Irgendwann bin ich wohl doch noch eingeschlafen in dieser Nacht. Willi muss mich in eines der Krankenbetten gelegt haben. Trotzdem kommt es mir vor, als hätte ich kaum zwei Stunden Ruhe gehabt. Von draußen fällt noch kein Licht der Dämmerung durch den Spalt der herabgezogenen Rollos. August liegt ruhig da, friedlich, seine Augenlider sind von winzigen Äderchen überzogen, die ihnen einen bläulichen Schimmer verleihen.

Ich springe aus dem Bett und erzähle Willi, dass August in der Nacht wach war. Er meint, das sei ein gutes Zeichen. Dann muss ich mich zum Dienst fertigmachen.

Die Arbeit des Tages zieht heute wie in einem Traumzustand an mir vorbei, so erschöpft bin ich von der kurzen Nacht und der Sorge um August.

Sobald wir zurück zur Kaserne kommen, stehen Gerhard und ich wieder vor Willi.

»Wie geht es ihm?«, frage ich hoffnungsvoll. »Ist sein Fieber gesunken?«

Willi sitzt hinter seinem Schreibtisch und starrt auf die Tischplatte. Eine halb gerauchte Zigarette hängt unbeachtet zwischen seinen Fingern.

»Willi?«, frage ich noch einmal. Eine Schlinge legt sich um meinen Magen und drückt ihn zusammen.

Er antwortet nicht. Die Glut frisst sich wie in Zeitlupe an dem Papier entlang; die schwarzen Ecken schrumpeln und lassen ein graues Aschegerippe zurück, das für einen Moment wie erstarrt in der Luft hängt. Dann geht ein leichtes Zittern durch Willis Hand und die Asche zerbröselt in der Luft. Sie segelt in kleinen Schnipseln herunter, leicht wie Schneeflocken.

Willis Augen sind rot gerändert.

»Es ist vorbei, Jungs.« Seine Stimme klingt wie ein Reibeisen.

Ich tausche einen verständnislosen Blick mit Gerhard.

»Er hat es nicht geschafft.« Er seufzt und reibt sich den Nasenrücken. »Sein Körper war einfach zu schwach, konnte das Fieber nicht mehr länger durchhalten.«

Was meint er damit? Er kann nicht das meinen, was ich glaube. »Aber … es ging ihm gut, heute Nacht«, bringe ich hervor.

Willi schüttelt den Kopf, ohne uns anzuschauen.

»Soll das heißen …?«, fragt Gerhard tonlos.

Willi spuckt auf den Boden. Dann nickt er langsam. »Ich konnte nichts mehr für ihn tun.«

Das ist unmöglich. Ich habe doch noch mit ihm gesprochen. Er war auf dem Weg der Besserung. Hätte ich Willi gestern Nacht holen sollen? Das muss ein Missverständnis sein! Mein Blick fällt durch die offenstehende Tür ins Krankenzimmer. Augusts Bett ist leer, die Laken und Decken liegen in einem unordentlichen Haufen daneben. Langsam sickert die Erkenntnis in mein Bewusstsein.

»Vielleicht ist es besser so«, sagt Willi und reißt mich aus meiner Schockstarre.

»Was?«

»Bei dem, was noch vor uns liegt … glaubt mir, vielleicht ist es besser, wenn er das nicht mehr mitmachen muss …«

Was danach passiert, merke ich kaum. Gerhard steht neben mir und redet mit Willi. Meine Augen brennen. Nach einer Weile zieht er mich mit sich über den eiskalten, dämmrigen Kasernenhof in die Kantine. Ich sage ihm, dass ich nicht hungrig bin, aber er hört nicht auf mich. Schlothilde stellt einen Teller vor mich hin. Ich stochere in meinem Essen herum, ohne es wirklich zu schmecken.

An unserem Tisch ist es still; sogar Wilhelm gibt keine dummen Kommentare von sich. Erst als Swarowski in den Saal kommt und Hauptmann von Leisner ankündigt, den Befehlshaber unserer Kaserne, schrecke ich aus meinem Dämmerzustand auf. Den Hauptmann hat bisher keiner von uns zu Gesicht bekommen, deshalb recken alle ihre Köpfe, als er eintritt.

Hauptmann von Leisner hat nur noch einen Arm; der andere Ärmel hängt schlaff und leer an seiner rechten Seite, das untere Ende hat er in das Koppel seiner Uniform gesteckt. Aber er steht stolz aufgerichtet und streckt seinen Arm zum knappen deutschen Gruß aus. Dann räuspert er sich.

»Wir beklagen heute den Tod eines Kameraden«, beginnt er.

Mir schießen Tränen in die Augen. Im Saal kann man eine Stecknadel fallen hören.

»August Hubrich ist heute seiner Erkrankung erlegen. Er war, wie mir berichtet wurde, ein aufgeweckter junger Mann mit Köpfchen und voller Tatendrang. Er wird vor allem seinen Stubengenossen sehr fehlen und wir werden seine aufopferungsvolle Hilfe vermissen.« Er schweigt einige Sekunden.

Ein lautes Schnauben dröhnt aus Swarowskis Richtung. Ich halte meine Augen stur auf meinen Teller gerichtet, um nicht in die Gesichter der anderen schauen zu müssen.

»Ich habe euch noch etwas anderes mitzuteilen«, fährt der Hauptmann fort. Er hat keine laute Stimme, aber sie trägt mühelos durch den Saal.

»Der Gauleiter Niederschlesiens, Karl Hanke, hat am heutigen Tage den Befehl gegeben, die Zivilbevölkerung aus Breslau und Umgebung zu evakuieren.«

Die Nachricht schlägt ein wie eine Granate und reißt selbst mich aus meiner stumpfsinnigen Verzweiflung. Mein Herz beginnt zu pochen.

Mutter ... meine Geschwister ...

»Alle wehrtauglichen Männer und Jungen ab sechzehn, die zum Volkssturm einberufen wurden, bleiben zurück, um dem heranrückenden Feind die Stirn zu bieten.«

Ein aufgeregtes Gemurmel setzt ein. »Wir bleiben auch hier«, höre ich von einigen. Wilhelm hat ebenfalls dieses Funkeln in den Augen.

»Was mit euch geschehen wird, kann ich noch nicht sagen«, fährt der Hauptmann mit erhobener Stimme fort, um das Tuscheln zu übertönen. Er lässt seinen Blick durch den Saal wandern.

»Ich weiß, ihr seid alle bereit, euer Leben für den Schutz unseres Vaterlandes und eurer Familien zu geben. Aber ich hoffe, dass es soweit nicht kommen wird. Das ist alles, Jungs. Heil Hitler.«

Kapitel 12

Als wir am nächsten Morgen zu unserem Einsatzort fahren, sehen wir bereits, was der Evakuierungsbefehl ausgelöst hat. Massen von Menschen wälzen sich über die Straßen Breslaus. Die Eisenbahnen, die an uns vorbeizuckeln, sind hoffnungslos überfüllt. Viele Menschen halten sich sogar außen an den Geländern der Waggons fest.

Hat Mutter es noch auf einen dieser Züge geschafft? Wenn ich doch nur eine Nachricht von ihr hätte.

Wir fahren bis zur Schanzstellung und beginnen unser Tageswerk. Die körperliche Arbeit und der Schock, der mir noch immer in den Gliedern steckt, halten meine Gedanken in Schach. Während wir Gräben schaufeln, sehe ich August, wie er wenige Meter neben mir steht und den Spaten hebt. Ich reibe mir die Augen, bis das innere Bild verschwindet. Eine Weile arbeite ich stur vor mich hin. Dann sehe ich August im Krankenbett liegen, so still und friedlich. Sein Gesicht verschwimmt mit dem meines Bruders Frank. Die Sorge um meine Familie kehrt wieder zurück.

Ich stoße den Spaten mit Wucht in die harte Erde und reiße ihr einen Klumpen nach dem anderen aus dem Leib. Die Kälte ist heute so extrem, dass mir gar nicht richtig warm wird. Sie beißt mir bei jedem Atemzug in die Nase und der gleißende Schnee treibt mir Tränen in die Augen.

Willi erzählt uns am Abend, dass der Zugverkehr nun ganz eingestellt worden sei und dass diejenigen, die bis jetzt noch in Breslau geblieben wären, zu Fuß losziehen müssten. Es herrschen Temperaturen um die zwanzig Grad unter null. »Viele von ihnen werden den Marsch wahrscheinlich nicht überleben«, sagt er grimmig. »Besonders die Kinder und Alten.«

»Was wird nun aus …?«, fragt Gerhard.

»Ich habe an Augusts Eltern telegrafiert«, sagt Willi. »Weiß nicht, ob sie das Telegramm überhaupt noch erhalten haben. Oder ob sie schon über alle Berge sind. Er wird morgen beigesetzt, hier auf dem Nordfriedhof. Ihr dürft natürlich alle dabei sein, hat der Hauptmann schon verkündet.« Willi stößt einen schweren Seufzer aus. »Vielleicht könnt ihr ja noch ein paar Zeilen an die Mutter schreiben. Das wäre was. Besser als so'n Telegramm.«

Am Abend knacken die Holzscheite in unserem Ofen und bringen ein klein wenig Wärme in die frostige Stube. Mir kommt es vor, als wäre eine Ewigkeit vergangen, seit ich letzte Nacht an Augusts Bett gesessen habe. Außer dem leisen Knistern der Flammen ist es still in unserem Zimmer. Die Kameraden sitzen oder liegen auf ihren Lagern und starren trübselig vor sich hin. Manche blättern in einem Heftchen.

Herbert kritzelt auf einem Blatt Briefpapier; seine Stirn ist gefurcht. Als er fertig ist und den Bleistift aus der Hand legt, bitte ich ihn um einen Bogen Papier und setze mich damit an den Tisch. Zuerst schaue ich ratlos auf das weiße Blatt vor mir. Was soll ich schreiben? Was habe ich schon zu sagen, das seine Mutter trösten könnte?

Ich setze mehrmals den Stift an und lasse ihn wieder sinken. Schließlich überlege ich, dass ich nichts weiter tun kann, als ihr von August zu berichten, so wie ich ihn kannte.

> *Sehr geehrte Frau Hubrich,*
> *ich möchte Ihnen gern von Ihrem Sohn erzählen.*
> *Letzte Nacht habe ich bei ihm gesessen, als es*
> *kritisch war. Ich glaube, er war froh darüber, auch*
> *wenn er die meiste Zeit geschlafen hat. Wir haben*
> *ihn alle sehr gern gehabt, auch wenn er nicht der*
> *schnellste Läufer und stärkste Boxer war. In einem*
> *Fußballspiel im Sommer war er ein echter Held, da*
> *hat er einen Elfmeter mit seinem Gesicht abgeblockt.*
> *Dabei ist seine Brille kaputtgegangen und seine*
> *Nase war ganz blutig. Aber er hat sich nur stolz*
> *umgeschaut und gefragt: »Hab ich ihn gehalten?«*
> *Wussten Sie, dass er in der Schule immer heimlich*
> *unter der Bank Gedichte auf Papierfetzen geschrie-*
> *ben hat, wenn der Lehrer nicht hinsah? Er wäre*
> *bestimmt mal ein großer Dichter geworden.*

Bei jeder Erinnerung, die ich aufschreibe, fällt mir noch eine weitere ein. Und so bin ich am Ende erstaunt, als ich fast die ganze Seite mit meiner krakeligen Schrift bedeckt habe.

> *Es tut mir sehr leid, dass ich nicht besser auf ihn*
> *aufpassen konnte, füge ich noch an. Er war mein*
> *Freund. Sie können sehr stolz sein auf Ihren Sohn!*
> *Mit freundlichen Grüßen …*

Ich setze meine Unterschrift darunter und wische mir mit einer Hand über die Augen. Es klingt zwar nicht wie

Theodor Storm, den August so gemocht hat, aber ich bin auch nur ein einfacher Uhrmacher. Das werden Hubrichs schon verstehen. Ich wünschte nur, ich hätte mehr tun können ...

Erschöpft falle ich in mein Bett.

Ich habe das Gefühl, gerade mal eine Minute geschlafen zu haben, als mich das Läuten der Glocke weckt.

Verschlafen fahre ich hoch und stoße an die niedrige Decke. Während ich mir noch den Kopf reibe, knipst jemand das Licht an. Ich kneife die Augen zusammen. Draußen auf dem Gang herrscht bereits Bewegung. Stiefelsohlen klappern über den Holzboden, dann kommt Stoß in unsere Stube geplatzt und brüllt: »Alle Mann aufgestanden und herhören. In einer viertel Stunde komplett bekleidet und mit Marschgepäck im Hof antreten. Das ist keine Übung! Wer nicht rechtzeitig fertig ist, wird zurückgelassen.«

Jetzt bin ich mit einem Mal hellwach. Ich rufe den anderen zu, die noch wie erstarrt in ihren Betten liegen oder sich benommen aufgesetzt haben: »Na los, ihr habt gehört, was er gesagt hat.«

Ich springe vom Bett und schlüpfe in meine Uniform. Um mich herum herrscht hektisches Gewusel, als die anderen es mir nachmachen. Ich suche meine Sachen aus dem Spind und packe sie in den Tornister, eine Art Rucksack aus wasserdichtem Stoff, der einiges aufnehmen kann: Wechselwäsche, das Waschzeug, Putzzeug für die Stiefel, sogar mein altes Paar Schuhe passt noch hinein. Die Zivilkleidung werde ich noch brauchen. Ich weiß zwar nicht, wo es hingeht, aber ich werde wahrscheinlich nicht wieder nach Hause kommen. Aufregung durchflutet jeden Zoll meines

Körpers. Warum konnte das nicht bis zum Morgen warten? Und wozu brauchen wir Marschgepäck?

»Sind die verrückt? Es ist doch mitten in der Nacht«, mault Gerhard.

»Zwei Uhr dreißig, um genau zu sein«, sage ich, als ich einen Blick auf meine Taschenuhr werfe. Eilig verstaue ich sie wieder in der Innentasche meines Mantels.

»Sie wollen uns an die Front schicken«, sagt Herbert. »Das bedeutet, die Russen sind schon fast da.«

»Das weißt du nicht«, entgegnet Gerhard.

»Endlich geht es los«, mischt sich Wilhelm ein. »Dieses Gräbenschaufeln ist doch keine Arbeit für richtige Männer.«

»Du bist kein richtiger Mann«, fährt Herbert ihn an.

Ich habe keine Zeit, mich an den Spekulationen zu beteiligen.

»Los, sind alle fertig? Wir müssen runter«, rufe ich, um die Nachzügler anzutreiben.

Ich warte, bis alle anderen die Stube verlassen haben, und knipse das Licht hinter mir aus. Auch wenn ich nicht weiß, wo es hingeht, bin ich nicht traurig, dieser Kaserne Lebewohl zu sagen. Auf dem Hof bilden wir hektisch eine Formation mit den anderen Jungs. Da fällt mir Willi ein.

»Halt mir mal den Platz frei«, sage ich leise zu Gerhard und schleiche mich in der Dunkelheit davon, bevor er etwas erwidern kann.

Im Krankenrevier brennt noch Licht. Willi sitzt seelenruhig an seinem Tisch, die Beine hochgelegt. Er blickt mir unerschütterlich entgegen.

»Willi!« Ich starre ihn ungläubig an. »Hast du nicht gehört, dass wir uns alle zum Marsch bereitmachen sollen?«

Willi schiebt seine Zigarette in den Mundwinkel. »Für mich gilt das nicht, Junge. Jemand muss doch hier Stellung halten.«

»Aber ...«

Er nimmt die Zigarette aus dem Mund. »Mach dir mal keine Sorgen. Ich komme hier schon klar. Um euch solltest du dir viel eher Sorgen machen.«

»Weißt du denn, wohin wir gehen?«

Willi zuckt die Schultern und kratzt sich die stoppelige Wange. Scheinbar hat er sich noch nicht rasiert.

»Ich weiß nicht mehr als ihr. Ich schätze, ihr sollt aus der Stadt raus, bevor die Roten kommen und uns einkesseln. Der Hauptmann ist ein vernünftiger Mann. Er sieht, dass so Jungspunde wie ihr auch nichts mehr ausrichten können, wenn uns eine Armee von Russen gegenübersteht. Und bevor der Hanke die Stadt ganz abriegelt und euch auch noch in den Volkssturm holt, will er euch wahrscheinlich in Sicherheit bringen. Was auch immer Sicherheit heut noch bedeutet.« Er nickt bedächtig. »So ist das.«

Ich höre draußen den Stoß brüllen und ergreife Willis Hand, um sie zu schütteln. »Sieh zu, dass du meinen Brief an Augusts Mutter abschickst, bitte! Wenn sie noch daheim ist ...«

»Ich kümmere mich drum, Junge. Kannste drauf wetten.« Er drückt fest zu. »Und jetzt raus da mit dir. Pass auf dich auf!«

Er hüstelt und dreht sich weg, sodass sein Gesicht im Schatten verschwindet. Ich verlasse das Krankenrevier.

Auf dem düsteren Hof baut sich der Schatten des Hauptmanns vor uns auf.

»Keine Zeit für lange Erklärungen. Ihr werdet Breslau verlassen und Richtung Liegnitz marschieren, wo Güterzüge bereitgestellt werden, die euch weiter in den Westen bringen. Außerhalb von Breslau trefft ihr mit anderen Einheiten von Jugendlichen zusammen. Heute Nacht marschiert ihr bis zum Morgengrauen, dann macht ihr in einem Dorf Rast. Bei Tiefffliegern flach auf den Boden oder in den Straßengraben werfen und den Kopf schützen. Alles klar?«

Keiner rührt sich. Der Wind pfeift um die Baracken.

»Abteilung still gestanden«, schreit dann Stoß. »Augen nach links. Abteilung li-inks um. Im Gleichschritt Marsch!«

Wir marschieren aus den Kasernentoren hinaus in das eisige Schneetreiben der finsteren Nacht.

Kapitel 13

Der Schneesturm macht unseren nächtlichen Marsch zu einer Tortur. Ein undurchdringlicher Vorhang aus Flocken fällt auf uns herab, sodass ich kaum noch meinen Vordermann sehen kann. Der Wind faucht mir in die Augen und reißt mir die Luft vom Mund. So müssen sich die Soldaten 1941 und '42 gefühlt haben, als zum ersten Mal der russische Winter über sie hereinbrach. Erst gegen Morgengrauen erreichen wir ein Dorf.

Jemand brüllt etwas, das ich über das Rauschen des Windes nicht verstehe. Aus einer geöffneten Tür dringt Licht durch das Schneegestöber. Ich werde über die Schwelle geschoben. Ein lautes Pfeifen ertönt, als jemand die Tür zudrückt und der Sturm sich dagegen auflehnt. Dann umfängt uns die Ruhe und Wärme einer beheizten Stube.

Ich reiße mir den Schal vom Mund und atme auf. Wir scheinen in einer kleinen Gastwirtschaft untergekommen zu sein. Rustikale Holzbänke säumen die Wände, ein tannengrüner Kachelofen strahlt Hitze ab, gegenüber hängt ein Hirschgeweih. Ein kleiner, dicklicher Mann mit Glatze empfängt uns in Pantoffeln und Morgenmantel. Oben hätten sie noch ein paar Zimmer frei und in der Gaststube könne man Strohlager aufbetten, sagt er mit müder Stimme.

Ich helfe, die Tische beiseite zu rücken, während andere dünn gefüllte Strohsäcke herbeischaffen und auf dem

Boden und den Bänken verteilen. Gerhard besetzt zwei Plätze auf der Ofenbank für uns. Erschöpft nehme ich mein Marschgepäck ab und lasse mich auf mein Lager sinken.

Ich ziehe mir die Stiefel von den Füßen und massiere meine tauben Zehen, bis sie anfangen zu kribbeln. Obwohl mein Magen knurrt, ist die Müdigkeit größer. Ich will mich nur noch hinlegen.

Ein Obergefreiter steckt den Kopf zur Gaststube hinein. »Fasst jetzt ein paar Stunden Schlaf, Jungs. Gegen Mittag geht's weiter. Wenn der Sturm aufgehört hat.«

Kaum liege ich auf meinem Lager, eingewickelt in die kratzige Militärdecke und eingelullt von der Wärme des Ofens, schlafe ich ein.

Ein lautes Knallen reißt mich aus dem Schlummer. Schüsse. Innerhalb einer Sekunde bin ich vom Lager geglitten und werfe mich auf den Boden. »Hinlegen«, rufe ich Gerhard zu. Der murmelt nur etwas Unverständliches und dreht sich auf die andere Seite. Jemand lacht laut auf. Ich hebe den Kopf und schaue mich verwirrt um. Die Rollos sind hochgezogen, um den hellen Sonnenschein einzulassen.

An der Tür steht der Obergefreite und klatscht in die Hände, sodass es in der Stube widerhallt. »Sehr gut«, ruft er mir grinsend zu, »du übst schon mal für den Ernstfall!«

Mit brennenden Ohren stemme ich mich in die Höhe. Immerhin bin ich als einer der Ersten hellwach.

»Aufstehen, ihr Murmeltiere, es geht weiter«, ruft der Obergefreite, bevor er den Raum verlässt.

Ich rüttle Gerhard, der schläft wie ein Stein. Erst als ich ihm zuflüstere, dass es Essen gibt, öffnet er die verklebten Augen. Wir bekommen ein paar Brote mit Margarine und

Kunstleberwurst. Eines davon schlinge ich gleich in mich hinein, das andere stopfe ich in den Brotbeutel. Gerhard isst beide seiner Brote und sagt enttäuscht: »Das war alles?«

»Austreten, antreten«, befiehlt der Obergefreite.

Wir huschen nacheinander zitternd auf das Abort, das sich hinter dem Wirtshaus in einem Außenhäuschen befindet, und stellen uns in Viererreihen auf der Dorfstraße auf, um weiterzumarschieren. Der Sturm hat sich gelegt. Die Hausdächer des Dorfes und die Felder ringsum liegen unter einer prachtvollen weißen Decke, noch beinahe unberührt von Fußspuren. Am wolkenlosen Himmel klettert die Sonne empor und umgibt uns von allen Seiten mit einem märchenhaften Glitzern.

Ich starre auf den Schnee, bis mir die Augen tränen, und sehe plötzlich Luise vor mir. Sie trägt ein schneeweißes Kleid – so hell, dass es mich blendet – und ihre blauen Augen strahlen wie der Winterhimmel über uns. Ihr Haar fällt in dicken Zöpfen über ihre Schultern. Ob es sich so weich anfühlt, wie es aussieht? Ich stelle mir vor, dass ich sie zu einem Konzert abhole, in meinen besten Stoffhosen und dem Sonntagshemd. *Du siehst sehr hübsch aus*, sage ich zu ihr. Luises Wangen überzieht ein rosiger Schimmer. *Wirklich?*, fragt sie. *Du findest mich hübsch?* Ich nicke. Luise schaut mir tief in die Augen. Dann sagt sie …

»Ich müsste mal auf den Pott.«

Der Tagtraum verpufft. Ich drehe mich leicht verstimmt zu Gerhard um, der neben mir durch den Schnee stapft. »Dann hättest du nicht so viel trinken sollen.«

»Mit irgendwas muss ich ja meinen Magen füllen«, protestiert er. »Ich wachse doch noch.«

Ich konzentriere mich darauf, in die Fußstapfen meiner Vordermänner zu treten. Ob meine Familie gerade auch diesen Weg zu Fuß unternimmt? Wie schlimm muss es erst für die Kinder sein, bei zwanzig Grad Kälte und beißendem Wind vollkommen ungeschützt den ganzen Tag zu laufen? Die Vision eines im Straßengraben liegenden Mädchens verfolgt mich, deren Tränen auf den eiskalten Wangen eingefroren sind. Ich schüttle den Kopf, um das Bild zu vertreiben.

»Ich muss mich mit Mutter in Verbindung setzen und sie wissen lassen, dass es mir gut geht und wo sie uns hinbringen«, raune ich Gerhard zu.

»Das wissen wir doch selbst nicht«, erwidert er.

»Nach Westen, hat der Hauptmann gesagt. Nach Liegnitz. Aber was dann?«

Er zuckt mit den Schultern. »Ich bin ganz froh, erst mal aus Breslau raus zu sein«, meint er. »Dort könnte es bald ziemlich ungemütlich werden.«

Wir befinden uns auf einer offenen Landstraße, die auf beiden Seiten von alten Kirschbäumen gesäumt wird. Dicke, runzelige Stämme recken ihre kahlen Äste in die Höhe.

»Ob sie es überhaupt nach Leipzig geschafft haben?«, murmele ich mehr zu mir selbst.

»Klar haben sie das«, sagt Gerhard, aber er kann meine Sorgen nicht zerstreuen.

»Wenn ich mich irgendwie absetzen könnte«, überlege ich mit gesenkter Stimme, »um zu ihnen zu kommen …«

Gerhard schaut mich erschrocken an. »Pst«, zischt er.

»Ich …«, fange ich an, doch er unterbricht mich mit einem Wedeln seiner Hand.

Er hält den Kopf hoch erhoben und hat die Stirn in Falten gelegt. »Hörst du das?«

Da bemerke ich es auch: ein rasch anschwellendes Summen über unseren Köpfen. Wir sehen zum Himmel.

Aus Richtung des Wäldchens, das wir durchquert haben, kommt ein Flugzeug über den Baumwipfeln in Sicht. Dann noch eins. Und ein weiteres.

»Russische Jäger! In Deckung«, schreit da auch schon jemand und der Ruf pflanzt sich durch den gesamten Zug fort.

Sie haben sich angeschlichen, gegen den Wind, damit wir sie nicht gleich hören.

»Komm«, rufe ich Gerhard zu und wate durch den tiefen Schnee, der den Straßengraben ausfüllt, zu einem der Kirschbäume.

Um uns herum bricht Chaos aus. Alle überschlagen sich in der Eile, hinter einem der Bäume Deckung zu suchen. Jemand fällt mir in die Hacken, sodass ich stolpere. Aber Gerhard fängt mich auf und zieht mich weiter.

»Jaks«, keucht er.

Mir ist es reichlich egal, wie die Maschinen heißen, die uns angreifen. Wir suchen auf der den Jägern abgewandten Seite Schutz und kauern uns aneinandergedrückt hinter den Stamm. Da knattern auch schon die Maschinengewehre.

Ich schütze meinen Kopf mit den Armen. Schneefontänen spritzen um uns auf ... Schreie ... Der alte Baum erzittert, mehrmals getroffen, doch die Schüsse durchdringen den dicken Stamm nicht. Ich horche angestrengt auf das Brausen der Motoren. Mein Herz wummert gegen meine Brust, meine Hände und Füße fühlen sich taub an.

Sie ziehen an uns vorüber und wenden in einem weiten Bogen.

Wir wechseln blitzschnell auf die andere Seite des Baumstamms. Wieder gehen Schüsse an uns vorbei. Hinter mir schreien Kameraden. Einige rennen in Panik nach allen

Seiten durch den Schnee davon. Dadurch bieten sie den angreifenden Flugzeugen ein noch besseres Ziel.

Mit stummem Entsetzen sehe ich zu, obwohl ich am liebsten die Augen schließen würde.

Da – die Flugzeuge drehen erneut. Wir schieben uns dicht an den Stamm gedrückt auf die abgewandte Seite. Ich stocke. Ein Junge liegt bäuchlings vor uns im Schnee, unter ihm ein rosaroter Fleck.

Ich will ihn umdrehen, um zu sehen, wer es ist, ob er noch lebt, aber wir müssen uns hinter den Stamm kauern. Ich spüre Gerhards zitternden Körper neben meinem. Die Geschosse peitschen an uns vorbei. Ein anderer Junge kommt leise wimmernd zu uns gekrochen.

Endlich ziehen sie ab. Das Summen der Motoren wird leiser. Wir verharren wie verängstigte Hasen in ihren Kuhlen an Ort und Stelle. Aus Angst, dass sie doch noch einmal umkehren und über uns herfallen, rühren wir uns kaum. In meinem Kopf wiederholt sich das ständige Gebet: *Bitte lass sie nicht zurückkommen. Bitte lass sie nicht zurückkommen …*

»Du, Anton«, sagt Gerhard leise und mit zitternder Stimme. »Ich glaube, ich hab die Hosen voll.«

Ich kann es ihm kaum verübeln.

Das Stöhnen von Verwundeten und gebrüllte Befehle lassen mich wieder zu mir kommen. Ich krieche zögernd durch den Schnee, zu dem Jungen, der noch immer bäuchlings in dem roten Fleck liegt. Ich will ihn nicht umdrehen, tue es aber trotzdem. Das ausdruckslose Gesicht kommt mir nicht bekannt vor. Seine Augen sind geschlossen. An den Wimpern haben sich einzelne Eiskristalle festgesetzt; der Oberkörper ist von Kugeln durchsiebt. Ich kämpfe mit aufsteigender Übelkeit.

Gerhard und mir gelingt es mit wackeligen Beinen, den Toten anzuheben und zu der Stelle zu tragen, wo sie alle aufgebettet werden. Zwölf Tote, zwanzig Verwundete. Tränenüberströmte, entsetzte Gesichter begegnen uns. Die Verwundeten werden versorgt. Unteroffiziere mit Trillerpfeifen versuchen, wieder Ordnung ins Durcheinander zu bringen.

Unsere Stubengenossen stehen betreten zusammen. Herbert, Johannes, Heiner, Achim, sogar Wilhelm. »Gustav hat's erwischt«, sagt Herbert. Er kämpft mit den Tränen, andere weinen offen.

»Reißt euch zusammen, Mann«, blafft Wilhelm sie an, aber auch er sieht blass aus. »Er ist fürs Vaterland gefallen«, fügt er leiser hinzu.

Was für ein ruhmreicher Tod, denke ich bitter.

Ich schaue zu Gerhard hinüber und bin unendlich erleichtert, dass er es nicht ist, der dort mit geschlossenen Augen im Schnee liegt. Gleichzeitig fühle ich mich schuldig, so etwas zu denken. Eins schwöre ich mir: Ich werde dafür sorgen, dass wir beide hier lebend wieder rauskommen. Gerhard verliere ich nicht auch noch.

Kapitel 14

Gerhard stößt mich in die Seite und deutet geradeaus. Wir sind im vorderen Bereich des Marschzuges eingereiht und ich spähe immer wieder in den wolkenverhangenen Himmel, lausche auf das unterschwellige Brummen von Motoren, suche die Umgebung nach Versteckmöglichkeiten ab. Diese Vorsicht geht einem sehr bald in Fleisch und Blut über. Zurzeit befinden wir uns auf ungeschützter Fläche. Auf beiden Seiten der Straße erstrecken sich schneebedeckte Äcker und erst in einiger Entfernung schließt sich die Baumreihe eines Wäldchens an. Der Tag neigt sich dem Ende zu; mein Brotbeutel ist leer, mein Magen auch.

Ich befürchte sofort das Schlimmste, als Gerhard mich auf etwas aufmerksam machen will, doch es sind keine Tiefflieger zu sehen. Stattdessen kommen hinter einer Kurve der Straße Menschen in Sicht, noch kaum mehr als ein paar dunkle Pünktchen im Schnee.

»Vielleicht eine Flüchtlingskolonne?«, sage ich.

Ich strecke mich, um über die Köpfe hinwegzuspähen. Man erkennt nur, dass es eine große Masse sein muss, ähnlich wie unser Zug.

»Die schleichen ja nur so dahin«, meint Gerhard.

Nach anderthalb Tagesmärschen durch Schnee und Eis und einer Übernachtung in einer unbeheizten Scheune mit der ständigen Angst vor Fliegerangriffen im Nacken sind wir alle ausgelaugt und müde. Trotzdem schließen wir rasch zu der Gruppe vor uns auf. Vielleicht kommen sie aus Rücksicht auf Alte und Kinder nur langsam voran. Mein Herz klopft plötzlich schneller, als mich die unbegründete Hoffnung anspringt, Mutter könnte vielleicht darunter sein.

Ein Schuss kracht. Ich zucke zusammen und unsere Kolonne gerät ins Stocken. Alle schauen sich verwirrt um. »Los weiter«, ruft uns Stoß von vorne zu. »Das galt nicht euch.«

Wem dann? Wir marschieren vorwärts. Ich erkenne jetzt Männer in schwarzen Mänteln mit Gewehren über der Schulter, die das Schlusslicht des Zuges bilden.

Und dann kommen sie in Sicht … dutzende, hunderte von Menschen in der blau-weiß-gestreiften Bekleidung, die mich immer an Schlafanzüge erinnert. Ein Häftlingszug.

Ich schaue Gerhard an, der den Blick mit gerunzelter Stirn erwidert. Unsere Kompanie wird unruhig. Alle Köpfe wenden sich plötzlich nach rechts.

»Augen geradeaus«, brüllt Unteroffizier Stoß an der Spitze, aber keiner hört auf ihn. Am Straßenrand liegt ein Bündel aus Kleidern. Nein, nicht nur Kleider … da steckt ein Mensch drin. Er ist halb zusammengerollt, der gestreifte Anzug ist über den dünnen Armen nach oben gerutscht und ein knochiger Schädel ragt aus dem Schnee heraus. Im Rücken klafft ein schwarzes Loch. Es blutet kaum, aber mir wird eiskalt.

»Kompanie Halt!«

Wir bleiben stehen. Die Führer müssen gemerkt haben, dass die Unruhe unter uns zu groß ist. Ein verständnisloses Gemurmel hat sich erhoben. Vor uns kracht wieder ein Schuss. Raue Stimmen brüllen Beleidigungen und Flüche. »Vorwärts, ihr Schweine! Schneller! Los! Marsch!«

Unser Zugführer, ein drahtiger Feldwebel, läuft voran und holt den Häftlingszug ein. Er redet mit einer der Wachen und gestikuliert dabei hitzig.

Aus welchem KZ mögen die stammen? Und warum treibt man sie jetzt durch die Kälte? Vielleicht sind sie zu einem Arbeitseinsatz unterwegs oder sie werden evakuiert, so wie wir. Die Aufseher des KZ-Zuges brüllen etwas. Vor unseren Augen teilt sich die graue Masse der Häftlinge und strömt zu beiden Seiten an den Straßenrand, wo sie zitternd in den Schnee sinken.

»Sie lassen uns durch. Wir marschieren im Eiltempo vorbei. Alle Mann marsch!«, schreit unser Zugführer und der Befehl wird nach hinten weitergegeben, während wir uns schon in Bewegung setzen.

Voller Unbehagen rennen wir beinahe an den Häftlingen vorbei. Ein fauler Geruch hängt in der Luft, den ich nicht einordnen kann. Wenn ich die dünnen Anzüge anschaue, wundere ich mich, dass nicht die Hälfte von ihnen schon erfroren ist. Ich würde ihnen gern etwas von meiner Brotration abgeben, wenn ich nicht wüsste, dass sie mich dafür erschießen würden, und die Häftlinge gleich mit. Mit leerem Blick starren die meisten von ihnen an uns vorbei oder auf den Boden. Totenkopfgesichter … ob Mann oder Frau ist kaum zu unterscheiden. Die Wachen stehen breitbeinig am Straßenrand, zünden sich Zigaretten an, plaudern, lachen. Ich kann meinen Blick nicht abwenden von den leichenhaften Gestalten.

Da tut sich etwas am äußeren Rand der Menge. Als ich in die Richtung schaue, sehe ich einzelne Häftlinge aufspringen und geduckt wegrennen, flink wie die Hasen. Das hätte ich ihren ausgemergelten Körpern gar nicht zugetraut. Sie laufen über den Acker auf das Wäldchen zu, das nur wenige hundert Meter entfernt ist. Innerhalb von Sekunden haben sich die SS-Männer von ihrer Überraschung erholt und reißen ihre Maschinenpistolen an die Schulter. Eine Hitzewelle durchfährt meinen Körper. Mein Brustkorb verengt sich.

»Alles hinlegen«, brüllt jemand, als die Salven mit ohrenbetäubendem Lärm losrattern.

Ich reiße Gerhard mit mir hinunter, lege die Arme über den Kopf, aber luge zwischen ihnen hindurch, um zu sehen, was vor sich geht.

Mehr und mehr von den dünnen Gestalten springen auf und versuchen zu fliehen. Die MPs halten gnadenlos auf sie, selbst auf diejenigen, die sitzen geblieben sind. Schreie gellen … ich weiß nicht, ob sie von den Häftlingen stammen oder von uns. Einer der Flüchtenden stolpert und plumpst mit einem Aufschrei in den Schnee. Kurz darauf richtet er sich mühsam wieder auf, um weiterzuhinken. Ich verfolge ihn mit den Augen … nur noch ein paar Meter, dann hat er das Wäldchen erreicht. Da peitschen Schüsse um ihn herum. Er fällt wieder, überschlägt sich und bleibt reglos im Schnee liegen.

Die Wachen brüllen vor Raserei, die Flüchtenden schreien und stöhnen, und wir sind mittendrin.

Dicht neben mir erblicke ich ein Gewirr von Armen und Beinen und blauen Streifen – ein Haufen von Menschen; ich kann kaum erkennen, wie viele es sind. Sie sind übereinander gestürzt, als die Salven auf sie gehalten haben. Sie haben sich nicht bewegt, nicht versucht zu fliehen, als hätten sie dafür keine Kraft mehr. Und doch sind sie niedergemäht worden. Eines der Gesichter ist mir zugewandt. Ein junger Mann mit spitzen Wangenknochen und eingefallenen Schläfen. Seine Augen starren blicklos ins

Leere. Eine lange rote Narbe zieht sich über den kahlen Schädel. Sein Mund ist leicht geöffnet und entblößt dunkle Zähne zwischen den blauweißen Lippen. Er sieht aus, als wäre er mitten im Schrei gestorben.

Plötzlich rührt sich etwas in diesem Haufen aus Kleidung und Körpern. Ich schaue genauer hin, gebannt vor Entsetzen. Ganz unten, unter all den Toten, hebt sich schwach eine Hand. Sie ist so dünn, dass die Finger wie Reisig-Zweige wirken, und die Haut dazwischen ist so durchscheinend wie Papier. Die Hand tastet hilflos im Schnee. Dann erschlafft sie und sinkt wieder nach unten. Ich wende mein Gesicht ab, aber das Bild will nicht verschwinden.

Die SS-Wachen wanken noch immer cholerisch brüllend herum und schießen auf alles, was am Boden liegt und sich bewegt.

Wenige Minuten – oder Stunden – später ist es vorbei. Über das schneeweiße Feld ziehen sich dunkle Häufchen.

»Verdammt noch mal, musste das sein?«, schreit unser Feldwebel.

Die SS beachtet ihn nicht. Sie haben selber Opfer zu beklagen, weil sie blind in alle Richtungen geballert haben.

»Alle Mann auf. In Reihen angetreten.« Das gilt wieder uns.

Ich springe automatisch auf, obwohl meine Beine sich anfühlen wie Pudding. Neben mir übergibt sich jemand in den Straßengraben. Mein eigener Magen droht sich umzudrehen. Ich halte die Luft an. Mein Gesicht ist nass. Auch über Gerhards bleiche Wange zieht sich eine gefrorene Tränenspur. Wir können uns nicht in die Augen schauen.

Sie treiben uns im Eiltempo an dem Feld der Toten vorbei. Ich versuche stolpernd mit den anderen Schritt zu halten. Irgendwie gelingt es mir, ein Bein vor das andere zu setzen. Ich weiß nicht, wie viele Kilometer wir zurückgelegt haben, als wir endlich in einer Ortschaft anhalten.

»Wir machen eine halbe Stunde Pause«, heißt es. »Dann geht's weiter, damit wir bis zum Abend in Liegnitz sind.«

Es ist zu kalt, um draußen zu rasten, also verteilen wir uns auf die Häuser, die uns aufnehmen. In der Dorfschule, die nur aus einem kleinen Zimmer besteht, lasse ich mich neben Gerhard auf eine Schulbank sinken. Er presst seine Fäuste gegen die Augen. Keiner redet. Es gibt keine Worte für das Erlebte. Wir sollten unsere Brote auspacken und essen, doch es scheint niemandem danach zumute zu sein. Ich fröstele in dem unbeheizten Raum.

Mein Blick streift Wilhelm, der mit verbissenem Gesichtsausdruck an der Wand lehnt, die Arme verschränkt. Mein Kiefer spannt sich an, als ich daran denke, dass sein Vater auch ein SS-Offizier ist, der Aufseher eines Arbeitslagers bei Breslau ... ein Mörder.

Ein Offizier betritt den Raum und stellt sich vorn ans Pult wie ein Lehrer. Er mustert uns mit ernstem Blick und wartet, bis er unsere Aufmerksamkeit hat.

»Jungs, dass ihr das mit ansehen musstet ... das hätte nicht sein müssen«, beginnt er vorsichtig.

Sein Blick heftet sich auf die zwei Soldaten, die nach ihm das Klassenzimmer betreten haben. Die Kette mit der sichelförmigen Metallplakette, die sie um den Hals tragen, weist sie als Mitglieder der Feldgendarmerie aus. Kettenhunde. Was wollen die denn hier?

»Viele von euch können wahrscheinlich nicht verstehen, warum das geschehen musste«, fährt der Oberleutnant fort. Er hat nicht diese typische, schnarrende Stimme, sondern spricht ruhig und bedacht.

Alle haben jetzt ihren Kopf erhoben und schauen ihn fast flehentlich an. Wir erhoffen uns eine Erklärung von ihm, die uns einleuchtet und dem Erlebten einen Sinn gibt.

Er räuspert sich. »Die Häftlinge wollten fliehen, das habt ihr alle gesehen. Hätten sie das nicht getan, wären sie nicht erschossen worden.«

»Dann war es also ihre eigene Schuld?«, fragt jemand. Alle Köpfe drehen sich zu ihm um.

»Eure Schuld ist es jedenfalls nicht«, erwidert der Oberleutnant ausweichend.

Eine Weile herrscht Stille, in der man eine Stecknadel fallen hören könnte. Wir sitzen starr da. Die Kettenhunde treten von einem Bein aufs andere.

»Ihr müsst das mal so sehen«, sagt der Offizier mit einem weiteren Blick auf die Feldgendarme. »Es ist Krieg, da gibt es immer Opfer …«

»Im Kampf jemanden zu töten oder hunderte wehrlose Gefangene abzuschlachten sind zwei vollkommen verschiedene Sachen.« Herbert ist aufgestanden. »Mein Vater ist auch Offizier, der würde so ein feiges Verhalten seiner Soldaten niemals dulden.«

Einer der Feldgendarme tritt vor. Er hat ein unscheinbares Gesicht, aber in seinen Augen blitzt es gefährlich.

»Das waren keine Menschen wie wir, sondern Untermenschen. Juden und andere minderwertige Rassen, verstehst du! Es ist eine gute Tat, die Welt von diesem Ungeziefer zu befreien. Anders kann Großdeutschland nicht zum Sieg gelangen. Die fressen uns die Haare vom Kopf weg.«

»Da kommt's mir hoch«, flüstere ich Gerhard zu, doch er legt warnend den Finger vor die Lippen.

Herbert steht weiterhin mit durchgestrecktem Kreuz da, doch er sagt nichts mehr.

Ein schmächtiger Junge mit Brille und pickeligem Gesicht bricht plötzlich in hysterisches Schluchzen aus. Er heißt Joachim Drechsler und war in der Kaserne mit in unserem Zug.

»Reiß dich zusammen!«, herrscht ihn der Feldgendarm an. Doch der Junge hört nicht auf.

»Meinen Vater ...«, bringt er stockend hervor, kaum verständlich unter den heftigen Schluchzern, »den haben sie auch abgeholt ... in ein Lager gebracht ... er ist nicht wieder heimgekommen ...«

»Dann wird er das wohl verdient haben.«

»Ich bitte Sie!«, wirft der Oberleutnant ein, doch er wirkt hilflos.

»Ihr Mörder!«, kreischt Joachim. »Wenn das Deutschlands Zukunft ist, dann soll es lieber vor die Hunde gehen!«

»Ruhe jetzt!«, brüllt der Feldgendarm mit hochrotem Kopf. »Das ist Wehrkraftzersetzung. Darauf steht die Todesstrafe!«

»Die Jungen sind nur aufgewühlt«, versucht der Oberleutnant dazwischenzugehen. »Verständlicherweise.«

Doch der Kettenhund gibt seinem Kumpan einen Wink. Der packt den Jungen am Arm und schüttelt ihn. »Wirst du wohl aufhören!«

Mein Herz klopft mir bis zum Halse. *Hör auf, Joachim, bitte!*

Aber Joachim hört nicht auf zu heulen. »Schweine«, flüstert er. »Ich will nichts mehr mit euch zu tun haben!«

Der zweite Feldgendarm packt den Jungen am anderen Arm und sie zerren ihn zwischen sich zur Tür. Er wehrt sich nicht; mit gesenktem Kopf lässt er sich mitziehen. Der Oberleutnant steht plötzlich vor der Tür. »Lassen Sie den Jungen los. Er —«

»Aus dem Weg, sonst sind Sie als Nächster dran!«, bellt der Kettenhund und stößt Joachim aus der Tür in den Schnee. Er fällt auf Knie und Hände. Der andere Gendarm zieht seine Pistole. Ich zittere am ganzen Leib.

»Nein!«, schreit jemand. Ein Schuss kracht. Der Junge sinkt vornüber in den Schnee, der sich unter ihm mit roter Farbe vollsaugt wie ein weißes Tischtuch mit Traubensaft.

»Lasst euch das eine Lehre sein!«, ruft der Feldgendarm und schlägt die Tür wieder zu. Diesmal muss auch ich mich übergeben.

Kapitel 15

Als wir endlich in Liegnitz eintreffen, stehen keine Güterzüge für uns bereit. Wir müssen weiter zu Fuß durch die Kälte marschieren, genau wie die unzähligen Flüchtlinge, denen wir immer wieder auf der Straße begegnen. Ich habe schon lange keine frische Wäsche mehr und trotz der Lappen, die ich mir um die Füße gewickelt habe, muss ich meine gefrorenen Zehen am Ende jedes Marschtags eine halbe Stunde oder länger an ein Feuer halten und massieren, bis ich sie wieder spüre.

Ein Tag unterscheidet sich kaum vom nächsten; es gibt nur noch vor dem Häftlingszug und danach. Immer wieder stelle ich mir die gleichen Fragen: Bin ich feige? Hätte ich auch protestieren müssen, wie Drechsler es getan hat? Dann wäre ich jetzt auch tot … Wie Stauffenberg und seine Mitverschwörer. Ich kann gar nichts tun, ich als Einzelner.

Ich hole Vaters Taschenuhr aus meinem Mantel, die ich jeden Tag aufziehe. Die kleinen Zeiger wandern unbeirrt über das Ziffernblatt. Mit dem Daumen streiche ich über die Inschrift auf dem Deckel, spüre die dünnen Linien unter meiner Fingerkuppe. *Am Ende ist jeder nur seinem eigenen Gewissen verpflichtet, Anton*, höre ich Vaters Stimme sagen und in diesem Moment steht er mir wieder ganz deutlich vor Augen, obwohl die Erinnerung schon manchmal verblasst.

Ich umschließe die Uhr in meiner Faust. Es gibt nur eines, das ich tun kann. Mich verweigern. Nicht mitmachen bei diesem Wahnsinn. Und wenn sie uns Waffen in die Hand drücken – ich werde sie niemals gegen einen anderen Menschen einsetzen. Wir haben schon so viel Schuld auf uns geladen. Ich will nicht auch noch dazu beitragen. Es ist vielleicht unbedeutend, ob ich es tue oder nicht, die Dinge passieren trotzdem. Aber wenigstens habe ich mir dann nichts vorzuwerfen.

Die Frage ist nur, ob ich mutig genug bin, mich daran zu halten.

Am Abend erreichen wir Bautzen. Wir haben noch immer keine Ahnung, was unser letztendliches Ziel ist. Aber solange es weiter nach Westen geht und ich damit Leipzig näherkomme, kann ich mich damit abfinden.

Diese Nacht verbringen wir in einem großen Flüchtlingslager bei Bautzen. Ein Gymnasium wurde dafür hergerichtet, hunderte von Menschen aufzunehmen. Uns schickt man in die Turnhalle. Auf dem ganzen Boden sind Strohlager verteilt und dünne Militärdecken darüber ausgebreitet worden. Ein Ofen in der Ecke vermag die große Halle kaum zu erwärmen. Dafür stehen mehrere Gulaschkanonen bereit, an denen wir uns eine warme Mahlzeit abholen können. Mit unserem Kochgeschirr lassen wir uns auf die Lager sinken und essen schweigend.

Unser Oberleutnant, Schwarz heißt er, betritt die Turnhalle und baut sich in der Mitte auf, sodass alle ihn sehen können. Mit seiner verhaltenen Stimme, bei der wir uns anstrengen müssen, sie zu verstehen, sagt er: »Jungs, es sind endlich Züge bereitgestellt worden. Morgen früh steigt ihr alle in einen Güterzug, der euch zu eurem … Einsatzort bringen wird.« Er blickt beinahe bedauernd über die versammelten Jungen.

Stille begegnet dieser Ankündigung, während seine Worte zu uns durchsickern. Damit hat keiner gerechnet. Einsatzort? Geht es an die Front?

»Unsere Truppen im Protektorat Böhmen und Mähren unter General Schörner benötigen Verstärkung«, fährt Schwarz fort und atmet einmal tief ein und aus. »Ihr seid alle zum Arbeitsdienst abkommandiert. Ihr sollt unseren Truppen bei den Abwehrmaßnahmen helfen. Deshalb werdet ihr morgen in die Tschechei gebracht. Eine genauere Ortsangabe kann ich momentan nicht machen, denn die Front verändert sich jeden Tag.«

Schörner. Der Name allein ruft eine Gänsehaut hervor. Aus den Gesichtern meiner Kameraden lese ich, dass ihnen ähnliche Gedanken durch den Kopf gehen. Schörner ist dafür bekannt, seine Soldaten in ausweglose Situationen zu schicken; für ihn existiert das Wort Rückzug nicht, und Kapitulation schon gar nicht.

Nachdem Schwarz den Raum verlassen hat, erhebt sich lautes Gemurmel in der Halle. Einige freuen sich über den bevorstehenden Einsatz, aber die meisten scheinen genauso schockiert wie ich. Keiner gibt zu, dass er Angst hat.

»Himmelfahrtskommando«, nuschele ich zu Gerhard.

Wilhelm richtet sich auf. »Ein deutscher Junge tritt dem Feind mit starkem Herzen entgegen. Egal, ob die Lage aussichtslos ist oder nicht.«

Ich schaufle einen Happen Suppe in meinen Mund und ignoriere ihn.

»Ich bin froh, dass wir jetzt nicht mehr wie aufgescheuchte Hühner durch die Gegend irren«, fährt er fort. »Wurde auch Zeit.«

Als allmählich Ruhe in der Turnhalle einkehrt, die letzten aufgeregten Gespräche verstummen und sich alle schlafen legen, frage ich mich, ob ich wohl als Einziger dieses nagende Gefühl im Magen verspüre. Dabei habe ich mich eben satt gegessen. Ich ziehe die Fotos heraus, die mittlerweile von Feuchtigkeit gewellt und ausgeblichen sind, und schaue die vertrauten Gesichter von Mutter und meinen Geschwistern an.

Mein Kopf arbeitet fieberhaft. Wenn die uns in den Osten verschleppen, werde ich sie vielleicht nie mehr wiedersehen. Wer sorgt dann für sie? Ich kann sie doch nicht im Stich lassen. Ich habe Mutter versprochen, dass wir in Leipzig wieder zusammenkommen. Also muss ich dorthin gelangen. Sobald wir aus Deutschland heraus sind, ist jede Chance darauf verspielt. Wir müssen uns also schon vorher absetzen ... irgendeine Ablenkung nutzen, um unseren Aufsehern zu entkommen.

»Gerhard«, flüstere ich und rolle mich auf die andere Seite, um ihn anschauen zu können. Es ist nicht vollkommen dunkel in der Turnhalle. Aus dem Ofen dringt schwacher Feuerschein und das Deckenlicht brennt im vorderen Bereich, wo zwei Wachen an der Tür stehen.

»Ich sehe nicht ein, für einen verlorenen Krieg den Heldentod zu sterben.«

»Was soll das heißen?« Gerhards Flüstern ist auch für mich kaum zu hören.

»Bei nächster Gelegenheit müssen wir verschwinden.«

Der Entschluss, einmal gefasst, lässt mein innerliches Zittern verstummen.

Gerhard sieht einen Moment lang so aus, als würde er etwas dagegen einwenden wollen. Vielleicht denkt er wie ich an die Kettenhunde. Es ist allgemein bekannt, was sie mit Fahnenflüchtigen anstellen. Aber er fragt nur: »Wo willst du hin?«

»Mich irgendwie nach Leipzig durchschlagen. Bist du dabei?« Ohne Gerhard würde ich nicht gehen.

Er zögert nicht mehr, sondern nickt entschlossen.

Ich seufze erleichtert. »Bei nächster Gelegenheit«, wiederhole ich. »Mach dich bereit.«

Eine Trillerpfeife reißt mich aus dem Schlaf. Ich fahre auf und blicke mich müde um. Die anderen Jungs rekeln sich auf ihren Strohsäcken, noch keine Spur von Tageshelligkeit. Ein Blick auf meine Taschenuhr sagt mir, dass es fünf Uhr morgens ist.

Die Unteroffiziere treiben uns auf den Schulhof, kaum dass wir uns die Stiefel und Mäntel übergezogen haben. Ich bibbere. Ein kalter Mond hängt am grauschwarzen Himmel. Obwohl wir das Antreten schon hunderte Male geübt haben, passieren heute Flüchtigkeitsfehler. Einige drehen ihre Köpfe in die falsche Richtung oder kommen beim Marschieren aus dem Takt. Unteroffizier Stoß brüllt. Aber keiner scheint ihm richtig zuzuhören.

Wir laufen zum Bahnhofsgelände, wo ich mich verstohlen umschaue. Hinter uns befindet sich ein langes Backsteingebäude, dunkel und scheinbar verlassen. Davor erstrecken sich in beiden Richtungen die Schienen, Bündel von Stahllinien, die im Mondschein dumpf glänzen, sich überkreuzen und in der Ferne verlieren. An das Gleisbett schließt sich eine weite Fläche mit niedrigem Gesträuch und Unkräutern an. Keine gute Fluchtmöglichkeit. Alles zu überschaubar. Auf einem Abstellgleis steht ein langer Güterzug.

Sie treiben uns in die Waggons wie Vieh, das zum Schlachthof gefahren wird. Sitzgelegenheiten gibt es nicht –

nur einen suspekt aussehenden Strohhaufen in einer Ecke, den ich lieber vermeide. Es stinkt nach Schweiß und Urin. Ich habe die schreckliche Vermutung, dass dieser Zug schon länger nicht mehr nur für den Transport von Gütern eingesetzt wurde.

»Hier drin sitzen wir fest«, flüstere ich Gerhard zu und spüre trotz der Kälte, wie mir Schweiß ausbricht. Die Dunkelheit ist bedrückend. Durch die hohen Fenster, die nichts weiter sind als rechteckige Sichtluken, dringt noch kein Licht der Dämmerung.

Gerhard erkämpft sich für uns beide einen Platz neben der Tür. Sie ist zwar verschlossen, aber ich fühle mich trotzdem besser. Ich lasse mich auf den Holzboden sinken und ziehe die Beine an. Der Tornister bildet ein Polster hinter meinem Rücken.

Es dauert eine ganze Weile bis der Zug anfährt. Die Lokomotive schnauft. Unter Quietschen und Ruckeln geht es los. Wie lange wohl die Fahrt in die Tschechei dauern wird? Egal! Ich habe nicht vor zu warten, bis wir dort ankommen.

Beim Einsteigen habe ich gesehen, dass die Waggontüren außen mit Haken versehen sind. Unsere Zugführer haben sie eingehängt, damit niemand auf die Idee kommt, aus dem dahinzuckelnden Zug zu springen. Doch unsere Tür ist nicht vollständig verschlossen. Ein kleiner Spalt steht offen, durch den ein eisiger Luftzug hereinweht. Wahrscheinlich könnte ich einen Finger durch diesen Spalt schieben und damit den Haken erwischen, ihn nach oben heben und auf diese Weise die Tür öffnen.

Fragt sich nur, zu welcher Gelegenheit ich das unbemerkt tun kann. Wenn die anderen Jungs ebenfalls aus dem Wagen springen, stehen unsere Chancen zu entkommen schlechter. Lieber wäre es mir, wenn wir beide uns heimlich davonstehlen könnten. Aber das ist in einem fahrenden Zug mit dutzenden anderen so gut wie unmöglich.

Ich grüble vor mich hin, reibe mir ab und zu die Hände, um zu testen, ob ich noch Gefühl in den Fingern habe, und merke schließlich, wie mir wieder die Augen zufallen wollen.

Ein lautes Krachen lässt mich aufschrecken. Ich spüre einen Schlag am Hinterkopf und sehe gelbe Lichter vor meinen Augen tanzen. Unsanft werde ich zur Seite geschleudert und falle gegen Gerhards Schulter. Um uns herum rutschen alle in den hinteren Teil des Waggons. Die Räder quietschen, ein haarsträubendes Geräusch, als kratzten Fingernägel auf einer Schultafel.

Ein unterschwelliges Brausen erfüllt die Luft. Flugzeugmotoren?

Der Boden vibriert, die Schwingungen pflanzen sich durch meinen Körper hinweg fort. Draußen ertönt ein schrilles Pfeifen, gefolgt vom Krachen eines Einschlags … und noch einer … und wieder … in immer schnellerer Folge.

Ein Luftangriff auf den Zug. Wenn wir hier drinnen bleiben, sind wir verloren.

»Setz deinen Tornister auf«, sage ich zu Gerhard, während ich meinen eigenen überstreife.

Ich stemme mich auf, robbe zur Tür und mache mich am Schloss zu schaffen. Mein Finger passt tatsächlich durch den Spalt. Erneut schüttelt sich der Waggon und mein Finger wird zwischen Tür und Rahmen eingeklemmt. Vor Schmerz beiße ich mir auf die Lippen, bis ich Blut schmecke.

»Bist du verrückt, wir dürfen nicht raus. Keiner verlässt den Zug, so lautet der Befehl.« Ich kann die Stimme nicht einordnen, kümmere mich aber auch nicht darum.

Als die Erschütterung abklingt, kommt mein Finger wieder frei. Ich widerstehe dem Bedürfnis, ihn sofort herauszuziehen und in den Mund zu stecken, sondern taste mit zusammengebissenen Zähnen weiter nach dem Haken. Da ist er. Ich will ihn hochstemmen, doch er rührt sich nicht.

Eine Explosion ganz in der Nähe; es kracht und ächzt, als würde Holz bersten. Ich ruckele verzweifelt am Haken in dem Versuch, ihn zu lockern. Gerhard, der begriffen hat, was ich vorhabe, stemmt sich mit seinem ganzen Körper gegen die schwere Stahltür.

»Mist, Mist, Mist«, höre ich ihn murmeln. Draußen verstärkt sich das Pfeifkonzert.

»Wenn die Bomben pfeifen, treffen sie dich nicht. Die dich treffen, hörst du nicht«, rufe ich ihm zu. Eine Weisheit, die mir Willi mit auf den Weg gegeben hat.

»Sehr beruhigend«, presst er hervor.

Endlich gibt der Haken nach. Um uns herum drängen schon die anderen Jungen nach draußen. Egal, was die uns befohlen haben, niemand will bei so einem Angriff wie ein Hase in der Falle hocken.

Die Tür bricht auf, Gerhard purzelt beinahe über mich und schiebt mich mit nach vorn. Ich kann mich gerade noch am Rahmen festhalten.

Wieder erschallt ein ohrenbetäubendes Donnern. Mehr und mehr Bomben schlagen dicht neben uns ein. Jetzt gibt es kein Halten mehr. Ich werde von nachrückenden Körpern aus dem Zug geschoben, springe auf das Schotterbett der Gleise und schaue mich um.

Die Umgebung ist von Christbäumen taghell erleuchtet – erstarrte Funkenregen am Himmel. Wir sind auf offener Strecke stehengeblieben, kein Bahnhof, kein Ort ist weit und breit zu sehen. Nur ein Kiefernwäldchen liegt etwa zweihundert Meter entfernt. Zwischen den hohen, schlanken Stämmen winken einladende Schatten. Dorthin müssten wir unbemerkt gelangen!

Ein Soldat rennt gebückt an uns vorbei. »Alle Mann in Deckung! Keiner läuft weg!«

Die letzten Worte werden von Explosionen übertönt. Wir werfen uns gleichzeitig zu Boden. Ich lege die Arme schützend um meinen Kopf und öffne den Mund, damit der Druck nicht mein Trommelfell zerreißt. Schmerz durchzuckt meinen kleinen Finger, als hätte mir jemand hineingestochen. Ich ignoriere ihn und richte mich wieder auf, um zum Waldrand zu rennen.

Aber ... was ist mit Gerhard? Ich kann ihn nirgends entdecken. Zu viele Menschen um mich herum.

Ich rufe nach ihm, aber ich höre meine eigene Stimme nicht. Die Druckwelle eines Einschlags in nächster Nähe reißt mich erneut um. Ich krieche in einen Bombentrichter und starre zurück auf den Zug. Von unserem Waggon ist nur noch ein zerborstenes Skelett übrig. Bei einigen anderen Wagen sind ebenfalls die Türen geöffnet worden. Dunkle Gestalten huschen durch die Gegend und versuchen, Schutz zu finden.

Endlich sehe ich Gerhard, der einige Meter entfernt gestolpert war und sich gerade aufrappelt. Ich winke ihm wild gestikulierend zu, bis er mich entdeckt.

»Los, zum Wald«, schreie ich. Er nickt und humpelt auf mich zu.

Da packt ihn ein großer Mann am Kragen. Es ist Stoß. Ich erstarre.

»Wo willst du hin, Bürschchen?«, fragt er.

»Ich ... ich muss ... ich muss mal«, stammelt Gerhard.

Der Unteroffizier lässt ihn los, als hätte er die Pest. »Die Hosen voll, was? Aber bleib, wo ich dich sehen kann!«

Gerhard nickt und kommt dann zu mir in den Bombentrichter gekrochen. Stoß muss selbst in Deckung gehen und verliert uns aus den Augen. Ich habe Angst, dass wir unsere Chance zur Flucht vertan haben könnten. Vor den Christbäumen hätten wir es schaffen müssen, als es noch nicht hell war. Trotzdem schleiche ich mich auf der anderen Seite des Bombentrichters nach draußen, Gerhard dicht hinter mir. Auf den Ellbogen robben wir vorwärts wie die Indianer. Meine Hände sind taub vom Schnee. Das Bombeninferno scheint vorbei und die Trillerpfeife der Unteroffiziere ruft zum Sammeln. Nicht mit uns.

Wir erreichen die Büsche am Waldrand und endlich die schützenden Schatten zwischen den Bäumen. Noch eine Weile kriechen wir weiter über den Waldboden; der Schnee sickert mir in Ärmel und Ausschnitt, aber zum Glück liegt er hier nicht so tief, wegen der Baumkronen über uns. Hinter einem dicken Stamm richte ich mich auf und warte auf Gerhard. Haben wir es geschafft?

Kapitel 16

Wir lehnen uns im Stehen gegen den Stamm. Meine Knie zittern. Am liebsten würde ich in den Schnee sinken und auf der Stelle einschlafen. Aber ich zwinge mich dazu, auf den Beinen zu bleiben, und luge um den Baum herum. Das Gleisbett ist von hier aus, verdeckt hinter den Bäumen, nicht mehr zu sehen. Scheinbar ist uns keiner auf den Fersen. Noch nicht.

»Was jetzt?«, fragt Gerhard schnaufend.

»Weiter«, sage ich nur. »Kannst du laufen?«

Gerhard tritt mit dem rechten Fuß zaghaft auf den Boden und zieht eine Grimasse. »Wird schon gehen, nur beim Sturz ein wenig verdreht. Aber was ist mit dir?«

Ich schaue ihn verständnislos an.

»Du blutest …« Er zeigt auf meine linke Hand.

Ich bin völlig überrascht, als ich sehe, dass sie tatsächlich von gefrorenem Blut überströmt ist. Der Schmerz in meinem kleinen Finger fällt mir wieder ein. Ich betrachte die Stelle – ein kleiner, hartkantiger Metallsplitter hat sich in meine Fingerkuppe gebohrt. Er steckt ziemlich tief drin. Als ich ihn herausziehe, quillt frisches dunkles Blut hervor. Gerhard kramt nach seinem Verbandspäckchen, aber ich winke ab.

»Lass uns erst mal von hier verschwinden.«

»Und wohin?«

Ich versuche mich zu orientieren. Am östlichen Horizont kriecht die erste blassrote Helligkeit herauf. Der Zug kann noch nicht weit gekommen sein, die Fahrt war kurz. Ich deute in die entgegengesetzte Richtung, nach Westen. Wir setzen uns in Bewegung. Gerhard verzieht bei den ersten Schritten noch schmerzhaft das Gesicht, trotzdem folgt er mir im halben Laufschritt. Wer weiß, wann sie die Kettenhunde von den Leinen lassen.

Abgeschirmt von den dichten Kronen der Nadelbäume bleibt es noch lange düster. Ich lausche angestrengt auf alle Geräusche um uns herum. Der winterstille Wald erwacht gerade ... die ersten Vögel zwitschern, sonst hört man nur das Knirschen unserer Schritte im Schnee und das gelegentliche Knacken eines Kiefernzapfens unter unseren Füßen.

Eine schnelle Bewegung vor uns. Es raschelt im Unterholz, etwas Weißes blitzt vor uns auf und springt auf zwei langen, staksigen Hinterbeinen davon.

Wir laufen weiter, immer weiter, um so viel Entfernung wie nur möglich zwischen uns und die Gleise zu bringen. Ich kühle meinen verletzten Finger mit Schnee, bis der Blutfluss aufhört und der Schmerz von der Kälte betäubt ist. Hinter mir flucht Gerhard. Ich drehe mich um. Sein rechtes Bein steckt bis zum Knöchel in einer Schneewehe. Als er versucht, es herauszuziehen, stürzt er nach vorn auf die Hände. Ich helfe ihm auf und sehe, dass er mit dem Fuß nicht mehr auftreten kann, obwohl er sich bemüht, keine Miene zu verziehen.

»Lass uns eine kurze Pause machen«, sage ich. »Ich glaube, wir sind schon ziemlich weit gekommen.«

Er stützt sich auf meine Schulter und humpelt zum Stamm einer alten Kiefer, an deren Südseite der Schnee vom Wind fortgeweht worden ist. Hier können wir eine

Weile bleiben, ohne gleich gesehen zu werden, falls uns jemand gefolgt ist. Mir fallen die Fußspuren ein, die wir hinterlassen haben. Wenn sie die finden, nützt alles nichts. Trotzdem, eine Pause brauchen wir.

Ich ziehe Gerhard vorsichtig den Stiefel aus und wickle die Lappen ab, um seinen Knöchel in Augenschein zu nehmen. Er ist geschwollen. Als ich seinen Fuß vorsichtig bewege, kneift er den Mund zusammen.

»Ist bestimmt nur verstaucht, oder verdreht«, sagt er. »Das hatte ich schon mal nach dem Fußball. Als Herbert mich so umgerempelt hat.« Der Schnee hilft, den Knöchel zu kühlen. Mehr kann ich momentan nicht tun.

Wir genehmigen uns jeweils ein Päckchen Schokolade aus unserer Ration. Es knackt laut, als ich ein Stück der kalten Tafel abbeiße. Die Schokolade wärmt von innen und hat einen beruhigenden Effekt. Erst jetzt bemerke ich mein inneres Zittern, das nicht von der Kälte stammt, sondern von der Anspannung. Nachdem ich eine Handvoll Schnee gegessen habe, um meinen Durst zu stillen, fühle ich mich etwas erfrischter.

»Schlachtplan?«, fragt Gerhard, während er sich den Lappen wieder um den Fuß wickelt.

»Wir können schlecht hier sitzen bleiben, bis wir erfroren oder verhungert sind«, sage ich nach kurzer Überlegung.

»Ganz deiner Meinung. Und weiter?«

»Das war's.«

»Das war dein ganzer Plan?«

»Ich hatte noch keine Zeit, weiter darüber nachzudenken …«

Gerhard hält in seinem Versuch inne, sich den Stiefel über den geschwollenen Knöchel zu ziehen, und fängt auf einmal an zu lachen. Ein leises Glucksen erst, das bald zu einem ausgewachsenen Lachanfall wird. Erst ärgert es mich, aber dann muss ich auch mitlachen. Ich weiß nicht wieso, aber ich kann nicht anders. Es sprudelt richtig aus mir hervor und schüttelt mich so sehr, dass ich mir den Bauch halten muss und nach Luft schnappe.

»Hilfe«, japst Gerhard, der sich nach vorn gebeugt hat und versucht, zu Atem zu kommen.

Es knackt hinter uns im Wald. Wir verstummen beide schlagartig. Es hat sich angehört wie das ferne Echo eines unter Tritten zerbrochenen trockenen Astes. Wieder nur ein Reh? Schon beginnt mein Herz erneut Trommelwirbel zu schlagen. Was, wenn sie uns gefunden haben?

Die Tritte sind jetzt deutlich zu hören und viel zu regelmäßig, als dass es sich um ein Tier handeln könnte. Jemand, der sich wie wir durch den Schnee kämpft. Er murmelt irgendetwas vor sich hin. Ich schätze, dass er nicht mehr als fünfzig Meter von uns entfernt sein kann. Hat er unsere Fußspuren schon gesehen? Ich wage kaum zu atmen, nicht einmal, meinen Kopf zu drehen, um Gerhard anzuschauen.

Das Schrittgeräusch setzt abrupt aus. »Verdammt«, höre ich ihn sagen. Die Stimme kommt mir bekannt vor. Doch nicht ausgerechnet …? Misstrauen und Erleichterung wechseln einander ab. Ist er Feind oder Verbündeter?

Ich erhebe mich. Gerhard schaut fragend zu mir auf; schließlich nickt er. Ich trete um den Stamm herum. Da hinten zwischen zwei schlanken Bäumen im Morgendämmerlicht steht Wilhelm Braun und begutachtet unsere Spur im Schnee. Sein Blick folgt den Fußstapfen und bleibt schließlich an mir hängen.

Wir starren uns schweigend an. Im Baumwipfel über mir raschelt ein Eichhörnchen. In seinem Gesicht lese ich nichts außer Überraschung.

Schließlich kommt auch Gerhard aus unserem Versteck hervor, noch immer leicht humpelnd. Wir sind zu zweit, er nur allein. Es gibt keinen Grund, Angst vor ihm zu haben.

Wilhelm stemmt die Fäuste in die Seiten. Unter dem Auge hat er einen blutigen Kratzer. »Aha! Ihr wollt euch verdrücken!«, sagt er angriffslustig. Seine laute Stimme hallt im Wald wider.

»Sieht so aus, als wären wir da nicht die Einzigen«, gibt Gerhard zurück.

Wilhelm funkelt uns an. »Nach Strolchen und Ausreißern wie euch hab ich gesucht«, behauptet er, aber es klingt längst nicht mehr so bedrohlich.

»Und was willst du tun, jetzt, da du uns gefunden hast?« Ich verschränke die Arme.

Wilhelm stapft zögernd ein paar Schritte näher. »Euch mit zurücknehmen. Der Zug wartet.«

»Lass doch das Getue«, sage ich. »Du kannst uns nicht beide mitschleifen. Außerdem – wenn du wirklich zurück willst, dann musst du in die andere Richtung gehen.«

Sein Mund öffnet sich, als wollte er etwas sagen, dann klappt er ihn wieder zu.

»Gib's doch zu, du bist genauso getürmt wie wir. Glaubst du, die Kettenhunde nehmen dir das ab, wenn sie dich erwischen? Von wegen auf der Suche nach Ausreißern …«

Sein Gesicht verfinstert sich. »Ich sehe nur nicht ein, mich von den Bomben zu Brei zerhauen zu lassen. Die sollen mich lieber als richtigen Soldaten einsetzen. Ich werde mich freiwillig melden, sobald ich die nächste Stadt erreicht habe.«

Ich stehe noch immer mit verschränkten Armen vor ihm. »Schön. Mach das.«

Er zögert. »Wo geht ihr hin?«, bellt er in Befehlston.

»Was geht's dich an?«

Er kneift die Augen zusammen, aber ich kann ihn nach allem, was wir erlebt haben, nicht mehr als Bedrohung sehen, obwohl er fast einen Kopf größer ist als ich.

»Dann bleibt doch hier im Wald und verreckt«, sagt er und setzt sich mit einem entschlossenen Ruck wieder in Bewegung.

Wir stehen still da und lauschen, bis sich die knirschenden Tritte in den Geräuschen des morgendlichen Waldes verlieren.

»So ein Ochse«, murmelt Gerhard.

»Glaubst du, der macht das wirklich? Sich freiwillig melden? Oder schwingt er nur wieder große Reden?«

»Keine Ahnung.«

Ich denke an SS-Hauptsturmführer Braun, Wilhelms Vater, und wie er seinen Sohn verprügelt hat. Ich habe es einmal miterlebt, ungewollt, als ich die Standuhr in Brauns Arbeitszimmer repariert habe. Aber ich will kein Mitleid für ihn empfinden. Nur weil sein Vater ihn schlägt, entschuldigt das noch lange nicht, dass er ein Hornochse ist. Es entschuldigt nicht, dass er seinen eigenen Grips nicht anstrengt und über das nachdenkt, was hier passiert.

Aber dann erinnere ich mich an meinen eigenen Vater, der mir so viel beigebracht hat. Dem ich so viel zu verdanken habe. Vielleicht wäre ich auch anders geworden ... mit einem Vater wie Wilhelms.

Ich hole meinen Tornister hinter dem Baum hervor. »Geht es mit deinem Fuß?«, frage ich Gerhard.

Er tritt vorsichtig auf und nickt. »Muss ja. Wir können

schlecht hier sitzen und uns den Arsch anfrieren lassen. Den Gefallen tu ich dem Braun nicht.«

»Also weiter.« Ich schaue in westliche Richtung, die aufgehende Sonne im Rücken, und sage entschlossen: »Richtung Leipzig.«

Kapitel 17

Für Gerhard ist jeder Schritt eine Qual, trotzdem kämpft er sich verbissen vorwärts. Ich bestimme oft eine Ruhepause, aber so kommen wir nur langsam voran. Es ist windstill zwischen den Bäumen; das nimmt der Kälte etwas von ihrer Bissigkeit. Ab und zu rieselt Schnee von dicht bepackten Ästen auf unsere Köpfe. In unserer Kindheit waren wir so oft im Wald unterwegs, dass wir keine Mühe haben, uns zurechtzufinden. Trotzdem will ich nicht die Nacht hier verbringen. Wir müssen uns zum Abend irgendeine Unterkunft suchen.

Schließlich endet der Wald und verschneite Felder breiten sich vor unserem Auge aus, unterbrochen von kleinen Baumgrüppchen.

»Was sagt dein innerer Kompass?«, fragt Gerhard.

»Wir sind auf dem richtigen Weg.« Ich klinge zuversichtlicher, als ich bin. Die Sonne hat ihren Zenit längst überschritten und sinkt bereits wieder dem westlichen Horizont entgegen. Mein Magen protestiert. Seit der Schokolade am Morgen haben wir nichts gegessen.

»Ich glaube, da hinten ist ein Dorf.« Ich deute zum Horizont, wo hinter den Silhouetten der Bäume Rauchfähnchen vor dem dunkelblauen Himmel in die Luft steigen.

»Ob die uns was zu essen geben?«, fragt Gerhard.

»Wenn wir Glück haben, lässt uns ein netter Bauer sogar in der Scheune übernachten.«

Gerhard läuft jetzt mit neuer Energie weiter. Die Hoffnung auf eine kleine Mahlzeit und einen einigermaßen warmen, trockenen Platz zum Schlafen treibt uns an. Wir laufen querfeldein durch kniehohen Schnee, dessen oberste Kruste schon festgefroren ist. Bei jedem Schritt durchbrechen wir sie mit einem Krachen. Ich gehe voran, damit Gerhard in meinen Fußstapfen folgen kann.

Nachdem wir einen weiteren Waldstrich durchquert haben, kommt eine Ansammlung einzelner Gehöfte in Sicht. Menschen sind keine zu sehen. Da es mittlerweile dämmert und ein rötlicher Schein den Himmel überzieht, werden sich die meisten bereits in ihren Häusern befinden. Denn bei Einbruch der Dunkelheit kommen die Tiefflieger.

Aus dem Bauernhaus, das uns am nächsten steht, zieht einladender Rauch aus dem Schornstein. Es ist ein kleiner Hof mit Haupthaus und einem rechtwinklig anschließenden Stall.

Gerhard will schon darauf zustiefeln, aber ich halte ihn auf.

»Warte. Wir können doch nicht in unseren Uniformen dort aufkreuzen. Nachher verpfeift uns jemand. Oder sie lassen uns gar nicht rein, aus Angst.«

Gerhard zieht die Stirn in Falten. Zum Glück haben wir im Tornister unsere Zivilkleidung mitgeschleppt. Es ist empfindlich kalt, aber es hilft alles nichts. So schnell wir können, schlüpfen wir aus der Uniform und in unsere alten Klamotten. Ich fühle mich sofort ganz anders in meiner braunen Hose und dem selbstgestrickten Pullover von Mutter. Dann streife ich rasch wieder den Mantel über, taste in der Brusttasche nach der Uhr und den Fotos und stopfe die Uniform in den Tornister.

»Den sollten wir auch hierlassen. Irgendwo verstecken«, schlage ich vor.

»Und am besten gar nicht wieder mitnehmen.«

Ich gebe Gerhard recht. Die soldatische Ausrüstung würde uns nur verraten, falls sie uns schnappen.

Wir suchen uns einen geeigneten Baum und hängen die Tornister mit den Brotbeuteln so hoch wir kommen an einen der kahlen Äste. So verwandelt fühle ich mich wieder wie ein normaler Mensch. Trotzdem klopft mir das Herz, als wir uns dem Hof nähern.

Die Verdunkelungsrollos sind heruntergezogen und versperren uns die Sicht ins Innere. Aber durch die Ritzen an einigen Fenstern dringt ein warmer Lichtschein nach draußen.

»Du weißt, was du sagen musst ...«

Gerhard nickt. Wir haben uns auf eine Geschichte geeinigt, die hoffentlich glaubhaft klingt. Ich klopfe an die Holztür des Bauernhauses. Dann warten wir. Es dauert lange, bis von drinnen ein Geräusch zu hören ist. Ich kann mir gut vorstellen, wie Bauer und Bäuerin in ihrer Stube beim Abendessen hocken und sich erschrocken und misstrauisch anschauen. Wer mag um diese Zeit bei ihnen anklopfen? Oder vielleicht gibt es gar keinen Bauern mehr; er ist eingezogen worden und die Bäuerin führt den Hof allein.

Eine Tür im Inneren öffnet sich knarzend, die Dielen quietschen unter schweren Tritten und ein Riegel wird beiseitegeschoben. Durch den Türspalt späht das Gesicht eines hageren Mannes.

Ich bemühe mich, möglichst unschuldig auszusehen. Als er erkennt, dass es nur zwei Jungen sind, die vor seiner Tür stehen, öffnet er sie vollständig und baut sich mit verschränkten Armen vor uns auf. Ein warmer Luftzug weht mir ins Gesicht.

Der Bauer trägt eine abgewetzte braune Cordhose mit Trägern über einem derben Baumwollhemd, und an den Füßen Holzpantoffeln. Das Haar auf seinem Kopf dünnt sich aus und seine von Fältchen umringten Augen blicken uns misstrauisch an. »Was wollt ihr?«

Hinter ihm schaut eine kräftige Frau in blau geblümter Kittelschürze aus einem angrenzenden Zimmer, aus dem Licht in den Flur strömt.

»Guten Abend, gnädiger Herr«, sagt Gerhard respektvoll. »Bitte entschuldigen Sie die Störung zu später Stunde. Wir sind Flüchtlinge aus Schlesien und haben auf der Flucht unsere Eltern verloren. Wenn Sie nur einen Ballen Stroh hätten, auf dem wir die Nacht verbringen könnten … und vielleicht ein Stück trockenes Brot. Wir haben uns verlaufen.«

»So, Flüchtlinge?«, brummt der Bauer und zieht die Augenbrauen zusammen.

Seine Frau tritt in den Flur hinaus. Sie drängt ihren Mann mit ihren voluminösen Hüften zur Seite.

»Das sind ja nur Kinder, Manfred … Die Eltern verloren, sagt ihr? Lass sie doch heute Nacht im Stall schlafen!«

»Sicher, sicher.« Der Bauer tritt zur Seite.

»Kommt rein, wärmt euch erst mal auf! Vor den Russen geflohen? Furchtbar! Und Heim und Haus mussten sie zurücklassen …«, murmelt die Bäuerin vor sich hin, während sie uns mit je einer Hand in unserem Rücken in die Wohnstube schiebt. Ihr Mann hat da offensichtlich kein Wörtchen mitzureden.

Die Stube ist einfach eingerichtet. Ein grüner Kachelofen in der Ecke verbreitet heimelige Wärme und auf der

Ofenbank liegt zusammengerollt eine schwarz-weiße Katze neben einem Nähkorb mit Ausbesserungswäsche. Ein großer Esstisch aus solidem Buchenholz nimmt die Mitte des Raumes ein. Auf der weißen, geklöppelten Tischdecke türmen sich so viele Köstlichkeiten, dass ich das Gefühl habe, im Schlaraffenland zu sein. Gerhard reißt genauso die Augen auf wie ich. Brot, Käse, Würste, etwas, das aussieht wie echte Butter, sogar eine Platte mit Spiegeleiern. Dazu ein Glas Apfelmus. Woher haben die nur all das Essen? Mir läuft das Wasser im Mund zusammen. Dass an dem Tisch auch zwei Mädchen sitzen, bemerke ich kaum.

Die Bauersfrau bugsiert uns an den Tisch und die Mädchen holen auf ihr Geheiß hin zwei Schemel aus der Küche. Fast willenlos werde ich auf den Stuhl gedrückt und kann unser Glück kaum fassen. Mein Gehirn ist wie benebelt von den Essensdüften.

»Nun, langt zu«, sagt die Bäuerin. »Ihr seht mir ausgehungert aus.« Der Bauer runzelt die Stirn, doch seine Frau winkt ab. »Schau doch, wie mager sie sind. Haben sicher seit Tagen nichts Ordentliches mehr gegessen. Und wir haben weiß Gott genug.«

»Sicher, sicher.«

Zögernd schaue ich auf den Berg von Essen vor uns und fühle mich plötzlich überwältigt. Da ergreift die Bäuerin kurzerhand unsere Teller und häuft uns von allem etwas auf. Gerhard beginnt sofort, das Essen in sich hineinzustopfen. Ich bemühe mich wenigstens, nicht wie ein hungriger Wolf zu wirken, aber es fällt mir schwer.

Nachdem der erste Bissen des duftenden, dicken Roggenbrotes mit aromatischem Käse meinen Mund passiert, kann ich mich kaum noch bremsen. Das Eigelb ist innen noch weich und flüssig, zergeht mir im Mund und rinnt mir übers Kinn. Ich wische es ungeduldig mit der Hand weg und mampfe abwechselnd die würzige Salami und das Brot. Etwas so Köstliches habe ich noch nie gegessen. Die Bäuerin stellt auch noch zwei Becher dampfenden Kakao vor unsere Teller. Ich höre, wie Gerhard vor Genuss aufstöhnt, als er die süße, dicke Milch herunterschluckt.

Erst als ich meinen größten Hunger gestillt habe, bemerke ich, wie uns die beiden Mädchen mit aufgerissenen Augen zusehen. Sie müssen etwa in unserem Alter sein. Die eine rümpft sogar die Nase, als sie sieht, wie Gerhard sich mit dem Handrücken über den Mund wischt und sich, obwohl er bereits mit vollen Backen kaut, trotzdem noch einen Bissen nachschiebt. Für sie müssen wir barbarisch aussehen.

»Siehst du, vollkommen ausgehungert«, sagt die Bäuerin zu ihrem Mann. Sie brabbelt weiter vor sich hin, aber ich höre kaum zu. »Russen ... wenn die nun bis zu uns kommen ... Was passiert dann mit den Tieren ... das ganze Hab und Gut ...«

Der Bauer beschäftigt sich schweigend mit seinem eigenen Essen. Sorgfältig sägt er dünne Scheiben von der Wurst ab und belegt damit seine Brotscheibe in gleichmäßigen Abständen.

»So, meine Jungen. Seid ihr jetzt satt?«, fragt die Frau, als ich mein Messer beiseitelege und mir mit der karierten Stoffserviette den Mund abwische. »Ich bin übrigens Bertha Besecker, das ist mein Mann Manfred und unsere Töchter, Johanna und Lena.«

Ich schlucke den letzten Bissen herunter und nicke. »Sehr erfreut, Frau Besecker. Ich bin Anton Köhler.« Da Gerhard noch den Mund voll hat, füge ich hinzu, »und das ist Gerhard Engler.«

Gerhard nickt ihr mit leuchtenden Augen zu.

»Ordentliche deutsche Namen, siehst du, Manfred.« Der Bauer reagiert nicht, aber das scheint Frau Besecker auch nicht zu erwarten. »Wie alt seid ihr denn?«

»Bald sechzehn«, erwidert Gerhard mit einem Blick zu Lena, die ihm unter ihren Wimpern verlegen zulächelt. Sie hat braune Hängezöpfe und große rehbraune Augen.

»Ach, da seid ihr ja so alt wie unsere Jüngste, die Lena. Die ist auch fünfzehn.«

Johanna, die vorhin die Nase gerümpft hat, gibt sich distanziert. Mich kümmert das nicht. Jetzt, da mein Magen gefüllt ist und angenehme Wärme durch meine Gliedmaßen sickert, denke ich nur noch ans Schlafen. Was für ein langer Tag! Seit fünf Uhr morgens unterwegs, einen Bombenangriff überstanden und dann stundenlang durch den Wald marschiert …

Aber Gerhard scheinen die Augenaufschläge von Lena ganz schön aus der Fassung zu bringen, jetzt, wo er mit dem Essen fertig ist. Er schielt immer wieder zu ihr hin und sie lächelt schüchtern. Ihre Mutter und ihr Vater bemerken davon glücklicherweise nichts.

»Da habt ihr sicher einen weiten Weg hinter euch«, sagt Frau Besecker gerade. »Und wie wollt ihr nun eure Familien wiederfinden?«

»Wir müssen uns irgendwie nach Leipzig durchschlagen«, sage ich. »Dort habe ich Verwandte. Ich hoffe, dass meine Familie dort angekommen ist.« Wenigstens das ist keine Lüge.

»Also, ihr habt sie auf dem Weg verloren, ja?« Das ist die brummige Stimme von Manfred Besecker.

Mir wird heiß. »Ja. Bei einem Bombenangriff«, murmele ich.

Der Bauer sieht so aus, als würde er noch etwas hinzu-fügen wollen, doch Frau Besecker redet schon wieder da-zwischen.

»Herrgott und dann alles bei dem Schnee! Diese armen Menschen, Manfred, mit allem, was sie tragen können ... Und das müssen Familien mit Kindern durchmachen. Diese furchtbaren Russen.«

»Habt ihr die Russen gesehen?«, fragt Johanna und beugt sich vor; das erste Mal liegt Interesse in ihren Augen.

»Also Johanna, frag doch unsere Gäste nicht so aus!«, sagt Frau Besecker empört.

Johanna verzieht den Mund leicht säuerlich und lehnt sich wieder zurück.

»Ist es denn wahr, was man so hört?«, fragt ihre Mutter im gleichen Atemzug weiter. »Dass die Russen Kindern die Zunge rausschneiden? Und dass sie die Frauen und Mäd-chen ...«, sie verstummt mit einem Blick auf ihre Töchter.

»Ich weiß auch nur, was erzählt wird«, erwidere ich knapp.

»Hm, so. Verstehe«, sie klingt ein wenig enttäuscht. »Also, ich hoffe, dass ihr unterwegs einen Zug findet, der noch fährt. Die sollen ja alle maßlos überfüllt sein, hat mir die Heinemann gestern erzählt. Da stehen doch tatsächlich Leute draußen auf dem Trittbrett und hängen sich hinten am Waggon dran, also, wo gibt's denn sowas, und die haben ja nicht mal eine Fahrkarte.«

»Ich glaube, unsere Gäste sind müde von ihrer Wande-rung«, mischt sich Herr Besecker ein.

Ich nicke erleichtert.

»Aber ja, natürlich, wo hab ich nur meine Manieren«, meint Frau Besecker.

»Kommt, ich zeig euch's Lager«, sagt der Bauer.

Gerhard und ich erheben uns. »Vielen Dank für die großzügige Bewirtung!«

»Ach, ihr seid wirklich gute Jungs«, sagt Frau Besecker. »Warum bleibt ihr nicht noch ein paar Tage? Statt in dem Schnee weiterzumarschieren ...«

Gerhard wechselt einen Blick mit Lena, dann mit mir. In seinen Augen sehe ich, dass er nichts dagegen hätte, sich und seinen Fuß noch ein paar Tage auszuruhen. Aber ich kann es nicht über mich bringen, hier herumzusitzen und die Tage in die Länge zu ziehen, in denen ich nicht weiß, was mit meiner Familie geschehen ist.

»Ich glaube, wir können uns das nicht leisten, Frau Besecker, aber haben Sie vielen Dank.«

Gerhard sieht enttäuscht aus, doch er fügt sich.

Kapitel 18

Wir finden in einer leeren Box im Pferdestall Unterkunft. Bauer Besecker schüttet rasch noch etwas frisches Stroh auf. Im Stroh zu schlafen macht mir nichts aus. Gerhard und ich haben das im Sommer schon hunderte Male bei Bauer Moltke auf dem Heuboden gemacht. Aber jetzt ist Winter und der Stall ist unbeheizt. Der Atem gefriert vor unseren Nasenlöchern. Trotzdem ist es besser, als draußen im Wald zu übernachten. Die Tiere spenden mit ihren Körpern etwas Wärme. Der süßliche Stallgeruch weckt Erinnerungen an meine Kindheit und Heimat. Auf dem stacheligen Lager mache ich es mir mit einer alten Pferdedecke bequem. Gerhard liegt dicht neben mir, so können wir uns gegenseitig wärmen.

»Wenn es deinem Fuß morgen nicht besser geht, dann bleiben wir. Die Bäuerin hat's ja so freundlich angeboten«, murmele ich schläfrig.

Er rollt sich zu mir herum. »Die Lena ist nicht ohne, was?«

»Kann sein ...«

»Dafür, dass sie erst fünfzehn ist ... oho.«

»Quatsch nicht, du bist selber erst fünfzehn.«

»In einem Monat nicht mehr«, entgegnet Gerhard.

»Wie auch immer ... Schlag sie dir aus dem Kopf.«

Es bleibt still und meine Augen fallen schon zu; da

weckt mich das Quietschen der Stalltür und ein leises Rascheln im Stroh.

Ich setze mich gerade auf. Gerhard neben mir tut das Gleiche. Es ist stockdunkel. Nur das Tapsen von Schritten auf dem Steinboden vor unserer Box ist zu hören. Ich überlege schon, was ich im Notfall als Waffe verwenden kann, da ertönt eine helle Stimme: »Hallo? Ich bin's, Lena.«

»Lena?«, fragt Gerhard entgeistert.

»Pst!«

Einen Moment später öffnet sie die halbhohe Tür zu unserem Schlaflager. Der Schein einer Taschenlampe blendet mich. Ich kneife die Augen zu, dann wandert der Lichtkegel weiter. Lena steht vor uns, in einen dicken Wollmantel gehüllt.

»Ich wollte nur schauen, ob's auch gemütlich ist hier. Und ob ihr alles habt, was ihr braucht.«

»Ja, alles klar«, sagt Gerhard.

»Das ist gut.«

»Sehr lieb von dir, dass du extra rauskommst und nachfragst«, fügt er hinzu.

Ihr Gesicht leuchtet auf. »Ich habe euch noch ein paar Kekse mitgebracht, wenn ihr wollt. Die hat Mutter vorhin vergessen. Aber ich bin sicher, sie hätte nichts dagegen, wenn ich sie euch anbiete.«

Sie schaut die ganze Zeit nur Gerhard an, während sie spricht. Es ist, als würde ich gar nicht existieren.

»Mensch, du bist dufte«, sagt Gerhard und Lena strahlt.

Ich würde eigentlich am liebsten nur schlafen, aber ich sage nichts, als Lena durch die Tür schlüpft und sich zögerlich zwischen uns im Stroh niedersinken lässt, wo Gerhard ihr Platz gemacht hat. Sie stellt die Taschenlampe neben sich auf, sodass sie einen fahlen Lichtkegel an die Stalldecke wirft. Aus ihrem Mantel zieht sie ein Leinentuch, das sie vor uns im Stroh auseinanderfaltet. Lauter krümelige Kekse kommen zum Vorschein.

»Greift zu.«

Gerhard steckt sich sofort einen in den Mund. Ich bin vom Abendessen noch total satt, aber nehme mir aus Höflichkeit auch einen. Ich hätte mir die Mühe sparen können – Lena beachtet mich ohnehin kaum.

»Schmeckt's?«, fragt sie Gerhard, nachdem sie ihm eine Weile schweigend beim Essen zugeschaut hat.

Er nickt mit dicken Backen.

»Glaubst du«, sie leckt sich über die Lippen, »... glaubst du, die Russen kommen irgendwann bis zu uns?«

Gerhard schluckt rasch herunter und beeilt sich, ihr zu versichern: »Unsere Truppen versuchen alles, um sie aufzuhalten. Wenn wir schon sechzehn wären, wär'n wir auch dabei«, meint er großspurig.

»Ich habe schreckliche Angst, dass sie bald auch vor unserer Tür stehen, die Russen. Und dass wir unseren schönen Hof und unsere Tiere alle zurücklassen müssen. Oder noch schlimmer ... Die sollen barbarisch sein. Ein Flüchtlingszug kam letztens hier vorbei, die haben wir auch aufgenommen. Da war ein Mädchen, ein paar Monate jünger als ich, die hat mir im Vertrauen gesagt, was diese ... Tiere mit ihr angestellt haben. Sie hat es so erzählt, als wär's vollkommen normal. Vier oder fünf Mann hintereinander ... geblutet hat sie.« Lena zieht ihren Mantelkragen enger um ihren Hals.

»Ich würde dich bis zum letzten Atemzug verteidigen«, sagt Gerhard.

Ich kann mich gerade so davon abhalten, die Augen zu verdrehen, aber Lena scheint beeindruckt.

»Das ist sehr mutig«, sagt sie leise.

Gerhard grinst und wischt sich die Kekskrümel von den Händen.

»Du würdest also kämpfen, um mich zu beschützen?«

Sie beugt ihren Oberkörper mit erwartungsvollem Gesicht leicht nach vorne, nur wenige Zentimeter, aber Gerhard hält die Luft an. Ich komme mir immer überflüssiger vor.

»Klar.« Gerhard kratzt sich am Nacken. »Das ist unsere Pflicht.«

»Weißt du«, haucht Lena, »bevor ein Soldat in den Krieg zieht …« Sie stockt.

Ich würde mir am liebsten die Decke in die Ohren stopfen.

»Was ist dann?« Gerhards Stimme zittert leicht.

»Ich meine nur … Er sollte nicht in den Krieg ziehen, bevor er …«

Ich springe auf, als hätten mich die Flöhe gebissen. Lena und Gerhard schauen mich überrascht an. Wahrscheinlich fällt ihnen eben erst auf, dass ich ja auch noch da bin.

Ich räuspere mich. »Ich schaue nur mal eben nach den Pferden … die, ähm … die eine Stute erinnert mich an die Liese, von daheim bei Bauer Moltke …« Meine Stimme verklingt, aber sie hören mir schon nicht mehr richtig zu. Ihre Augen sind wieder aufeinander gerichtet.

»Hast du schon mal ein Mädchen geküsst?«, höre ich Lena flüstern, während ich mir die Decke um die Schultern wickle und aus der Box schlüpfe.

Gerhard hustet. »Klar, ich meine, nicht sehr oft … nur einmal, um ehrlich zu sein …«

Endlich bin ich außer Hörweite; am Stalleingang bei der Box, wo die kleine braune Stute steht. Ihre längliche Blesse leuchtet im Halbdunkel. Sie streckt mir neugierig den Kopf entgegen, als ich mich an die Stalltür lehne, und ich streichle ihr über das weiche Fell und die warmen Nüstern. Ich könnte im Stehen einschlafen. Trotzdem kann ich es Gerhard nicht übelnehmen. Wenn Luise statt Lena da gesessen hätte ...

Irgendwann, ich weiß nicht, ob ich schon gedöst habe, höre ich leise Schritte. Ein kalter Luftstoß fegt durch die geöffnete Stalltür herein. Ich sehe Lenas blauen Mantelzipfel im Schein ihrer Taschenlampe verschwinden, dann ist es wieder duster. Viel zu erschöpft, um Fragen zu stellen, krieche ich auf mein Lager neben Gerhard und schlafe sofort ein.

Am nächsten Tag sind wir bereits vor der Morgendämmerung wach, weil der Bauer in den Stall kommt, um die Tiere zu versorgen.

»So, also«, brummt er, als wir von unseren Lagern aufspringen. »Bleibt ihr noch hier oder geht's weiter?«

Ich schaue Gerhard an. Er nickt. Sein Knöchel ist nicht mehr so stark geschwollen.

»Wir müssen los«, sage ich.

Die Bäuerin gibt uns noch einen ordentlichen Stapel Butterbrote mit und drückt mit ihrer kräftigen Hand aufmunternd meine Schulter. Auf der obersten Treppenstufe steht Lena im Nachthemd und Pantoffeln. Sie dreht verlegen an ihrem Zopf. Gerhard winkt ihr zu, als Frau Besecker nicht hinschaut, ein wehmütiges Lächeln auf dem Gesicht.

Eine weißgraue Wolkendecke hängt über uns und verschleiert die Sonne, deren runde Scheibe milchig trüb am Himmel hängt. Ein gutes Wetter für Tiefflieger. Wir meiden große Straßen und ziehen über Wald- und Feldwege in Richtung Westen.

»War echt dufte von dir, dass du gestern Nacht rausgegangen bist …«, fängt Gerhard auf einmal an.

»Schon gut.« Ich winke ab. »Ich hab doch gerne mit dem Pferd geschmust, während du anderes zu tun hattest.«

Er wird tatsächlich ein bisschen rot. Aber vielleicht ist es auch die Kälte. »Wir haben uns nur geküsst.«

»Klar«, sage ich rasch. So genau will ich es gar nicht wissen.

Er zuckt mit den Achseln. »Wenn du irgendwann mal einen Gefallen brauchst, kannst du jedenfalls auf mich zählen.«

Ich nicke, schaue ihn aber nicht an. Gerhard ist zwar mein bester Freund, aber ich habe ihm noch nie von Luise erzählt. Vielleicht sehe ich sie ja bald wieder, wenn wir es tatsächlich nach Leipzig schaffen.

Kapitel 19

Abends klopfen wir wieder bei einem Haus am Anfang einer kleinen Ortschaft an. Dicke Eiszapfen hängen von den tiefen Dachbalken herab. Während wir warten, breche ich einen davon ab.

»Wer da?«, fragt eine mürrische Frauenstimme. Durch das kleine Fensterloch in der Holztür blickt uns ein Auge an, um das sich tiefe Falten eingegraben haben.

»Wir sind Flüchtlinge aus Breslau und suchen eine Unterkunft für die Nacht«, sagt Gerhard. »Ein Lager aus Stroh würde uns schon reichen.«

Die Frau schiebt den Türriegel zurück und öffnet. Sie trägt ein grünes Wollkopftuch über dem grauen Haar und fixiert uns über den Rand von kleinen ovalen Brillengläsern hinweg. »Aus Breslau wollt ihr sein?«

»Ja, wir sind mit unseren Familien geflohen und haben sie bei einem Bombenangriff verloren«, betet Gerhard wieder unsere Geschichte herunter.

»Hm.« Die alte Frau runzelt die Stirn und zieht ihr Kopftuch fester.

Schritte knarren auf der Holztreppe am Ende des dunklen Flurs. Ein Mann tritt aus dem Schatten. »Was sind das für Burschen, Mutter?«

Die Frau gibt ihm knapp Gerhards Worte wieder. Er kommt näher, die rechte Hand lässig in der Hosentasche.

Eine Zigarette baumelt in seinem Mundwinkel, während er uns von oben bis unten mustert. Mir wird unbehaglich, doch ich kann nicht genau sagen, weshalb.

»Wie alt seid ihr?«

»Fünfzehn.«

Er grinst. Dabei fällt mir die Zahnlücke neben seinen Schneidezähnen auf. »Ausweise dabei?«

Das kann nichts Gutes bedeuten. Ich habe das kleine Pappheftchen, den HJ-Ausweis, in der Manteltasche, aber ich will ihn nicht hergeben. Gerhard zögert ebenfalls.

»Die haben wir verloren«, sage ich. Es klingt wenig überzeugend.

»Und wie heißt ihr?«, fragt er und lässt sich nicht anmerken, ob er mir die Notlüge abnimmt.

»Anton Braun und Gerhard Hubrich«, sage ich rasch. Es sind die ersten Namen, die mir eingefallen sind. Gerhard schaut mich stirnrunzelnd von der Seite an, sagt aber nichts.

»Na schön. Dann kommt rein.«

Er tritt aus dem Weg und macht mit seinem Arm eine einladende Geste, die übertrieben theatralisch wirkt. Dabei grinst er wieder.

Seine Mutter läuft mit leicht hinkendem Gang in ein angrenzendes Zimmer. Zögernd folgen wir ihr.

»Ströber, mein Name«, sagt der Mann, der um die dreißig sein muss.

Er wirkt körperlich fit und ich frage mich, warum er nicht eingezogen wurde. Vielleicht ist er nur auf Heimatbesuch hier. Oder er hat eine andere kriegswichtige Aufgabe.

»Wir haben oben ein Extra-Schlafzimmer, wenn's euch nichts ausmacht, ein Bett zu teilen.« Er lacht anzüglich.

Wir schütteln die Köpfe.

Ich habe immer noch ein flaues Gefühl im Magen, als wir auf der Küchenbank sitzen. Seine Mutter macht sich am Herd zu schaffen, während Ströber aus einem oberen Schrankfach eine Flasche herausholt und sie vor uns auf den Tisch stellt.

»Was zum Aufwärmen.«

Ohne uns zu fragen, befüllt er drei kleine Gläser mit dem Schnaps.

Seine Mutter setzt uns beiden Pellkartoffeln mit Butter vor.

»Vielen Dank«, sage ich zu ihr.

Sie brummt etwas Unverständliches und wischt sich die knochigen Hände an der Schürze ab. Dann verlässt sie die Küche.

Ströber setzt sein Schnapsglas an die Lippen und schaut uns über den Rand hinweg an.

»Nein, danke«, sage ich.

Doch Gerhard wirft mir einen Blick mit hochgezogenen Augenbrauen zu, der mir bedeutet, nicht unhöflich zu sein. Er hebt sein eigenes Glas und trinkt in einem Zug gemeinsam mit Ströber. Ich nippe nur an dem Getränk. Die Flüssigkeit brennt auf meinen Lippen. Gerhard hustet und Ströber klopft ihm auf den Rücken.

»Na, gut?« Er lacht.

Wir machen uns über unser Essen her, während Ströber uns wieder nachschenkt. Er sitzt uns gegenüber, rücklings auf einem Stuhl, die Ellbogen auf die Lehne gestützt. Eine Hand umklammert die Schnapsflasche.

»Ihr seid aus Breslau?«, fragt er.

Gerhard nickt kauend.

»Ich hab gehört, dass da jetzt alles abgesperrt ist, keiner kommt mehr rein und raus. Da geht's jetzt richtig rund, was? Gut, dass ihr es noch geschafft habt.«

Ströber prostet Gerhard zu und trinkt sein Glas aus. Gerhard macht es ihm nach.

»Eine Schweinerei ist das.«

»Kann man laut sagen«, erwidert Gerhard. Ich würde ihm am liebsten auf den Fuß treten.

»Und was soll die Bevölkerung dort ausrichten? Alte Männer und junge Burschen, die kaum eine Waffe halten können. Nichts für ungut, Jungs.«

»Wenn wir ein Jahr älter wären, hätten sie uns auch noch dafür rangezogen«, sagt Gerhard kauend.

Besorgt beobachte ich, wie Ströber ihm ein drittes Glas nachschenkt.

»Ich hab wirklich die Nase voll«, beginnt er von Neuem. »Dieser elendige Krieg. Manchmal frage ich mich …« Er stockt, kratzt sich am Nacken und senkt die Stimme. »Ich frage mich, ob wir nicht besser dran wären, wenn …«

Gerhard schiebt seinen leeren Teller von sich. Er kann essen wie ein Scheunendrescher. »Wenn was?«, fragt er.

Ströber lässt den Boden seines Schnapsglases auf dem Tisch kreisen. Er scheint zu überlegen. »Jeder hier im Dorf will, dass der Krieg zu Ende geht. Eure Eltern sicher auch.«

Gerhard zuckt mit den Schultern. Fast unbewusst schüttet er sein drittes Glas hinunter. Wenn er nur nicht unsere richtigen Namen verrät.

»Unsere Eltern wollen, dass Deutschland gewinnt«, mische ich mich ein, ehe Gerhard etwas sagen kann.

Ströber richtet sich in seinem Stuhl auf. »Das wollen wir doch alle. Aber ist das wirklich noch möglich? Die sind schon auf deutschem Boden.«

Ich traue ihm nicht, hier ist irgendetwas faul. »Sie wissen doch, Land gegen Zeit«, sage ich möglichst unbesorgt.

»Land gegen Zeit, pah! Wie viel Land müssen wir denn noch hergeben? Wie viel Zeit bleibt uns noch?« Ströber setzt die Schnapsflasche an die Lippen.

Ich rühre mein Glas nicht mehr an.

»Wollt ihr den totalen Krieg, hat der Goebbels uns gefragt. Ja, haben wir gebrüllt … und wisst ihr, was wir bekommen haben?« Er stellt die Flasche mit einem Knall auf den Tisch. »Jetzt sitzen wir in der *totalen Scheiße*.«

Gerhard fängt an zu lachen. Er schüttelt sich mit einem Lachanfall und will gar nicht mehr aufhören. Wir starren ihn beide an. Er wischt sich Tränen aus den Augen.

»Ich musste nur … hihihi … gerade daran denken … hahaha … Anton, wie du … wie du den Goebbels nachgemacht hast … das kann er so gut«, japst er.

»Ach, wirklich?« Ströber sieht amüsiert aus. »Lass mal hören, Anton.«

Mir wird kalt vor Schreck. Ich lecke mir über die Lippen. »Ich … das stimmt nicht. Ich kann das gar nicht.«

»Und wie du das kannst.« Gerhard gluckst noch immer, die Lacher brechen in Schwällen aus ihm hervor. »Sogar den Hinkegang … und den Hitler.«

Ich trete ihm mit meiner Ferse hart gegen das Schienbein.

»Oho, den Hitler?«, fragt Ströber.

Gerhard reibt sich das Bein. Total unauffällig. »Oh, ja, wie er rumbrüllt und die Augen verdreht … eine Witzfigur.«

»Hitler ist also eine Witzfigur?«, fragt Ströber. Er wirkt jetzt vollkommen nüchtern.

Ich schlucke. »Wir … ich würde jetzt gern schlafen gehen.«

Ströber erhebt sich. »Bleib doch noch und amüsiere mich mit deinen Künsten.«

Ich stehe ebenfalls auf. »Ich bin wirklich müde, Herr Ströber.«

Wir schauen uns in die Augen. Ich versuche, seinem Blick standzuhalten. Gerhard hat aufgehört zu kichern, als spürte er die Spannung zwischen uns.

»Zweites Zimmer oben links«, sagt Ströber schließlich mit einer Kopfbewegung nach schräg oben. Er macht uns den Weg frei, lässt uns aber nicht aus den Augen.

Ich schiebe Gerhard an ihm vorbei und die enge Treppe ins Obergeschoss hinauf.

»Das war saudumm von dir«, fahre ich ihn an, nachdem ich die Tür hinter mir geschlossen habe.

In der kleinen Kammer brennt eine einzige Petroleum-lampe auf der Ankleidekommode unter der Dachschräge. Das Holzbett mit den hohen Pfosten ist schmal, aber die saubere, rotkarierte Federbettwäsche wirkt einladend, als könnte man darin versinken.

»Was denn? Ich hab doch nur ...«

»Du hättest nichts trinken sollen. Nicht so viel. Wir müssen hier weg.«

»Weg?«, fragt er schläfrig und lässt sich auf dem Bett nieder.

Ich haste zum Fenster und schaue hinter dem schwar-zen Rollo hinaus in die ebenso schwarze Nacht. Unter unserem Fenster ist der Schnee an der Hauswand zu einem hohen Berg aufgetürmt. Wir könnten rausspringen ...

Hinter mir ertönt leises Schnarchen. Gerhard liegt schräg auf dem Bett, seine Beine hängen noch heraus. Ich rüttle ihn, aber das bewirkt nur eine kurze Pause seiner Schnarchgeräusche.

Seufzend lasse ich von ihm ab. Vielleicht ist es besser, ihn schlafen zu lassen. Wir können sowieso erst verschwinden, wenn im Haus alles ruhig ist. Ich gehe zur Tür und lausche angestrengt. Höre ich da unten eine Stimme? Was, wenn er mit jemandem telefoniert? Eine Tür quietscht, Schritte hallen auf der Treppe und jemand geht durch den Flur. Die Schritte verharren dicht vor unserer Tür, dann entfernen sie sich und eine weitere Tür wird zugezogen.

Ich setze mich auf einen harten Holzstuhl und starre mit weit aufgerissenen Augen in den Raum. Das Licht der Lampe flackert in einem leichten Luftzug, der durch das Fenster strömt. Es ist kalt in dem unbeheizten Zimmer. Ich schlinge mir die Arme um den Körper und betrachte Gerhards ausgestreckte Form auf dem Bett. Ein Arm liegt gebeugt neben seinem Kopf, als wäre er ein friedlich schlummerndes Kleinkind – ein sehr schlaksiges, langes Kleinkind. Da muss ich auf einmal an August denken. Tränen steigen in meinen Augen auf. Ich versuche mir vorzustellen, wie sich seine Locken über seinen Ohren gekringelt haben. Und seine Augen, die hinter den dicken Brillengläsern so groß gewirkt haben. Dann tauchen Bilder von skelettdünnen Gestalten mit geschorenen Schädeln vor meinem inneren Auge auf und ich blinzele heftig, um die Vision abzuwehren.

Kapitel 20

Als ich erwache, ist es dunkel im Raum. Die Lampe ist ausgegangen. Vom Bett her dringen Gerhards regelmäßige Atemzüge an mein Ohr. Mein schmerzender Nacken und die steifen Beine zeigen mir, dass ich wieder einmal auf einem Stuhl eingeschlafen bin.

Diesmal reagiert Gerhard auf mein Wachrütteln.

»Wie spät ist es?«, nuschelt er.

»Kurz vor fünf und wir müssen gehen. Jetzt sofort!«

Ich ziehe das Rollo hoch und versuche, möglichst leise das Fenster zu öffnen. Kalte Luft schlägt mir ins Gesicht. Ich lehne mich nach draußen. »Hier raus.«

»Bist du noch ganz dicht?«, fragt Gerhard und setzt sich auf.

»Da unten landen wir weich. Komm schon!«

Er muss an meiner Stimme gemerkt haben, dass es mir todernst ist, denn er erhebt sich schließlich, streckt sich kurz und schaut ebenfalls aus dem Fenster.

»Du zuerst«, fordere ich ihn auf.

Gerhard zieht die Augenbrauen hoch, doch er zwängt seinen langen Körper durch die Fensteröffnung, die Knie auf dem Fensterbrett. Vorsichtig dreht er sich um und tastet sich mit den Füßen an der Hauswand herab, während er sich weiter am Fensterbrett festhält.

»Lass dich fallen«, flüstere ich ihm zu, als er in voller Länge herunterhängt.

Er gehorcht. Ich höre einen dumpfen Aufprall. Schnee stiebt auf. Dann erscheint seine Gestalt unten aus der Dunkelheit und er hält den Daumen hoch.

Ich klettere ebenfalls aufs Fensterbrett und lasse mich fallen. Der Schnee gibt unter meinem Körper nach. Kurz umgibt mich von allen Seiten kalte Nässe. Dann zieht mich eine Hand am Kragen nach oben. Ich komme hustend und Schnee spuckend wieder an die Luft.

Während ich mir den Schnee aus den Klamotten schüttle, höre ich Gerhard murmeln: »Oh, oh!« Er deutet nach oben.

Am Fenster neben unserem ist eine dunkle Gestalt aufgetaucht. Ströber schaut auf uns herab. Er will das Fenster öffnen.

»Renn«, rufe ich.

Wir sprinten los. Im hohen Schnee sacken wir bei jedem Schritt ein. Es kommt mir vor wie eine Ewigkeit, ehe wir den dunklen Waldrand erreichen. Hinter uns höre ich keine Geräusche eines Verfolgers. Ich hole tief Luft.

»Was sollte denn das?«, murrt Gerhard, nachdem er zu Atem gekommen ist. »Hätten wir nicht wie normale Menschen die Tür benutzen können?«

»Der Typ hat uns ausgehorcht, wahrscheinlich ein Spitzel. Aber du hast das ja nicht mitgekriegt, so voll wie du warst.«

Jetzt, da die Gefahr vorbei ist, steigt Ärger in mir auf. Ich hatte kaum eine erholsame Nacht, während Gerhard seinen Dornröschenschlaf geschlummert hat. »Zum Glück kennt er unsere richtigen Namen nicht. Wenn er meine Familie ausfindig gemacht hätte ...«

Gerhard beißt sich auf die Lippe. »Wir haben nichts falsch gemacht.«

Ich fahre zu ihm herum, sodass wir uns gegenüberstehen. Das vom Schnee reflektierte Mondlicht erhellt seine Gesichtszüge fast wie am Tag. »Du hast ihm gestern Abend auf die Nase gebunden, wie gut ich Hitler und Goebbels nachahmen kann.«

Gerhard bohrt mit der Stiefelspitze im Schnee. »Ich geb's ja zu, war dumm von mir.«

»Du musst dich einfach mal unter Kontrolle haben«, fauche ich. »Erst das mit Lena und jetzt ...« Ich lege eine Hand auf seine Brust und schubse ihn leicht nach hinten.

Gerhard schubst mich zurück. »Hey, lass Lena da raus. Wir haben nur ... Jetzt reg dich ab.« Er hebt beschwichtigend die Hände. »Ich dachte, du würdest mir das gönnen, als mein bester Kumpel. Und gestern ... woher sollte ich wissen, dass der Typ Hintergedanken hat? Na gut, ich habe ein paar Gläschen zu viel getrunken ...«

»Ein paar!«

»Es muss ja nicht jeder so verklemmt sein wie du.«

Das reicht! Ich stoße Gerhard mit beiden Händen, dass er rücklings in den Schnee fällt. Er landet auf dem Hintern. Dampfende Atemwölkchen verpuffen vor unseren Gesichtern, während wir uns anstarren. Einen Moment lang glaube ich, er würde aufspringen und sich auf mich stürzen wollen. Doch dann breitet sich ein Grinsen auf seinem Gesicht aus.

»Fühlst du dich jetzt besser?«

Ich nicke. Ich bin nur noch erleichtert, dass wir heil dort herausgekommen sind.

Gerhard stemmt sich in die Höhe und reibt sich den Po. »Mann, und ich dachte, Schnee wäre weich ...«

Wir schauen uns unschlüssig an. »Weiter?«

»Weiter.«

Ich stapfe los. Nach einer Weile höre ich Gerhard hinter mir murmeln. »Ich hab das nicht so gemeint.«

»Schon gut. Ich auch nicht.« Aber ganz sicher bin ich mir nicht.

In der darauffolgenden Nacht schlafen wir heimlich in einer Scheune, weil ich nicht noch einmal ein Risiko eingehen will. Der Bauer scheucht uns am Morgen auf und treibt uns mit seiner Schneeschaufel davon, aber erst, nachdem wir noch zwei rohe Eier aus dem Hühnerstall mit-gehen lassen konnten. Ich komme mir vor wie ein gemeiner Dieb, aber was sollen wir denn machen? Der Hunger nagt ständig an uns. Da wir keine Möglichkeit haben, die Eier zu kochen, schlingen wir sie roh herunter.

Als auch dieser Tag zur Neige geht, verlassen mich die Kräfte. Der anstrengende Marsch in der Kälte, der jetzt schon mehrere Tage andauert, der ständige Hunger und die Erschöpfung von den kaum erholsamen Nächten machen mir zu schaffen. Ich weiß nicht, wie lange ich das noch durchhalten kann. Da stoßen wir auf etwas, das mir wieder Hoffnung macht: Schienen.

Wir folgen ihnen bis zu einem Bahnhof am Rande eines kleinen Städtchens. Schon von Weitem erkenne ich den schwarzen, metallischen Leib der Lokomotive, aus deren Schornstein Dampfwolken in den blauen Himmel puffen.

Als wir näherkommen, sehen wir, dass die Waggons bis zum Bersten gefüllt sind mit Männern, Frauen und Kindern, und auch am Bahnsteig scharen sich noch die Menschenmassen. Jeder versucht, einen Platz im Zug zu ergattern. Wem das nicht gelingt, der hängt sich sogar an die Außenseite, stellt sich auf die Trittbretter und die

Verbindungsstücke zwischen den Waggons oder klammert sich am Geländer fest. Ganz so, wie Frau Besecker gesagt hat.

»Der fährt Richtung Westen«, sage ich. »Mensch, da müssen wir mit.«

Wir rennen zum Zug. Gerhard ruft einem der wartenden Menschen zu: »Entschuldigen Sie bitte, wohin fährt dieser Zug?«

Der Mann dreht sich zu uns um. »Bis Magdeburg«, sagt er zerstreut und reckt dann wieder den Hals, um einen Weg durch die Menge zu finden.

Ich packe Gerhard an der Schulter. »Dann fährt er bestimmt über Leipzig.« Was für ein unerwartetes Glück.

Wenn wir uns einen Platz auf diesem Zug erkämpfen können, sind wir vielleicht schon heute Nacht da – oder zumindest ein gutes Stück näher am Ziel. Aber so wie wir denken hier viele.

Ich ziehe Gerhard beiseite. »Da kommen wir nicht durch. Lass uns weiter vorne an der Strecke warten, bis der Zug vorbeifährt, und dann versuchen wir, hinten aufzuspringen.«

Gerhards Augen leuchten auf. »So wie Banditen bei 'nem Zugüberfall.«

Der Zug fährt schnaufend und ratternd an. Überall hängen Menschen, selbst hinten stehen sie, die Rucksäcke und Bündel fest an sich gedrückt. Vielleicht sind es Hamsterer, die zum Eintauschen von Lebensmitteln aufs Land gefahren sind und jetzt in die Städte zurückkehren. Es scheint keine freie Lücke mehr zu geben, aber wir müssen trotzdem unser Glück versuchen.

»Und los.«

Wir fangen an zu rennen. Der Zug nimmt an Geschwindigkeit auf, als wir uns an seine Fersen hängen. Die Menschen, die hinten auf dem Trittbrett stehen, schauen uns misstrauisch entgegen. Ich will im Laufen nach dem Geländer greifen, doch ein Mann verstellt mir den Weg mit seinem Körper. »Hier ist kein Platz mehr«, murrt er.

»Bitte, wir müssen nach Leipzig zu unserer Mutter ...«, ruft Gerhard, dem auf Anhieb immer etwas einfällt. »Wir haben sie verloren ... auf der Flucht ... Sie weiß nicht mal, ob wir noch leben.«

»Für zwei schmale Buben wird hier wohl noch Platz sein«, schimpft ein älterer Herr.

Er reicht mir die Hand und zieht mich auf den rückwärtigen Teil des Zuges. Gerhard springt hinter mir auf. Wir passen nicht mehr auf das Brett, sondern hängen hinten am Geländer und müssen uns gut festklammern. So unbequem und doch glücklich zuckeln wir Dresden und Leipzig entgegen.

Kapitel 21

Wie anders sieht es im Stadtviertel meiner Tante aus! Überall Bombenschäden: Fenster mit zersplitterten Glasscheiben, die zum Teil mit Pappe verklebt wurden, ausgebrannte Dachstühle. Abgedeckte Ziegel und Geröllbrocken liegen auf der Straße.

Gerhard und ich umrunden einen tiefen Krater mitten auf dem Gehweg. Die Angriffe müssen sich in den letzten Monaten verstärkt haben.

Je näher ich der Straße komme, in der Tante Martha und Onkel Emil wohnen – und Luise –, desto stärker klopft mein Herz.

Lass Mutter da sein, bitte, lass Mutter da sein, und alle meine Geschwister, flehe ich im Stillen.

Was, wenn ihr Haus genauso aussieht wie das, an dem wir gerade vorbeikommen? Durch die abgerissene Vorderfront können wir auf die ausgebrannten Mauern im Inneren schauen; wie bei einer überdimensionierten Puppenstube. Die Zimmer sind unheimlich leer, abgesehen von zurückgebliebenem Unrat, verkohlten Teppichen, Fetzen von Vorhängen, Glassplittern ... Alles, was noch brauchbar war, haben die ehemaligen Bewohner oder Plünderer bereits ausgeräumt. Sogar das Holz der zerbrochenen Möbel werden sie zum Feuern benutzt haben, denn es liegen keine Reste davon herum.

Gerhard scheint meine Nervosität zu verstehen. Er redet nicht viel und nickt mir nur aufmunternd zu. Da bereits der Mond am Himmel aufsteigt und die ersten Sterne blinken, laufe ich schneller. Nach Einbruch der Dunkelheit darf sich niemand auf den Straßen aufhalten.

Wir kommen an einen Park, durch den es eine Abkürzung gibt. Luise hat sie mir einmal gezeigt. Es ist eher ein Trampelpfad, der unter alten Eichen und Kastanien hindurchführt, vorbei an einem verlassenen Spielplatz mit rostigem Klettergerüst und einer quietschenden Schaukel. Ein kalter Wind pfeift durch die kahlen Äste. Ich ziehe meinen Mantelkragen enger und stecke die Hände in die Taschen.

Vor uns läuft jemand, schon seit einer ganzen Weile, eine dunkle Gestalt, aber klein und zierlich. Ein Mädchen, dem Rock nach zu urteilen, der unter dem langen, dicken Mantel hervorschaut. Sie trägt einen großen Korb unter dem Arm. Ich beschleunige meine Schritte, will sie einholen, um zu sehen, wer es ist.

Das Mädchen wirft einen Blick über ihre Schulter, sieht uns, wie wir ihr im Halbdunkel in diesem einsamen Park nachlaufen, und eilt schneller voran. Dabei muss sie gegen den Wind ankämpfen, genau wie wir. Ich will ihr zurufen, doch da stolpert sie über irgendetwas. Sie verliert das Gleichgewicht und schlägt mit Händen und Knien auf dem Boden auf. Der Korb, den sie getragen hat, rollt ein paar Meter weiter.

Sie braucht einen Augenblick, um sich zu fassen. Unterdessen habe ich sie eingeholt. Ich stelle mich vor sie und halte ihr meine Hand entgegen, um ihr aufzuhelfen.

»Alles in Ordnung?«, rufe ich ihr durch das Pfeifen des Windes zu.

Sie schaut auf meine Hand; dann wandert ihr Blick langsam an meinem Arm entlang zu meinem Gesicht. Mein Herz macht einen kleinen Satz. Unter der Mütze lugen ihre Zöpfe hervor, die im Dämmerlicht hell, fast silbern schimmern. Ihre Lippen öffnen sich ein klein wenig und ihre Augen weiten sich.

Ich halte ihr die zweite Hand hin und sie greift danach, ohne ihren Blick von meinem zu lassen. Sie starrt mich an, wie man einen Geist anstarrt, während sie sich von mir auf die Beine ziehen lässt, beinahe willenlos. Einzelne Haarsträhnen, die der Wind aus ihren Zöpfen gezerrt hat, flattern wild um ihr Gesicht. Ich halte immer noch ihre Hände.

»Anton?«, flüstert sie. Und dann lauter: »Oh mein Gott! Ich glaub es nicht!«

Ich bringe kein Wort hervor, die Kehle ist mir wie zugeschnürt. Luise sieht einen Moment lang so aus, als würde sie mir um den Hals fallen wollen, doch dann blinzelt sie und drückt nur meine Hände fester.

»Alle waren so in Sorge um dich«, ruft sie.

Alle? Auch sie?

»Ich kann nicht glauben, dass du vor mir stehst. So aus dem Nichts! Deine Mutter —«

»Mutter ist hier?«

Sie nickt.

Meine Knie geben beinahe nach.

Gerhard räuspert sich. »Ähm, Anton … wer ist das?«

Mir fällt erst jetzt wieder ein, dass er hier ist. Sein Blick wandert zwischen uns beiden hin und her. Er hat mittlerweile den Korb aufgesammelt und hält ihn ihr entgegen. Luise beäugt ihn misstrauisch.

»Oh, äh, das ist Gerhard. Und das ist Luise Hofmann. Die Nachbarin meiner Tante«, erkläre ich nach kurzem Zögern.

»Aaahja«, sagt Gerhard nur.

Ich weiß, was er denkt. Warum ich ihm nie von ihr erzählt habe. Ich spüre, wie ich rote Ohren bekomme, doch das ist in der Dunkelheit zum Glück nicht zu erkennen.

Ich wende mich wieder Luise zu, die meine Hände inzwischen losgelassen hat, um ihren Korb entgegenzunehmen.

»Sind alle wohlbehalten ...?« – »Wie seid ihr nur hierher ...?«, fangen Luise und ich gleichzeitig an zu sprechen und halten inne.

Luise lächelt und beginnt von Neuem. »Es geht allen gut. Kommt mit, sie werden außer sich sein vor Freude.«

Wir setzen uns in Bewegung, um den inzwischen gänzlich düsteren Park zu durchqueren.

»Du bist spät unterwegs«, bemerke ich.

»Ich habe nur ein paar Besorgungen gemacht«, sagt sie beiläufig und wechselt dann das Thema. »Wie seid ihr hergekommen? Wir dachten alle, ihr wärt noch in Breslau eingeschlossen.«

Ich erzähle ihr mit wenigen kurzen Sätzen, wie wir aus der Kaserne herausmarschiert sind und uns unterwegs abgesetzt und nach Leipzig durchgeschlagen haben.

Sie schaut mich mit großen Augen an. »Das klingt nach einer richtigen Odyssee.«

Ich zucke mit den Schultern. »War nicht gerade ein Sonntagsspaziergang. Ich bin froh, endlich da zu sein.«

»Das bin ich auch. Ich meine, dass du ... dass ihr wieder da seid«, sagt sie mit einem Blick über die Schulter zu Gerhard, der hinter uns läuft.

Wir kommen zum Ende des Parks und treten auf die Straße hinaus. Auch hier gibt es Lücken in der Häuserfront; ein niedergebranntes Gebäude auf der gegenüberliegenden

Straßenseite ragt mit verkohlten Dachbalken und dunklen, blicklosen Fenstern vor uns auf. Ich erinnere mich, dass im Erdgeschoss ein kleiner Laden gewesen ist, dessen Besitzerin uns immer Bonbons zugesteckt hat. Doch Luises Haus steht noch, wenn auch ein paar Scheiben im zweiten Stock gesplittert sind, wo die Untermieter wohnen. Selbst der alte Apfelbaum im Garten wirkt so unerschütterlich wie eh und je.

Als ich an der Tür von Onkel Emils Haus klingele, kribbelt es in meinem Bauch. Ich trete von einem Fuß auf den anderen. Tante Martha öffnet und schaut vorsichtig hinaus. Sie trägt ihre geblümte Kittelschürze und sieht genauso aus wie immer. Als sie mich erkennt, stößt sie einen kleinen Schrei aus und schlägt die Hand vor den Mund. Im nächsten Moment zieht sie mich an sich und drückt mich kräftig, nur ein paar Sekunden. »Hanna, komm schnell«, ruft sie über ihre Schulter.

Meine Mutter wirkt kleiner, als ich sie in Erinnerung habe. In ihrem Haar schimmern die Silberfäden, die zahlreicher geworden sind, und ihre Augen schwimmen, als ich sie in den Arm nehme. Ich rieche den vertrauten Duft ihrer Haare, an denen noch eine Spur des Küchengeruchs haftet. Dabei denke ich an zu Hause, das wir vielleicht nie mehr wiedersehen werden, und muss selbst kurz die Augen zusammenkneifen.

»Ach, da ist ja noch einer«, höre ich Tante Martha hinter mir. Im nächsten Moment zieht sie Gerhard in den Flur, der unentschlossen draußen gestanden hat.

Luise sieht unserem Wiedersehen mit einem Lächeln zu, das gleichzeitig glücklich und traurig wirkt.

Tante Martha plappert vor Aufregung ohne Punkt und Komma. »Ach Emil, schau, unser Anton ist wieder da. Und ein Freund … Gerhard? Schön, dich kennenzulernen, Gerhard. Habt ihr Hunger? Ihr müsst hungrig sein …«

Plötzlich umringen mich lauter Kinder, meine Brüder und Schwestern und meine Vettern. Sie zerren an meinen Armen und klammern sich an meine Beine. Mutter zieht Gerhard an sich wie einen weiteren verlorenen Sohn. Dann tritt Onkel Emil in den Flur, tastet sich an der Wand entlang und bleibt vor mir stehen. Er streckt seine Hand aus und ich schüttle sie. Seine Augen sind hinter einer dunklen Sonnenbrille verborgen.

»Junge, es ist gut, dich hier zu haben.«

Luise verabschiedet sich, was in der allgemeinen Aufregung fast untergeht. Ich hätte sie gern gebeten zu bleiben, aber es ist ja schon spät.

»Kann Gerhard hier wohnen?«, frage ich.

»Aber natürlich. Hier ist Platz für alle«, versichert mir Tante Martha, während sie uns in die Küche führt.

Platz für alle?, denke ich, als ich einen Blick in die Stube erhasche, deren Boden mit Matten und Decken belegt ist. Es sieht aus wie im Ferienlager. Außer dem Sofa und dem Sessel sind alle Möbel beiseitegeschoben worden, um Platz zu schaffen. Tante Martha und Onkel Emil bewohnen die Parterre-Wohnung des Hauses und haben nur eine kleine Küche, die Wohnstube und zwei Schlafstuben zur Verfügung. Nicht genug, um eine Meute von zehn Kindern unterzubringen – und jetzt noch zwei mehr.

Einige meiner kleinen Geschwister waren wohl schon im Bett, aber jetzt hocken sie alle um uns herum, während wir uns erschöpft auf die Eckbank um den Küchentisch sinken lassen. Der kleine Raum ist voller, als ich es je erlebt habe. Es ist schön, die kleinen Racker wieder um mich zu haben, auch wenn mir die plötzliche Aufmerksamkeit bald zu viel wird. Gerhard ist gut darin, mit den Kindern zu plaudern und ihre ganzen Fragen zu beantworten. Ob wir denn den Russen begegnet seien, will Max wissen. »Nur ihren Flugzeugen«, sagt Gerhard und wechselt das Thema, weil die Einzelheiten nicht für ihre Ohren bestimmt sind.

»Jetzt lasst ihr die Jungs aber erst mal essen. Husch, husch, zurück ins Bett. Fragen stellen könnt ihr später«, scheucht Tante Martha schließlich alle hinaus.

Wir bekommen kalte gekochte Kartoffeln, eine Scheibe trockenes Brot und immerhin eine Handvoll Walnüsse vorgesetzt, die – wie Tante Martha uns erzählt – die Kinder im Herbst vom Baum gepflückt haben. Es ist nicht so reichhaltig wie das Mahl bei der Bauernfamilie am ersten Abend unserer Flucht. Stadtbewohner haben es viel schwerer, Essen aufzutreiben. Tante Martha entschuldigt sich immer wieder, dass sie kein Fett zum Braten der Kartoffeln hat. Aber mir schmeckt sowieso alles, nach dem tagelangen Hunger.

Onkel Emil, Mutter und Tante Martha setzen sich zu uns, nachdem sich der Tumult gelegt hat, doch sie fragen nichts. Während wir essen, erzählt Mutter von ihrer Flucht aus Breslau.

»Ich hatte am Tag zuvor von Frau Zschäpe das Gerücht gehört, dass wir bald alle evakuiert werden sollten. Ich wusste, was das für einen Andrang an den Bahnhöfen geben würde, sobald die Nachricht durchkäme. Also habe ich schon an diesem Abend alle Habseligkeiten zusammengepackt, die wir tragen konnten, und bin mit den Kindern zum Bahnhof gelaufen. Ich hatte so gehofft, dass ich noch Nachricht von dir bekomme, oder dir wenigstens eine zukommen lassen kann. Aber es war keine Zeit.« Sie sieht mich schuldbewusst an.

»Wir sind nach Breslau gefahren, um vom Hauptbahnhof aus noch einen Zug nach Leipzig zu ergattern. So ein Gedränge habe ich noch nie erlebt. Es war schlimm. Später im Zug hat mir ein Mann erzählt, dass dabei Kinder, die ihre Eltern verloren haben, zu Tode getrampelt wurden ...«

Mir bleibt der Bissen im Hals stecken.

»Es gab nur noch eine Bahn, die aus der Stadt herausfuhr. Max und Fritz haben sich durch einen Spalt in der Tür zwischen den Leuten hindurchgequetscht, aber ich kam mit den Kleinen nicht hinterher. Wir sind am Zug entlanggerannt, auf der Suche nach einer Stelle, wo es noch Platz gab. Da rief uns ein Mann aus dem Fenster zu: ›Reichen Sie uns die Kinder rein, gnädige Frau!‹ Ich war so verzweifelt, dass wir in Breslau steckenbleiben würden, dass ich es gemacht habe. Die Mädels und Erich habe ich alle einzeln durchs Fenster gehoben und der freundliche Herr nahm sie in Empfang. Dann bin ich selbst zu einer der Türen gerannt, vor der schon eine Menschentraube stand, und kurz vor Abfahrt gelang es mir, mich noch hineinzuschieben. Ich habe mir die ganze Zeit Sorgen gemacht, dass wir uns nie wiederfinden.«

»Aber es hat ja alles geklappt«, meint Tante Martha.

Gerhard legt seine Gabel ab und lehnt sich zurück. Ich bin auch fertig mit dem Essen. Der Hunger ist zwar noch nicht gestillt, aber immerhin fürs Erste beruhigt.

»Und wie ist es euch ergangen?«, fragt Onkel Emil.

Gerhard und ich sehen uns an. Es gäbe so viel zu erzählen, aber keiner von uns hat Lust darauf, die ganzen Einzelheiten noch einmal zu durchleben. Außerdem würde es Mutter doch nur beunruhigen.

Ich fange zögerlich an, klappere die wichtigsten Stationen mit wenigen Worten ab: Wie wir in der Kaserne Gräben schaufeln mussten, wie sie uns bei Nacht und Nebel hinausgeführt haben aus Breslau, um nach tagelangem Fußmarsch zu verkünden, dass wir wieder in einen Zug gen Osten gesetzt werden sollten. Augusts Tod erwähne ich vorerst nicht. Auch die Begegnung mit dem KZ-Häftlingszug oder die Luftangriffe, die wir überstanden haben, lasse ich weg. Unsere Flucht vom Zug versuche ich so wenig dramatisch wie möglich zu schildern und ich tue so, als wären wir jede Nacht bei einem freundlichen Bauern untergekommen, bis wir einen Zug gefunden haben. Ich habe kein schlechtes Gewissen wegen der Lügen. Mutter hat schließlich schon genug Sorgen. Und Gerhard stimmt mir in allem zu.

»Ihr habt euch wirklich tapfer geschlagen, Jungs«, sagt Onkel Emil.

Mutter schüttelt den Kopf. »Nur gut, dass ich davon nichts wusste. Andererseits war es genauso schlimm, nicht zu wissen, ob ihr noch in Breslau seid oder nicht.«

»Ich hoffe, ihr seid satt geworden«, sagt Tante Martha, wie immer praktisch veranlagt. »Ich wünschte, ich könnte euch mehr anbieten.«

Ich versichere ihr, dass das Essen ausreichend war, aber Mutter schaut stirnrunzelnd auf unsere leeren Teller. »Ich fürchte, lange können wir die beiden zusätzlichen Esser nicht versorgen ... Ihr müsst euch morgen im Rathaus melden«, sagt sie und blickt mich an. »Damit sie euch Lebensmittelkarten zuteilen.«

»Wenn sich die beiden offiziell melden«, wirft Onkel Emil ein, »dann rechne damit, Hanna, dass sie sehr bald wieder fortmüssen.«

Er scheint die fragenden Blicke auf sich zu spüren, denn er fügt hinzu: »Du wirst doch bald sechzehn, Anton?«

176

»Ja.«

Sein Kopf wendet sich in meine Richtung. »Und Gerhard ist, nehme ich an, in deinem Alter?«

»Ja«, sagt Gerhard.

»Du meinst ... sie ziehen sie ein?«, fragt Tante Martha leise. »Mit sechzehn?«

»Sind doch genau im richtigen Alter«, meint er. »Wie Hitler seine Soldaten haben will ... jung und frisch.«

»Also Emil!«, protestiert Tante Martha mit gefurchter Stirn.

»Aber wenn sie sich nicht melden, dann wohnen sie illegal hier«, sagt Mutter. »Wenn das jemand mitbekommt ...«

»Und das Essen reicht hinten und vorne nicht«, fügt Tante Martha hinzu.

»Ich will niemandem etwas wegessen«, sage ich. »Oder euch in Gefahr bringen. Also melden wir uns.« Trotzdem ist mir nicht wohl bei dem Gedanken.

»Ich hab keine Lust, wieder nach deren Pfeife zu tanzen«, sagt Gerhard leise, als wir kurze Zeit später in der dunklen Küche auf der Eckbank liegen – das einzige Schlaflager, das noch nicht besetzt war. Es gibt zwar keine Polster, aber mit einer zusammengefalteten Decke als Unterlage geht es. Wir liegen Kopf an Kopf. Gerhard ist zu lang für die Bank und muss die Beine anziehen, sodass seine Knie über die schmale Sitzfläche ragen. Aber wir haben auf unserer Reise schon schlechtere Lager gehabt. Wenigstens fühlt es sich ein bisschen an wie zu Hause.

»Ich glaube nicht, dass uns eine Wahl bleibt«, erwidere ich. »Wenn wir uns nicht melden, könnten sie uns drankriegen. Außerdem will ich meiner Familie nicht zur Last fallen.«

Gerhard seufzt. »Ich weiß.«

»Aber vielleicht hat Onkel Emil ja auch unrecht. Vielleicht ist der Krieg in einem Monat schon vorbei.«

Es dauert eine Weile bis Gerhard erwidert: »Das wäre dufte. Ach, und Anton ... jetzt weiß ich endlich, warum dich die Mädchen zu Hause immer kalt gelassen haben.« Ich höre das schelmische Grinsen in seiner Stimme.

Ich tue so, als wäre ich schon im Halbschlaf. Meine Gedanken wandern zu Luise und dem Ausdruck auf ihrem Gesicht, als sie mich wiedererkannt hat. Das Bild verursacht ein Flattern in meiner Magengegend.

Kapitel 22

Als wir am nächsten Morgen das Haus verlassen, liegt ein blutigroter Schleier über Teilen des östlichen Horizonts, obwohl es taghell ist. Heute ist Aschermittwoch, der 14. Februar. In der Nacht hat es schwere Luftangriffe auf Dresden gegeben und die Innenstadt soll noch immer lichterloh brennen. Es ist ein schauerlicher Glanz und es beunruhigt mich, dass wir ihn sogar hier noch sehen können.

Der Schneematsch spritzt unter unseren Füßen, als ich mit Gerhard die Straße hinunter trabe, in Richtung Straßenbahnhaltestelle.

»Hallo, ihr zwei!« Die helle, melodische Stimme, die uns von hinten zuruft, erkenne ich sofort. Ich halte inne.

Gerhard stößt mich mit dem Ellbogen in die Seite und grinst, während wir warten, bis Luise zu uns aufgeschlossen hat. Ich ignoriere ihn.

»Seid ihr auch auf dem Weg zur Bahn?«, fragt sie. Ihre Wangen sind von der feuchtkalten Luft gerötet. Sie hat sich ihre Wollmütze tief in die Stirn gezogen. Nur ihre blonden Zöpfe lugen darunter hervor.

»Japp«, sagt Gerhard und mir wird bewusst, dass ich mit der Antwort zu lange gezögert habe.

»Ich komme mit«, sagt sie.

Wir laufen gemeinsam weiter die Straße hinunter und biegen in den Park ein, in dem wir uns gestern getroffen haben. Ich gehe in der Mitte, zwischen Gerhard und Luise. Wir schweigen, als wäre jeder mit seinen eigenen Gedanken beschäftigt. Trotzdem ist mir die Stille unangenehm. Schließlich stupst Gerhard mich unauffällig an. Ich wende mich ihm zu. Er schaut mich mit hochgezogenen Augenbrauen auffordernd an. Sein Blick sagt: *Jetzt mach schon, rede mit ihr.* Das würde ich ja gerne. Aber ich habe mich wieder in einen stummen Stockfisch verwandelt – mir will nichts einfallen.

»Wohin geht ihr eigentlich?«, fragt Luise schließlich.

»Ähm«, antworte ich aufgeschreckt. »Zum Rathaus. Um uns zu melden. Die Bahn fährt doch bis zum Hauptbahnhof, oder?«, frage ich, obwohl ich es selbst ganz genau weiß.

»Ja. Und von dort ist's nicht weit. Am besten geht ihr über den Augustusplatz.«

»Ich habe immer noch kein gutes Gefühl bei der Sache«, murmelt Gerhard. »Wenn es stimmt, was dein Onkel sagt ...«

»Das hatten wir doch schon«, unterbreche ich ihn ungeduldig, »uns bleibt nichts anderes übrig.«

Luise schaut neugierig von einem zum anderen. »Was sagt er denn? Dein Onkel?«

»Ach, nichts«, erwidere ich etwas zu schroff.

Sie wendet sich ab und sofort tut es mir leid.

»Weißt du, die Sache ist die ...«, fängt Gerhard an. Ich werfe ihm einen bösen Blick zu, doch er lässt sich nicht beirren. »Wenn wir uns melden, dann sind wir wieder auf deren Radar.«

»Was heißt das?«, fragt sie und schaut an mir vorbei zu Gerhard.

»Wir werden bald sechzehn«, sagt Gerhard, bevor ich

ihn zurückhalten kann, »und sein Onkel meint, dass sie uns wahrscheinlich zum Wehrdienst einziehen werden …«

Ich denke an mein Gespräch mit Luise im vergangenen Sommer. Ich habe kein Wort davon vergessen. Was, wenn sie immer noch so denkt wie damals?

»Das ist doch gut«, werfe ich rasch ein. »Dann kämpfen wir fürs Vaterland.«

Gerhard hebt eine Augenbraue.

Luise schaut nachdenklich vor sich hin. »In unserer Schule haben sie schon vor einer Weile alle Obersekundaner und höheren Jahrgänge zum Flakdienst einberufen.«

»Ja«, sage ich, »meinen Bruder Helmut auch.«

»Oskar beschwert sich, dass er noch nicht alt genug dafür ist.« Sie schnaubt. Oskar ist ihr jüngerer Bruder – er müsste jetzt dreizehn sein. Ich kann mir gut vorstellen, was er denkt. Als ich in dem Alter war, oder etwas jünger vielleicht, kam mir der Krieg auch wie ein großes Abenteuer vor. Ich wollte möglichst schnell erwachsen werden, um mitmachen zu dürfen.

Eine Weile laufen wir schweigend weiter.

»Was passiert, wenn ihr euch nicht meldet?«, fragt Luise auf einmal und dreht ihren Zopf in einer Hand.

Ich bin so überrascht über ihre Frage, dass ich glatt vergesse, zu antworten.

Gerhard springt wieder ein. »Dann gibt's eins auf die Mütze – wenn sie es herausfinden …«

»Aber vor allem brauchen wir die Lebensmittelmarken«, füge ich hinzu. »Wir können meiner Tante das wenige Essen, das sie bekommt, doch nicht wegfuttern.«

»Ja, das stimmt wohl«, gibt Luise zu und dreht weiterhin ihren Zopf zwischen den Fingern. »Ihr braucht Lebensmittelmarken …«

Ich horche auf. Ihre Stimme hat einen seltsamen Unterton angenommen, so als läge in ihren Worten eine versteckte Bedeutung. Plötzlich bleibt sie stehen und schaut sich um.

Wir sind allein im Park, um uns herum nur kahle Bäume und hinter ihr der verlassene Spielplatz mit der morschen Schaukel.

Sie sieht uns eindringlich an und senkt ihre Stimme. »Man kann Lebensmittelmarken auch auf anderen Wegen besorgen, wisst ihr ...«

»Du meinst ...?«, frage ich, obwohl ich es mir denken kann.

Sie scheint mit sich zu kämpfen. »Ich kenne da eine Möglichkeit.«

»Mensch, denkst du, was ich denke?«, fragt Gerhard mit unterdrückter Erregung in der Stimme.

»Ich könnte euch helfen ...« Sie schaut mir direkt in die Augen, sodass sich mein Magen wieder überschlägt. »Wenn ihr was zum Tauschen habt.«

Ich muss sie mit offenem Mund angestarrt haben, denn sie fügt ungeduldig hinzu: »Ich habe Kontakte.«

Mir schwirrt der Kopf. Luise mit Kontakten zum Schwarzmarkt? Die gleiche Luise, die mir im Sommer noch als patriotisches deutsches Mädel Vorträge gehalten hat? Vorträge über den Führer und seinen Stolz auf die Jugend. Vorträge über deutsche Courage und die Zivilbevölkerung, die hinter Hitler stehen muss, damit wir den Krieg gewinnen.

»Das Mädel ist dufte!«, sagt Gerhard.

Luise grinst ihn an.

»Mutter würde das nie erlauben«, werfe ich ein.

Gerhard und Luise schauen mich an, als hätte ich etwas total Dummes gesagt. Ich fühle mich eingekreist.

»Dann darf sie es nicht erfahren«, sagt Gerhard sachlich.

Ich will protestieren, aber Luises vergissmeinnichtblaue Augen fangen mich ein.

»Ich will doch nur nicht, dass ihr wieder fortmüsst«, sagt sie leise.

Bei ihrer Sorge sickert Wärme durch meinen Körper. Trotzdem sage ich: »Aber das ist gefährlich. Und außerdem haben wir nichts zu tauschen.«

»Gar nichts?«, fragt sie. »Zigaretten, Alkohol, Uhren, Schmuck …?«

Gerhard verzieht angestrengt das Gesicht. »Ich bin arm wie eine Kirchenmaus. Habe nichts als die Kleider an meinem Leib.« Er tastet mit den Händen seine Jacken- und Hosentaschen ab, um zu demonstrieren, wie leer sie sind. »Warte mal, Anton, du hast doch diese Uhr.«

Ich zucke zusammen und meine Hand fliegt automatisch zur Brusttasche meines Mantels.

»Welche Uhr?«, fragt Luise und schaut mich neugierig an.

»Das ist ein Erbstück meines Vaters!«

»Das kannst du nicht hergeben«, meint sie sofort. Ich werfe ihr einen dankbaren Blick zu.

Gerhard zuckt mit den Schultern. »Dann haben wir wirklich nichts.«

Die Enttäuschung in seiner Stimme ist nicht zu überhören.

»Ich habe sie zu Weihnachten bekommen«, sage ich. Es klingt wie eine Rechtfertigung, obwohl Gerhard mir gar nichts vorgeworfen hat.

»Hast du sie dabei?«, fragt Luise leise.

Ich öffne zögerlich die obersten Knöpfe meines Mantels und greife in die Innentasche. Meine Fingerspitzen ertasten das kühle, glatte Metallgehäuse der Uhr und ich wickle die Kette um meinen Zeigefinger, um sie herauszuziehen.

Dabei flattert etwas zu Boden und bleibt im Schneematsch zu unseren Füßen liegen. Ich bücke mich rasch danach, doch Luise ist schneller. Sie hebt das Foto auf und dreht es um. Die jetzt schmutzige, stark mitgenommene Schwarz-Weiß-Fotografie zeigt noch immer deutlich das Motiv. Ich spüre, dass ich rot werde. Ich beobachte ihren Gesichtsausdruck, als sie das Foto von sich selbst betrachtet. Er wechselt von Überraschung zu Verwirrung zu so etwas wie Verlegenheit. Wortlos reicht sie mir das Bild zurück.

»Das ist zwei Jahre alt. Ich habe mir alle Fotografien mitgenommen, die ich hatte ... als Erinnerung.«

Ihre Wangen scheinen röter als vorher. Rasch stecke ich das Bild wieder weg und sehe Gerhard gespielt die Augen verdrehen. Dann wende ich mich der Uhr in meiner Hand zu. Die winzige Inschrift bricht das matte Gold des Deckels. *Den rechten Weg wirst nie vermissen, handle nur nach Gefühl und Gewissen ...* Hätte Vater gewollt, dass ich sie hergebe?

»Die ist hübsch«, sagt Luise.

Ich nicke und klappe den Deckel auf. Die Uhr ist auf halb zwölf stehengeblieben, weil ich sie seit ein paar Tagen nicht mehr aufgezogen habe. Als ich das Rädchen an der Seite drehe, fängt sie wieder an zu ticken. Allein bei dem Gedanken, sie wegzugeben, schnürt es mir die Kehle zu.

Ich schiele zu Gerhard, der wie ich und Luise auf die Uhr starrt, als wäre sie verzaubert. Vielleicht ist der Krieg ja wirklich bald vorbei. Es spricht alles dafür. Wir müssen also nur noch ein paar Monate durchhalten. Nur noch ein paar Monate ... Wenn er nun wegen meiner Weigerung, die Uhr abzugeben, eingezogen wird und ich hätte es verhindern können? Ich weiß, dass ich mir das nie verzeihen könnte. Was ist schon eine Uhr gegen das Leben meines besten Freundes? Habe ich mir nicht geschworen, alles zu tun, damit er überlebt?

Ich atme tief die kalt-feuchte Februarluft ein. »Das ist das einzig Wertvolle, das wir haben«, sage ich. »Also muss ich mich davon trennen.«

Die beiden blicken mich überrascht an.

»Bist du sicher?«, fragt Luise. »Du musst das nicht tun!«

Ich nicke entschlossen. »Wenn ich meiner Familie damit helfen kann.« Das hätte Vater so gewollt. Richtig?

Gerhard legt mir eine Hand auf die Schulter. Luise hält meinen Blick für einen Moment gefangen – in ihren Augen glaube ich Bewunderung zu lesen. Aber das ist wahrscheinlich nur Wunschdenken.

»Na dann … gehen wir«, sagt sie. »Ich wollte mich sowieso mit meinem Kontaktmann am Hauptbahnhof treffen. Der besorgt mir die Lebensmittelmarken.«

»Wozu brauchst du denn so viele?«, frage ich.

Sie antwortet nicht gleich, sondern schaut auf ihre Füße, die durch den Matsch spritzen. »Für 'ne Freundin«, murmelt sie und wechselt das Thema.

Am Hauptbahnhof steigen wir aus der Straßenbahn und laufen auf den großen Säuleneingang zu. Die Innenstadt ist mit Bombenkratern und ausgebrannten Häusern übersät, aber der Bahnhof steht noch. Seine Größe beeindruckt mich immer wieder. Er ist einer der größten Kopfbahnhöfe in Deutschland. Die Fassade der Frontseite ist beschädigt, aber nicht unkenntlich. Sie nimmt mein gesamtes Blickfeld ein, als ich davor stehe. Von unserer Ankunft in Leipzig weiß ich aber, dass der Querbahnsteig im Inneren, über den man zu den Gleisen gelangt, von einem Volltreffer zerstört worden ist. Deshalb müssen die Fahrgäste jetzt über behelfsmäßige Bretter balancieren.

Sobald wir Lebensmittelmarken haben, können wir sie gegen Nahrungsmittel eintauschen. Ich versuche mir einzureden, dass ich damit nicht nur meiner Familie, sondern auch Gerhard und mir selbst helfe. Trotzdem ist mir noch immer unwohl bei der ganzen Sache. Als wir den Bahnhof betreten, rumort es in meinem Magen.

Wir laufen die Stufen zum Bahnsteig hinauf. Hier oben herrscht reger Betrieb. Menschen mit Koffern und Taschen eilen von hier nach da, Soldaten sagen ihren Familien Lebewohl, andere kommen mit Verbänden oder amputierten Gliedmaßen nach Hause. Aus den einfahrenden Zügen steigen Flüchtlinge. Ich erkenne sie an ihrer abgerissenen Kleidung und dem Hausstaat, den sie mit sich tragen. Zwei kleine Jungs mit schmutzigen Gesichtern und Löchern in Hosen und Schuhen rennen im Slalom durch die Menge, als würden sie Fangen spielen. Ein idealer Ort, um sich unauffällig mit einer Kontaktperson zu treffen. Sie könnte gerade als Passagier mit einem der Züge angekommen sein. Ich schaue mich dennoch nach allen Seiten um. Die Gestapo hat ihre Augen und Ohren überall.

Als uns plötzlich eine männliche Stimme von hinten anspricht, zucke ich zusammen. »Luise?«

Noch mehr überrascht es mich, als Luise sich umdreht und einem jungen Mann um den Hals fällt, dessen rechter Jackenärmel leer nach unten hängt. »Martin! Schön, dass du wieder da bist«, ruft sie laut. Es kommt mir beinahe so vor, als würde sie wollen, dass uns jemand hört.

»Komm«, sie hakt sich bei seinem gesunden Arm unter und zieht ihn zu mir und Gerhard. Wir starren uns misstrauisch an. Ich schätze ihn auf neunzehn oder zwanzig Jahre. Er hat ein stoppeliges Kinn, was ihm ein verwegenes Aussehen verleiht, und eine Zigarette zwischen seinen Fingern.

»Das sind meine Freunde, Anton und Gerhard«, sagt Luise. »Und das hier ist Martin.«

»Wir hatten doch abgemacht, uns allein zu treffen«, raunt Martin ihr zu, wobei er freundlich lächelt.

Luise geht weiter, noch immer bei Martin untergehakt. Uns bleibt nichts anderes übrig, als ihnen zu folgen.

»Ich weiß«, erwidert sie ruhig. »Aber die Jungs brauchen dringend ein paar von deinen … Briefmarken. Sie wollen ihre eigene Sammlung vervollständigen. Du hast doch immer ein paar mehr dabei. Sieh' es als neue Geschäftsmöglichkeit.«

Martin schaut sie an, seine gerunzelte Stirn glättet sich, dann lacht er auf. »Das Mädel hat Mumm, das dachte ich mir gleich«, sagt er leise. »Aber die Briefmarken sind für jemand anderen.«

Luise lächelt ihn von unten herauf durch ihre langen Wimpern hindurch an und mir dreht sich der Magen um. Woher kennt sie den nur? Er muss Soldat gewesen sein. Alles nur Show, hoffe ich jedenfalls.

»Warte, bis du siehst, was Anton dir mitgebracht hat«, flötet sie Martin zu. »Anton, wie spät ist es?«

Ich suche mit den Augen nach der großen Bahnhofsuhr, doch Gerhard stößt mich in die Rippen. Luise lächelt nachsichtig.

»Ach so! Moment …« Ich ziehe die Uhr aus der Tasche, klappe sie auf und halte sie Martin vor die Augen. »Sieh selbst«, sage ich schroffer als nötig.

»Hm, schon so spät«, sagt Martin nach einem flüchtigen Blick darauf. Ich stecke die Uhr wieder weg. Wir laufen weiter. »Echtes Gold?«, nuschelt Martin dann.

Ich nicke.

»Und der Junge ist Uhrmacher«, bekräftigt Luise. »Der weiß Bescheid.«

Der Junge? Ich beiße die Zähne zusammen.

»Wie viele braucht ihr?«

Wir sind noch immer mitten im Gedränge. Ich behalte die Menschen um uns herum im Auge, aber keiner scheint uns zu beachten, keiner kommt zweimal bei uns vorbei oder verfolgt uns. Ich wünschte, Luise würde seinen Arm loslassen.

»Zwei Personen, ein halbes Jahr«, sagt sie leise und ihre Stimme geht im Geraune um uns herum fast unter.

»Zwei Monate kann ich euch geben.«

Luise schürzt die Lippen. »Drei?«

Martin öffnet seine Hand. »Mehr hab ich nicht.«

Luise schaut zu mir. Zwei Monatsrationen für Gerhard und mich. Das ist nicht viel – für eine kostbare Uhr. Aber was haben wir für eine Wahl, wenn wir nicht zum Rathaus gehen wollen? Mit einem Knoten schlechten Gewissens im Bauch stimme ich zu. Das Geschäft ist besiegelt. Die Uhr wechselt unauffällig ihren Besitzer, dann nimmt Luise die Marken in Empfang und lässt sie in ihrer Geldbörse verschwinden.

Kapitel 23

Luise tritt aus dem großen, altehrwürdigen Schulgebäude. Unter dem knielangen BDM-Rock lugen ihre Waden hervor. Trotz der groben Wollstrümpfe hat sie von allen Mädchen, die ich kenne, die schlanksten Beine. Die Mütze ist auf ihrem Kopf leicht verrutscht und ihr seidiges blondes Haar leuchtet unter dem Marineblau. Sie hat sich bei einem anderen Mädchen eingehakt, mit der ich gern tauschen würde. Ich löse mich vom Stamm der Kastanie, an der ich lehne, als die beiden das Schultor durchqueren. Es soll ja nicht so aussehen, als würde ich vor der Tür herumlungern, um sie heimlich zu beobachten.

Luise entdeckt mich und Grübchen blitzen auf ihren Wangen auf. Das Mädchen neben ihr mustert mich mit unverhohlener Neugier, während sie auf mich zukommen.

»Wartet der auf dich?« Sie flüstert es so laut, dass ich es hören kann.

»Ja. Das ist ... ein Vetter, aus Schlesien.«

Das Mädchen macht große Augen. »Ach, dein Vetter. Magst du ihn mir nicht mal vorstellen?«

Luise lässt ihren Arm los und gibt ihr einen spielerischen Schubs. »Später vielleicht. Ich muss jetzt los. Bis morgen! Sag Irmi einen schönen Gruß von mir.« Damit lässt sie ihre Freundin stehen und kommt auf mich zu.

»Dein Vetter?«, frage ich mit hochgezogenen Brauen.

Luise errötet. »Ich wollte nur nicht, dass sie denkt ... die Mädels hier sind doch alle Tratschtanten, weißt du.«

»Klar.« Es tut mir leid, dass ich überhaupt etwas dazu gesagt habe.

»Bist du bereit?«, fragt sie und klatscht übermäßig munter in die Hände.

»Ja«, erwidere ich.

»Wo ist denn Gerhard?«

»Ihm geht's nicht so gut heute.« Von wegen! Er hat mich im Stich gelassen. Toller Freund! *Geh mal allein*, hat er zu mir gesagt. *Du brauchst mich doch nicht dafür, oder?* Ich bin mir nicht sicher, was er gemeint hat.

»Ach so«, sagt sie. Ich versuche zu erkennen, ob Luise enttäuscht klingt oder erfreut.

»Wie war der Dienst?«, frage ich, als ich mich an Gerhards Aufforderung erinnere, ich solle endlich mal den Mund aufkriegen. *Stell einfach ein paar Fragen*, hat er gesagt. *Mädchen mögen es, wenn sie denken, dass du dich für sie interessierst. – Das tue ich doch auch! – Ja, klar.*

»Wie immer«, sagt Luise, während wir in die Heidestraße einbiegen. »Ich habe mich ganz gut mit einem der Patienten angefreundet. Joachim heißt er. War früher Opernsänger, aber er wird nie wieder sprechen können, weil ihm der Kehlkopf verbrannt ist. Das wäre, als würde ich meine beiden Hände verlieren ...«

Luise hat uns schon während der ersten Fahrt in die Stadt erzählt, dass ihr Gymnasium zum Lazarett umfunktioniert und alle Oberschülerinnen zum Krankendienst eingeteilt worden sind.

»Und wie redet ihr miteinander?«

»Wir schreiben uns Notizen. Es macht ihn so froh, mich Klavier spielen zu hören. Sie haben das Piano aus dem

Musikzimmer raus in den Flur geschoben und ich darf jeden Tag eine halbe Stunde darauf spielen – auf Bitte aller Patienten.«

Ich wünsche mir auf einmal auch, Verwundeter in diesem Lazarett zu sein und von Luise gepflegt zu werden.

»Daher kennst du auch diesen Martin?«

Sie nickt. »Aber wir sehen uns nur, um zu handeln«, fügt sie hinzu.

Dann steigen wir in die Straßenbahn, die gerade einfährt.

»Onkel Philip hat mir für heute ein Dutzend Eier versprochen – die könnt ihr haben«, sagt sie. Wir sind schon mehrmals mit ihr zu ihrem Onkel gefahren, der ein Lebensmittelgeschäft im Leipziger Westen besitzt. Dort bekommen wir für unsere Marken Essen, ohne Angst, dass uns jemand auf die Schliche kommt.

Als wir nebeneinander sitzen, werfe ich ihr einen verstohlenen Seitenblick zu. Ich wundere mich erneut, wie sie, ohne mit der Wimper zu zucken, von diesen illegalen Geschäften spricht.

Sie wendet sich mir zu, als hätte sie meinen Blick gespürt. Bevor ich verlegen wegschauen kann, sehe ich etwas Neues in ihren Augen – eine Ernsthaftigkeit, vielleicht auch einen Zug der Trauer, der sie älter wirken lässt, als sie ist.

Stell Fragen, erinnere ich mich an Gerhards Rat. *Lass sie wissen, dass du dich für sie interessierst.*

Ich suche in meinem Kopf nach Worten. »Wie ist es euch in den letzten Monaten ergangen?«

Sie zuckt mit den Schultern und schaut an mir vorbei aus dem Fenster – hinaus in ein zerbombtes Leipzig. Doch ihre Augen blicken ins Leere und ihr Gesicht ist ausdruckslos. Anscheinend habe ich genau die falsche Frage gestellt. Na toll!

Wir fahren schweigend weiter; die Bahn ruckelt über die Gleise, Leute steigen ein und aus. Ich überlege fieberhaft, was ich sie noch fragen könnte, irgendetwas Unverfängliches. Da überrascht sie mich, indem sie doch noch antwortet. Es scheint sie Überwindung zu kosten, es auszusprechen.

»Mein Vater ist vermisst gemeldet.« Ihr Flüstern geht beinahe im Geräusch der quietschenden Räder unter.

Es dauert eine Weile, bis ich meine Stimme wiederfinde. »Seit wann?«

Sie schaut mich unverwandt an. »Kurz nach Neujahr. Da kam der Brief.«

»Das wusste ich nicht«, bringe ich hervor und lecke mir über die Lippen. »Habt ihr sonst nichts erfahren?«

Sie schaut auf ihre Hände hinab, die sie im Schoß verknotet hält. »Er ist an der Ostfront in eine Strafkompanie versetzt worden und hat sich dem Ansturm des Feindes entgegenstellen müssen, während sich der Rest der Truppen zurückgezogen hat. Danach hat man nichts mehr von ihm gehört. Das ist alles, was wir wissen.«

Sie fixiert mich mit einem Blick, dem ich mich nicht entziehen kann. »Er ist entweder tot — oder in Gefangenschaft. Ich weiß nicht, was ich für ihn erhoffen soll.«

Ich bin immer noch dabei, das eben Gehörte zu verdauen. Eine Strafkompanie? Wird man in die nicht nur versetzt, wenn man für irgendetwas bestraft werden soll? Befehlsverweigerung oder so?

»Das Schlimmste ist die Ungewissheit«, fährt sie fort.

Ich nicke. »Wie kommt ihr damit zurecht?«

Luise schnaubt verächtlich. »Mutti kommt gar nicht damit klar. Deshalb kümmere ich mich ja jetzt um alles. Gerda haben wir zur Oma geschickt und Oskar ist noch wilder geworden als vorher.«

»Weiß deine Mutter, dass du ... na ja ...«

»Dass ich auf dem Schwarzmarkt einkaufe?«, flüstert sie. »Nee. Sie weiß auch nicht, dass ich zu meinem Onkel fahre, weil sie und Onkel Philip sich vor Jahren verkracht haben. Dabei ist er ihr Bruder.« Sie seufzt. »Meine Geschwister und ich dürfen ihn seit Ewigkeiten nicht mehr besuchen.«

Als die Bahn mit quietschenden Bremsen am Haupt-bahnhof hält, erhebt sich Luise von ihrem Platz. Ich steige hinter ihr aus und schaue mich um. Gerade muss wieder ein Flüchtlingszug eingetroffen sein. Hunderte von Menschen mit Säcken, Koffern und Kinderwagen, voll vom armseligen Rest ihrer einstigen Existenz, werden auf dem Bahnhofs-vorplatz mit Tee versorgt und bekommen ein Quartier zugewiesen. Keiner beachtet sie mehr, sie sind zu einem gewohnten Bild der Stadt geworden. Die Flüchtlinge selbst verhalten sich ruhig – beinahe teilnahmslos stehen sie in der Schlange.

Wir warten in Gedanken versunken auf die Bahn, die uns in Richtung Völkerschlachtdenkmal bringen soll. Wie sehr Luise sich verändert hat. Vor ein paar Monaten hat sie noch mit glühenden Worten von der Aufopferung fürs Vaterland gesprochen. Jetzt glaube ich zu verstehen, wa-rum. Ich wünschte, ich könnte ihr helfen.

Aus den Lautsprechern, die überall an den Häuserwän-den angebracht sind, erschallt plötzlich das schrille, auf- und abschwellende Heulen der Sirenen. Wir schauen uns erschrocken an. Vollalarm! Diesmal kein Voralarm? Die Bomber müssen sich schon über dem Stadtgebiet befinden.

Ich starre in den Himmel. Er ist wolkenverhangen. Kein Wunder, dass man sie nicht entdeckt hat. Luise stößt einen leisen Ruf des Entsetzens aus. Aus dem weißen Wolkennebel im Westen tauchen die Silhouetten von Flugzeugen auf. Es werden immer mehr, unzählige – wie eine bedrohliche schwarze Gewitterfront fliegen sie auf uns zu.

»B-17-Bomber«, rufe ich – Gerhard hat mir einmal zu oft erklärt, woran man die einzelnen Flugzeugtypen erkennt.

Um uns herum lösen sich die Menschen aus ihrer Erstarrung und rennen auf der Suche nach einem Unterstand durcheinander. Noch immer dröhnt das nervenzerreißende Sirengengeheul. Dazu donnert in der Ferne die Flak wie ein leiser Trommelwirbel. Scheinwerferlicht zuckt über den Himmel.

»Komm, wir müssen hier weg«, rufe ich Luise zu, die noch immer nach oben starrt.

»Wohin?«, antwortet sie mir über das Sirengengeheul und das immer lauter werdende Brummen der Motoren hinweg.

Die wuselnde Masse erschwert mir die Orientierung. Viele drängen sich die Stufen zur Bahnhofsvorhalle hinauf, um unter dem säulengetragenen Dach Schutz zu suchen. Mir ist klar, dass man dort vor einem direkten Bombentreffer nicht sicher ist.

»Gibt es hier Notbunker?«, schreie ich.

Das Brummen ist jetzt ohrenbetäubend. Luise deutet zur linken Seite des Bahnhofs. »Tiefbunker ... auf der Ost- und Westseite ...«

Ihre Worte werden von schrillem Pfeifen und ersten Einschlägen übertönt. Luise schreit auf. Ich ergreife kurz entschlossen ihre Hand und renne los.

Kapitel 24

Um uns herum explodiert die Welt. Es hört sich an, als würden die Bomben direkt neben uns einschlagen. Eine Frau rennt vor uns her und zieht zwei kleine Kinder mit sich. Eines stolpert, bleibt liegen und schreit. Die Mutter will es hochreißen, doch da drängen schon die anderen Menschen nach und drohen es zu überrennen.

Ich lasse Luises Hand los und hebe den kleinen Jungen auf, der sich die Seele aus dem Leib brüllt. Ich drücke ihn der Mutter in die Arme und schaue mich wieder nach Luise um. Sie ist im Menschengewühl verschwunden.

Suchend drängele ich mich nach vorn. Der Himmel verdunkelt sich, als sich das Flugzeuggeschwader vor die Sonne schiebt. Sprengbomben platzen. Erste Flammen knistern und Staub und Rauch hängt wie dichter Nebel in der Luft. Menschen schreien, wirbeln durch die Luft oder werden vor meinen Augen zerfetzt.

»Luise?« Es ist hoffnungslos, meine Stimme trägt nicht über all den Lärm. Trotzdem renne ich weiter.

Irgendwo staut es sich – die Menschen scheinen anzustehen. Mir wird klar, dass dies die Schlange sein muss, die zum Eingang des Tiefbunkers führt. Verdammt, da ist kein Durchkommen.

Plötzlich stößt jemand frontal mit mir zusammen. Ich pralle zurück, erkenne aber im nächsten Moment Luises Gesicht.

»Anton«, eher lese ich das Wort von ihren Lippen ab, als dass ich es hören kann. Gott sei Dank! Ich will sie schon wieder an der Hand fassen und weiterziehen, da kracht es direkt neben uns. Eine Sprenggranate ist im Bahnhof eingeschlagen, Steine und Trümmerstücke regnen herab. Luise drückt sich dicht an mich und hält die Arme über ihren Kopf.

Wir müssen unbedingt in den Bunker, mit oder ohne Schlange. Ich packe Luise am Arm und ziehe sie aus der wartenden Menschenmenge heraus, winde mich durch die nach vorn drängenden Körper, die alle das gleiche Ziel haben. Keiner bemerkt uns, alle sind von ihrer eigenen Furcht abgelenkt. Es gelingt uns, seitlich an der Warteschlange vorbei bis zu der schmalen Treppe zu kommen, die in den Tiefbunker führt. Dutzende Menschen versuchen gleichzeitig, sich durch die enge Tür am Ende der Stufen zu quetschen. Der Luftschutzwart vor dem Eingang ist hoffnungslos überfordert.

Es kracht ein Schuss. Dann noch einer. Die Leute, die ganz vorne stehen, schrecken zurück.

»Ordnung wahren!«, kreischt der kräftige Mann mit dem Stahlhelm. Er hält seine Pistole hoch in die Luft. »Nur zwei Personen gleichzeitig!«

Einer der wartenden Männer hebt zornig die Faust und fängt eine Diskussion an. Ich nutze die zeitweilige Verwirrung, die auf der Treppe ein wenig Luft schafft, und schlängele mich mit Luise im Schlepptau die Stufen hinab. Wir quetschen uns an den wartenden Menschen vorbei bis direkt vor die Tür. Der Luftschutzwart lässt uns durch.

Dann sind wir drin. Geschafft. Die Leute drängen von hinten nach, stoßen uns in den Rücken und schieben uns weiter in den großen Auffangraum, der schon jetzt zum Bersten gefüllt scheint – doch es öffnet sich immer wieder eine Lücke. Ich achte darauf, Luises Hand nicht loszulassen.

Die Wände erzittern im Rhythmus der draußen einschlagenden Bomben. Staub rieselt von der Decke. Plötzlich geht das Licht aus. Unter unseren Füßen bebt die Erde. Der Luftschutzwart schließt hastig die Bunkertüren. Es ist stockfinster, das Krachen und Dröhnen von draußen nur noch gedämpft wahrnehmbar, und doch habe ich bei jedem Einschlag das Gefühl, die Decke würde uns gleich auf den Kopf fallen.

Ich spüre Luises Hand in meiner, kalt und feucht wie meine. Es ist warm hier drin und riecht nach Schweiß und Urin; der Geruch von Angst.

Ich versuche, ruhig zu atmen und mich auf meinen eigenen Körper zu konzentrieren. Es ist wie bei diesem Angriff auf freiem Feld und doch ganz anders. Hier im Bunker fühle ich mich wie ein eingesperrtes Tier. Und dann diese Finsternis.

»Wir sind in Sicherheit«, raune ich Luise zu, obwohl ich weiß, dass es schwer zu glauben ist. »Wir müssen nur abwarten.«

»Ich weiß«, sagt sie. Es ist seltsam, so eine körperlose Stimme zu hören. »Ich mag nur die Dunkelheit nicht.«

Mir fällt plötzlich auf, dass ich mich unter anderen Umständen niemals getraut hätte, ihre Hand zu fassen. Hier stehen wir nun, halten uns an den Händen und Luise drückt bei jedem Einschlag fester zu. Ich lebe nur noch von einer Erschütterung zur nächsten. Wie viele schon … hunderte? … ich zähle nicht mit. Ein Kind wimmert hinter mir. Flüsternde Stimmen. Ich spüre Luises Zittern dicht neben mir. Bei jeder kurzen Pause die Hoffnung, dass es zu Ende sein könnte. Aber dann geht es doch weiter. Ich habe das Gefühl, es wird nie enden.

Irgendwann verstummt das Krachen und schließlich auch das Heulen der Sirenen. Es folgt Entwarnung. Der Luftschutzwart öffnet die Bunkertüren wieder. Ein milchiger Lichtschein erhellt den Raum und blendet unsere Augen, die sich längst an das Dunkel gewöhnt hatten. Wir lassen uns von der Menschenmenge, die aus dem Tiefbunker strömt, voranschieben und gelangen endlich ins Freie, ins trübe Tageslicht. Die Luft ist schwer von Staub und Rauch.

Luise hustet; auch mir tränen die Augen. Wir ziehen uns die Schals über Mund und Nase und bleiben fassungslos stehen.

Schutthaufen, wo vor wenigen … Minuten? … Stunden? … noch Häuser gestanden haben. Flammen fressen an den Überresten der Gebäude und Brandfetzen fliegen durch die Luft – sprühende Funken, wie kleine Sternschnuppen, die kurz darauf verglühen. Menschen mit Gasmasken, die sie wie riesige Insekten aussehen lassen, hasten durch die Straßen und suchen nach Freunden und Familienangehörigen. Einige haben sich feuchte Tücher um den Mund gebunden und Taucherbrillen aufgesetzt.

Ich höre Luise scharf Luft holen. Auf dem Boden verstreut liegen Körper, Leichen von Menschen, die es nicht geschafft haben. Ich schlucke den Kloß aus Entsetzen und Staub herunter und ziehe Luise weiter. Wir müssen raus hier, nur weg. Helfen können wir sowieso nicht.

Ich versuche, einen Weg über die Trümmer zu finden und nicht auf die Leichen zu schauen. Jedes Mal denke ich: *Sieh nicht hin.* Aber dann tue ich es doch. Manche wirken ganz ruhig und friedlich, als wären sie lediglich auf der

Straße eingeschlafen. Wahrscheinlich hat ihnen der gewaltige Luftdruck der Explosionen die Lunge zerrissen. Sie hatten noch Glück. Andere sind durch die Bombensplitter schrecklich verstümmelt worden und wieder andere sind im Feuer so zusammengeschrumpelt, dass sie aussehen wie Kinderleichen. Vielleicht waren es wirklich Kinder, aber jetzt sind sie bis zur Unkenntlichkeit verkohlt.

Luise stolpert neben mir über die Trümmer, eine Hand vor den Mund gepresst.

Schließlich bleibt sie stehen und lässt zu meinem Bedauern meine Hand los. »Was jetzt?«, fragt sie heiser durch ihren Schal.

»Nach Hause?«, krächze ich und muss husten.

»Die Bahnen fahren garantiert nicht mehr«, sagt sie.

»Wie lange dauert es zu Fuß?«

»Bestimmt zwei Stunden«, erwidert sie. »Ich wette, Mutti ist ganz aus dem Häuschen vor Sorge. Wenn sie überhaupt merkt, dass ich nicht da bin ...« Sie schaut mich ängstlich an. »Glaubst du, die haben was davon abbekommen?«

»Die Bomber haben ihre Ladung über der Innenstadt abgeworfen«, sage ich beruhigend, obwohl ich selbst Angst habe.

Sie geht jetzt zielstrebig in eine Richtung. Ich folge ihr. Was bleibt uns anderes übrig!

Nach einer Weile, in der wir schweigend an schwelenden Ruinen und Häusern mit eingestürzten Wänden und ausgebrannten Dachböden vorbeigelaufen sind, gelangen wir endlich in eine Gegend, die nicht so mitgenommen wurde. Hier kann man auch wieder freier atmen.

»Das war der schlimmste Angriff, den ich bisher mitgemacht habe«, sagt Luise, nachdem sie sich den Schal vom Mund gezogen hat. »Du bist so ruhig geblieben. Als hättest du gar keine Angst gehabt.«

Ruhig? Wenn sie meinen Herzschlag gehört hätte. »Ich hatte riesigen Schiss«, sage ich.

Luise schaut mich seltsam an.

»Ich bin nur ehrlich«, murmele ich und zucke mit den Schultern. »Jeder, der in so einer Situation etwas anderes behauptet, ist ein Aufschneider oder Lügner.«

Sie lächelt zaghaft. »Hast du sowas schon oft mitgemacht?«

»Nur einmal in einem Zug. Aber der Bombenangriff hat uns damals geholfen zu fliehen.«

»Du hast mir noch gar nicht erzählt, wie ihr das geschafft habt ...«

»Nein«, sage ich abweisend.

»Du musst nicht drüber reden, wenn du nicht möchtest. Ich verstehe das.«

»Das ist eine ziemlich lange Geschichte«, lenke ich ein und starre auf den Boden.

»Wir haben einen langen Weg vor uns.«

»Ich habe noch nicht mal meiner Mutter alles erzählt. Ich meine, die Einzelheiten, weil ich ...«

»Weil du sie nicht beunruhigen wolltest?«

»Mh-hm.«

»Verstehe.«

Ich werfe ihr einen Seitenblick zu. Wahrscheinlich versteht sie es wirklich. Sie hat sich echt verändert.

Zögerlich beginne ich zu reden. Ich erzähle von der Schufterei in der Kaserne und von August, für den das alles zu viel war. Wie die Nachricht von der Evakuierung gekommen ist und wir bald darauf im Fußmarsch aus der Kaserne geführt wurden. Nach einer Weile merke ich, dass ich freier spreche. Ich habe gedacht, es würde mir schwerfallen, darüber zu reden, aber es erleichtert mich.

Sie hört mir schweigend zu, sodass ich ihre Gegenwart fast vergesse.

Als ich bei dem Häftlingszug anlange, gerate ich ins Stocken. Es ist immer noch schwer, das Grauen in Worte zu fassen, aber ich versuche es trotzdem. »Sie haben ausgesehen wie Skelette ... halbtot ... und die Schweine haben sie noch mit ihren Stahlpeitschen und Pistolen angetrieben. Und dann mussten sie Halt machen, damit wir im Eiltempo vorbeimarschieren konnten. Aber einige haben diese Gelegenheit zur Flucht genutzt ... Die haben sie alle niedergemäht. Alle. Bis auf den letzten«, sage ich.

Luise bleibt abrupt stehen und ich bereue schon, dass ich ihr davon erzählt habe.

Sie sieht mich mit weit aufgerissenen Augen an. »Oh mein Gott, das habt ihr wirklich gesehen?« Ihre Stimme klingt so eindringlich, dass ich erschrecke.

»Tut mir leid – ich hätte ...«

»Dann stimmt es also«, sagt sie tonlos.

Ich schaue sie verständnislos an.

»Mein Vater ...« Sie hält inne, um tief Luft zu holen. Ihre Stirn liegt in Falten. »Mein Vater hat uns einen letzten Brief geschrieben, bevor er ...«, ihre Stimme zittert, aber sie fährt fort: »In dem Brief hat er uns erzählt, wie er in der Nähe von Lemberg durch ein Waldstück geritten ist. Es ist noch während seiner Genesung gewesen und das erste Mal, dass er wieder ausreiten konnte ... da ist er im Wald auf eine Gruppe von KZ-Häftlingen gestoßen, die von SS-Wachen grausam gepeinigt wurden. Es hat ihn so empört, dass er zu ihnen hin ist und Rede und Antwort verlangt hat, doch obwohl er Offizier war, haben die ihm nur gesagt, er solle sich wegscheren ... er hätte hier nichts zu sagen.«

Sie schaut mit gläsernen Augen an mir vorbei. »Er hat noch geschrieben: *Das ist eine Schande für Deutschland, die sich nie wieder reinwaschen lässt.*«

Als mir die volle Bedeutung ihrer Worte klar wird, richten sich die Härchen an meinen Armen auf. »Ist er deshalb in den Straftrupp versetzt worden?«

»Wir nehmen es an.«

Natürlich! Es wäre nicht verwunderlich, dass sie ihn loswerden wollten, wenn er sich bei offizieller Stelle über das Erlebte beschwert hätte.

Stille Tränen rinnen über Luises Wangen. Ich suche fieberhaft nach Worten, die sie trösten könnten.

»Ich wollte es erst nicht glauben«, sagt sie. »Dass wir Deutschen so etwas wirklich tun können ...«

Ich schaue betreten zu Boden.

»Vati hat Deutschland geliebt«, fährt sie fort, als müsste auch sie sich etwas von der Seele reden. »Er hat geglaubt, kämpft für ein Land, auf das er stolz sein kann. So etwas zu sehen muss für ihn ein schlimmer Schlag gewesen sein.«

»Aber er hat getan, was er für richtig hielt. Das war ziemlich mutig«, sage ich.

Sie schaut mich mit tränenverschleiertem Blick an. »Meinst du?«

Ich nicke. »Mein Vater hat immer gesagt: *Letztendlich ist jeder nur seinem eigenen Gewissen verpflichtet.*«

Plötzlich, ich weiß gar nicht, wie es passiert, liegt ihr Kopf an meiner Schulter und sie weint in den Stoff meines Mantels, während meine Arme sie umschließen. So stehen wir eine Ewigkeit lang da. Ich halte sie fest und spüre das Beben ihrer Schultern, als sie von Schluchzern geschüttelt wird. Sie riecht nach Rauch und Verbranntem, aber ich mag das Kitzeln ihrer Haare an meiner Wange.

Langsam beruhigt sich ihr Atem wieder. Sie löst sich aus meiner Umarmung, wischt sich die Tränen aus den Augen und schnäuzt sich.

»Komisch«, sagt sie schniefend. Ihr Gesicht ist mit weißen Streifen versehen, dort wo sich die Tränen durch die Staub- und Rußschicht gegraben haben.

»Was ist komisch?«, frage ich.

»Ich habe noch kein einziges Mal geweint, seit wir es erfahren haben. Das ist das erste Mal.«

»Dann wurde es ja Zeit«, flüstere ich.

Kapitel 25

»Du fährst nicht noch einmal da raus, Anton!«

Ich habe Mutter selten so aufgelöst erlebt. Doch als ich mich im Flurspiegel betrachte, sehe ich, dass ich über und über mit Ruß und Staub bedeckt bin. Meine Hosen sind eingerissen, weil ich auf den Trümmern gestolpert bin. Es sieht schlimmer aus, als es ist.

»Es geht mir gut«, versuche ich sie zu beschwichtigen. »Das ist nur ein bisschen Ruß.«

»Nein, es ist mein Ernst! Was ich mir für Sorgen gemacht habe. Ihr beide allein dort draußen und ich wusste nicht, wie es euch ergangen ist. Was hattet ihr überhaupt in der Innenstadt zu suchen?«

Gerhard muss ihr erzählt haben, wo ich gewesen bin. Er steht am Türrahmen zur Küche, die Hände in den Hosentaschen vergraben, und schaut schuldbewusst drein.

»Wir ... wir wollten Essen besorgen.«

»Jetzt lass den Jungen sich erst mal waschen«, wirft Tante Martha ein. Doch auch sie sieht blass aus, als hätte sie harte Stunden hinter sich.

»Ich verstehe nicht, wieso ihr dazu in die Stadt reinfahren müsst. Das haben wir doch alles hier in der Nähe«, sagt Mutter.

Ich kann ihr schlecht von unseren illegalen Aktivitäten erzählen. Mutter hat klargemacht, wie sie darüber denkt.

Außerdem würde ich damit auch Luise anschwärzen und ich würde mir eher die Zunge abbeißen, als das zu tun. Also starre ich nur auf den Boden.

Aus der Tür zur Stube, die einen Spalt offensteht, sehe ich die großen braunen Augen von Fritz und Max. Ich zwinkere ihnen zu, um zu zeigen, dass alles in Ordnung ist.

»Die Geschäfte hier haben nicht immer alles«, sage ich ausweichend.

Mutter schaut mich prüfend an, die Hände in die Hüften gestemmt. Es fällt mir schwer, ihrem Blick standzuhalten, ohne rot zu werden. Schließlich seufzt sie und nimmt meinen Mantel vom Haken. »Den werde ich waschen.«

Sie fährt mit einer Hand in die Taschen, um alles herauszuholen, was sich noch darin befindet. In diesem Moment fällt mir ein, dass ich meine Lebensmittelmarken noch nicht rausgeholt habe. Ich strecke den Arm aus, um ihr den Mantel abzunehmen, aber zu spät.

Ihre Hand stockt in meiner rechten Innentasche. Sie zieht sie heraus. Als ich die Papierbögen sehe, die zum Vorschein kommen, stockt mir der Atem. Gerhard und ich tauschen einen verzweifelten Blick.

Ich bin so dumm! Wieso habe ich sie in meiner Manteltasche gelassen? Wieso habe ich sie nicht an einem sicheren Ort aufbewahrt?

Mutter runzelt die Stirn und zählt die Bögen in ihren Händen.

»Wieso hast du so viele Marken? Wo hast du die her?« Ihre Stimme ist ausdruckslos.

Mir wird flau im Magen. Das war's. Jetzt sind wir geliefert. Wegen meiner eigenen Blödheit.

»Die haben wir … auf Vorrat bekommen«, sagt Gerhard, aber selbst er klingt unsicher.

»Auf Vorrat? Das soll ich glauben?« Sie schaut mich wieder an. »Anton?«

Mist! Ich blicke zu Boden. Es ist schwer genug, Mutter etwas zu verheimlichen. Aber sie geradeheraus anzulügen?

»Wir haben sie …«

»Ihr habt sie doch nicht etwa …«

»… vom Schwarzmarkt«, beende ich lahm und bemühe mich, reumütig auszusehen. »Wir haben sie eingetauscht.«

Zwei tiefe, waagerechte Falten furchen ihre Stirn. »Warum? Habt ihr vom Amt keine Marken bekommen?«

Ich hole tief Luft und krächze: »Wir waren nie dort.«

»Ach herrje«, höre ich Tante Martha murmeln.

Mutter schaut mich entgeistert an. Ich habe keine Wahl. Die Katze ist aus dem Sack. Also erkläre ich ihr alles.

Mutters Blick wird hart. »Ihr habt euch nicht gemeldet? Ja, seid ihr denn des Wahnsinns?« Sie spricht leise.

»Warum bist du denn so böse, Mutti?«, flüstert Wiebke verstört.

Mutter streicht sich eine der silbergrauen Strähnen zurück, die ihr aus dem Dutt gerutscht ist. »Warum ich böse bin? Weil Anton sich selbst und uns alle in große Schwierigkeiten bringen kann, wenn er illegal bei uns wohnt.« Sie schaut mich direkt an. »Und das weiß er auch.«

»Ich wollte doch nur helfen. Ihr habt schon so viele Mäuler zu stopfen … und dann kommen auch noch Gerhard und ich dazu«, erkläre ich schwach.

»Das lass mal unsere Sorge sein«, sagt sie. »Ich werde schon einen Weg finden, meine Kinder zu ernähren. Mit legalen Mitteln …«

Sie seufzt tief. »Morgen früh gehen wir direkt zum Amt und melden euch beide an.« Ihre Stimme duldet keinen Widerspruch. »Und diese Marken hier – kommen in den Ofen.«

Ich will etwas einwenden, doch die Worte bleiben mir im Halse stecken. Ich schaue zu Boden und denke an Vaters Uhr. Alles umsonst.

Mutters Augen sind rot. Ich sehe es, obwohl sie sich rasch wegdreht, als ich mit Gerhard die Küche betrete. Auch Tante Marthas Blick wirkt verschleiert. Sie wischt sich die Hände, die vom Abspülen nass sind, an der Schürze ab und tauscht einen bedeutungsvollen Blick mit Mutter.

Ich bleibe, den Kohlensack über der Schulter, wie angewurzelt stehen. Gerhard schüttet unterdessen den Inhalt seines Beutels in den Ofenkasten.

Wir haben nur die Hälfte der uns zustehenden Kohlenration erhalten – ein klägliches Häufchen. Es ist zwar schon Anfang März, aber der Frühling will dieses Jahr nicht kommen. Noch immer ist es sehr kalt.

Mutter schält am Tisch Kartoffeln; zu ihren Füßen spielen Lieschen und Erich mit Bauklötzen. Gerade wirft Erich den gebauten Turm prustend wieder um, sodass die Holzklötze über den Boden klackern.

»Ach, Erich!«, sagt Lieschen mit einem altklugen Kopfschütteln. »Jetzt muss ich noch mal von vorn anfangen.«

»Ist irgendetwas?«, frage ich und stelle den Kohlensack ab. Gedanken an meinen Bruder Helmut schwirren mir durch den Kopf. Wenn ihm etwas passiert ist ...

Mutter deutet mit der Hand, die das Messer hält, auf zwei Postkarten, die vor ihr auf dem Tisch liegen. »Die sind heute für dich und Gerhard gekommen.«

Gerhard klopft sich die Hände an den Hosen ab und tritt zum Tisch hin, um die Karten aufzuheben. Ich beobachte sein Gesicht, als er einen kurzen Blick darauf wirft. Er wird von einer Sekunde auf die andere ganz blass.

Zögernd reicht er mir eine der Karten. Sie trägt den Stempel des Wehrmeldeamts Leipzig und das Symbol des Reichsadlers über dem Hakenkreuz. Darunter stehen mein Name und die Adresse von Onkel Emil, die wir vor ein paar Wochen angemeldet haben. Ich überfliege den kurzen, maschinengedruckten Text, der keine Anrede enthält.

> *Sie haben sich am Samstag, den 10. März 1945*
> *um 9 Uhr in der Kaserne in Leipzig-Gohlis einzu-*
> *finden zwecks Tauglichkeitsprüfung für den Kriegs-*
> *einsatz. Ein Schild wird Sie auf den genauen*
> *Treffpunkt hinweisen. Dort wird Ihnen ggf. der*
> *Wehrpass ausgestellt und Sie werden über den Ort*
> *Ihrer Ausbildung informiert, die am Sonntag, den*
> *11. März beginnen wird. Ausreichende Bekleidung,*
> *Waschzeug, diese Karte und der Pass sind mitzu-*
> *bringen. Für Ihre Verpflegung und Unterkunft*
> *sorgt ab dem genannten Zeitpunkt die deutsche*
> *Wehrmacht.*

Ich blicke zu Gerhard. In seinem Gesicht erkenne ich das Spiegelbild meiner eigenen Empfindungen. Da ist es also, wie Onkel Emil vorausgesagt hat. Aber früher als erwartet. Mein sechzehnter Geburtstag ist erst am 17. März. Trotzdem sollen wir schon Ende der Woche gemustert werden. In vier Tagen.

Mutter schüttelt betrübt den Kopf. Ich verkneife mir meinen Kommentar. *Das wäre nicht passiert, wenn wir uns nicht gemeldet hätten.* Anschuldigungen bringen jetzt auch nichts mehr und bestimmt macht sich Mutter die meisten Vorwürfe.

Ich lege die Postkarte zurück und hocke mich neben Lieschen und Erich auf den Boden. Erich kommt angekrabbelt und zeigt mir stolz den wieder im Aufbau befindlichen Turm. Ich ziehe ihn heran und vergrabe mein Gesicht in seinem flauschigen braunen Haar. Jetzt muss ich meine Familie schon wieder im Stich lassen.

Kapitel 26

In den nächsten Tagen verbringe ich so viel Zeit wie möglich mit meiner Familie. Wir reden nicht über die bevorstehende Musterung und was sie bedeutet, denn es ist uns allen nur zu klar. Gerhard und ich sind gesund und sportlich und haben daher keine Hoffnung auf Ausmusterung.

Erst am Abend vor unserer Abreise kann ich mich dazu durchringen, zu Hofmanns hinüberzugehen. Ich habe Luise seit dem Bombenangriff nicht mehr gesehen. Unser Geheimnis ist aufgeflogen und ihr Dienst spannt sie sehr ein. Die ganze Nacht habe ich darüber nachgegrübelt, was ich zu ihr sagen soll, wenn ich ihr begegne.

Als ich Gerhard erzähle, dass ich zu ihr rübergehe, meint er grinsend: »Sag ihr, dass es das letzte Mal sein könnte, dass ihr euch seht. Dann gibt sie dir vielleicht einen Kuss.«

»Ha, ha!«, sage ich und knuffe ihn in die Rippen.

»Im Ernst – Mädchen mögen so was. Was denkst du, wieso Lena so auf mich geflogen ist?«

»Damit macht man keine Scherze.«

Nachdem sie mir von ihrem Vater erzählt hat, würde ich mir schäbig vorkommen, so eine Situation auszunutzen.

Gerhard seufzt ergeben. »Wie du meinst. Dann beschwer dich aber nicht, wenn du keine abkriegst.«

Ich ignoriere ihn und ziehe mir den Mantel über. Eine Weile stehe ich unschlüssig vor ihrer Tür. Ich versuche, mir passende Worte zurechtzulegen, aber mein Geist ist wie leergefegt.

Auf mein Klopfen hin öffnet Luises Mutter. Sie hat dunkle Ringe unter den Augen und ist nicht mehr so adrett frisiert und gekleidet wie früher. Obwohl sie lächelt, fallen mir die tiefen Furchen um ihre Mundwinkel auf.

»Hallo Anton, was gibt es?«, fragt sie mit müder Stimme.

»Ich wollte mit Luise sprechen«, krächze ich und räuspere mich.

»Natürlich. Komm rein. Sie übt gerade.«

Klaviertöne dringen aus der Stube. Ich folge dem Klang. Im Wohnzimmer bleibe ich stehen und lausche ihr schweigend, bis sie das Stück zu Ende gespielt hat. Erst dann scheint sie meine Gegenwart zu bemerken. Ihre Augen weiten sich.

»Oh, ein heimlicher Zuhörer!« Sie lächelt mich an.

»Ich wollte nicht stören …«

»Ach was. Das war nur ein bisschen Geklimper. Möchtest du etwas Richtiges hören?«

Ich nicke, froh, dass ich die Nachricht noch etwas aufschieben kann.

Sie beugt sich wieder über die Tasten und schlägt die ersten Töne an. »Du musst mir sagen, ob du es erkennst.«

Und ob ich es erkenne. Es ist *unser* Lied, die Träumerei. Sie spielt es extra für mich. Während ihre Finger über das Klavier tanzen und die vertrauten melancholischen Töne erklingen, muss ich daran denken, dass es vielleicht das letzte Mal ist, dass ich … Nein! Ich komme zurück. Auf jeden Fall! Und dann … was dann?

Dann wirst du also Uhrmacher, höre ich wieder ihre Frage vom letzten Sommer und die Enttäuschung in ihrer Stimme.

Luise hat die Augen geschlossen. Eine einzelne Träne läuft verstohlen über ihre Wange. Ich würde zu gern meine Hand ausstrecken, um sie wegzuwischen.

Als der letzte Ton verklungen ist, dreht sie sich zu mir um und sieht mich an. Ich spüre ein Kribbeln von meinem Haaransatz bis zu meinen Zehen und muss mich zwingen, nicht wegzuschauen.

»Und ...?«, fragt sie. »Hast du es erkannt?«

Ich kann nur nicken. Dann fällt mir wieder ein, warum ich hergekommen bin. Mist!

»Hast du kurz Zeit?«

»Klar.« Sie klappt den Flügel zu. »Was gibt's denn?«

»Ich wollte mit dir reden.«

Ihre Augen verengen sich. Ahnt sie etwas? Ist mein Gesicht so leicht lesbar? »Möchtest du mit mir rausgehen?«

Sie wirkt überrascht, nickt aber und steht auf. Ich bin froh über meine Eingebung. Beim Gehen muss ich sie nicht direkt anschauen und die Pausen, die in einem Gespräch entstehen, sind weniger unangenehm. Außerdem kann uns so niemand belauschen.

Sie zieht sich den Mantel über und automatisch schlagen wir den Weg in den Park ein, durch den wir schon so oft gelaufen sind. Sie geht dicht neben mir. Unsere Hände könnten sich berühren – aber sie tun es nicht. Was während des Luftangriffs so einfach war, wirkt jetzt wie ein unüberwindliches Hindernis.

»Warum bist du denn so lange nicht vorbeigekommen?«, fragt sie beiläufig.

»Nach dem Angriff ist Mutter uns auf die Schliche gekommen. Sie hat die Marken gefunden und ich musste ihr alles erklären. Aber keine Sorge, dich und deinen Onkel habe ich aus dem Spiel gelassen.«

»Oh, gut. Wenn meine Mutter mir verbieten würde …«
Sie unterbricht sich.

Ich warte darauf, dass sie weiterspricht, aber sie
schweigt. »Was hast du in der Zeit gemacht?«, frage ich
schließlich.

»Ach, dies und das, du weißt ja … Lazarettdienst, alles
Mögliche … Habt ihr denn jetzt genug zu essen?«

»Es geht.« Ich zögere. Jetzt oder nie. »Aber bald essen
wir ihnen nichts mehr weg.«

Sie wendet mir den Kopf zu. »Wieso das?«

Ich blicke auf den Kiesweg, der mit Pfützen übersät ist.

»Gerhard und ich müssen morgen zur Musterung und
ab Sonntag in die Kaserne«, bringe ich so schnell wie möglich hervor. »Wir haben vor ein paar Tagen den Einzugs-
befehl bekommen.«

Es bleibt lange still. Nur das Geräusch ihrer durch die
Pfützen patschenden Schritte erinnert daran, dass sie noch
neben mir läuft. Ich schaue sie von der Seite an. Sie
erwidert meinen Blick mit leicht gefurchter Stirn. Ich
wünschte, sie würde irgendetwas sagen. Sie öffnet den
Mund, schließt ihn aber gleich wieder.

Wir kommen am Spielplatz vorbei. Wie immer liegt er
verlassen da. Die einsame alte Schaukel quietscht im Wind.
Plötzlich biegt Luise auf einen kleinen Trampelpfad ab. Ich
folge ihr. Hier bin ich noch nie gewesen, aber Luise scheint
zu wissen, wohin es geht. Der Weg schlängelt sich durch
unbeschnittenes Gebüsch; wir müssen Äste beiseite biegen
oder uns unter ihnen hinweg bücken. Die kahlen Bäume
umgeben uns wie schattenhafte Wächter.

Bei einer alten Trauerweide hält sie an. Die tief herab-
hängenden, nackten Zweige bewegen sich leise im Wind
und streifen über den Boden. Sie hält einige von ihnen wie

einen geöffneten Vorhang zur Seite und lässt mich hindurch-
schlüpfen, dann folgt sie mir. Die Äste fallen hinter uns zu
und schließen uns ein. Ich kann mir gut vorstellen, dass
man sich hier im Sommer wie in einer grünen, lichtdurch-
fluteten Höhle fühlen muss.

Sie setzt sich auf eine der knorrigen Wurzeln, die aus
der Erde ragen, und lehnt ihren Rücken an den Stamm. Mit
den Augen fordert sie mich auf, neben ihr Platz zu nehmen.
Unsere Schultern und Knie berühren sich. Sie duftet nach
Veilchenseife und Plätzchenteig.

»Das ist mein Lieblingsort«, sagt sie, kaum lauter als das
Flüstern des Windes im Geäst. »Vatis und mein geheimer
Ort. Als er ihn mir das erste Mal zeigte und die Äste für
mich zur Seite hielt, hatte ich das Gefühl, als würde sich ein
Schleier öffnen, hinter dem eine magische Welt zum Vor-
schein kommt. Er hat mir viele Geschichten von dieser
Märchenwelt erzählt, während wir hier gesessen haben.
Und manchmal habe ich meine Flöte dabei gehabt und mir
Melodien dazu ausgedacht.«

Sie fängt leise an zu summen. Ich lausche gebannt ihrer
Stimme. Es ist eine einfache, aber zauberhafte Tonfolge.

»Wenn man hier sitzt, kann man alles andere vergessen
… die echte, wirkliche Welt um dich herum existiert nicht
mehr.«

»Sind wir deshalb hierhergekommen?«, frage ich.

»Vielleicht.«

Meine Kehle ist zugeschnürt. Ich habe das Gefühl, mich
dafür bedanken zu müssen, dass sie mich in dieses Geheimnis eingeweiht hat, weiß aber nicht wie. Gerhards
Stimme ertönt in meinem Kopf und tritt mir sprichwört-
lich in den Hintern. *Trau dich einmal was! Was hast du zu verlieren? Morgen bist du sowieso weg …*

Ich hebe zögerlich den Arm und will ihn um ihre Schultern legen, da rührt sie sich auf einmal und beginnt in ihren Taschen zu kramen. Ich lasse den Arm sinken. Schon wieder eine Gelegenheit verpasst.

»Ich wollte dir noch etwas geben.« Luise zieht ihre geschlossene Faust aus der Manteltasche und streckt sie mir entgegen. Langsam öffnet sie ihre Finger. Etwas darin fängt das Licht ein und blinkt mich an. Ich erkenne ein mattgoldenes Gehäuse ... eine goldene Kette ... und auf dem Deckel die eingeätzte, geschwungene Schrift ... Ich traue meinen Augen nicht. Ist das wirklich die Taschenuhr von Vater?

Sie muss mir die Uhr in die Hand drücken, denn ich bin zu überrascht, um zu reagieren. Dabei berühren sich unsere Finger flüchtig. Ich schlucke ein paar Mal, um meine Sprache wiederzufinden.

»Wo hast du die denn her?«

Ich klappe die Uhr auf. Es ist wirklich Vaters Uhr, die ich gegen Lebensmittelmarken eingetauscht hatte.

»Ich habe sie zurückgetauscht«, sagt sie.

Sprachlos schaue ich sie an.

»Ich konnte nicht zulassen, dass du sie weggibst«, erklärt sie leise, ohne mich anzuschauen. »Ich weiß, wie es ist, wenn man nur noch eine einzige Erinnerung an seinen Vater hat.«

»Danke«, bringe ich hervor.

Sie lächelt traurig. »Du musst mir versprechen, sie heil wieder nach Hause zu bringen. In Ordnung?«

Ich nicke, mein Hals fühlt sich an, als würde ein Tennisball darin stecken. Ich lasse die Uhr in meine Tasche gleiten und nehme mir vor, sie zu behüten wie meinen Augapfel.

»Womit hast du sie zurückgetauscht? Das muss teuer gewesen sein.«

Sie zuckt mit den Achseln. »Das lass mal meine Sorge sein.«

»Du brauchst dieses ganze Essen nicht nur für deine Familie, oder?«

Sie schaut auf ihre Hände, die in wollenen Fingerhandschuhen stecken. Schließlich schüttelt sie den Kopf. Mir ist es von Anfang an komisch vorgekommen, dass Luise in solche Geschäfte verstrickt ist. Auf einmal mache ich mir Sorgen um sie.

»Ich kann es dir nicht sagen. Obwohl ich gern würde. Aber ... es ist einfach zu gefährlich.« Sie spricht so leise dass ich die Hälfte der Worte von ihren Lippen ablesen muss. »Je mehr Leute es wissen ... Verstehst du?«

Ich verstehe nicht. »Gefährlich?«, frage ich, und höre die Anspannung in meiner Stimme.

Sie winkt ab, als hätte sie schon zu viel gesagt, und erhebt sich. »Komm, wir sollten wieder gehen. Es wird bald dunkel.«

Ich folge ihr frustriert. Kurz bevor sie den Weidenvorhang vor sich teilt, halte ich sie auf. Es war gar nicht meine Absicht – meine Hand greift von ganz allein nach ihrem Arm. Sie dreht sich mit fragendem Blick um.

Ihr Gesicht ist meinem so nahe, dass ich ihren warmen Atem über meine Haut streichen fühle. Eine zarte Spur von Sommersprossen zieht sich über ihren Nasenrücken. Ihre blauen Augen sind einladend wie ein kühler Sommersee. Kurz sehe ich in ihnen etwas Weiches, beinahe Zärtliches, das mir Hoffnung macht. Doch dann befreit sie sich sanft aus meinem Griff, befeuchtet ihre Lippen und dreht sich wieder um. Ihre Wangen sind gerötet.

Ich folge ihr, enttäuscht von mir selbst. Wieder spüre ich, wie Gerhard mir in den Allerwertesten tritt.

Erst als wir vor ihrem Gartenzaun halten, blickt sie mich wieder an. »Pass auf dich auf, Anton.« Ihre Augen schimmern im Dämmerlicht. »Und auf Gerhard!«

»Werd ich!«

Sie öffnet zögerlich das Tor und geht hindurch. Ich bleibe davor stehen und schaue ihr nach. *Wenn sie sich noch einmal umdreht, dann mag sie dich*, sage ich mir.

Sie läuft den ganzen Weg durch den Vorgarten zum Haus, die Treppenstufen hoch und bleibt vor der Tür stehen, wo sie nach ihrem Schlüssel kramt. Sie findet ihn und dreht ihn im Schloss. Ich wende mich ab, komme mir auf einmal dämlich vor, wie ich hier stehe und sie von hinten anstarre. Tolle Art, ein Mädchen für sich zu begeistern!

Als ich die Tür in der Angel knarzen höre, schaue ich zurück. Ihre rechte Hand liegt an der Klinke; sie ist kurz davor, das Haus zu betreten. Da endlich, nachdem sie einen Schritt in den Flur gemacht hat, dreht sie sich noch einmal um. Unsere Blicke treffen sich und wir lächeln beide wie ertappt.

Mit federndem Schritt lege ich die wenigen Meter zu unserem Haus zurück.

Kapitel 27

»Was ist das für ein müder Haufen!«, brüllt Feldwebel Müller mit einer für seinen Körperbau erstaunlich durchdringenden Stimme. »Sie Waschlappen! Sie Blindschleichen! Sie —«

Die Schimpfworte perlen an mir ab wie der Nieselregen, der uns seit Tagen penetrant begleitet. Die Sonne ist noch nicht aufgegangen und ich bin noch schläfrig nach meiner zweistündigen Nachtwache, von der ich erst um vier Uhr morgens zurückgekehrt bin. Ungerechterweise sind wir trotzdem fünf Uhr dreißig geweckt worden, um pünktlich zum Morgenappell anzutreten. Wenn wir also aussehen wie ein müder Haufen, dann verwundert mich das kein bisschen.

»Nichts, was ein wenig Frühsport nicht kurieren könnte«, schreit Feldwebel Müller, nachdem er seine Schimpfkanonade losgeworden ist. Allein die Vorstellung, uns ordentlich schleifen zu können, scheint ihn zu freuen. »Wir fangen an mit fünfzig Kniebeugen. Na los!«

Seine Augen bohren sich in meine und ich gehe rasch in die Knie. Er erinnert mich an einen kleinen, bissigen Terrier – einen Kopf kleiner als ich, drahtig, mit lautem Organ und spitzem Gesicht. Unter seiner Kappe schauen kurze, graue Haarstoppeln hervor.

Während ich mich auf- und abfedern lasse, kommt er wieder und wieder bei mir vorbei und brüllt mir ins Ohr. »Tiefer, Köhler!«

Einmal drückt er mich grob ein Stück weiter nach unten, sodass ich fast das Gleichgewicht verliere. »Sie machen noch zehn weitere. Mit so etwas Halbgarem fangen wir gar nicht erst an.«

Ich beiße die Zähne zusammen. Der einzige Trost ist, dass ich selbst in der Hocke fast genauso groß bin wie dieses Männchen.

Anschließend jagt er uns auf einen Zehn-Kilometer-Lauf durch den Wald, der die Kaserne umgibt. Wir tragen die volle Ausrüstung am Körper – Tornister auf dem Rücken, Gasmaske und Spaten klappern am Koppel, wo die Gegenstände festgeschnallt sind. Ich schwitze unter dem Stahlhelm, obwohl man uns allen die Haare kurzgeschoren hat.

Während ich aus voller Kehle die Lieder schmettere, die er anstimmt, und meine Stiefel durch den Matsch spritzen, rechne ich im Kopf aus, wie viele Tage wir schon hier sind und wie viele uns noch bevorstehen. Und ich frage mich, ob das, was danach kommt, besser oder schlechter sein wird.

Erst vor drei Tagen sind wir in der Kaserne bei Roßleben eingetroffen – es kommt mir vor wie eine Ewigkeit. Gleich nach der Ankunft hat Feldwebel Müller uns klargemacht, dass die nächsten vierzehn Tage kein Zuckerschlecken werden.

»Hier gibt es keine Welpenschonung! Der Krieg wird Sie auch nicht schonen. Entweder Sie können mithalten oder Sie gehen zugrunde! Sie lernen zwar hier den Gebrauch der Waffen, das Verhalten im Gelände und die Panzer des Feindes von unseren zu unterscheiden. Aber vor allem lernen Sie eins – Befehle befolgen! Das ist das A und O. Das entscheidet später über Leben und Tod. Wenn Ihnen ein Vorgesetzter einen Befehl erteilt, dann haben Sie ihn augenblicklich, ohne zu zögern oder nachzufragen, auszuführen. Sonst erwischt es im besten Fall Sie, im schlimmsten den ganzen Zug.« Er tippte sich mit dem Finger gegen seine Schläfe. »Also lernen Sie besser gleich, das Ding da drin auszuschalten. Ist mir egal, ob Sie in der Oberprima waren oder sonst wo – wer nachdenkt, kriegt eine Extraportion Putzdienst, und zwar in der Latrine.«

Um neun Uhr, nach dem Frühstück, ist der Theorie-Unterricht an der Reihe, den die meisten von uns zum Schlafnachholen nutzen. Außer, wenn Major Schirmer spricht, so wie heute. Er ist Befehlshaber der Kaserne. Eine beeindruckende Erscheinung. An seiner Brust blitzen das Eiserne Kreuz, das silberne Verwundetenabzeichen, die goldene Nahkampfspange, das Infanterieabzeichen und andere Orden, die ich nicht kenne. Am auffälligsten aber ist sein schlohweißes Haar. Es ist wirklich weiß, nicht etwa weißblond. Wie das eines alten Mannes, obwohl sein Gesicht noch jung wirkt. Ich schätze ihn auf höchstens vierzig. Seine Augen strahlen gleichzeitig scharfe Aufmerksamkeit und Milde aus. Mit seiner Stimme zieht er alle in seinen Bann.

»Guten Morgen, Rekruten!«, ruft er und hebt flüchtig die Hand zum deutschen Gruß. Wir antworten mit der gleichen Geste.

»Für heute steht Waffenkunde auf dem Plan.«

Ich sitze neben Gerhard auf einem harten Holzstuhl in der Kantine, in der für den Unterricht Tische und Stühle zusammengerückt worden sind. Wir alle haben freien Blick auf die weiße Wand, an die manchmal Dias projiziert werden.

»Wie Sie wissen, werden Sie von uns zu Panzergrenadieren ausgebildet. Deshalb ist es von besonderer Bedeutung, dass Sie die eigenen und feindlichen Panzer im Schlaf auseinanderhalten können. Ich will Sie nicht anlügen – die Ausbildung ist kurz und es wäre mir lieber, wir hätten mehr Zeit. Aber das ist in unserer momentanen Lage nicht möglich.«

Er lässt seinen Blick über die versammelte Gruppe schweifen. Alle hängen an seinen Lippen. »Sie alle – obwohl Sie noch sehr jung sind, manche von Ihnen sind gerade einmal sechzehn geworden – wurden zu der verantwortungsvollen Aufgabe gerufen, den Dienst an der Waffe für das Vaterland zu leisten. Der Führer hält auch die Jugend – Sie – für fähig und vor allem mutig genug, in diesen Zeiten der Not ihm und unserem Reich beizustehen und es zu verteidigen, koste es, was es wolle. Unsere Feinde rücken von allen Seiten heran. Laut Wehrmachtsbericht, der mir jetzt vorliegt, haben die Amerikaner vor einigen Tagen den Rhein bei Remagen überschritten.«

Ein Aufstöhnen geht durch die Menge wie eine Welle.

»Und im Osten«, fährt der Major fort, »plündern und brandschatzen die Russen auf deutschem Boden und vergreifen sich an unseren Frauen und Kindern. Es kommt also auf jeden einzelnen Mann an, und auf jeden einzelnen Tag. Deshalb werden wir hier unser Bestes tun, um Sie so gut wie möglich vorzubereiten. Ich erwarte von jedem, dass er konzentriert zuhört. Sie tun sich selbst keinen Gefallen, wenn Sie unaufmerksam sind. Das ist keine Oberschule, sondern eine Überlebensschule. Abschreiben und schlafen im Unterricht gehen auf Ihre eigenen Kosten.« Er schaut uns eindringlich an.

Dann beginnt er mit der Stunde. Er macht es uns nicht schwer, gebannt zuzuhören. Statt trockener Theorie lässt er uns an seinen eigenen Kampferfahrungen teilhaben und betont dabei immer wieder die Tapferkeit der Soldaten, mit denen er kämpfen durfte, 1944 an der französischen Küste.

Er lässt uns auch Fragen stellen und beantwortet sie alle geduldig und mit Freude. Sogar ich hebe meinen Arm. Als er mich aufruft, springe ich vom Stuhl und stehe stramm. Alle Augen sind auf mich gerichtet. Doch jetzt gibt es kein Zurück mehr.

»Herr Major, wie schätzen Sie den weiteren Verlauf des Krieges ein?«, frage ich und halte den Atem an.

Der Major schweigt einen Augenblick und ich spüre, wie sich die Atmosphäre im Raum merklich ändert. Es wird still. Alle sind daran interessiert, aber keiner hat sich getraut zu fragen. Ich beobachte das Gesicht des Majors besorgt. Seine Augen fixieren mich.

»Wie heißen Sie?«

Ich schlucke. »Köhler, Anton, Herr Major.«

»Herr Köhler, Sie können sich setzen.«

Ich lasse mich auf den Stuhl plumpsen und will mich so klein wie möglich machen. Gerhard hebt die Augenbrauen. Doch der Major fährt fort, den Blick jetzt in weite Ferne gerichtet.

»Sie wollen von mir wissen, ob ich an den Endsieg glaube?«

Ich setze mich wieder aufrecht hin und mein Herz klopft bis zum Halse. So eine verfängliche Frage wollte ich nie stellen!

Doch Major Schirmer fährt ruhig fort. »Nun, ich kann nicht in die Zukunft schauen. Ich kann nur eines sagen: Solange die deutschen Soldaten mit ganzem Herzen und ganzer Seele für ihr Vaterland kämpfen, so lange können wir nicht verlieren, was auch immer am Ende geschehen mag.«

Es herrscht Stille, dann setzt leises Raunen ein. Seine kryptische Antwort sorgt für Verwirrung. Ich habe Angst, dass man ihm seine Worte als Zweifel am Endsieg und Wehrkraftzersetzung auslegen könnte. Ich beiße mir auf die Zunge. Warum habe ich nur die Frage gestellt?

Gerhard stößt mich mit dem Ellbogen an.

»Das war mutig von dir«, sagt er.

Ich schüttle den Kopf. »Nein. Von ihm«, flüstere ich zurück.

Nach dem Unterricht schwirrt mir noch immer der Kopf von all den neuen Begriffen und technischen Einzelheiten, die wir uns merken sollen. Zwei Wochen, denke ich wieder. Zwei Wochen Galgenfrist ...

Kapitel 28

Im hinteren Teil des Kasernengeländes befindet sich der Truppenübungsplatz – eine große, freie Fläche aus zertretenem Rasen und matschiger Erde, auf der die verschiedensten Hindernisse angeordnet sind: Bretterwände, Türme aus Balken, Seile und Stacheldraht ... und die Schießstände, vor denen wir zum Nachmittags-Unterricht angetreten sind.

Ich wiege meinen Karabiner in der Hand. Am Vormittag haben wir gelernt, wie man ihn auseinandernimmt und wieder zusammensetzt. Das mussten wir dutzende Male wiederholen. Jetzt sollen wir damit schießen. Ich rufe mir ins Gedächtnis, wie der Ladestreifen einzulegen ist und der Abzugshahn eingestellt wird, während ich mich auf den Hügelkamm lege, der uns als Schießwall dient. Ich stütze meine Ellbogen auf die weiche Erde und kneife die Augen zusammen, während ich die Zielscheibe in zwanzig Metern Entfernung fixiere. Es ist nicht das erste Mal, dass ich eine Waffe in der Hand halte. In der Hitlerjugend und später beim Wehrertüchtigungslager habe ich bereits Erfahrung mit Luftgewehren gesammelt.

Neben mir krachen die ersten Schüsse. Feldwebel Müller hat bei jedem etwas auszusetzen. »Jemand, der so schießt wie Sie, ist eine Gefahr für seine Mitsoldaten, Sie Pfeife!«, brüllt er Gerhard an. Es fällt mir schwer, mich davon nicht ablenken zu lassen.

»Meine blinde Oma trifft besser als Sie«, schreit er jemand anderen an. »Das wäre eine Fahrkarte nach Hause, wenn wir nicht jeden Soldaten bräuchten.«

Ich konzentriere mich auf das Zentrum der Zielscheibe, diesen kleinen schwarzen Kreis. Alles andere scheint in den Hintergrund zu treten, als ich den Abzug langsam und kontrolliert durchdrücke. Der Knall dröhnt mir in den Ohren, und beim Rückstoß schlägt mir der Gewehrkolben unsanft gegen die Schulter. Aber ich glaube, ich habe getroffen. Eine ruhige Hand hatte ich schon immer; die hat mir Vater vererbt. Ich lade nach und feuere die restlichen Schüsse ab. Müller lässt mich in Ruhe. Erst am Ende inspiziert er die Einschussstellen und ruft die Zahl der getroffenen Ringe aus.

»Köhler.« Ich zucke zusammen, als ich meinen Namen höre. »Neubauer, Böhm. Sie drei melden sich morgen zur Scharfschützen-Spezialausbildung bei Oberfähnrich Konradi. Alle anderen nehme ich mir weiter vor, so lange bis Sie das verdammte Gewehr im Schlaf laden und feuern können.«

Gerhard klopft mir anerkennend auf die Schulter. »Scharfschütze«, flüstert er, während wir zur nächsten Station traben. Ich bin mir nicht sicher, ob das gut oder schlecht ist, also schweige ich. Wir bleiben vor einem langen Hindernisparcours stehen. Schon wenn ich mir die Strecke anschaue, kommen mir dunkle Vorahnungen, und sie werden noch verstärkt, als ich das Glitzern in Müllers Augen sehe.

Er klatscht in die Hände. »Jetzt geht's ans Eingemachte. Kein gemütlicher Waldspaziergang wie heute Morgen. Jetzt kann sich keiner mehr verstecken. Ich werde jede Schwäche erkennen und ausmerzen. Schwäche ist gleich

Tod, schreiben Sie sich das hinter die Ohren. In Zweier-reihen antreten.«

Leider geraten Gerhard und ich an den Anfang der Schlange.

»Sie sehen, was zu tun ist – den Kletterturm rauf, an den Seilen herunterrutschen, unter dem Stacheldraht hin-durchrobben, über die Grenadierwand springen. Alles in unter zwei Minuten, wenn ich bitten darf. Und dass Sie ja Ihre Gewehre nicht verlieren. Die sind ab jetzt Ihr wich-tigster Besitz – die retten Ihnen den Arsch. Verstanden? Ab marsch!« Der Feldwebel drückt auf seine Stoppuhr.

Ich sause los, mit vollem Sturmgepäck auf dem Rücken, den Karabiner über der Schulter. Gerhard läuft dicht neben mir. Mit seinen langen Beinen erreicht er als Erster den etwa zehn Meter hohen Turm aus Holzbalken. Trotz der weiten Abstände zwischen den Brettern kommen wir beide rasch oben an. Schließlich haben wir das Klettern auf Bäume oft genug geübt.

Gleichzeitig mit Gerhard ergreife ich eines der Seile, die von der Plattform hängen, und lasse mich daran herab-gleiten. Um Zeit zu sparen und die Reibungshitze an mei-nen Handflächen zu verringern, springe ich zwei Meter über dem Boden ab und sprinte weiter zu dem langen Stacheldrahttunnel, unter dem wir hindurchkriechen sollen. Ich schmeiße mich ohne nachzudenken auf den aufge-weichten, schlammigen Boden und schiebe mich auf Ell-bogen und Knien vorwärts, das Gewehr immer in den Händen. Gerhard ist mir knapp auf den Fersen.

Die Stimme Müllers verfolgt uns. »Los, los, los. Sie sollen schneller machen, habe ich gesagt. Haben Sie Toma-ten auf den Ohren? Sie sollen nicht wie die Schnecken da durchkriechen.«

»Wie sollen wir über die Wand da kommen?«, schnaufe ich, als ich die drei Meter hohe Bretterwand vor mir sehe. Sie hat keine Griffmöglichkeiten oder Unebenheiten, soweit ich es beurteilen kann.

»Schwung holen und durch«, erwidert Gerhard keuchend.

Irgendwie glaube ich nicht, dass die harten Holzbretter mir Platz machen werden … Müller schreit uns immer noch von der Seite Beschimpfungen zu, während wir durch den Schlamm robben. Das ständige Kreischen macht mich nervös, auch wenn ich versuche, ihn zu ignorieren. Er ist wie eine wütende Wespe, die ständig um deinen Kopf summt und sich nicht verscheuchen lässt. Schlamm spritzt mir ins Gesicht; ich schmecke nasse Erde und blinzele mir deren Krümel aus den Augen. Endlich – das Ende des Stacheldrahts. Jetzt aufspringen und weiterrennen – nur weg von der Stimme.

Ich gehe auf die Knie und will lossprinten. Da werde ich nach hinten gerissen. Einen Moment lang glaube ich, Müller hat mich am Schlafittchen gepackt, um mich zu schütteln. Doch dann merke ich, dass sich mein Kragen oder Schultergurt im Stacheldraht verfangen hat, weil ich zu früh aufgestanden bin. Gerhard überholt mich und rennt los. Als ich nicht nachkomme, wird er langsamer und dreht sich nach mir um. Ich versuche verzweifelt, meine Uniform aus dem Draht zu befreien. Hinter mir kriechen schon die nächsten beiden Jungen heran.

»Köhler, Sie Schlappschwanz, Sie Weichei, Sie lahme Socke, was haben Sie gemacht? Sich selbst aufgehängt? Na, Bravo! Solche Soldaten können wir gebrauchen, die unseren Feinden die Arbeit abnehmen. Warum nicht gleich das Gewehr nehmen und sich den Gnadenschuss versetzen«, brüllt Müller mir ins Ohr.

Meine Finger werden fahrig. Ich bekomme die Stelle, an der sich meine Kleider eingehakt haben, einfach nicht richtig zu fassen. Der Stacheldraht schlitzt mir die Haut auf.

»Und was glotzen Sie so?« Das gilt Gerhard. »Weiterrennen und zwar zügig!«

Wie Gerhard seinen Sprung über die Wand schafft, sehe ich nicht. Ich komme mir vor wie ein Kaninchen, das zitternd in seinem Bau hockt, während vor ihm mit triefenden Lechzen der Jagdhund hechelt. Auf einmal packt mich eine starke Hand am Kragen, reißt mich nach unten, sodass mein Gesicht beinahe in den Schlamm stößt, doch im letzten Moment hält sie mich davon ab. Ich höre ein Reißen und spüre, dass ich frei bin. Bevor ich mich erheben kann, zwinkert mir Fred Neubauer zu – unser Stubenältester und ein prima Typ. Er läuft an mir vorbei auf die Wand zu.

»Los, Köhler, nicht einschlafen, Sie sind der Nächste.«

Es geht weiter. Ich rappele mich auf und rase Fred hinterher. Er nimmt Anlauf und springt – elegant wie ein Panther – einige Schritte an der Mauer empor, streckt seinen langen Körper und klammert sich am oberen Rand fest. Er nutzt seinen Schwung um seine Beine über die Kante zu katapultieren und lässt sich auf der anderen Seite zu Boden plumpsen. Ich will es ihm nachmachen, aber Müllers Brüllen bringt mich so durcheinander, dass ich kurz vor der Mauer stocke und nichts mehr geht.

»Köhler, was ist denn jetzt schon wieder? Was ist los – haben Sie etwa Angst vor der Mauer? Sie sollen nicht davor stehenbleiben, sondern drüberspringen. Und wo haben Sie eigentlich Ihr Gewehr gelassen, Sie Ungeziefer! Was habe ich Ihnen über das Gewehr gesagt?«

Das Gewehr! Das liegt natürlich noch im Schlamm beim Stacheldraht. Ich trabe zurück; mein Puls klopft mir in den

Ohren. Mein Gesicht muss puterrot aussehen, was aber dank der Schlammschicht sicher nicht auffällt.

»Ich habe Sie was gefragt, Köhler!«, schreit Müller.

»Sie haben gesagt, das Gewehr ist der wichtigste Besitz, Herr Feldwebel!«, schnaufe ich.

»Genau, verdammte Scheiße, und was machen Sie mit Ihrem kostbarsten Besitz? Lassen ihn im Dreck liegen. Ich glaub, ich werd nicht wieder.«

Tränen der Wut steigen mir in die Augen, aber ich blinzele sie weg, als ich mich nach dem Gewehr bücke. Jetzt bloß keine Schwäche zeigen. Dann leckt er Blut. Gerade robbt ein anderer Kamerad aus dem Stacheldraht und fängt an, auf die Wand zuzulaufen.

»An die Seite, Köhler. Liegestütze bis alle anderen durch sind. Dann nehme ich Sie mir gesondert vor.«

Ich zähle mit zusammengebissenen Zähnen die Male, die ich mich nach oben stemme. Jetzt halten mich wohl alle für einen Versager. Wenn Luise mich so sehen würde …

Als alle meine Kameraden ihren Durchgang beendet haben, darf ich mich wieder erheben. Außer Atem stehe ich stramm, während Müller wie eine aufgescheuchte Hornisse auf mich zukommt.

»Los, jetzt sind Sie dran. Ich stoppe die Zeit. Sie machen das so lange, bis Sie den ganzen Kurs in weniger als einer Minute absolvieren. Ab marsch!«

Eine Minute ist doch unmöglich! Als ich an Gerhard vorbeilaufe, sehe ich das Mitgefühl in seinen Augen und schäme mich noch mehr für meine Unfähigkeit. Ich bin der Einzige unserer Gruppe, der es nicht beim ersten Mal geschafft hat.

Ich haste wieder den Kletterturm hinauf, rutsche an den Seilen herunter und werfe mich auf den Boden vor dem

Stacheldraht. Diesmal robbe ich so lange, bis ich ganz sicher bin, den Draht hinter mir gelassen zu haben. Dann springe ich auf, hänge mein Gewehr über die Schulter und rase auf die Mauer zu.

»Schneller, schneller!«, brüllt Müller.

Die drei Meter hohe Wand erhebt sich vor mir und füllt meinen Gesichtskreis aus. Jetzt nicht abbremsen. Einfach Augen zu und durch, wie Gerhard gesagt hat.

»Schneller, Köhler!«

Die Mauer ist direkt vor mir. Ich renne einfach weiter. Meine Füße federn vom Boden ab und meine Beine machen wie von allein die Schritte an der senkrechten Wand empor. Ich ergreife die oberste Latte, schwinge mich über die Kante und lasse mich auf der anderen Seite fallen. Mit einem Keuchen treffen meine Füße auf dem Boden auf. Zufrieden mit mir selbst versuche ich, wieder zu Atem zu kommen.

Da ist Müller bereits zur Stelle. »Das waren eine Minute und sechzehn Sekunden, Köhler«, sagt er mit Blick auf seine Uhr. »Noch einmal!«

Ich starre ihn einen Moment fassungslos an, doch sein grimmiger Gesichtsausdruck lässt keinen Zweifel an seiner Ernsthaftigkeit. Diese miese sadistische Ratte. Schlimmer als Wilhelm oder Unteroffizier Stoß.

Seine Trillerpfeife treibt mich an. Ich laufe zurück zum Anfang des Kurses und ergreife wieder die Bretter des Kletterturms. Meine Arme und Beine werden schwerer und obwohl ich meine ganze Kraft mobilisiere, ziehe ich mich nicht mehr so rasch hoch wie beim ersten Mal. Als ich zum zweiten Mal die Grenadierwand am Ende des Kurses überwunden habe, schiele ich zu Müller, der seine Uhr konsultiert. Ich stütze kurz meine Hände auf den Knien ab.

»Sie werden langsamer, Köhler. Das waren eine Minute und dreißig Sekunden. Das kann ja wohl nicht angehen. Gleich nochmal.«

Meine Beine fühlen sich an wie weiche Butter, als ich wieder am Kurs entlang zurückrenne. Nie im Leben schaffe ich es, meine erste Zeit zu überbieten. Schon die Strecke zurück zum Anfang scheint sich ewig hinzuziehen. Meine Lungen brennen. Der will mich zu Tode schinden, schießt es mir durch den Kopf, während ich wieder nach den Sprossen des Kletterturms greife und anfange, mich daran hochzuziehen. Wenn ich tot von der obersten Stufe des Turms stürze, wird er ja sehen, was er davon hat. Ich beiße die Zähne zusammen. Nein – die Genugtuung will ich ihm nicht gönnen!

»Arschbacken zusammenkneifen. Sie glauben doch wohl nicht, das hier sei hart, Sie Muttersöhnchen. Das hier ist nichts im Gegensatz zu dem, was Ihnen an der Front bevorsteht. Wenn Sie Schlappschwänze glauben, dass Sie da auch nur eine Nacht durchschlafen können und Ihnen jemand Frühstück ans Bett bringt, haben Sie sich geschnitten.«

Ich höre Müllers Stimme wie aus weiter Ferne, als ich die Seile ergreife und mich daran herablassen will. Meine Hände haben schon rote Striemen. Ich falle die letzten Meter unfreiwillig, komme unglücklich auf dem Boden auf und knicke um. Doch ich richte mich wieder auf und renne weiter. Noch einmal schiebe ich mich unter dem Stacheldraht hindurch. Die Bretterwand verschwimmt vor meinen Augen, als ich auf sie zurenne. Ich weiß nicht, ob ich noch gerade laufe. Trotzdem gelingt es mir, auf der anderen Seite wieder aufzukommen.

»Eine Minute und zehn Sekunden. Sie werden besser. Noch einmal und –«

»Das soll für heute reichen, Feldwebel.« Die tiefe, ruhige Stimme schneidet mitten in Müllers geifernde hinein.

Ich blinzele ein paar Mal, um meine Sicht zu klären, und traue meinen Augen kaum. Da steht Major Schirmer höchstpersönlich am Rande des Parcours. Er schaut Müller auffordernd an.

Müller klappt einige Male den Mund auf und zu. Dann winkt er mir mit säuerlicher Miene lapidar zu. »Also los, zu den anderen stellen, Köhler.«

Ich schleppe mich immer noch keuchend zurück und reihe mich bei meinen Kameraden ein.

»Und jetzt«, sagt der Major ungerührt, »zeigen Sie den Jungs, wie man mit der Panzerfaust umgeht. Das wird Ihnen an der Front nützlich sein.«

Müller salutiert stramm. »Jawohl, Herr Major. Heil Hitler.«

»Ja, ja.« Der Major dreht sich um, ohne ihn noch eines Blickes zu würdigen, und geht. Ich schaue ihm nach. Was ihn wohl dazu getrieben hat, bei den Übungen zuzusehen?

Müller räuspert sich. »Na los, Rekruten. Jetzt will ich mal sehen, wer heute Morgen im Theorie-Unterricht aufgepasst hat.«

Kapitel 29

Eine Woche sind wir bereits in der Kaserne. Jeden Tag muss ich aufs Neue die Spielchen von Feldwebel Müller mitmachen. Die Zurechtweisung durch den Major scheint ihn nur noch mehr gegen mich aufgebracht zu haben. Vielleicht hat er mich vorher nur zufällig auf dem Kieker gehabt, aber jetzt hat er es garantiert auf mich abgesehen. Ihm fallen immer wieder neue kreative Schikanen ein.

Es fängt schon am frühen Morgen an. Er holt mich aus dem Waschraum, bevor ich mir die Zähne fertig putzen konnte, und schickt mich auf den Hof, um ein paar Runden zu rennen, weil mein Bett nicht richtig gebaut war. Am Nachmittag bei den Körperübungen darf ich garantiert öfter als alle anderen an den Seilen hochklettern oder Kniebeugen machen, nur weil ich mich nicht schnell genug umgedreht habe.

Die Zeit, die Fred, Harald und ich bei der Scharfschützenausbildung und damit nicht bei Müller verbringen, wird zum Lichtblick meines Tages.

Heute lässt er mich, weil ich angeblich beim Stubendienst getrödelt habe, zur Strafe den ganzen Hof durchfegen, während die anderen beim Frühstück sitzen. »Damit Sie mal lernen, was es heißt, ordentlich zu putzen.«

Meine Kameraden werfen mir zwar mitleidige Blicke zu, aber ich weiß genau, dass sie insgeheim erleichtert sind, nicht selbst auf Müllers Liste zu stehen. Ich hoffe, dass Gerhard daran denkt, mir einen Happen Frühstück zu organisieren. Wenn nicht der nagende Hunger wäre, würde mir der Strafdienst nicht so viel ausmachen. Es ist ein sonniger Tag, die Luft ist mild und riecht bereits nach Frühling. Und heute ist mein Geburtstag. Ob meine Familie jetzt an mich denkt? Und Luise ...?

Ich überblicke die gesamte Fläche des Exerzierhofes. Wie soll ich es schaffen, das alles in einer Stunde zu kehren? Ob Müller mich auch den Vormittagsunterricht verpassen lassen wird, wenn ich nicht rechtzeitig fertig werde? Der Besen schabt über den Asphalt und kleine Steinchen springen vor den Borsten weg. Herbeigewehte Pflanzenstücke und getrocknete Schlammreste, den ganzen Schmutz eines langen Winters, schiebe ich vor meinem Besen her und forme einen immer größer werdenden Haufen. Plötzlich fährt eine Windböe auf und verteilt den zusammengefegten Unrat freizügig über den Hof. Ich seufze und stütze mich auf meinen Besenstiel. Das war's dann wohl mit Frühstück ...

Da bemerke ich, wie im zweiten Stock des Hauptge-bäudes ein Fenster geöffnet wird. Major Schirmer schaut hinaus, erst in den Himmel – vielleicht um das Wetter zu überprüfen oder nach feindlichen Flugzeugen Ausschau zu halten –, dann auf den Hof herunter. Sein weißes Haar glitzert im Sonnenlicht. Ich beeile mich, weiterzumachen.

Nach einigen Minuten, in denen ich mich nicht traue, noch einen Blick zum Fenster zu werfen, ruft auf einmal seine volle Stimme nach unten. »Hallo! Köhler! Das war doch Ihr Name?«

Ich stehe stramm und salutiere zum Fenster hinauf. »Ja-wohl, Herr Major. Anton Köhler, melde mich zum Dienst.«

»Und was ist Ihr Dienst?«

»Ich führe die mir von Feldwebel Müller zugewiesene Aufgabe aus, den Hof zu kehren, Herr Major.«

»Ach so.« Er schweigt und ich bin mir nicht sicher, ob ich weitermachen soll. Aber er muss mich erst einmal wegtreten lassen, oder?

»Kommen Sie mal in mein Büro herauf, Köhler!«

Ich bin baff. »Aber ...«

»Ich werde Feldwebel Müller Bescheid geben lassen, dass ich seinen Rekruten für einige Zeit entführt habe.« Er zieht sich zurück und schließt das Fenster.

Ich zögere kurz, dann lehne ich den Besen an die Hauswand und trabe ins Hauptgebäude. Im Erdgeschoss zieht mir der verlockende Duft nach frischen Brötchen und Eiern mit Speck aus der Kantine in die Nase. Mein Magen knurrt. Ich nehme die Stufen zum zweiten Stock in wenigen Sätzen und klopfe am Vorzimmer des Büros von Major Schirmer. Der Adjutant öffnet und weist mich an, direkt zum Major durchzugehen.

Ob ich etwas falsch gemacht habe? Wieso will Major Schirmer ausgerechnet mich sehen? Vielleicht ist ihm aufgefallen, wie viele *Sonderaufgaben* ich ausführen muss, und jetzt hält er mich für einen außergewöhnlich schweren Fall, der disziplinarisch belangt werden muss. Ich wische mir die feuchten und noch leicht staubigen Handflächen an der Hose ab, bevor ich das Büro des Kasernenkommandanten betrete.

Der Major sitzt an seinem Schreibtisch. Sonnenstrahlen fallen ungehindert durch das Fenster hinter ihm und blenden mich ein wenig. Ich salutiere. »Rekrut Köhler meldet sich wie befohlen zur Stelle, Herr Major.«

Er deutet auf den Stuhl vor dem Schreibtisch. Ich lasse

mich zögernd darauf nieder. Auf der rechten Seite der Tischplatte stapeln sich Akten, auf denen ein Telefon steht. Vor dem Major sind Papier, Stifte und anderer Schreibkram ausgebreitet, dazwischen ein Tablett mit Essen. Offenbar ist auch er gerade am Frühstücken.

Ich warte darauf, dass er etwas sagt, doch erst klopft es noch einmal an der Tür. Der Adjutant tritt wieder ein und bringt ein weiteres Tablett, das er vor mir abstellt. Der Major räumt einige seiner Akten zur Seite, um Platz zu schaffen. Ich bin zu überrascht, um angemessen zu reagieren.

»Kaffee?«, fragt der Major freundlich.

Ich nicke stumm. Der Duft von echtem Bohnenkaffee zieht mir in die Nase. Den habe ich schon lange nicht mehr getrunken.

»Nun greif zu, mein Junge«, fordert er mich auf.

Hat er mich gerade *mein Junge* genannt? Aber – Befehl ist Befehl. Und einem geschenkten Gaul schaut man nicht ins Maul. Ich mache mich über das Frühstück her, auch wenn es mir ausgesprochen komisch vorkommt, Major Schirmer gegenüber zu sitzen und mit ihm gemeinsam zu essen. Während ich mein Brot schmiere, schiele ich immer wieder zu ihm hin. Der Major hält in der linken Hand die Kaffeetasse, in der rechten die neueste Ausgabe des Völkischen Beobachters, die er überfliegt.

Er blickt mich über die Zeitung hinweg an und lächelt. »So, Anton Köhler, ich hoffe, es stört Sie nicht, dass ich Sie von Ihrer wichtigen Aufgabe, den Hof zu fegen, abhalte.«

Da ich gerade ein großes Stück von meinem Marmeladenbrot abgebissen habe und die Backen voll habe, beeile ich mich, den Kopf zu schütteln.

»Ich habe Sie schon oft auf dem Hof gesehen, während die anderen frühstücken«, bemerkt er.

Ich schlucke das notdürftig gekaute Essen herunter, weiß aber nichts zu erwidern.

»Feldwebel Müller ist ein harter Ausbilder«, fährt er fort, »hart, aber gut. Wer bei ihm in der Lehre war, bezahlt später nicht dafür. Er scheint Sie zu mögen.«

Ich hätte beinahe den heißen Kaffee in meinem Mund über den ganzen Schreibtisch geprustet.

»Was ist?«, fragt Schirmer.

Ich überlege, ob es klug ist, ihm zu antworten. Aber seine offene Art ermutigt mich.

»Herr Major, wenn ich ehrlich sein darf?«

»Freilich. Ehrlichkeit ist eine deutsche Tugend, die auch jeder Soldat beherrschen sollte.«

»Feldwebel Müller hasst mich wie die Pest. Seit dem ersten Tag, als ich den Hinderniskurs nicht zu seiner Zufriedenheit bewältigt habe, lässt er keine Gelegenheit aus, mich vor meinen Kameraden zu demütigen.«

Der Major grinst. Das habe ich am allerwenigsten erwartet. Lacht er mich aus?

»Ich glaube, Sie irren sich. Der Feldwebel treibt nur die Rekruten derart an, die ihm besonders am Herzen liegen.«

Ich schüttle den Kopf »Er schreit mich immer an, beschimpft mich und sagt, ich würde alles falsch machen.«

Der Major legt seine Zeitung beiseite. »Damit will er nur erreichen, dass Sie das Beste aus sich herausholen.«

Er muss in meinem Gesicht gelesen haben, dass ich noch immer nicht überzeugt bin. »Wenn Sie diese Woche durchhalten, werden Sie besser vorbereitet sein als manch anderer.«

»Jawohl, Herr Major«, erwidere ich, obwohl ich noch immer skeptisch bin. Was soll mir das Kehren schon an der Front nützen?

»Wissen Sie, Köhler, Sie erinnern mich an meinen Sohn Hans.«

Jetzt wird mir klar, warum er mich hierher eingeladen hat.

»Er ist siebzehn und dient seit einigen Monaten als Jungkanonier bei der Luftwaffe. Momentan ist er im Westen bei Remagen stationiert. Wo kommen Sie her?«

»Aus Breslau, Herr Major.«

»Oho, ein Schlesier. Na sowas. Meine Familie stammt ursprünglich aus Liegnitz.«

Ich hätte es nie für möglich gehalten, dass ich einmal mit dem Kasernenkommandanten beim Frühstück sitzen und plaudern würde wie mit einem alten Bekannten. Wir unterhalten uns über unsere Heimat. Dann schaut Major Schirmer auf seine Taschenuhr und sagt: »Sie sollten jetzt lieber gehen. Der Unterricht beginnt gleich.«

Ich erhebe mich sofort und schiebe mir dabei noch das letzte Stück Speck in den Mund. »Vielen Dank, Herr Major.« Das nimmt mir von den anderen Jungs ja keiner ab!

Kapitel 30

Den Rest des Tages lässt Müller mich erstaunlicherweise in Ruhe. Ich weiß nicht, ob er gehört hat, dass ich beim Major war, aber es ist mir auch egal, solange ich nicht wieder den Boden unserer Stube mit der Zahnbürste schrubben muss. Den Abend bekommen wir frei, weil morgen Sonntag ist.

Als ich nach dem Putzdienst in der Latrine zurück in unsere Stube komme, trifft mich beinahe der Schlag. Neunzehn Jungs brüllen mir entgegen: »Herzlichen Glückwunsch!«

Gerhard kommt auf mich zu. »Alles Gute zum Sechzehnten, alter Junge!« Er klopft mir auf den Rücken. »Mensch, jetzt biste auch endlich so alt wie ich.«

Ich schnaube verächtlich, grinse aber.

Die anderen Jungs winken mich zu sich. Sie sitzen auf dem gefegten Dielenboden im Kreis oder hocken auf den unteren Betten. Gerhard zieht eine braune Papiertüte unter seinem Kopfkissen hervor und überreicht sie mir. »Für dich.«

Die Tüte ist schwer und meine Vermutung bestätigt sich, als ich eine Flasche Schnaps herausziehe. Überwältigt starre ich Gerhard an. »Wo hast du die denn her?«

»Hab ich für dich organisiert. Beziehungsweise für uns alle, damit wir auf dich anstoßen können. So ein Geburtstag muss doch ordentlich gefeiert werden.«

»Trink aber diesmal nicht zu viel«, raune ich ihm zu.

Er schaut mich schuldbewusst grinsend an.

»Ich hab Würfel dabei«, sagt Siggi.

Ich lasse mich zwischen meinen Kameraden nieder.

»Du machst den Anfang«, fordert mich Gerhard auf und deutet auf den Schnaps.

»Auf uns«, sage ich und setze die Flasche an die Lippen. Ich nehme nur einen kleinen Schluck. Der Alkohol läuft wie ein brennender Bach meine Kehle hinunter. Mir tränen die Augen, aber ich unterdrücke den Hustenreiz und reiche die Flasche weiter.

»Von wegen – auf dich«, meint Gerhard und nimmt einen ordentlichen Schluck.

»Auf den bevorstehenden Einsatz«, prostet Fred uns zu. Es geht der Reihe um, bis sie schließlich wieder zurück zu mir wandert. Der zweite Schluck ist schon leichter, weil ich auf die brennende Schärfe vorbereitet bin. Eine angenehme Wärme breitet sich von meinem Bauch in meinem ganzen Körper aus, während die Flasche ihre zweite Runde dreht. Die Jungs lachen und schwatzen, wir spielen Karten- und Würfelspiele und leeren die Schnapsflasche in Nullkommanichts.

»Hast du dir was gewünscht?«, fragt mich Gerhard leise, als gerade keiner der anderen auf uns achtet.

Ich zucke die Achseln.

»Komm schon. Wenn du jeden Wunsch frei hättest?«

Wenn ich einen einzigen Wunsch frei hätte? Als Erstes kommt mir Luise in den Sinn. Ich will sie wiedersehen. Aber dazu muss ich heil wieder nach Hause kommen. In der Runde der Jungs kann ich beinahe vergessen, dass wir nicht in einem Ferienlager sind, sondern in einer Woche als Soldaten in den Kampf geschickt werden. In meinem Magen gurgelt der Schnaps.

»Also?«, fordert Gerhard mich wieder auf.

»Dass der Krieg bald vorbei ist?«, sage ich leise.

Gerhard rasselt mit dem Würfelbecher und setzt ihn mit einem Knall auf den Boden. »Ha! Sechser-Pasch.« Er sammelt die Zigaretten ein, die als Einsatz zwischen uns in der Runde liegen. Als er die Schachteln neben sich aufschichtet, beugt er sich wieder zu mir herüber. »Langweilig. Ich dachte, du wünschst dir was anderes …«

»Was soll ich mir denn deiner Meinung nach wünschen?«

Er drückt mir den Würfelbecher in die Hand. Ich schüttle ihn geistesabwesend.

»Och, ich dachte da an so ein Geschöpf mit großen blauen Augen, blonden Haaren und rotem Mund.« Gerhard klimpert übertrieben mit den Augen und spitzt die Lippen.

Ich unterdrücke ein Grinsen und setze den Würfelbecher auf. »Lass das«, sage ich gespielt genervt. Ich hebe den Becher an. Eins und sechs.

»Anton, du hast die magische Sechzehn überschritten«, ruft Knöppi mir zu, der eigentlich Mirko Knöppke heißt. »Da wird's Zeit, dass du ein echter Mann wirst.«

Wir verdrehen alle die Augen. Knöppi redet immer nur von der einen Sache, und von seinem Mädchen zu Hause. »Haste denn ein Mädchen?«, fragt er mit seiner eifrigen Art.

Ich werde rot – ich spüre es, kann es aber nicht verhindern, und schaue auf den Boden, in der Hoffnung, dass keiner so genau auf mich achtet.

Gerhard nimmt mir die Antwort ab. »Ja, hat er«, sagt er. »Sie weiß es nur noch nicht.«

Die Jungs lachen. Gerhard schlägt mir gutmütig auf den Rücken. Ich werfe ihm einen bösen Blick zu, muss aber unterdessen selber lachen.

»Keine Sorge, Anton«, ruft Fred. »Wenn du als Held wieder heimkehrst, wirst du sie im Nu erobern.«

Ich erwache mit einem Grummeln im Magen. Heute ist der Tag der Vereidigung, unser letzter Tag in der Kaserne.

Beim Frühstück würge ich das Brot mit Mühe herunter. Immer wieder kommt mir der Abend vor unserer Musterung in den Sinn, an dem Onkel Emil uns noch einmal zur Seite genommen hat. Er wollte *unter vier Augen* mit uns reden.

Er saß uns am Küchentisch gegenüber, die blicklosen Augen diesmal nicht von seiner Sonnenbrille überdeckt. Sie waren mittlerweile vernarbt und die Lider wirkten eingefallen. Trotzdem kam es mir so vor, als würde er mich durch sie hindurch anblicken.

»Hört mir mal zu, Jungs«, sagte er eindringlich. »Versucht nicht, den Helden zu spielen, klar?«

»Hatte ich nicht vor«, erwiderte ich.

»Ich meine es ernst«, betonte er. »Nehmt die Beine in die Hand und geht in Deckung. Und wenn irgendwie möglich, lasst euch gefangen nehmen. Von den Amis! Nicht von den Russen. Versteht ihr?«

Die Verwirrung war Gerhard ins Gesicht geschrieben. »Wir sollen freiwillig in Gefangenschaft gehen?«

»Wärt ihr lieber als Leichen irgendwo auf dem Feld verscharrt oder lebendig in Gefangenschaft?«

Wir sahen uns an. Wenn er es so ausdrückte … »Und wenn wir in russische Gefangenschaft kommen?«

»Wenn ihr den Russen in die Hände fallen solltet – dann gebt euch lieber gleich die Kugel.«

»Alles klar?«, fragt Gerhard. Besorgnis schwingt in seiner Stimme.

Ich räuspere mich und nicke. Wir schnappen uns die Tabletts, um sie zur Geschirrabgabe zu tragen.

»Nur nervös.«

Er nickt. »Ich weiß, was du meinst. Es ist soweit ...«

Als wir nach draußen treten, sammeln sich auf dem Hof schon die Rekruten für die Notvereidigung, in Uniform und Stahlhelm. Müller dirigiert uns an unseren Platz. Wir werden in vier Abteilungen an allen vier Seiten des Hofs aufgestellt, die Gesichter der Hofmitte zugewandt, wo die Reichskriegsflagge im Wind flattert.

Ich verlagere mein Gewicht von einem Bein aufs andere. Der Himmel ist wolkenverhangen, die Frühlingsstimmung fürs Erste wieder verflogen. In der Nacht hat es noch einmal Frost gegeben. Wir warten schweigend auf den Beginn der Zeremonie.

Major Schirmer tritt in die Mitte des Hofs, flankiert von mehreren Offizieren, die die Regimentsfahne mit sich tragen. Der Major lässt seinen Blick über die Menge schweifen. Ich habe das Gefühl, dass er etwas länger auf mir verweilt, aber das bilde ich mir wahrscheinlich ein.

»Sie haben Ihre Ausbildung mit Erfolg abgeschlossen und sind nun dazu bereit, jeden Fingerbreit unseres Vaterlandes mit Ihrem Herzblut zu verteidigen. Ich bin stolz auf jeden von Ihnen und bin mir sicher, Sie werden uns mit Mut und Tapferkeit zu aller Ehre gereichen und Ihre Pflicht als Soldat tun. Vom heutigen Tage an sind Sie keine Rekruten mehr. Ich ernenne Sie hiermit zu Panzergrenadieren des deutschen Heeres. Nachdem Sie Ihren Eid geleistet haben, werden Sie vollwertige Mitglieder der deutschen Wehrmacht sein – mit allen Rechten und Pflichten.«

Ich spüre, wie sich die Härchen auf meinen Armen aufrichten. Die Offiziere neigen die Fahne leicht nach unten und der Major legt seine Hand an die Stange. Auf dem Hof wird es mucksmäuschenstill. Sogar der Wind scheint innezuhalten, als der Major die Eidesformel spricht. Dann erhebt sich der Chor der Rekrutenstimmen und reißt mich automatisch mit. Wir alle sprechen ihm nach.

»Ich schwöre bei Gott diesen heiligen Eid: Ich werde Adolf Hitler, dem Führer des Reichs und Oberbefehlshaber der Streitkräfte, bedingungslosen Gehorsam leisten und allzeit bereit sein, als tapferer Soldat mein Leben für diesen Eid herzugeben.«

Beim Sprechen dieser Worte spüre ich in mir nichts als Leere. Sie bedeuten mir nichts. Es gelingt mir nicht, mich verpflichtet zu fühlen, weder vor Gott noch vor dem Führer. Ich weiß nicht, was die anderen um mich herum empfinden, als sie den Eid aufsagen. Viele von meinen Stubenkameraden glauben immer noch an den Endsieg, an die Wunderwaffe, an Hitler. Sie sind ganz scharf darauf, sich im Kampf zu beweisen, ihr Leben für *die Sache* hinzugeben. Aber ich bin das nicht.

Ich komme mir vor wie ein Verräter und schaue mich unwillkürlich um, als könnte jemand meine Gedanken hören. Dabei begegne ich Gerhards Blick, in dem ich die gleiche Unsicherheit lese, die ich empfinde – und Furcht, vor dem was vor uns liegt. Ich nicke ihm aufmunternd zu. Und dann schwöre ich mir meinen eigenen Eid.

Ich will überleben. Ich will mit Gerhard zusammen aus diesem Krieg zurückkehren, um meine Familie zu unterstützen. Ich will Luise wiedersehen und etwas aus meinem Leben machen. Ich taste mit der Hand nach der Uhr in meiner Hosentasche.

Ich verspreche, dass ich dir keine Schande machen werde, Vater. Ich werde versuchen, am Leben zu bleiben und wieder nach Hause zu kommen. Das schwöre ich.

Mit klopfendem Herzen warte ich darauf, wie es weiter-geht. Die Unteroffiziere, darunter auch Feldwebel Müller, schreiten jetzt die Reihen der frischgebackenen Soldaten ab und überreichen jedem von uns die Erkennungsmarke, diese Metallplakette, auf der unsere Einheitszugehörigkeit eingeätzt ist, sowie das Soldbuch.

Ich beuge meinen Kopf leicht nach unten, damit mir Feldwebel Müller die Hundemarke, wie wir sie nennen, um den Hals hängen kann. Bei dem Gedanken, dass ich wenigstens ihn nicht mehr ertragen muss, wird mir leichter ums Herz. Müllers scharfe kleine Augen fixieren mich noch einmal. Ich begegne ihm fest und ohne Scheu.

»Köhler«, sagt er und senkt dabei seine Stimme auf eine erträgliche Lautstärke. »Vergessen Sie nicht, was Sie bei mir gelernt haben. Sie werden es noch brauchen.«

Ich schaue ihm verwirrt nach, als er zum nächsten Ka-meraden geht.

Das ist unser letzter Tag in relativer Sicherheit. Was jetzt kommt, kann ich mir nicht einmal vorstellen.

Ich lehne mich zu Gerhard hinüber. »Was auch immer passieren wird, wir bleiben zusammen, in Ordnung?« Ich strecke meine Hand aus und Gerhard schlägt feierlich ein.

Er grinst: »Bis dass der Tod uns scheidet.«

Kapitel 31

Ich habe das Zeitgefühl verloren. Ich liege auf dem kalten, harten Boden zwischen dornigen Sträuchern und behalte die Straße im Blick. Wann kommen die Panzer, die wir aufhalten sollen? Wo bleiben die so lange? Gerhard hockt neben mir, die Panzerfaust bereit. Meine Müdigkeit wird für den Moment abgelöst von dem Rausch der Aufregung, dem Herzklopfen der Angst.

Ich schaue mich um. Die feldgrauen Uniformen meiner Kameraden verschmelzen mit den Grau- und Brauntönen der kahlen Landschaft. Kaum einer aus unserem Zug ist älter als sechzehn oder siebzehn Jahre. Wir werden von einem jungen Leutnant geführt, der selbst gerade einmal zweiundzwanzig ist und kaum kampferfahren. So ist es bei unserer Division und bei der gesamten zwölften Armee. Und wir sollen die letzte Hoffnung für das Reich sein? Die Rettung für Berlin?

Wie lange ist es her, seit wir vereidigt wurden? Ist Ostern schon vorbei? Die Tage und Nächte verschwimmen, eine Aneinanderreihung der immer gleichen Ereignisse … Feindlicher Angriff, Flucht, Neuanschluss, erneuter Angriff. Keiner – nicht einmal unser Bataillonskommandant – weiß, wo die Hauptkampflinie verläuft. Wir sind die Figuren auf dem Schachbrett eines Blinden.

Ich habe keinen Orientierungssinn mehr, kein Gefühl

dafür, wo ich bin. Irgendwo in Mitteldeutschland, zwischen Dessau und Berlin. Heidelandschaft wechselt sich ab mit brachliegenden Äckern, Dörfern und kleinen Ortschaften, viele von ihnen verlassen.

Ein schwaches Summen ertönt und schwillt rasch an. Aus östlicher Richtung rasseln sie die Straße entlang ... Russenpanzer. Dutzende. Beim Anblick dieser Stahlmonster mit den langen, rotierenden Stacheln beschleunigt sich mein Atem. Das Bild scheint vor meinen Augen zu verschwimmen. Meine Handflächen sind schweißfeucht, sodass ich die Waffe nachgreifen muss.

Gerhard leckt seine Lippen und legt sich in Bereitschaft.

»Das ist verrückt – die können wir nie aufhalten«, sage ich. Wir sind gerade einmal eine Handvoll.

Gerhard lässt nicht von seinem Ziel ab. Mit entschlossenem Gesichtsausdruck fixiert er den Panzer an der Spitze.

Ich muss schießen – so lautet der Befehl. Diesmal sind es nur Stahlungetüme, keine Menschen, aber ich weiß, dass sich darin welche befinden.

»Feuer«, ruft der Zugführer.

Gerhard feuert seine Panzerfaust ab. Der Knall dröhnt mir in den Ohren. Sein Geschoss zischt direkt in den Turm des ersten Panzers. Es folgt eine gewaltige Druckwelle ... ein gleißender Lichtblitz ... ich weiche geblendet zurück, die Ohren taub, aber den Blick wie hypnotisiert auf das Schauspiel gerichtet.

Der Turm des Panzers fliegt meterhoch in die Luft, dann scheint er kurz stehenzubleiben und fällt, einen rauchenden Schweif hinter sich herziehend, immer rasanter dem Boden entgegen. Ein feuriger Komet. Blechteile regnen auf uns herab. Der getroffene Panzer liegt rauchend und in Stücke gerissen auf der Seite in einem Krater.

»Los, den nächsten!«, schreit der Leutnant mir zu, da ich meine Panzerfaust noch nicht abgefeuert habe.

Doch die feindlichen Fahrzeuge haben uns jetzt entdeckt. Ihre Türme schwenken und richten sich auf uns aus. Die spärlichen Büsche am Straßenrand bieten nicht genügend Deckung. Ihre Rohre speien Feuer. Granaten und Maschinengewehrgeschosse schlagen um uns herum ein, fetzen Erdstücke in die Luft und dem Leutnant die Beine weg. Ich ziehe Gerhard fort. Wir fliehen, wie immer. Nur darin bin ich gut.

Wir rennen über das matschige Feld, während die Panzer uns mit einer unheimlichen Geschwindigkeit verfolgen. Erde stiebt auf. Wir finden Schutz hinter einem Hügel und rennen weiter zu einem Waldstück, wo wir zu Atem kommen, schmutzig und durchgeweicht. Weiter ... Immer weiter ... Ein Stück Schokolade in den Mund zur Aufmunterung ... die letzten Energiereserven mobilisieren.

Schließlich stoßen wir auf eine andere Division. Die Soldaten diskutieren die Neuigkeiten, die die Flüchtenden unserer Einheit bringen.

»Scheiße, was sucht der Russe hier im Hinterland? Ich dachte, die stehen an der Neiße.«

»Stehen sie nicht, Mann, sonst hätten sie uns nicht mit ihren Panzern überrollen können.«

»Offensichtlich haben wir die Lage unterschätzt«, verschafft sich ein Offizier mit lauter Stimme Gehör. »Ab jetzt müssen wir uns als auf Feindesgebiet befindlich betrachten und besondere Vorsicht walten lassen. Wir bleiben an Ort und Stelle, bis wir neue Befehle erhalten. Gewehre putzen.«

Ich lasse mich auf den weichen Heideboden plumpsen, unter eine Kiefer, die Schatten spendet. Das Gewicht der Ausrüstung und der Waffen fühlt sich tonnenschwer an.

Ich nehme den Stahlhelm ab und genieße die kühle Brise, die meine verklebten Haare trocknet.

»Noch mal gut gegangen«, meint Gerhard leise, während er sein Putzleder heraussucht und das Gewehr auseinanderbaut. Er sitzt mir gegenüber, hat die langen Beine ausgestreckt und lehnt sich an einen Felsbrocken, an dessen anderer Seite noch ein Soldat mit dem Rücken zu uns sitzt.

»Verdammt«, sage ich. Mehr fällt mir dazu nicht ein. Der Schreck steckt mir noch tief in den Knochen.

»Das kannst du laut sagen. Hoffe, wir rennen denen nicht noch mal vor die Rohre.« Gerhard schaut sich unruhig um.

Da hebt der Soldat, der hinter ihm am Fels lehnt, den Kopf und wendet sich halb zu uns um. »Ich glaub's nicht.«

Gerhard zuckt beim Klang der Stimme zusammen.

»Was wollt ihr denn hier?«, schnarrt der Soldat.

Ich erstarre. Das ist doch nur Einbildung, oder? Er kann nicht der sein, für den ich ihn halte … Gerhard rutscht zur Seite, sodass ich einen besseren Blick auf den Typen erhasche, der uns angesprochen hat. Kurzgeschorenes blondes Haar, eisgraue Augen, kräftiger Hals und breite Schultern. Wilhelm Braun. Er hat das Gesicht zusammengekniffen wie ein Köter, der gleich zubeißen will.

»Ach, hallo, Wilhelm. Wir freuen uns auch, dich wiederzusehen«, sagt Gerhard spöttisch.

Ich kann es immer noch nicht glauben. Da haben wir uns vor Monaten aus den Augen verloren und jetzt rennen wir uns ausgerechnet hier über den Weg?

»Was machst du hier?«, frage ich dümmlich.

»Siehst du doch. Das Gleiche wie ihr wahrscheinlich.«

»Verdammt«, sage ich wieder.

»Ich dachte auch, ich wäre euch ein für alle Mal losgeworden … dass ihr längst irgendwo im Winterwald verreckt wärt.«

»Zu früh gefreut«, sagt Gerhard.

Bei jedem alten Kameraden von früher hätte ich mich gefreut, ihn wiederzusehen. Aber doch nicht Braun!

»Und ich hätte gedacht, du wärst längst der Waffen-SS beigetreten. Wolltest du das nicht immer?«, frage ich herausfordernd.

Er zuckt die Schultern, aber sein Blick verfinstert sich. »Ich kann auch hier fürs Vaterland kämpfen. Seid ihr gerade vor dem Russenangriff getürmt?«

Ich habe keine Lust, mich mit ihm zu streiten. Ehrlich gesagt habe ich überhaupt keine Lust, mit ihm zu reden.

»Ungeordneter Rückzug, würde ich es nennen«, sagt Gerhard.

»Ach ja? Wie die Hasen vor dem Jäger, wette ich.«

»Möchte dich mal in so einer Situation erleben«, knurre ich zurück.

»Wirst du ja vielleicht bald.«

»Wenn das bedeutet, dass wir dich jetzt noch länger ertragen müssen, kann ich darauf verzichten, danke.« Noch während ich es sage, kommen mir unsere alten Streitigkeiten plötzlich lächerlich vor. Wir stecken alle im selben Schlamassel. Er kann uns nichts mehr anhaben. Er ist nur ein Soldat unter vielen anderen.

»Köhler ist bissig geworden«, erwidert Wilhelm.

»Jetzt hört auf, ihr Streithähne«, sagt Gerhard müde. »Ich will meine Ruhe genießen. Wer weiß, wann es wieder losgeht.«

Wilhelm runzelt die Stirn und dreht sich um, sodass ich nur noch seinen blonden Hinterkopf sehe. Ich funkele ihn an, als könnte er es spüren, dann drehe ich mich weg und versuche, ihn zu vergessen.

Als wir wieder auf Marsch gesetzt werden, reiht sich Wilhelm – ob zufällig oder absichtlich – direkt hinter uns ein.

Im Morgengrauen erreichen wir ein Dorf. Hier dürfen wir Rast machen. Meine Glieder sind schwer wie Blei. Am liebsten würde ich mich gleich auf die nassfeuchte Erde am Straßenrand fallen lassen. Die Stille des frühen Morgens liegt über der Landschaft, die in graues Dämmerlicht getaucht ist. Eine erste frühe Amsel flötet im Gebüsch. Es wirkt friedlich. Zu friedlich.

Ich halte Gerhard zurück, der auf eines der Häuser zustrebt, erpicht darauf, sich hinzulegen, vielleicht sogar in ein echtes Bett.

»Warte«, flüstere ich. Ich beobachte, wie die ersten unserer Gruppe auf den Gutshof zulaufen, der am Anfang des Dorfes liegt.

»Was denn? Ich will schlafen«, nuschelt Gerhard.

Vor uns öffnet sich ein Scheunentor, das mit seinem Quietschen die morgendliche Ruhe durchbricht. Ein bärtiger Mann tritt heraus, gähnt und streckt sich. Er trägt schmutzige lange Unterwäsche – sonst nichts. Unsere Kameraden bleiben stehen und starren die Erscheinung an.

Weiter hinten im Dorf öffnen sich weitere Türen und schlaftrunkene Menschen torkeln in die kühle Morgenluft. Ein Mann mit Rasiermesser steht an einem Wassertrog und schabt sich mit der Klinge übers Kinn.

Da entdeckt uns der Mann, der aus der Scheune getreten ist, wie wir verdattert davor stehen und glotzen. Ein Ausruf der Überraschung kommt aus seinem Mund. Aber nicht auf Deutsch, auf Russisch.

Sein Ruf hat die anderen Männer aufgescheucht. Die meisten sind noch nicht einmal in Uniform. Sie stürzen zurück in ihre Häuser, mit erhobenen Händen, waffenlos.

Plötzlich bin ich hellwach.

»Komm«, flüstere ich Gerhard zu und reiße ihn am Ärmel nach hinten.

Wir nehmen die Beine in die Hand. Ob sie uns Feigheit vor dem Feinde vorwerfen oder nicht. Unsere Kameraden sind uns auf den Fersen. Keiner hat Lust auf eine Konfrontation am frühen Morgen, selbst wenn wir ihnen überlegen gewesen wären. Wenig später halten wir am Wegrand inne, um Atem zu schöpfen. Das gerade Erlebte erscheint mir fast unwirklich. Ein prustendes Kichern, das ich nicht aufhalten kann, drängt sich aus meiner Kehle.

Gerhard starrt mich entgeistert an, dann fängt auch er an zu lachen: »Der Feind ... in Unterhose.«

Ich wische mir die Tränen aus den Augen und sauge mit einem pfeifenden Geräusch Luft in meine Lungen. »Oh Mann ... so schrecklich sehen die von Nahem gar nicht aus. Nicht mit Rasierschaum vorm Mund und ungekämmten Haaren.«

»Und wie die aus der Wäsche geguckt haben – im wahrsten Sinne des Wortes.«

Wieder schütteln uns Lachkrämpfe. Ich krümme mich zusammen, weil meine Seiten schmerzen.

»Die waren bestimmt genauso erstaunt wie wir«, sagt Gerhard.

»Und ob.«

Ich werde schlagartig ernst, als mir bewusst wird, dass unsere Fröhlichkeit nichts weiter ist als Galgenhumor. Noch vor ein paar Stunden haben uns die Landsleute dieser verschlafenen Gestalten auf Leben und Tod verfolgt. Die

Maschinengewehre ihrer Jagdbomber haben unsere Kameraden niedergestreckt, ihre Panzer haben uns überrollt und ihre Infanteristen haben uns mit lautem Gebrüll in die Flucht geschlagen.

Aber unterm Strich sind sie nicht anders als wir. Auch sie sind ungewaschen, müde und verängstigt. Ich weiß nicht, wie ich auf einen von ihnen die Waffe richten und abdrücken soll, und bete im Stillen, dass es nie dazu kommen wird.

Kapitel 32

Ich laufe und laufe. Meine Füße fühlen sich so schwer an, als würde eine Eisenkugel an ihnen hängen. Sie heben kaum vom Boden ab. Ich stapfe durch Morast, der mich mit seinen klebrigen Fingern festhält. Um mich herum graues Dämmerlicht und Schattengestalten. Ich drehe mich nach Gerhard um, der hinter mir läuft. Das Gesicht zu einer Fratze verzerrt streckt er mir die Hand entgegen. Ich warte auf ihn, will ihn mitziehen. Doch die Distanz zwischen uns wird immer größer, obwohl er auf mich zurennt. Sein Mund öffnet sich zu einem Schrei, aber ich kann nichts hören. Dann zerreißt ein Schuss die unheimliche Stille.

Mit einem Keuchen fahre ich hoch. Stimmengewirr umgibt mich. Durch das Fenster fällt Mondlicht auf den Holzboden der Kammer. Gerhard hockt neben mir, ebenfalls aufgeschreckt. Ich habe den Schuss also nicht nur geträumt.

Mein Herz klopft noch immer wie wild, aber die Traumbilder verblassen bereits vor meinem inneren Auge. Eine dunkle Gestalt reißt die Tür auf. Sie tritt ins einfallende Mondlicht. Ich erkenne den Mann nicht, er muss einer von der Nachtwache sein. Wir haben unser Lager in einem verlassenen Dorf aufgeschlagen und mehrere Häuser besetzt. Unser Raum liegt im ersten Stock über einer Gastwirtschaft.

Der Mann ruft mit leiser, aber deutlicher Stimme: »Die Russen ...«

In dem Moment splittert das Fenster über mir. Ich schütze instinktiv meinen Kopf mit den Armen, als ein Scherbenregen auf mich niederprasselt.

»Alle Mann in Deckung«, schreit Unteroffizier Blöm, unser Zugführer. »Zu den Waffen.«

»Dieses Hundspack. Mitten in der Nacht«, knurrt Wilhelm.

Ich ziehe meinen Stahlhelm auf und kauere mich rechts neben das Fenster. Angestrengt lausche ich in die Nacht hinaus. Da … wieder Schüsse. Woher kommen die? Wie viele sind es? Werden die gleich angreifen und das Dorf überrennen? Oder sind es nur ein paar einzelne Heckenschützen, die uns Angst einjagen sollen?

Unteroffizier Blöm berät sich leise mit dem Wachmann. »Wer ist hier Scharfschütze?«, fragt er dann in die Runde.

»Ich«, höre ich mich sagen und erstarre.

Er mustert mich. »Ans Fenster! Die Feinde im Auge behalten. Sofort schießen, wenn sich jemand nähert.«

Ich schlucke und greife nach meinem Karabiner. Warum konnte ich denn nicht den Mund halten? Noch immer gellen vereinzelt Schüsse. Mit mechanischen Handbewegungen lade ich die Waffe.

Der Unteroffizier winkt Gerhard heran und schiebt ihm ein eilig bekritzeltes Blatt Papier zu. »Zum Kommandeur bringen und sofort mit neuen Befehlen zurückkehren! Dein Kumpel hier gibt dir Feuerschutz!« Er deutet auf mich.

Mir bleibt keine Zeit mehr, noch einen Blick mit Gerhard zu tauschen, da huscht er bereits aus dem Zimmer. Die Befehlsstelle befindet sich in einem Haus auf der gegenüberliegenden Straßenseite, ein paar Meter weiter. Die Dorfstraße liegt in vollem Mondlicht. Wie soll Gerhard da hinüberkommen? Mir wird eiskalt.

Ich knie seitlich neben dem Fenster und versuche, mich so einzurichten, dass ich nach draußen zielen kann, ohne selbst gesehen zu werden. Dann warte ich.

Wo sind die nur? Wo verstecken die sich? Alles, was man hört, sind Schüsse. Kein Mensch zeigt sich. Ich richte meine ganze Aufmerksamkeit auf das Waldstück hinter den Häusern. Die dunklen Schatten der Bäume wiegen sich leise im Wind. Sie gaukeln mir vor, dazwischen bewegten sich Gestalten, aber ich kann mir nicht sicher sein. Von Gerhard ist ebenfalls nichts zu sehen. Wahrscheinlich hat er den Hinterausgang benutzt und schleicht sich jetzt im Schatten der Häuser weiter. Jedenfalls hoffe ich das. Meine Hände schmerzen, so fest halte ich das Gewehr.

Da fällt wieder ein Schuss. Ein Schrei gellt aus dem gegenüberliegenden Haus. Offenbar wurde jemand getroffen.

Blöm flucht leise. »Die haben auch Scharfschützen.«

Er kommt zum Fenster herangerobbt, um ebenfalls nach draußen zu spähen. Mit dem Gewehrkolben schlägt er die Reste des zerbrochenen Fensterglases aus dem Rahmen. »Siehst du was?«

Ich schüttle den Kopf. Doch, jetzt – ein Schatten huscht über die Dorfstraße, geduckt und schnell wie ein Kaninchen. Das muss Gerhard sein. Ein Schuss. Die Gestalt fällt zu Boden.

»Na los, Junge, ich denke, du bist Scharfschütze?«, knurrt Blöm.

Gerhard springt wieder auf und rennt weiter. Ich atme zitternd aus; er hat sich nur tot gestellt.

Blöm späht seitlich aus dem Fenster. Seine Gewehrmündung zielt in die Nacht hinaus. »Ihr kleinen roten Bastarde«, murmelt er vor sich hin. »Wo habt ihr euch versteckt? Kommt raus, kommt raus, ihr Mäuschen.«

Ich verfolge immer noch gebannt die Gestalt, die über die Dorfstraße sprintet, jetzt die Tür zum Bauernhaus aufreißt und darin verschwindet. Fürs Erste ist er in Sicherheit. Der Unteroffizier gibt einen Schuss ab und duckt sich weg.

»Die kämpfen wie die Tiere, die Russen«, sagt Blöm. »Wenn sie auch noch nachtaktiv wären, würd's mich nicht wundern.«

Ein weiterer Schuss knallt. Blöms Fluch reißt mitten im Wort ab. Er sackt zu Boden. Bäuchlings liegt er da, den Kopf unnatürlich verdreht. Blanke, weiße Gesichtszüge, die wie eingefroren aussehen. Ein dunkler Fleck bildet sich unter seinem Kopf auf dem Holzboden und vergrößert sich mit zäher Trägheit. Ich kann mich nicht rühren, weiß nicht einmal, ob ich überhaupt noch atme. Mein Brustkorb fühlt sich zusammengequetscht an, als würde eine große Last darauf liegen.

Wilhelm kriecht heran. Langsam dreht er ihn auf den Rücken. Obwohl Blöm ziemlich schwer sein muss, scheint es ihn keine Anstrengung zu kosten.

»Der ist hin«, sagt er mit einem leichten Zittern in der Stimme.

Dreißig Zentimeter neben mir ... Das hätte auch mich treffen können. Ich schnappe nach Luft. Ruhig bleiben. Einatmen, ausatmen. Konzentrier dich auf deine Aufgabe.

Ich schaue mich in dem Stübchen um. Alles Jungs in unserem Alter. Die meisten kauern verstört in den Ecken. Ich will mich am liebsten zu ihnen gesellen, aber ich kann nicht. Gerhard ist noch da draußen. Er muss bald wieder zurückkommen, mit den Befehlen.

Momentan ist es still. Ich lauere, lausche. Ein Käuzchen schreit. Auch der Feind lauert ... Der Feind. Ich drehe das Wort in meinem Geist hin und her. Wer ist hier Feind und

Freund? Wir schießen auf die ... die schießen auf uns. Wir verteidigen unser Land. Sie tun das Gleiche ... oder? Ich denke an Onkel Emils Worte: *Wenn die Russen uns auch nur die Hälfte dessen zurückzahlen, was wir bei ihnen angerichtet haben – dann Gnade uns Gott.*

Da geht die Tür im Haus gegenüber wieder auf. Ihr Quietschen hallt viel zu laut durch die zeitweilige Stille. Ich packe mein Gewehr fester und spähe mit verstärkter Aufmerksamkeit in die mondbeschienene Nacht.

Gerhard rennt über die Straße. Wieder kracht ein Schuss. Diesmal meine ich, das Aufblitzen eines Gewehrlaufs gesehen zu haben. Dort drüben, zwischen den zwei hohen Kiefern.

»Schieß doch«, zischt Wilhelm neben mir. Er hockt mit seinem Gewehr an der anderen Seite des Fensters, dreht sich um und gibt einen Schuss ab.

Ich kneife die Augen zusammen und ziele auf die Bäume. Gerhard läuft noch immer da unten, ungeschützt. Ich sollte abdrücken, einfach auf diese Stelle schießen, wo ich das Gewehr gesehen habe. Aber meine Hand ist wie gelähmt. Das ist ein Mensch ... Aber es ist Notwehr ... Oder? ... Du bist Soldat, du tust nur deine Pflicht ... Du wurdest ausgebildet, um zu schießen ... Dein bester Freund oder ein gesichtsloser Feind? ... Onkel Emils Stimme: *Eine Schande, dass sie jetzt schon Kinder als Mordinstrumente missbrauchen.* ... Die zusammengekrümmten Körper in den gestreiften Häftlingsanzügen ...

Ich lasse das Gewehr sinken, lehne mich rücklings gegen die Wand und rutsche nach unten. Schweiß perlt auf meiner Stirn.

»Feigling«, faucht Wilhelm verächtlich. Er schießt noch einmal ... ich weiß nicht, ob er getroffen hat.

Im nächsten Moment platzt Gerhard herein. Vor Erleichterung bekomme ich fast keine Luft mehr.

»Der Kommandeur befiehlt, Stellung zu halten. Auf alles schießen, was sich bewegt. Da sind nicht viele, sonst hätten die uns schon überrannt. Irgendwelche versteckten Heckenschützen.«

Der Rest der Nacht zieht wie im Nebel an mir vorbei. Wir tauschen Schusssalven, aber irgendwann lassen sie uns in Ruhe. Vielleicht war es nur ein Scheinangriff.

Ich sitze an die Wand gelehnt und vermeide es, die leblose Gestalt von Unteroffizier Blöm anzuschauen, der halb im Schatten unter dem Fenster liegt.

»Was ist los?«, fragt Gerhard schließlich, als das erste Licht der Morgendämmerung durch das zerbrochene Glas scheint. Es sind schon eine Weile keine Schüsse mehr gefallen. Er kriecht zu mir und lässt sich neben mir nieder.

»Nichts.« Ich schaue stur auf den Boden, trotzdem spüre ich seinen skeptischen Blick von der Seite.

»Alles klar?«

Ich nicke. Aber ich kann Gerhard nicht in die Augen schauen. Ich habe ihn im Stich gelassen. Wilhelm hat recht. Ich bin wirklich ein Feigling.

»Er sitzt schon die ganze Nacht so da«, mischt sich Wilhelm ein.

Bei seinen Worten überläuft mich ein Schauer. Gerhard ignoriert ihn, doch Braun lässt nicht so leicht locker. Er ist wie ein Jagdhund, der, einmal angebissen, sein Opfer so lange zwischen den Zähnen schüttelt, bis es zermürbt ist.

»Keinen Finger hat er gerührt, während du draußen warst. Hätte dich glatt verrecken lassen.«

»Quatsch nicht«, sagt Gerhard.

»Frag ihn doch selbst«, entgegnet Wilhelm mit bissigem Unterton. »Der Blöm hat ihn als Scharfschützen ans Fenster gestellt. Und jetzt ist er tot. Keinen einzigen Schuss hat er abgegeben. Sowas will Soldat sein.«

Ich will ja gar nicht Soldat sein, du Idiot, schießt es mir durch den Kopf, doch meine Wangen erhitzen sich.

»Selbst als die Russen auf dich geschossen haben, hat er nur Löcher in die Luft gestarrt«, setzt Wilhelm noch einen drauf.

Ich habe das Gefühl, immer tiefer im Boden zu versinken.

»Was war denn los?«, fragt mich Gerhard. In seiner Stimme liegt die große Gewissheit, dass mich irgendetwas vom Schießen abgehalten hat, das ich nicht kontrollieren konnte. Er vertraut mir. Er würde mir sein Leben anvertrauen. Und ich würde ihn kläglich im Stich lassen. Ich *habe* ihn im Stich gelassen.

Ich zucke die Achseln. »Ich hatte ... keine gute Sicht.« Die Lüge schnürt mir den Hals zu.

»Quatsch ist das«, ruft Wilhelm. »Sogar ich hab gesehen, wo die Schüsse herkamen. Du bist feige, das ist alles. Zu feige, um zu schießen. Du bist Scharfschütze, da hättest du wenigstens einen mitnehmen können.«

Ich fühle mich mehr und mehr in die Enge getrieben.

Gerhard runzelt die Stirn. »Jetzt schwing hier nicht die großen Reden, Braun«, sagt er. »Du bist doch selbst der größte Feigling.«

Wilhelm winkt verächtlich ab und verdrückt sich in eine andere Ecke. Dort zieht er den Stahlhelm tiefer ins Gesicht und schläft bald ein. Wer weiß, wie lange wir noch Ruhe haben werden ...

»Danke«, murmele ich.

Gerhard spielt mit seinem Gewehr herum, reinigt es, obwohl es uns niemand befohlen hat. »Was war denn nun wirklich los?«, fragt er leise.

Ich vermeide weiterhin seinen Blick. »Keine Ahnung. Es war ... einfach eine blöde Situation.«

»Lass dir von Braun nichts einreden. Du weißt, was für ein Kerl er selber ist.«

»Ja«, flüstere ich, »außer ... dass er diesmal recht hat ...«

Gerhard hält im Putzen inne und schaut mich an. »Wie meinst du das?«

Ich weiß nicht, warum ich weiterrede. Vielleicht will ich mich selbst bestrafen. »Ich hatte ihn genau im Visier. Ich hab den Gewehrlauf im Gebüsch aufblitzen sehen. Ich hätte nur abdrücken müssen. Aber ich konnte nicht.«

Ich werfe ihm einen Seitenblick zu. Die anbrechende Morgendämmerung überzieht sein Gesicht mit einem rötlichen Schimmer. Er hat die Stirn leicht gerunzelt und den Mund zusammengekniffen. Dann schüttelt er leicht den Kopf. »Was soll's ... du hast mir schon so oft aus der Klemme geholfen ...«, murmelt er. »Ich hätte es vielleicht auch nicht gekonnt.«

Ich weiß, dass er das nicht glaubt.

Mein Magen rumort, obwohl sich nichts darin befindet. Wir haben uns versprochen, dass wir zusammenbleiben und aufeinander aufpassen. Ich habe es mir selbst geschworen. Der Ärger über mich treibt mir Tränen in die Augen. Ich blinzele sie rasch fort.

»Ich konnte nicht«, versuche ich noch einmal, mich zu erklären, vielleicht es mir selbst zu erklären.

Gerhard atmet tief ein und aus. »Er war nur ein Russe. Ich meine – irgendein Russe. Du kennst ihn nicht. Es ist Krieg.«

»Ich weiß.«

»Ich bin dein bester Kumpel.«

»Ich weiß.«

»Die würden auch nicht zögern, uns zu erschießen.«
Ich nicke.

Gerhard macht den Mund auf, um noch etwas zu sagen, dann klappt er ihn wieder zu.

Wir starren beide schweigend auf unsere Füße. So viel Unausgesprochenes hängt zwischen uns, dass die Luft sich dick anfühlt wie Brei.

Kapitel 33

Die schmutzig-braunen Wassermassen der Elbe schieben sich rauschend und gurgelnd durch die überschwemmten Fluss-auen. Mein Spaten fährt in die harte Erde, lockert die oberste Schicht mit der Grasnarbe – altes braunes Gras vom Vorjahr – und wirft sie beiseite. Es geht viel leichter, als Panzergräben bei gefrorenem Boden zu schaufeln, und ist zugleich schwerer, weil wir jetzt hungrig und erschöpft sind, während wir damals noch gut gefüttert und relativ ausgeruht waren.

Der Russe soll jetzt bei Dessau stehen, wo die Mulde in die Elbe fließt. Wir haben den Befehl bekommen, den russischen Vorstoß aufzuhalten. Deshalb heben wir Schützengräben entlang des Elbufers aus.

Neben mir schaufeln Gerhard und Wilhelm und die anderen Soldaten unserer Kompanie – eine lange Reihe schweigender Gestalten in Feldgrau, die im Takt ihre Spaten schwingen, eine groteske tonlose Symphonie.

Mit unseren Stiefeln stampfen wir die Erde fest, so gut es geht. Über dem Rand des Grabens, zur Flussseite hin, errichten wir eine provisorische Befestigung aus Sand-säcken und Erdwällen. Dicht neben uns bringen mehrere Soldaten ein Maschinengewehr in Stellung und stapeln die Munition daneben auf.

Ich breite meine Zeltplane auf dem Boden des Schüt-zengrabens aus, um nicht auf der kalten Erde zu sitzen.

Gerhard lässt sich neben mir nieder und zieht die langen Beine an, weil er sie in dem engen Graben sowieso nicht ausstrecken könnte. Er schlingt seine Arme um die Knie und versucht, mit dem Kopf darauf eine komfortable Position zu finden. Eine weitere Nacht im Freien steht uns bevor, auf feucht-kaltem Boden, mit einem Loch im Magen und der Ungewissheit darüber, ob und wann die Russen angreifen werden.

Aus Langeweile und um meinen Hunger zu vergessen, lade und entlade ich das Gewehr ein paar Mal. Dabei fällt mir der Dreck unter meinen Fingernägeln auf. Meine Uniform starrt vor Schmutz, die Stiefel sind von fest gewordenem Schlamm verklumpt. Den Geruch, den wir ungewaschenen Gestalten abgeben, nehme ich schon längst nicht mehr wahr. Wenn Luise mich so sehen würde ... oder Mutter. Vermutlich würden sie mich nicht wiedererkennen.

Die feuchte Kälte kriecht trotz der Unterlage durch meinen Hosenboden in meinen ganzen Körper. Ich fröstele. »Jetzt ein heißes Bad ...«, murmele ich.

Gerhard hebt den Kopf und seine müden Augen leuchten ein wenig auf. »Und ein Tisch mit frischen Brötchen und Käse und Schinken ...« Seine Augen werden glasig. »Wie können die von uns erwarten, dass wir auf leeren Magen kämpfen ...«

»Du gloobst doch nicht im Ernst, Junge, dit du zum Kämpfen kommst«, wirft ein älterer Landser ein, der vorm Maschinengewehr hockt. Er spricht mit deutlichem Berliner Dialekt.

»Wieso? Glauben Sie, die Russen kommen nicht?«, frage ich hoffnungsvoll.

Der Mann schnaubt. Er ist genauso schmutzig wie wir alle. Ein grauer Stoppelbart hat sich auf seinem Kinn gebildet und unter seiner Schirmkappe lugen abstehende Ohren hervor.

»Nee, die kommen, mach dich man druff jefasst, Junge. Aber zum Kämpfen wird nicht viel Zeit bleiben. Eher zum Sterben.« Er spuckt aus; seine Stimme klingt verächtlich, als könnte ihn der Tod mal.

Wilhelm, der leider auch wieder in unserer Nähe hockt, mischt sich ein. »Das ist Wehrmachtszersetzung. Dafür können Sie erschossen werden.«

Der Landser wirft ihm einen gelassenen Blick aus seinen tief sitzenden Augen zu. »Man janz ruhig, Bürschchen. Die werden einen alten Landser wie mir nicht mehr erschießen. Da sind die Patronen zu schade für.«

»Sie können so etwas nicht sagen!«, beharrt Wilhelm.

»Was regst dich so auf? Ihr Jungspunde seid doch alle janz wild druff, den Heldentod zu sterben. Das haben die euch doch die janze Zeit eingetrichtert.«

Wilhelm macht ein paar Mal den Mund auf und zu, was ihn wie einen nach Luft schnappenden Fisch aussehen lässt. Endlich bringt er hervor: »Ich bin bereit, fürs Vaterland zu sterben.«

Ich nehme es ihm nicht mehr ab.

»Ick bin schon seit drei Jahren an der Front, Junge. Wat ick in der Zeit hab sterben sehen, dit kann man nicht mehr zählen. Aber Heldentode – die hab ick jenau *so* oft jesehen.« Er hält eine Hand hoch und formt mit dem Daumen und Zeigefinger einen Kreis. »Null.« Dann zuckt er mit den Schultern.

»Versteh mich nicht falsch, Junge. Besser hier uffm Schlachtfeld sterben als alt und krank zu Hause im Bett. Aber, dass ihr keenen Moment denkt, dit hätte irgendetwas Heldenhaftes an sich.«

Es schüttelt mich, und das liegt nicht nur an der herauf-ziehenden Kälte der Nacht. Die Gesichter der toten Kameraden nach dem ersten Tieffliegerangriff kommen mir wieder in den Sinn ... die vielen Toten mit dem leeren Blick ... die unkenntlich entstellten Brandopfer ... Wann hat das endlich ein Ende?

Langsam bricht die Dunkelheit herein. Wilhelm ist in mürrisches Schweigen versunken. Vielleicht ist er nur zu müde, um sich weiter zu streiten. Seine Konfrontationslust hat in den letzten Tagen deutlich abgenommen. Ich weiß kaum noch, warum ich ihn einmal so gehasst habe. Es hat alles keine Bedeutung mehr.

So gut es geht, versuche ich mich in dem engen Graben einzurichten, indem ich den Tornister als Kopfstütze benutze. Ich spüre Gerhards Körperwärme dicht neben mir. Trotz meiner Erschöpfung fällt es mir schwer, einzu-schlafen. Die Erwartung des morgigen Tages lässt meinen Geist nicht zur Ruhe kommen, aber das ist nichts Neues für mich. Zwar döse ich jede Nacht vor Erschöpfung sofort ein, aber durchgeschlafen habe ich keine einzige.

Wenn ich mit jemandem über die Angst reden könnte, die mir mit eiserner Faust die Eingeweide zudrückt. Die Angst, von der sie uns nie erzählt haben, von der nichts in ihren Büchern steht – diesen Büchern über Helden und Schlach-ten. Dass man sich aus Angst übergeben kann, dass man unkontrollierbar am ganzen Körper zittert und das Herz so sehr rast, dass man meint, es müsse vor blanker Erschöpfung aufhören zu schlagen. Dass einem vor Todesangst die Blase versagen kann oder man zum Tier wird, nur vom Instinkt getrieben, wegzurennen. Es gibt auch manche, die befällt der Wahnsinn, die greifen an, statt zu flüchten. Aber darüber kann ich nicht reden. Nicht einmal mit Gerhard.

Wenn ich das hier überlebe, dann kann ich alles überstehen. Allein dieser Gedanke hält mich noch aufrecht – und die Erinnerung an Luise und meine Familie. Ich versuche immer wieder, mir ihre Gesichter ins Gedächtnis zu rufen. Ihre Fotos habe ich bei einer Flucht verloren. Ich habe Angst, dass ich vergesse, wie sie aussehen, wenn ich sie mir nicht jeden Tag vorstelle.

Als ich die Augen aufschlage, kündet das graue Licht bereits den beginnenden Tag an. Ein nervöses Kribbeln wallt in meinem Bauch auf. Ich setze mich kerzengerade hin. Greifen sie uns heute an?

Meine Glieder sind steif von der nächtlichen Kälte und der ungewohnten Schlafposition. Gerhard, dessen Kopf an meiner Schulter gelehnt hat, wird von meiner ruckartigen Bewegung ebenfalls aus dem Schlaf gerissen. Ich schüttle meine eingeschlafenen Beine. Es prickelt schmerzhaft, als das Blut wieder zurückfließt. Neben uns erwachen alle langsam.

Ich ziehe meinen Helm auf und kontrolliere mein Gewehr. In der Nacht ist nichts passiert, aber jetzt setzt die Anspannung wieder ein. Ich luge über den Grabenrand hinweg in die Flussaue. Die Sicht ist schlecht; es hat sich zugezogen und die Morgennebel hängen noch über den Wiesen. Wilhelm sortiert ein paar Handgranaten neben sich, während der Berliner Landser das MG besetzt.

Wieder einmal warten wir. Das Warten ist das Schlimmste. Ich denke an das, was Willi mir von seinen Erlebnissen im Stellungskrieg erzählt hat. Damals mussten die Soldaten wochen-, sogar monatelang in diesen Erdlöchern leben.

Dann – endlich – der Ruf. »Achtung, sie kommen!«

»Im Prinzip sind wir im Vorteil«, sagt Wilhelm nervös. »Sie müssen hierherkommen und wir können sie aus sicherer Entfernung abknallen. Sie müssen ungeschützt die Brücke überqueren, aber wir sitzen in Deckung.«

Das Gewehr in meiner Hand wiegt schwer. Ich schieße, sage ich mir – diesmal schieße ich. Wenn ich muss. Wenn ich damit mein Leben und das von Gerhard retten kann. Ich schaue zu Gerhard, der angespannt über den Graben späht. Er bemerkt meinen Blick und klopft mir aufmunternd auf die Schulter.

Ein unterschwelliges Rauschen dringt an mein Ohr. Ist es der Fluss? Es schwillt an, wird rasch lauter. Dann erkenne ich, dass es sich um Gebrüll handelt ... ein Chor von Stimmen schreit »Uräää«. Der Ruf erhebt sich wie Donnergrollen über der Landschaft.

Aus dem Nebel taucht eine dunkle Masse auf, in der Einzelne kaum zu erkennen sind. Sie rollt wie eine Flutwelle auf uns zu. Das Trampeln von tausenden Stiefeln schallt dumpf auf dem weichen Untergrund. Sie stürmen die Brücke.

»Feuer!«

Das MG rattert. Sie sind in Waffenreichweite. Doch ich bin wieder wie gelähmt. Eine schiere Flut von Menschen, die unter ohrenbetäubendem Gegröl auf uns zustürmt, sich auf uns zuwalzt wie eine Naturgewalt ... wir mit unseren wenigen Patronen ... wir haben keine Chance.

Gerhard feuert wahllos Schüsse ab, Wilhelm schmeißt die Granaten, so weit er kann. Einzelne Angreifer gehen zu Boden, aber das reicht nicht, sie werden sofort von anderen ersetzt.

Die rennen uns zu Brei. Wir müssen hier weg ...

Ich schreie etwas in Gerhards Ohr, aber er hört mich nicht, oder versteht es nicht. Er schießt weiter. Ich will ihn am Arm hochzerren, doch er scheint wie festgewachsen. »Komm weg hier«, rufe ich. »Sie sind gleich hier.«

»Schieß endlich«, höre ich Wilhelm an meiner anderen Seite. »Was ist denn los mit dir? Schieß!«

Mein Herz rast und meine Hände sind schweißfeucht. Wieder rüttle ich an Gerhards Arm. »Wir müssen weg.«

Um uns herum sehe ich schon die ersten Soldaten türmen. Sie lassen ihre Waffen fallen, springen aus dem Graben und rennen vor der heranrasenden Russenfront davon. Ich will mich ihnen anschließen, aber ich kann Gerhard nicht zurücklassen. »Komm schon! Wir haben keine Chance!«

Da hört das MG neben uns plötzlich auf zu feuern. Wir wenden alle gleichzeitig unsere Köpfe. Der Landser mit den abstehenden Ohren ist in sich zusammengesunken. Sein Kopf ruht beinahe friedlich auf den Armen.

»Jemand ans MG!«, ruft Wilhelm. Doch der Soldat, der fürs Nachladen zuständig war, nimmt jetzt auch die Beine in die Hand und flieht.

»Komm weg hier!«, schreie ich verzweifelt.

Gerhard scheint endlich aufzuwachen. Die Russen haben die Brücke gestürmt. Er lässt sich von mir nach oben ziehen.

»Verdammt, was macht ihr da? Das ist Fahnenflucht!«, brüllt Wilhelm uns hinterher, aber ich achte nicht auf ihn. Soll er doch da drin verrecken.

Wir klettern über den Grabenrand ... hinter uns das Gebrüll und das Krachen der Schüsse ... um uns die anderen fliehenden Soldaten. Keine Zeit, sich umzusehen.

So schnell wie jetzt bin ich noch nie im Leben gerannt. Die Richtung ist egal, nur weg von den Angreifern.

Wir überqueren Äcker, Wiesen, Wälder, rennen querfeldein und über Straßen. Das Stechen in meiner Seite bringt mich fast um. Wie weit sind wir schon gekommen? Ich habe das Gefühl für Entfernung und Zeit verloren, nur nach Gerhard schaue ich mich immer wieder um.

Endlich fallen wir in Schritttempo. Keuchend und schnaufend schleppen wir uns halb gebückt durch die Heide. Ich halte mir die Seiten, die brennen, als hätte man mir glühende Messer hineingerammt. Schließlich machen wir Halt.

Erst als ich still stehe, geben meine Beine ganz nach. Sie knicken einfach unter mir weg wie dünne Äste im Sturm. Ich sinke auf den weichen moosigen Heideboden. Gerhard kommt neben mir auf. Wir können beide einige Minuten lang nichts weiter tun, als nach Luft zu schnappen. Meine Zunge klebt mir am Gaumen. Ich wische mir trockenes, weißes Zeug vom Mund, zittere und würge. Geschafft. Wir leben noch.

Als ich endlich das Gefühl habe, nicht mehr gleich ersticken zu müssen, trinke ich gierig Wasser und blicke mich um. Die Sonne ist höher gestiegen, eine trübe Scheibe am bewölkten Himmel. Links von uns, auf einer Straße, traben Soldaten mit hängenden Köpfen und Schultern auf ein Dorf zu, das in einiger Entfernung sichtbar ist.

»Mensch, dass wir da heil rausgekommen sind«, schnauft Gerhard. »Wenn du mich nicht mitgezogen hättest ...«

»Als ob ich ohne dich gegangen wäre.« Ich starre zu Boden. Wahrscheinlich hält Gerhard mich jetzt erst recht für einen Feigling, weil ich getürmt bin.

»Ich weiß auch nicht, was über mich gekommen ist ... Ich hab geschossen wie ...« Er nimmt seinen Helm ab und wischt sich über die Augen.

Ich reiche ihm ein Stück Zwieback, damit er wieder zu Kräften kommt.

»Wie die auf uns zugestürmt kamen, wie die Barbaren. Da bin ich wohl ausgetickt.«

Er betrachtet den Zwieback, stopft ihn in seinen Mund und sieht angeekelt aus.

»Ich weiß nicht, ob ich irgendwen getroffen habe. Glaubst du, dass ich jemanden getroffen habe?« Er schaut mich beinahe flehentlich an.

»Schwer zu sagen, bei der Masse«, erwidere ich und würge mein eigenes Stück harten Zwieback durch meinen trockenen Hals.

»Die in den vorderen Reihen sind umgefallen wie die Fliegen.«

»Ja.«

»Was wenn ich einen von denen erwischt habe …«

»Du kannst es jetzt eh nicht mehr ändern.« Vielleicht ist es grausam, aber ich kann ihm nichts Tröstliches anbieten. Will es auch nicht. »Es ist Krieg – das hast du selbst zu mir gesagt.«

Gerhard sieht aus, als wäre ihm übel. Ich stemme mich ächzend auf die Beine. »Los, lass uns weitergehen.«

Wir schleppen uns zu dem Dorf, das in wenigen hundert Metern Entfernung liegt. Vor dem Ortsschild bleibe ich stehen.

»Hundeluft«, sage ich erstaunt. »Das sind doch bestimmt 20 Kilometer von Dessau. Sind wir wirklich die ganze Strecke gerannt?«

Gerhard schüttelt verblüfft den Kopf. »Was ein bisschen Todesangst nicht für Kraftreserven mobilisieren kann …« Er scheint sich wieder gefangen zu haben. »Wenigstens waren wir nicht die Einzigen. Die getürmt sind, meine ich. Die können kaum die halbe Kompanie vors Standgericht stellen. Die brauchen uns ja noch.«

Wir erfahren, dass die Bewohner von Hundeluft die flüchtenden Soldaten mit Nahrung versorgen. Auch wir holen uns eine Portion Kartoffelsuppe in unserem Essgeschirr ab. Auf der Suche nach einem ruhigen Ort zum Essen stoßen wir beinahe mit Wilhelm zusammen. Er starrt uns an, mit einer Mischung aus Scham, Erleichterung und Ärger im Gesicht.

»Was ist mit: *Ein Soldat kämpft bis zur letzten Patrone?*«, kann ich mir nicht verkneifen, zu fragen.

Wilhelm wirft mir einen finsteren Blick zu. »Der Führer will kein wertvolles deutsches Blut vergießen, wenn es nicht unbedingt sein muss. In der Situation war eindeutig zu sehen, dass wir unterlegen … und da war es taktisch unklug …« Er bricht ab.

»Ist ja auch egal. Wir sind heil wieder rausgekommen«, sagt Gerhard. »Setz dich doch zu uns, wenn du dir deine Suppe geholt hast.«

Ich schaue Gerhard genauso erstaunt an, wie Wilhelm es tut. Wilhelms Kiefer mahlen, doch dann nickt er knapp und geht ins Gasthaus, um sich anzustellen. Ich schüttle den Kopf.

»Was willst du denn plötzlich mit dem?«

Gerhard zuckt mit den Schultern. »Ist doch sozusagen Familie. Der Einzige, der von unserer alten Truppe noch übrig ist.«

Ich finde zwar nicht, dass Wilhelm und wir jemals zu einer Truppe gehört haben, sage aber nichts. Er ist wirklich nicht mehr so schlimm wie damals, aber er kann sich ja auch nicht mehr vor uns aufspielen. Wir werden sicher nie beste Freunde werden, aber ich muss zugeben, seine Gegenwart stört mich nicht mehr so sehr.

Kapitel 34

Es nimmt kein Ende. Immer wieder schließen wir uns anderen versprengten Einheiten an. Wir marschieren, bis unsere Füße wundgelaufen sind, rasten, reinigen die Gewehre … immer wieder die Waffen reinigen, das ist wichtig. Dann kommt ein Tieffliegerangriff und wir werden in alle Himmelsrichtungen versprengt. Unser Tross geht verloren, weil wir über unbefestigtes Gelände flüchten, über Felder und durch Wälder, während die Fahrzeuge mit unserer Verpflegung auf der Strecke bleiben. Wir haben keine andere Wahl, als in verlassenen Häusern und Fabriken nach Nahrung zu suchen, wie Plünderer in unserem eigenen Land.

Wir sind immer hungrig und immer müde. So müde. Manchmal schlafe ich beinahe im Marschieren ein. Es gibt diese Momente, in denen mein Kopf nach oben schnellt und ich merke, dass sich meine Beine noch im Marschschritt bewegen. Die Nachtruhe ist meist kurz und von Alarm unterbrochen, wenn wir überhaupt zum Schlafen kommen.

Ich bin abgestumpft. Nur noch das eine zählt – von einem Tag zum anderen zu überleben.

Gerhard ist genauso teilnahmslos geworden wie ich. Seine Augen, die früher dunkel und glänzend waren, sind matt und stumpf geworden. Es gibt keinen Ausweg. Aber keiner redet darüber, denn ändern können wir unser Schicksal nicht.

In unseren Ruhepausen hören wir Gerüchte. Der russische Großangriff soll erfolgt sein. Von Süden und Osten stoße die Rote Armee auf Berlin vor. Wir sollen bei der Verteidigung der Reichshauptstadt helfen. Wie wir das ohne Panzer, ohne nennenswerte Artillerie, mit Handfeuerwaffen und unzureichender Munition bewältigen sollen, das verrät uns keiner.

Ein weiterer langer Marsch liegt hinter uns. Unser Zug schleppt sich in langer Reihe über die Straße, vor mir wippende Helme und schlurfende Füße. Dann macht die Nachricht von einer Rast die Runde. Wenige Kilometer vor uns liegt ein Dorf; dort gibt es ein Gasthaus, in dem wir bewirtet werden sollen. Ich kann bereits die rotgedeckten Schindeldächer in der Ferne erkennen.

Gerhard schnauft neben mir. »Ist das eine Fata Morgana oder kannst du auch die Gulaschsuppe riechen?«

»Wunschtraum. Wir laufen mit dem Wind.«

Gerhard seufzt. »Ist mir egal, was die für uns haben. Ich könnte alles essen. Trockenes Brot oder kalte Kartoffeln. Oder eine Knackwurst. So eine richtig fette …«

Wenn ich nicht so durstig wäre, würde mir auch das Wasser im Mund zusammenlaufen.

Die Straße schlängelt sich einen sanften Hügel hinauf.

»Bis dahin und nicht weiter«, keucht Gerhard.

»Ihr seid vielleicht Weicheier.« Wilhelm muss wieder mal seinen Senf dazugeben.

»Du kannst ja von mir aus noch weiterlaufen, direkt bis Berlin«, sagt Gerhard gereizt. Das macht der Hunger.

Als wir den Hügelkamm passieren, erstreckt sich endlich die Ortschaft mit ihren einladenden Häusern vor uns – eine kleine Ansammlung von Gehöften, mit nur einer Hauptstraße. Rechter Hand liegt eine große Koppel, auf der bereits die Pferde der Offiziere weiden. Die sind natürlich vor uns eingetroffen, mit ihren Autos und dem ganzen Tross.

Der Anfang unseres Zuges hat die Ausläufer des Dorfes erreicht und verstreut sich zwischen den Häusern. Soldaten nehmen ihre Helme ab und lassen sich ins Gras am Wegrand fallen, um die Füße auszuruhen. Die meisten aber strömen auf eins der Häuser zu, als gäbe es dort etwas umsonst. Essen – wird mir klar. Mein Schritt beschleunigt sich automatisch. Jetzt glaube auch ich, die Suppe zu riechen, von der Gerhard gesprochen hat.

»Verdammt, wir sind die Letzten«, mault Gerhard, als wir die lange Schlange sehen, die sich vor dem Gasthof aufgebaut hat.

»Da warten wir noch bis morgen«, sage ich. »Komm, lassen wir die anderen vor. Es bringt ja nichts, sich dort die Beine in den Bauch zu stehen.«

Gerhard stimmt widerwillig zu.

»Wenigstens ist schönes Wetter«, versuche ich ihn aufzuheitern. »Wir können ein bisschen die Sonne genießen.«

Außerdem warte ich lieber an einer Stelle, die mir einen guten Überblick verschafft, doch das erwähne ich nicht. Ich will es nicht heraufbeschwören. Es ist vielleicht abergläubisch, so zu denken, aber ich traue der Ruhe und dem Frieden nicht. Nicht mehr. Ich strebe einem Platz auf der westlichen Seite des Dorfes zu, nahe der Pferdekoppel. Hier befindet sich eine kleine Böschung am Straßenrand, die zum Anlehnen einlädt und außerdem einen guten Blick auf die Häuser und den Gasthof bietet.

Ich lasse mich ins Gras sinken und strecke die Beine aus. Der Boden ist noch kühl und feucht, obwohl er den ganzen Tag von der Sonne beschienen wurde, aber die

Frühlingssonne hat noch nicht ihre volle Stärke erreicht. Ich ziehe den Helm ab und schließe die Augen.

»So lässt es sich aushalten«, meint Gerhard. Er klingt schläfrig. »Wenn nicht der Hunger wär ...«

Ich seufze. Gerhard verschränkt die Arme hinterm Kopf und schaut in den Himmel. Ich sehe ihn vor mir, wie er letzten Sommer beim Bauern auf der Wiese gelegen hat, auf einem Grashalm kauend, statt den Stall auszumisten. Wie lange ist das her? Eine Ewigkeit. Er blinzelt mir träge zu, aber es liegt nichts Schelmisches in seinen Augen.

»Anton«, sagt er sehr leise.

»Was denn?«

»Ich wollte nur sagen ... es tut mir leid. Ich denke nicht, dass du ein Feigling bist.«

Er muss meinen verwirrten Gesichtsausdruck bemerkt haben, denn er fährt fort: »Unser Streit vor ... ein paar Tagen. Als uns die Heckenschützen angegriffen haben.«

Ich weiß auch nicht mehr, wie lange das her ist. »Das war doch nichts«, erwidere ich.

Trotzdem spüre ich, wie sich mein Brustkorb ausdehnt, als wäre er vorher ohne mein Wissen zusammengepresst worden.

Eine Fliege summt um seinen Kopf und er wedelt mit der Hand, um sie zu verscheuchen. »Jedenfalls bist du kein Feigling«, sagt er beiläufig. »Eigentlich ... bist du sogar der Mutigste von uns allen.«

Ich schnaube. Seine ungewohnte Ernsthaftigkeit besorgt mich. Das Erlebte muss ihm ganz schön zusetzen.

»Wirklich«, beteuert er. »Ich hab darüber nachgedacht ... Vielleicht«, er leckt sich über die rissigen Lippen, »vielleicht kommt es nicht nur darauf an, ob man hier heil wieder rauskommt – ich meine, körperlich heil. Vielleicht ist es genauso wichtig, dass man ...« Er hält inne, sucht nach Worten, zuckt aber schließlich resigniert die Schultern.

Ich verstehe trotzdem, was er sagen will.

»Was willst du machen, wenn der Krieg vorbei ist?«, frage ich, um das Thema zu wechseln. Die Sonnenstrahlen auf meiner Haut machen mich schläfrig.

»Mir den Bauch mit Essen vollschlagen«, erwidert er verträumt. »So viel ich kriegen kann. Das wäre dufte.«

Wir denken eigentlich nur noch ans Essen. »Und danach? Ich meine, was willst du mit deinem Leben anfangen?«

Gerhard zupft einen Grashalm aus und steckt ihn in den Mund, sodass das herausschauende Ende beim Sprechen auf und ab wippt. »Keine Ahnung. Zum Bauern werde ich nicht zurückgehen. Wenn es den überhaupt noch gibt. Wenn es unser Dorf noch gibt ... Du stellst vielleicht Fragen.«

»Du wolltest mal Flugzeugingenieur werden«, sage ich. »Weißt du noch?«

»Klar weiß ich das noch.«

»Willst du das immer noch?«

Er denkt nach. »Solange ich nicht Flugzeuge bauen muss, die Bomben auf Städte werfen ...«

Ich betrachte die Wolkenstreifen am blauen Himmel. Am Horizont ballen sie sich zu weißgrauen Haufen zusammen. Wie es wohl sein muss, dort oben zu fliegen?

»Das mache ich.« Gerhards Stimme klingt verträumt. »Ich mache Abitur und gehe auf die Uni ... sobald der Krieg vorbei ist.«

Ich schnaube leise. »Dafür müsstest du aber hart arbeiten.«

Er grinst. »Tu ich das sonst etwa nicht? Sicher, ich habe mir beim Bauern nicht gerade ein Bein ausgerissen. Aber es hat mich auch nicht besonders begeistert, Ställe auszumisten und Kühe zu melken. Was ist mit dir? Willst du danach Uhrmacher werden?«

»Na ja …«, sage ich unbestimmt.

»Wenn du alles tun könntest, was du willst, was wäre das?«

»Ich möchte Geige lernen«, fährt es aus mir heraus, bevor ich mich zurückhalten kann. Ich bekomme heiße Ohren und fühle mich wie ein Idiot. »Ich weiß, das ist verrückt … Ich kann noch nicht mal Noten lesen. Und überhaupt, damit muss man viel früher im Leben anfangen. Ich weiß gar nicht, ob ich das überhaupt könnte, selbst wenn ich jetzt in diesem Moment anfangen würde …«

»Lass es uns probieren«, unterbricht mich Gerhard.

»Hm?«, frage ich.

Gerhard stützt sich auf seine Ellbogen. »Sobald dieser Scheiß Krieg aus ist und wir wieder zu Hause sind, machen wir, was wir wollen. Dann kann uns keiner mehr zu irgendetwas zwingen. Und dann wirst du ein berühmter Geiger und ich ein Ingenieur, wie der von Braun. Und ich entwerfe den nächsten Flugzeugtyp … ein großes Passagierflugzeug, eines, mit dem man über den ganzen Ozean fliegen kann …«, sagt er theatralisch. Er streckt mir seine Hand entgegen. »Abgemacht?«

»Von mir aus«, sage ich zögerlich, ohne wirklich daran zu glauben. »Wenn der Krieg vorbei ist …« Ich schlage ein.

Gerhard räkelt sich zufrieden und schließt die Augen. »Und wenn das nicht klappt«, sagt er, »werden wir beide Profi-Fußballer. Das war schon immer mein Plan B. In Ordnung?«

Ich lächle und sinke wieder gegen die Böschung am Straßenrand. Ich nehme mir vor, wachzubleiben, damit ich

Gerhard Bescheid sagen kann, wenn sich die Schlange vor dem Gasthof endlich verkleinert.

Ich reiße die Augen auf und schaue mich orientierungslos um. Bin ich weggenickt? Die Luft fühlt sich elektrisch aufgeladen an, wie wenn ein Gewitter heraufzieht. Wolken haben sich vor der Sonne zusammengeballt.

Gerhard ist ebenfalls wach. »Die Schlange ist kürzer geworden.«

Mein Magen grummelt laut und zieht sich schmerzhaft um die Leere herum zusammen. Ich setze meinen Helm auf. Gerhard will sich schon erheben, doch ich lege ihm eine Hand auf den Arm. »Warte.«

Ich werfe einen Blick nach hinten, über den Rand der Böschung auf die Pferdeherde. Einige der Tiere haben den Kopf gehoben und die Ohren aufgestellt, als würden sie etwas wittern. Bestimmt ist auch ihnen die Veränderung in der Luft aufgefallen.

Gerhard schaut mich fragend an. Ich deute mit meinem Daumen über die Schulter, während ich angestrengt in die Richtung starre, aus der wir gekommen sind, zum Anfang des Dorfes.

»Die Pferde …«

»Ja, und?«, fragt Gerhard nach einer Weile. »Komm, ich verhungere wirklich gleich. Kein Witz.«

Ich ergreife zögerlich die Hand, die er mir hinhält, und lasse mich hochziehen. Mein Körper kribbelt, als würden Ameisen darüber krabbeln. Ich schaue mich noch einmal nach den Pferden um und –

Ein ohrenbetäubendes Krachen zerreißt die mittägliche Stille. Donner? Im nächsten Moment fetzt mir eine Druckwelle die Beine unter dem Körper weg.

Kapitel 35

Der Luftdruck schleudert mich zu Boden. Gerhard kommt neben mir auf. Betäubt versuche ich mich zu orientieren.

Eine Sprenggranate hat das Dach des Gasthofs abgerissen und die Menschen, die davor angestanden haben, unter einer Trümmerlawine begraben. Eine Sekunde lang herrscht eine unnatürliche Ruhe, als wäre die Welt zum Stillstand gekommen. Dann bricht das Chaos los. Soldaten schreien und rennen durcheinander, das ganze Dorf ist in Aufruhr. Schüsse krachen und Einschläge dröhnen.

Ich klettere mit Gerhard auf die andere Seite der Böschung, wo wir ein wenig Deckung haben, und schaue mich hastig um. Woher kommen die? Wohin sollen wir?

Da rennt Wilhelm auf uns zu. »Panzer ... hunderte«, japst er und springt neben uns über die Böschung.

Übertreibt er wieder mal? Doch schon erschallt das Klirren der Ketten und das langsam anschwellende Motorenbrummen. Eine weitere Granate schlägt in einer Scheune in unserer Nähe ein. Splitter fliegen durch die Luft. Ich werfe mich zu Boden, die Arme schützend über den Kopf gelegt. Kaum ist es vorbei, springe ich auf die Beine.

»Die kommen von allen Seiten«, brüllt Gerhard mir ins Ohr.

»Verdammte Russen. Haben sich angeschlichen«, schreit Wilhelm mit angstverzerrtem Gesicht.

Da sausen die Panzer über die Hügelkuppe und poltern die Dorfstraße entlang. Ihre Bordgeschütze speien Feuer. Andere rollen querfeldein auf uns zu, mit gruseliger Schnelligkeit. Der Weg durchs Dorf ist versperrt, dort folgt ein Einschlag auf den nächsten. Bleibt nur ein möglicher Fluchtweg. »Die Pferdekoppel!«, brülle ich den beiden zu. »Über die Koppel!«

Ich sprinte los. Mit einem mühelosen Sprung setze ich über den Zaun und wende mich um. Gerhard macht es mir nach, aber Wilhelm zögert. Die Pferde sind panisch. Die ganze Herde peitscht wie von Furien verfolgt über die Koppel. Ihre Augen angstgeweitet, die Nüstern aufgebläht, versuchen sie dem Lärm und Chaos zu entkommen. Ihre stampfenden Hufe wirbeln Staub und Stücke der Grasnarbe auf.

»Die rennen dich nicht über den Haufen«, rufe ich Wilhelm zu, obwohl ich nicht weiß, warum er mich kümmern sollte. Ich kenne das Verhalten von Pferden noch von meiner Arbeit beim Bauern. Jedenfalls hoffe ich, dass es so ist.

Er schaut mich skeptisch an, doch dann überwiegt die Angst vor dem, was uns verfolgt, und er springt ebenfalls über den Zaun.

Ich husche zwischen den dahingaloppierenden Pferden hindurch, gefangen in einem Gewirr aus Kugeln, Staub und Hufen. Aber sie weichen uns aus … Und sie bieten uns ein wenig Deckung vor den Schüssen der Maschinengewehre.

Das Wäldchen am anderen Rand der Koppel verspricht Rettung. Vorerst. Ein Birkenhain, kaum dicht genug, um uns zu verstecken. Ich habe ihn fast erreicht, als ich hinter mir einen Aufschrei höre.

Ich drehe mich um und sehe Gerhard stolpern. Er fällt auf Hände und Knie. Die Pferde rasen in blinder Panik an ihm vorbei und versperren mir die Sicht.

»Gerhard.« Ich suche nach einer Lücke zwischen den dahinstiebenden Hufen, um zu ihm zu gelangen.

Wilhelm rauscht an mir vorbei und erreicht bereits die ersten Baumstämme. Ich achte nicht auf ihn, sondern renne zu Gerhard. Das letzte Stück schlittere ich auf den Knien über den weichen Wiesenboden. Gerhard versucht, sich aufzurichten. Er sieht bleich aus, sein Gesicht ist schmerzverzerrt.

»Was ist?«, frage ich atemlos.

Dann bemerke ich, dass er sein linkes Bein umklammert hält. Auf dem Uniformstoff am Oberschenkel breitet sich rasch ein dunkler Fleck aus. Mir wird übel, aber ich kämpfe das Gefühl nieder und schnappe ihn beim Oberarm, um ihn hochzuziehen.

»Komm, zum Waldrand, dort kann ich dir helfen.«

Gerhard stemmt sich mit dem rechten Bein in die Höhe. Immer noch bellen hinter uns die Schüsse der Maschinengewehre. Panzergranaten detonieren mit ohrenbetäubendem Krachen, als wären sie direkt neben uns.

Ich lege Gerhards Arm um meine Schulter und halte ihn so fest ich kann. Sein Gewicht drückt mich nach unten. Schritt für Schritt humpelt er vorwärts. Schweiß läuft ihm übers Gesicht. Die rettenden Bäume sind nur ein paar Meter vor uns, aber da tritt Gerhard auf sein verletztes Bein und schreit vor Schmerz auf. Er stürzt und droht mir aus dem Arm zu rutschen. Ich schwanke und verliere das Gleichgewicht.

Plötzlich taucht Wilhelm zwischen den Bäumen auf. Er scheint mit sich zu kämpfen. Seine Augen huschen hin und her. Er beißt sich auf die Lippen, vor Angst oder Wut, das kann ich nicht sagen. Schließlich rennt er mit kraftvollen Schritten auf uns zu. Er ergreift Gerhards anderen Arm und zerrt ihn mühelos in die Höhe.

Mit Gerhard zwischen uns spurten wir ins rettende Gehölz. Einige Meter hinter der Baumgrenze versagen Gerhards Kräfte. Er sackt unter uns weg. Ich halte an und lasse ihn zu Boden gleiten, sodass er mit dem Rücken an einem Baumstamm lehnen kann.

Er hat sein linkes Bein ausgestreckt, das rechte angewinkelt. Seine Stirn ist schweißfeucht und seine Wangen so bleich wie ein Laken. Seine Augen rollen nach hinten. Ich befürchte schon, dass er wegtritt.

Wilhelm schlägt ihm kräftig mit dem Handrücken ins Gesicht. Gerhard schnappt nach Luft und sein Blick klärt sich. Unter anderen Umständen hätte ich Braun dafür verprügelt, aber jetzt bin ich ihm dankbar für sein rasches Handeln.

Ich knie mich vor Gerhard hin und zwinge mich dazu, das angeschossene Bein zu untersuchen. Ein hässliches Loch klafft in der Uniform, an den Rändern versengt und mit Blut getränkt; darunter quillt weiter Blut hervor. Es fließt auf den weichen, moderigen Waldboden.

»Klarer Durchschuss«, murmelt Wilhelm, während ich erneut gegen die aufsteigende Übelkeit kämpfe. »Glück gehabt.«

»Glück?« Gerhards Stimme ist schwach. »Weißt du, wie verdammt weh das tut?«

»Du hättest auch woanders getroffen werden können. So steckt die Kugel wenigstens nicht mehr im Fleisch.«

Ich krame in meiner Innentasche nach dem Verbandszeug, bekomme mit meinen zitternden Fingern den Knopf kaum auf. Ich reiße einen Druckverband heraus und hebe Gerhards Bein an, um ihm die Binde anzulegen. Obwohl ich so sanft wie möglich bin, krallt er sich mit den Händen in die Erde. Ich ziehe den Wickel oberhalb der Schusswunde fest zu, um die Blutung zu stoppen. Auf einmal bin ich ganz ruhig. Einfach auf die nächste Aufgabe konzentrieren. Die Wunde verbinden, Gerhard wegbringen, einen Sani suchen ...

Wilhelm, der hinter einem Baum hervorlugt, um die Lage im Auge zu behalten, dreht sich wieder zu uns um. »Noch mehr Panzer«, krächzt er. »Von allen Seiten. Los, weg hier!«

Gerhard versucht, sich wieder hochzustemmen. Ich greife ihm unter die Arme; Wilhelm ist auf der anderen Seite zur Stelle. Während wir ihn mit uns schleppen, bemüht sich Gerhard, sein verbundenes Bein nicht zu belasten. Wir stolpern und rutschen über die Wurzeln und Äste am kahlen Boden, der noch mit Laub vom Vorjahr bedeckt ist.

Andere Soldaten in deutschen Uniformen rennen an uns vorbei, alle in kopfloser Flucht vor dem russischen Angriff auf das Dorf. Ich kann die Panzer hören, das Rasseln ihrer Ketten. Sie verfolgen uns. Sie sind schneller als wir, mit Gerhard in der Mitte.

Eine Explosion direkt vor uns reißt die Erde auf. Der dünne Stamm einer jungen Birke fliegt durch die Luft. Die Druckwelle wirft Gerhard um, und wir werden mit ihm nach unten gezogen.

Sie feuern in das dünn bestandene Wäldchen hinein. Zu allen Seiten knicken die Bäume weg wie Streichhölzer. Holz berstet und Männer schreien. Hinter uns ist einer liegen geblieben, wahrscheinlich verwundet. Aber als er den Panzer sieht, der direkt auf ihn zustürmt und eine Schneise in den Wald schlägt, weiten sich seine Augen. Er zieht sich mit den Armen vorwärts und kriecht über den Boden. Die Beine schleift er hinter sich her. Obwohl er seine ganze Kraft einsetzt, sehe ich schon, dass er es nicht schaffen wird.

Wie erstarrt hocke ich am Boden und glotze auf den kriechenden Mann hinter uns. Eine Schnecke, die vor einem heranrasenden Automobil ausweichen will. Ich kann ihm nicht helfen. Voller Entsetzen sehe ich, wie der Panzer sich nähert und wie auch der Mann erkennt, dass er ihm nicht entkommen kann.

»Los«, schreit Wilhelm, aber ich kann mich nicht rühren. »Der überrollt uns alle.« Seine Stimme überschlägt sich hysterisch. Er lässt Gerhards anderen Arm los und rennt davon.

Der Panzer hat den Soldaten erreicht und fährt einfach weiter, über die Beine des Mannes hinweg. Es knackt und rattert. Der markerschütternde Schrei, den der Soldat ausstößt, frisst sich wie Fäulnis in meine Seele. Ich will auch schreien, bringe aber keinen Ton hervor.

»Anton, renn weg. Ich kann nicht … ich halte euch nur auf.«

Der Schmerz lässt Gerhard kaum zu Atem kommen, oder ist es das Entsetzen über das soeben Erlebte?

In meinem Kopf dreht sich alles. Gerhards Worte kommen mir nur langsam in ihrer vollen Bedeutung zu Bewusstsein.

»Vergiss es«, sage ich und zerre wieder an seinem Arm.

»Ich bin zu langsam …«, bringt er zwischen zusammengepressten Zähnen hervor.

Der Panzer rollt weiter, auf der Suche nach neuen Opfern. Das Bord-Maschinengewehr knattert. Die Geschosse peitschen den Laubboden vor uns auf und verfehlen uns nur knapp. Ich zerre Gerhard vorwärts. In Gedanken verfluche ich Wilhelm, der uns im Stich gelassen hat.

Gerhard stolpert erneut, als sich sein gesundes Bein an einer Baumwurzel verfängt. Ich versuche, ihn mir auf den Rücken zu laden. Er ist zwar nicht schwer, weil er sehr mager ist, aber trotzdem größer als ich. Seine langen Beine schleifen über den Boden. Ich taumele nur ein paar Schritte vorwärts, dann sacke ich nach vorne und verliere den Halt.

»Anton, lauf«, ruft er wieder.

»Nie im Leben!« Ein dunkler Schleier liegt vor meinen Augen und vernebelt mir die Sicht. Aber ich gehe nicht ohne ihn. Wir haben es uns geschworen.

»Niemals«, wiederhole ich. Meine eigene Stimme kommt mir unbekannt vor.

Ich ducke mich bei einer weiteren Detonation, die uns mit Erdklumpen und Blattresten überschüttet. Kaum wage ich es, mich umzudrehen. Der Panzer ist so nah. So nah …

Da fällt mir die Panzerfaust auf, die ein Soldat bei seiner Flucht liegen gelassen haben muss. Sie ist nur eine Armeslänge entfernt. Mit fahrigen Händen mache ich sie scharf und richte die schwere Waffe auf den heranrollenden Panzer.

Ich muss Gerhards Leben retten … Ich kann nicht schon wieder schlappmachen … Für mich selbst würde ich es nicht tun … Aber ich habe versprochen, ihn zu beschützen.

Ich feuere die Granate ab. Der Rückstoß wirft mich nach hinten, sodass ich gegen Gerhards Bein pralle. Er schreit auf, doch der Panzer stoppt. Die Granate trifft zwischen die Ketten. Ich habe in meiner Aufregung nicht den Turm oder eine andere empfindliche Stelle getroffen. Das Fahrzeug bleibt abrupt stehen.

Die fast gleichzeitige Detonation des Sprengkopfes erschüttert den Panzer und wirft das riesige Gefährt auf die

Seite. Die Luke sprengt auf und schreiende Russen strömen heraus. Ich zerre Gerhard an den Achseln hinter einen dicken Buchenstamm.

Er atmet schwer und versucht, ein Stöhnen zu unterdrücken. Ich traue mich nicht, hinter dem Stamm hervorzulugen, um zu sehen, wohin die Feinde rennen. Der Knall einer Explosion zerreißt mir beinahe das Trommelfell. Jetzt ist der Panzer doch noch in die Luft geflogen. Metallteile regnen vom Himmel herab.

Ich lege Gerhard eine Hand auf die Schulter. »Ich lass dich nicht hier, kapiert! Und wenn ich dich zwanzig Kilometer in den nächsten Ort schleppen muss.«

Wahrscheinlich ist er zu schwach, um zu protestieren.

Ich will ihn wieder auf den Rücken nehmen, obwohl meine Beine zittern und mich selbst kaum tragen. Da steht auf einmal ein Russe vor uns.

Kapitel 36

Ich halte die Luft an. Der Russe ist aus dem Gebüsch rechter Hand herausgebrochen. Sein Gesicht ist rußgeschwärzt. Trotzdem erkenne ich, dass er jung sein muss. Nicht viel älter als wir. Er erstarrt, als er uns sieht, und blickt uns mit angsterfüllten Augen an. Er trägt einen Karabiner, hat ihn aber nicht auf uns gerichtet. Auch mein Gewehr hängt unbeachtet an meiner Schulter.

Wir starren uns einige endlose Sekunden lang in die Augen. Sein Blick wandert von mir zu Gerhard, der sich das verbundene Bein hält und keucht. Dann sagt er irgendetwas. Laute in einer Sprache, die ich nicht kenne, die kehlig und abgehackt klingt.

Ich hebe ganz langsam die Hände. Mein Atem geht flach und mein Herz schnell. »Wir tun dir nichts, wenn du uns auch nichts tust«, sage ich und versuche, meine Stimme ruhig klingen zu lassen.

Der Russe gibt wieder etwas Unverständliches von sich. Dann zieht er sich zurück, auf dem Weg, den er gekommen ist, ohne seine Waffe zu beachten. Doch er behält uns im Auge. Ich rühre mich nicht. Er ist fast wieder im Gebüsch verschwunden, als ein Schuss ertönt. Im nächsten Moment fällt der junge Russe in sich zusammen wie eine hingeworfene Marionette. In seiner Stirn habe ich ein hässliches kleines Loch klaffen sehen.

»Neiiin«, schreie ich und schaue mich nach dem Schützen um.

Doch ich kann mich nicht um den Russen kümmern, wir müssen weiter. Außerdem weiß ich, dass es sinnlos ist.

Ich lade Gerhard erneut auf meinen Rücken und stapfe voran. Ein Fuß vor den anderen. Kugeln pfeifen um uns herum und schlagen in Stämmen und am Boden ein, aber ich laufe einfach weiter und hoffe auf ein Wunder. Ich habe keine Ahnung, in welche Richtung ich gehe, habe vollkommen die Orientierung verloren. Nur weg von dem Schlachtlärm, raus aus dieser Hölle.

Gerhards Arme klammern sich fest um meine Brust. Ich kämpfe damit, Luft zu holen. Bei jedem Schritt wird die Last schwerer und meine Füße heben sich weniger vom Boden ab. Trotzdem schleppe ich mich voran.

»Anton«, flüstert Gerhard nah an meinem Ohr. »So kommst du nicht weit ... Lass mich runter.«

Ich ignoriere ihn. Selbst wenn ich eine Antwort hätte geben wollen, könnte ich es nicht. Ich brauche alle Luft, um weiter atmen zu können.

»Das schaffst du nicht.«

»Hör ... auf«, stoße ich hervor, nun doch wütend genug, um die nötige Luft zu finden. Meine Beine werden schwerer und schwerer und mein Griff löst sich immer wieder.

Mehrere deutsche Soldaten kommen uns entgegen. Bin ich in die falsche Richtung gelaufen? Wilhelm ist auch darunter. Er sieht uns und rennt auf uns zu.

»Die kommen von Westen. Sie haben uns eingekreist«, brüllt er.

Meine Beine geben nach. Ich kann nur noch versuchen, Gerhard so behutsam wie möglich neben mir zu

Boden gleiten zu lassen. Ich habe nicht mal mehr die Kraft, Wilhelm an den Kopf zu werfen, dass er ein feiger Hund ist.

»Ihr habt keine Wahl«, sagt Gerhard. »Ihr müsst ohne mich weiter. Dann könnt ihr euch durchschlagen.«

Seine Worte lassen erneut meinen Ärger aufflackern.

»Los, hilf mir«, schreie ich Wilhelm an. Er zögert merklich, blickt sich um und wirkt, als würde er gleich davonlaufen wollen.

Doch dann nickt er einmal knapp. Wir nehmen den protestierenden Gerhard wieder zwischen uns, indem wir unsere Hände verschränken und damit einen Sitz bilden, auf den wir ihn aufladen können.

Wir weichen einem toten Soldaten aus, dessen blicklose Augen uns anzustarren scheinen, und rennen in östliche Richtung, wo die Panzer vielleicht noch nicht sind.

Meine Hände rutschen immer wieder ab und meine Arme, auf denen Gerhard sitzt, verlieren langsam ihr Gefühl. Ich stolpere mehr schlecht als recht voran. Ein Schuss knallt. Ich habe keine Zeit, mich danach umzudrehen. Plötzlich löst sich Gerhards Arm von meinen Schultern. Er fällt rücklings zu Boden. Verdammt. Ich sinke nach unten und krieche zu Gerhard. Als ich mich über ihn beuge, schnellt seine rechte Hand hoch und krallt sich in meiner Uniform fest.

»Anton.« Ich kann es kaum ausmachen – es ist mehr ein Gurgeln als ein gesprochenes Wort.

»Gerhard?« Ich schaue ihm in die entsetzt aufgerissenen Augen. Bittere Galle steigt meine Kehle empor. »Was ist los? Wir –«

Da entdecke ich einen dunklen, feuchten Fleck auf seiner Brust.

»Anton«, keucht Gerhard. »Was ist … passiert …?« Seine Worte sind kaum zu verstehen.

Ich mache seine Hand von meinem Kragen los und starre auf seine Brust. »Es ist … nicht so schlimm«, bringe ich hervor.

»Er ist verwundet«, brülle ich zu Wilhelm, obwohl ich keine Ahnung habe, ob er noch bei uns steht. »Ich brauche Verbandszeug, schnell.«

Ich presse meine Hand auf die Stelle, um die Blutung zu stoppen. Warm und nass. Gerhards Gesicht wird von Sekunde zu Sekunde bleicher, als würde alle Farbe daraus gesogen.

»Los, Verbandszeug her«, schreie ich noch mal, so laut, dass es der ganze Wald hören muss.

»Halte durch, wir kriegen das wieder hin.« Mit zitternden Fingern versuche ich, seine Uniformjacke aufzuknöpfen.

Wie aus weiter Ferne schallt noch immer das Brüllen der Gefechte zu mir heran. Es ist mir egal. Endlich kriege ich die Jacke auf und krame nach meinem Verbandszeug. Verdammt, ich habe es an der anderen Stelle vergessen.

Gerhard schüttelt matt den Kopf, seine Augen haben keinen Glanz mehr. »Anton … lass mich nicht … allein …«

»Nein!«, stoße ich hervor und fühle mich unendlich hilflos.

Ich sehe jetzt das ganze Ausmaß der Wunde. Ein Brustschuss. Ich weiß nicht, was ich tun soll. Ich bin kein Sanitäter. Ich habe keine Binden. Meine Lunge fühlt sich an wie zugedrückt. Mir schwindelt.

»Anton«, sagt Gerhard wieder. Seine Stimme klingt so schwach, dass ich mich näher zu ihm herabbeugen muss, um ihn zu verstehen.

»Ich geh nicht ohne dich«, versichere ich ihm und ergreife seine Hand, die von seinem eigenen Blut verschmiert ist. Er lächelt plötzlich und dieses Lächeln sieht gar nicht mehr schmerzverzerrt aus.

»Vergiss nicht … unsere Abmachung.«

Ich lese ihm die Worte von den Lippen ab. Irgendetwas läuft mir in die Augen. Unter dem Helm ist es heiß wie in der Hölle.

Gerhard, will ich sagen, aber ich bekomme nichts heraus. Sein Lächeln ermattet. Er hustet. Ein dünnes Rinnsal Blut läuft aus seinem rechten Mundwinkel.

Ich richte mich wieder auf und schaue mich um. Wilhelm steht bei uns. »Hilf mir doch«, krächze ich, obwohl ich schreien möchte.

Wilhelms Mund ist geöffnet. Er blickt mit einer Mischung aus Furcht und Widerwillen auf Gerhard hinunter. Dann schüttelt er langsam den Kopf. »Es hat keinen Sinn mehr.« Seine Stimme ist genauso heiser wie meine.

Ich sehe ihn verständnislos an. Sein Blick ist starr. Er deutet mit einem Kopfnicken auf Gerhard.

Ich schaue wieder zu meinem besten Freund. Seine Augen sind geschlossen. Das Blutrinnsal wirkt auf seiner weißen Haut wie ein glutrotes Haar, das ich ihm aus dem Mund ziehen will.

Ich höre Wilhelm wie aus weiter Ferne sagen: »Er ist tot, Anton.«

»Red keinen Scheiß!« Ich fange an, Gerhard an der Schulter zu rütteln. »Wach auf, wir haben's gleich geschafft … wir holen einen Sani.«

»Wir müssen weiter. Die sind bald hier.« Wilhelm legt mir eine Hand auf die Schulter. Ich fahre herum, als hätte er mich gebissen.

Ein stechender Schmerz zuckt durch meine rechte Faust und ich stelle fest, dass ich Wilhelm ins Gesicht geschlagen habe. Er taumelt zurück und hält sich die Nase, aus der Blut strömt ... noch mehr Blut ...

Ich betrachte meine Faust wie einen Fremdkörper, der nicht unter meiner Kontrolle steht. Dann spüre ich einen Schmerz ganz anderer Art, tief in meiner Brust, als würde etwas darin zerreißen. Gerhard. Wie in Trance beuge ich mich über ihn. Sein Brustkorb bewegt sich nicht mehr. Ich lege mein Ohr dicht über seine Nase. Er ist ... Nein. Das kann nicht sein.

»Gerhard!«

Wilhelm ist plötzlich wieder hinter mir und zerrt mich am Arm nach oben. »Wir müssen los. Du hast ihn gehört. Du sollst dich in Sicherheit bringen.«

»Wir können ihn doch nicht hier liegen lassen«, sage ich mit brechender Stimme.

Wilhelm beugt sich über Gerhard und reißt an der Blechmarke, die dieser um den Hals trägt – die Hundemarke, auf der unsere Einheiten und Namen vermerkt sind. Er bricht einen der beiden identischen Teile ab und diese Bewegung lässt auch in mir etwas unwiderruflich zerbrechen. Nein, die Marke braucht Gerhard doch noch! Was macht er da? Ich will mich wieder auf ihn stürzen, aber aus meinem Körper ist die gesamte Kraft gewichen.

»Komm jetzt«, ruft Wilhelm.

Ich betrachte noch einmal die Einschussstelle auf Gerhards Brust. Das Blut hat aufgehört, daraus hervorzuquellen. Ich spüre, wie mir schwindelt, dann wird mir übel.

Wilhelm reißt mich auf die Beine und zerrt mich mit. Ich fühle mich wie von einer höheren Macht gezogen, gegen die ich mich nicht zur Wehr setzen kann. Ein bitteres Beißen steigt in meinem Hals auf. Im Laufen blicke ich mich um.

Da liegt Gerhard.

Nein, es ist nicht mehr Gerhard. Es ist eine leblose Hülle, die einmal meinem Freund gehört hat. Der noch vor wenigen Minuten mit mir gesprochen, sich bewegt, mich angelächelt hat. Jetzt verschwindet er zwischen den Baumstämmen.

Vor meinen Augen verschwimmt alles, aber dieser Anblick prägt sich mir für immer ein. Ich habe ihn zurückgelassen.

Kapitel 37

Irgendwann macht Wilhelm Halt. Vor uns liegt eine Kiesgrube von einigen hundert Metern Durchmesser. Bis dahin
habe ich mich willenlos mitschleifen lassen, ohne Sinn für
die Umgebung und Richtung, in die wir laufen, immer nur
Gerhards leblosen Körper vor Augen.

Jetzt, da Wilhelm mich loslässt, bleibe ich nach Luft
ringend stehen. Ich beuge mich vornüber und stütze die
Hände auf meinen Knien ab. Es schüttelt mich wie ein
innerer Krampf, alles in mir zieht sich zusammen, als wollte
sich mein Magen nach außen stülpen. Ich erbreche mich
auf den Schotter ... wünsche mir, dass ich dadurch dieses
Bild loswerden kann, und dieses Gefühl der Leere.

Als der Anfall vorbei ist, bin ich völlig ausgelaugt. Ich
sinke auf die Knie und starre auf meine Hände. Die rechte
Hand ist noch immer mit vertrocknetem Blut beschmiert,
Gerhards Blut.

»Besser?«, fragt Wilhelm.

Ich habe ganz vergessen, dass Braun noch hier ist.

»Besser?«, bringe ich in einem heiseren Flüstern heraus.
Meine Kehle brennt. »Was soll besser sein?« Wie soll es
jemals wieder besser werden? Wie kann ich noch lebendig
sein – unverletzt – und er nicht?

»Schon gut«, wehrt Wilhelm müde ab.

Aber ich will es nicht dabei belassen.

»Wie, schon gut? Nichts ist gut, verdammt. Es kann nie wieder gut werden. Scheiße ist das alles …«

Ich erhebe mich auf wackeligen Knien, laufe wie ein Verrückter am Rand der Kiesgrube auf und ab und schreie irgendetwas Unverständliches. Meine Füße kicken nach allem, was sie erreichen können. Steinchen fliegen durch die Luft. Ganze Schotterlawinen lösen sich unter meinen Tritten und rutschen den Rand der Grube hinunter, bis sie in die kleine Wasserpfütze platschen, die sich am Boden gesammelt hat.

»Es ist alles deine Schuld«, brülle ich Wilhelm an, der unschlüssig hinter mir steht. »Du feige Made, du müsstest dort liegen, nicht er. Wenn du nicht weggelaufen wärst …«

Selbst durch den roten Schleier meiner Trauer und Wut hindurch weiß ich, wie unsinnig diese Worte sind. Wenn ich irgendwem die Schuld geben müsste, dann mir. Ich habe nicht genug getan, um meinen besten Freund zu retten.

Wilhelm schaut mich mit zusammengepressten Kiefern an, ohne etwas zu sagen. Er lässt mich ins Leere laufen. Das macht mich nur noch wütender. Ich stürme auf ihn zu, bis ich nur eine halbe Armeslänge vor ihm stehe. Wir starren uns in die Augen; sein Blick ist nicht minder fest und durchdringend. Er sagt noch immer nichts. Sein Gesicht ist von Ästen zerkratzt und mit Dreckspuren übersät. Unter seiner Nase trocknet das Blut von meinem Schlag.

Auf einmal fühle ich, wie die ganze Luft aus mir entweicht, wie bei einem Ballon, in den man eine Nadel gestochen hat. Übrig bleibt nur eine leere, schlabbernde Hülle. Um nicht erneut zusammenzubrechen, laufe ich ein paar Schritte zurück zum Rand der Kiesgrube und blicke über sie hinweg. Sie muss fast einen halben Kilometer im

Durchmesser haben. Wir sind allein hier, mitten im Nirgendwo und weit von der Stelle des Angriffs entfernt.

Was mag mit Gerhard geschehen sein? Mit Gerhards ... Überresten? Mich schaudert.

Ich spüre die Schwere des Karabiners an meiner Schulter und auf einmal will ich ihn loswerden. Ich will das alles nicht mehr mitmachen. Es ist Wahnsinn, alles umsonst. Ich reiße das Gewehr von meiner Schulter und stopfe blind die Patronen hinein. Dieses verdammte Ding, das mir nicht dabei geholfen hat, meinen Freund zu retten. Ich muss es loswerden, jetzt sofort – und die Erinnerung an alles auslöschen, was es mir gebracht hat.

Mein erster Schuss geht ungezielt in die Kiesgrube vor mir. Der Gewehrkolben knallt gegen meine Schulter, doch ich nehme es kaum wahr.

Noch ein Schuss. Diesmal in das Wasser unten, dass es schön platscht. Und noch einer ... Die Schüsse hallen in der leeren Kiesgrube – weithin hörbar, aber das ist mir egal.

»Was soll denn das?« Ich spüre Wilhelms Hand auf meiner Schulter und fahre herum, das Gewehr noch immer schussbereit.

Er springt zurück, als würde ein Löwe vor ihm stehen, und hebt die Hände. »Ich frage dich nur, was das soll«, wiederholt er, leiser.

»Ich habe keine Lust mehr«, schreie ich ihn an. »Ich mach diesen ganzen Scheiß nicht mehr mit. Die können mich mal. Ich bin raus hier, ich hau ab.«

Ich richte das Gewehr wieder in die Grube, um die letzten meiner fünf Schüsse zu verpulvern, bevor ich nachlade.

»Veranstalte wenigstens nicht so einen Höllenlärm«, sagt Wilhelm zwischen zwei Schüssen, aber ich nehme zufrieden wahr, dass er es nicht mehr wagt, mir nahezukommen.

In rascher Abfolge verschieße ich die Patronen eines weiteren Ladestreifens, ohne zu antworten. Dann ziehe ich eine Handgranate vom Koppel und mache sie scharf. Ich schaue mich nach Wilhelm um, der mich mit weit aufgerissenem Mund anstarrt. »Ich brauch die blöden Dinger nicht mehr.«

Er weicht zurück und zeigt auf die Granate in meiner Hand, die ich beinahe vergessen habe. Mit Schwung schleudere ich sie von mir. Sie explodiert noch im Flug. Die nächste folgt. Ich werfe sie ins Wasser auf den Grund der Grube, dass es nur so spritzt und kracht.

Das ist irre, denkt irgendein verborgener Teil von mir, der sich noch über so etwas freuen kann – über irgendetwas freuen kann.

»Ach Scheiße«, höre ich Wilhelm nach einer Weile sagen. Zu meiner Überraschung tritt er neben mich und wirft ebenfalls eine seiner Granaten in die Grube. Eine Steinlawine löst sich und rutscht herunter.

»Wer es weiter schafft«, sagt er mit zusammengebissenen Zähnen und zieht die nächste. Ich sehe die Panzerfaust, die Wilhelm noch immer bei sich trägt. Nachdem er die nächste Granate weggeworfen hat, deute ich darauf.

»Brauchst du die noch?«

Er schaut mich an. Sein Blick scheint abschätzen zu wollen, ob ich noch ganz bei Sinnen bin. Dann zuckt er mit den Achseln und händigt sie mir aus.

Ich setze das schwere Rohr an meine Schulter, während er mir kopfschüttelnd zusieht.

»Das ist verrückt, Köhler.« In seiner Stimme schwingt ein bisschen widerwillige Anerkennung mit.

Als die Granate aus der Panzerfaust in der Kiesgrube einschlägt, schleudert eine riesige Fontäne mit Wasser, Sand und Steinen in die Höhe.

»Klasse«, murmele ich mit bitterer Befriedigung. Ein Feuerwerk. Für Gerhard.

Wilhelm verschießt gemeinsam mit mir seine Karabinerpatronen. Als ich bei meiner letzten Handgranate ankomme, kracht es viermal hinter uns.

Wir erstarren und schauen uns suchend um. Etwa fünfzig Meter weiter, am Rand der Grube, sind drei Gestalten aufgetaucht. Es sind Männer in deutscher Uniform mit dem sichelförmigen Blechschild an der Kette um den Hals. Kettenhunde. Der eine hat seine Pistole erhoben und damit in die Luft geschossen, um unsere Aufmerksamkeit zu erregen.

»Scheiße«, murmelt Wilhelm.

Kapitel 38

»Aufhören und Hände hoch!«, schreit der Feldgendarm, der die Schüsse in die Luft abgegeben hat. Er senkt seine Waffe, um sie auf uns zu richten.

Ich staune, wie wenig es mich kümmert, dass man uns ertappt hat. Sollen sie uns doch schnappen, uns als Fahnenflüchtige und Deserteure im Standgericht erschießen. Was hat das jetzt noch für eine Bedeutung?

Die drei kommen zu uns herüber. Wir rühren uns nicht von der Stelle, bis sie vor uns stehen. Der untersetzte Typ mit den Rangabzeichen eines Obergefreiten, mustert uns mit zusammengekniffenen Augen.

»Was habt ihr Bengel da gemacht?«

Ich schweige, weil ich kein Interesse an einer Auseinandersetzung habe. Wilhelm sagt ebenfalls nichts, aber ich habe das Gefühl, dass er eher vor Schreck erstarrt ist.

»Ich verlange eine Antwort, Soldaten«, brüllt der Obergefreite.

Ich habe genug von diesem ständigen Gebrüll. »Wir haben unsere Munition entsorgt.«

»Das sehe ich. Und warum, wenn ich bitten darf?«

Darauf schweige ich wieder. Das teigige Gesicht des Obergefreiten läuft rot an. »Wisst ihr nicht, was darauf steht? Sofortige Hinrichtung. Ich müsste euch auf der Stelle erschießen.«

Ich bemühe mich, ein bockiges Schulterzucken zu unterdrücken.

»Wie alt seid ihr?«, blafft er.

»Sechzehn.«

»Und welche Einheit?«

Ohne eine Antwort abzuwarten nimmt er die Hundemarke, die auf meiner Brust hängt, und überprüft die Aufschrift.

»Unsere Kompanie … wurde zerrieben«, bringt Wilhelm mühsam hervor, als ein anderer der Kettenhunde auch sein Blechschild inspiziert. »Die Russen … es gab einen Sturmangriff mit Panzern und Infanterie. Wir —«

»Ihr habt lieber die Beine in die Hand genommen und seid getürmt, anstatt zu kämpfen?«, fällt der Obergefreite ihm ins Wort. »Ihr habt eure kostbare Munition lieber hier verpulvert statt im Kampfgeschehen?«

Toller Versuch, Wilhelm, denke ich distanziert.

»Los, mitkommen!« Der Obergefreite reißt uns an jeweils einem Arm nach vorne.

»Erschießen wir sie nicht gleich hier?«, will einer seiner Handlanger wissen, ein großer, dünner Mann, der uns alle überragt. »Stehen doch schon so schön an einer Grube.« Er grinst mit schiefen Zähnen.

»Die beiden werden erst dem Major vorgeführt«, brummt der Obergefreite.

»Warum —?«

»Weil sie minderjährig sind. Stellen Sie meine Befehle in Frage, Gefreiter?«

Ich habe keine Ahnung, was das soll. Die Feldgendarmerie hat das Recht, Fahnenflüchtige überall und auf der Stelle zu erschießen – Standgericht. Ohne Konsequenzen. Doch die Frage erlischt in meinem Geist so rasch, wie sie aufgeflackert ist. Mir scheint, als würde das alles nicht mir passieren. Als befände ich mich in einer Art Traum, in dem nichts, was ich tue oder sage, von Bedeutung ist. Sollen sie mit uns machen, was sie wollen.

Wir stolpern, von den drei Gendarmen getrieben, übers Feld und auf ein Waldstück zu. Der Obergefreite schreitet weit aus, im strammen Soldatenschritt. Wir können kaum mithalten, so erschöpft sind wir von der Flucht und dem Erlebten.

Der Marsch ist nicht weit. Sonst hätten die feigen Hunde unsere Schüsse und Explosionen vermutlich gar nicht gehört. Ist ja nicht so, als hielte sich die Feldgendarmerie inmitten des Geschehens auf.

Sie führen uns in ein Feldlager, wo für den Stab behelfsmäßige Befehlsstände errichtet worden sind. Von hier aus kommuniziert der Kommandeur mit den einzelnen Bataillonen und Zügen und trifft militärische Entscheidungen. Vor einem Holzverschlag, der aussieht, als wäre er in aller Eile zusammengezimmert worden, halten wir. Der Unterstand hat ein flaches Dach aus schweren Balken, das zur Tarnung mit Zweigen abgedeckt ist. Der Obergefreite klopft an die Tür, woraufhin ein Hauptmann, unrasiert und mit müden Augen, öffnet.

»Herr Hauptmann, habe zwei Fahnenflüchtige aufgelesen, die ihre Waffen in einer Kiesgrube entsorgt haben. Überstelle sie hiermit Ihrer Verantwortung.«

Der Hauptmann wirft dem Feldgendarm einen überraschten Blick zu, dann mustert er Wilhelm und mich. »Also gut, ich nehme ein Protokoll auf. Da können Sie Ihre Anschuldigungen vorbringen.«

»Die Marken abnehmen und wegbringen«, ruft der Obergefreite seinen beiden Lakaien zu.

302

Einer von ihnen packt mich am Nacken und schiebt mich hinter den Unterstand, wo er mich auf den Boden stößt. Wilhelm landet unsanft neben mir. Unsere beiden Bewacher stehen breitbeinig und mit gezogenen Pistolen vor uns. Derjenige, der mich geschoben hat, verzieht mürrisch das Gesicht. Vermutlich hat er sich schon darauf gefreut, jemanden zu erschießen. Aber die Gelegenheit wird er schon noch bekommen. Nicht einmal dieser Gedanke kann mich aus meiner Lethargie reißen.

Ich richte mich halb auf, um mich mit dem Rücken gegen die Holzwand zu lehnen, und starre mit leerem Blick und ebenso leerem Kopf vor mich hin. Die feuchte Kälte des mit alten Nadeln bedeckten Waldbodens, die durch meine Hose sickert, nehme ich kaum wahr. Ich lausche dem melancholischen Flöten einer einzelnen Amsel, dem Pochen eines Spechts. Die meisten Zugvögel sind noch nicht zurückgekehrt. Vielleicht werde ich sie nie wieder hören.

Die Stille und das Nichtstun lassen wieder diese unendliche Leere in mir entstehen, als wäre eine Panzergranate direkt durch mich hindurchgegangen und hätte ein großes Loch hinterlassen. Ich bin wie eine Uhr ohne Getriebe: ein nutzloses Gehäuse. Ob die Taschenuhr noch läuft? Ich habe nicht die Kraft, sie herauszuziehen. Mein Herzschlag und Atem beschleunigen sich, als mich der Schmerz unerwartet übermannt. Ich versuche, dagegen anzukämpfen. Meine Fäuste verkrampfen sich in meinem Schoß. Warum lebe ich noch? Nicht mehr lange ... der Gedanke hat beinahe etwas Tröstliches.

»Das wäre alles nicht passiert, wenn ...«, zischt Wilhelm neben mir.

Ich zucke zusammen.

»Da rennt man Kilometerweit, um den Russen zu entkommen, und dann …« Seine Stimme bricht.

Ich drehe ihm müde den Kopf zu. Seine Augen sind gerötet. Ich sehe Angst darin, aber ich antworte nicht, sondern schaue wieder in die Ferne.

Wie viel Zeit vergeht, weiß ich nicht. Die Sonne ist am Himmel abwärts gestiegen und hat beinahe die Baumwipfel erreicht. Ihre tiefstehenden Strahlen stechen mir in die Augen. Der oberste Feldgendarm tritt hinter dem Unterstand hervor und bespricht sich mit seinen beiden Gehilfen. Ich verstehe die Worte nicht, aber ich strenge mich auch nicht besonders an. Es überrascht mich nicht, als uns der Obergefreite anblafft, wir sollen aufstehen und mitkommen.

»Wohin?«, wagt Wilhelm zu fragen.

Einer der Kettenhunde versetzt ihm einen schmerzhaften Fausthieb in den unteren Rücken, um ihn anzutreiben, und schnauzt: »Maul halten, ihr habt keine Fragen zu stellen.«

»Wenn du was sagen willst, dann warte, bis ihr gleich eure letzten Worte sprechen dürft«, sagt der andere.

Ich starre auf meine Füße.

»Ich verlange eine Anhörung«, ruft Wilhelm. »Mein Vater —«

»Maul halten, hab ich gesagt.« Wieder stolpert Wilhelm, als ihm einer der Gefreiten einen Fußtritt gibt.

»Die Anhörung gab's schon. Das Urteil ist gefallen und wird vollstreckt«, sagt die Stimme des Obergefreiten beinahe gelangweilt.

»Mein Vater ist SS-Hauptsturmführer. Wenn ihm zu Ohren kommt, dass sein Sohn —«

Diesmal verstummt er schlagartig, als ihn ein rechter Haken genau an der Wange trifft.

»Los, mit dem Rücken gegen die zwei Bäume dort«, befiehlt der Obergefreite. Ich werde wieder von einer rauen Hand gepackt und zu einer jungen Kiefer gezerrt. Er gibt mir einen Stoß, sodass ich mit Rücken und Kopf gegen den Baum krache. Die Benommenheit nach dem Schlag ist eine willkommene Empfindung. Ich nehme die Ereignisse wie durch Nebel wahr.

Wilhelm neben mir schreit irgendetwas, das klingt wie: »Das dürft ihr nicht. Dafür werden sie euch drankriegen.« Er heult jetzt ungehemmt, als sich die zwei Feldgendarmen vor uns aufbauen und ihre Gewehre von der Schulter nehmen. »Es war seine Idee …«, die Worte verklingen in einem Schluchzen.

»Sind das deine letzten Worte?«, fragt der Obergefreite scharf. Seine schneidende Stimme fährt durch meinen Traumzustand. »Oder willst du noch ein Gebet sprechen?«

Das Klicken der entsicherten Gewehre erschallt weithin hörbar im Wald. Sie legen auf uns an.

Kapitel 39

»Überlegt es euch jetzt«, sagt der Obergefreite und wechselt einen Blick mit seinen Männern, die ihre Gewehre bereithalten.

»Ja«, sage ich auf einmal. Aller Augen richten sich auf mich. Bisher habe ich keinen Ton von mir gegeben. Sogar Wilhelm hält inne in seinem hysterischen Schluchzen.

»Na dann flott«, knurrt der Obergefreite, steckt die Daumen ins Koppel und schaut sich ungeduldig um, als könnte im letzten Moment noch etwas geschehen, das ihn von seinem Vorhaben abhält.

Mein Kopf ist leer – ich weiß nicht, was ich sagen soll. Ich weiß nicht einmal, warum ich mich überhaupt zu Wort gemeldet habe. Vielleicht ein uralter Überlebenstrieb. Zeit schinden … aber wofür? Um alles nur noch mehr in die Länge zu ziehen?

Zögernd beginne ich zu sprechen. Meine Zunge fühlt sich wie ein Fremdkörper an: »Ich wollte nur sagen … er hat recht … Wilhelm hat recht. Es war alles meine Idee. Ich habe ihm die Waffen weggenommen, um sie abzufeuern. Und er hat wirklich einen Vater bei der SS, Hauptsturmführer Braun. Sie sollten ihn besser laufen lassen, wenn Sie …«

»Schluss jetzt«, fährt der Obergefreite dazwischen, aber er runzelt die Stirn. Vielleicht habe ich ihn ein wenig verwirrt. Mehr kann ich nicht hoffen.

»Ich habe ihn angestiftet. Wilhelm war immer ein treuer Vaterlandskämpfer, der Treueste …« Ein Handzeichen des Obergefreiten schneidet mir das Wort ab. In der Dämmerung zwischen den Bäumen ist sein Gesichtsausdruck nicht zu erkennen, aber die beiden anderen scheinen seinen Wink deuten zu können und zielen wieder mit ihren Karabinern auf uns, die sie während meiner Worte haben sinken lassen.

Ich schlucke. Wilhelm neben mir ist still geworden. Also gehen wir gemeinsam in den Tod. Das hätte ich nie gedacht. Dass ich meine letzten Minuten ausgerechnet mit Wilhelm Braun verbringen würde.

»Achtung!«, ruft der Obergefreite.

Ich zwicke die Augen fest zusammen und stelle mir Gerhard vor … und Luises Lächeln … Mutters traurige Augen, wenn sie es erfährt …

»Halt!«, ruft eine volltönende Stimme, die weit entfernt scheint, aber leicht bis zu uns trägt. »Nicht schießen. Wer schießt, wird von mir gleich mit erschossen.«

Ich reiße die Augen wieder auf. Die Stimme kommt mir bekannt vor.

»Herr Major?« Der Obergefreite gebietet seinen Männern mit einem Handzeichen, ihre Waffen sinken zu lassen. Einer der beiden wirkt beinahe erleichtert.

Ein Mann tritt zwischen den Baumstämmen auf unsere Lichtung. Es ist zwar fast dunkel, aber selbst im Dämmerlicht kann ich erkennen, dass sein Haar schlohweiß ist.

»Hauptmann Segeler hat mir das Protokoll vorgelegt. Dazu habe ich noch einige Fragen, die nicht geklärt wurden. Die beiden sollen mitkommen.«

»Herr Major …«

»Sofort.« Er sagt es ruhig und leise, aber mit einer Bestimmtheit, die jeden Widerspruch im Keim erstickt.

Einen Moment zögert der Obergefreite. Er hat in solchen Dingen die Gewalt, zu entscheiden, aber er hätte uns gleich im Feld erschießen lassen müssen. Hier ist auch er den Befehlen des Kommandanten unterstellt.

Er bedeutet seinen Gehilfen, dass sie uns wieder in Gewahrsam nehmen sollen, doch der Major winkt ab. »Ich übernehme ab jetzt.« Er schaut die Feldgendarme durchdringend an. »Danke«, fügt er endgültig hinzu.

Er befiehlt Wilhelm und mir, ihm zu folgen. Vollkommen durcheinander stolpere ich dem Major hinterher. Ich hätte nie erwartet, ihn hier wiederzutreffen. Das war Rettung in letzter Sekunde. Ich wundere mich über meine Erleichterung, die mir die Knie zittern lässt. Vielleicht war es mir doch nicht so egal …

Wir erreichen den Befehlsstand im Wald. Der Major hält uns die Tür auf und lässt uns eintreten. Drinnen brennt eine einzelne Gaslampe auf einer Kiste in der Ecke, daneben steht ein Feldtelefon.

Der einfache Holzverschlag ist nicht hoch genug, dass Wilhelm aufrecht darin stehen kann. Der Major setzt sich hinter den aufklappbaren Feldtisch und schiebt eine Karte beiseite. Auf dem Tisch liegen auch zwei blecherne Erkennungsmarken, meine und Wilhelms.

»Also, ihr seid die zwei Deserteure?« Er blickt vor allem mich von unten herauf an, als würde er über eine nicht vorhandene Brille schauen.

»Major Schirmer«, stottere ich. Meine Stimme ist belegt und ich räuspere mich zweimal.

»Anton Köhler und Wilhelm Braun sind die Namen, richtig?«

Wilhelm knallt die Hacken zusammen. »Jawohl, Herr Major.«

Erkennt er mich überhaupt wieder? Möglich, dass er mich vergessen hat. Es gab schließlich so viele Rekruten in dieser Kaserne.

Der Major nickt wie zu sich selbst und zieht dann ein Papier heran. Mit einem Stift fährt er die einzelnen Zeilen ab und misst uns mit einem langen Blick.

»Ihr wurdet festgenommen, als ihr euch außerbefehlsmäßig von eurer Einheit entfernt habt und dabei wart, eure Waffen ohne Feindkontakt abzufeuern. Stimmt das so?«

»Jawohl, Herr Major«, antwortet Wilhelm, jetzt weniger enthusiastisch. Ich merke, dass er darauf brennt, selbst etwas zu sagen, sich zu erklären. Aber er wagt nicht, sich den Ärger des Majors zuzuziehen, indem er spricht, ohne gefragt zu werden.

Der Major macht eine Pause, dann schaut er mich direkt an. In seinen Augen sehe ich, dass er mich erkannt hat. »Das waren sicher nur Schießübungen, habe ich recht?«, fragt er leise.

»Also ...«, stammele ich. Er hebt auffordernd die Augenbrauen. »J-ja, Herr Major ...«

Er schaut Wilhelm an. »Ja, Herr Major«, antwortet dieser. Er hat sich inzwischen gefangen. »Wir ... wollten unsere Treffgenauigkeit üben.«

»Das dachte ich mir.« Die Miene des Majors bleibt vollkommen unbewegt. »Das ist sehr vorbildlich, Soldaten, aber wir müssen Munition sparen, das dürfte euch doch wohl klar sein.«

»Ja, Herr Major«, antwortet Wilhelm eifrig.

Der Major nimmt die beiden Blechmarken in die Hand und wirft sie uns zu. Ich fange meine auf und drücke die kalte Metallplatte in meiner Hand zusammen. Dabei fällt mir Gerhards halbe Marke ein, die Wilhelm noch haben muss. Ob wir sie dem Major überreichen sollen?

Schirmer erhebt sich und kommt langsam um den Tisch herum, bis er dicht vor uns steht. »Ihr beiden seid ab jetzt einer neuen Einheit zugeordnet. Eure vorherige wurde zerrieben. Das passiert in letzter Zeit häufiger, habe ich gehört. Keiner wird irgendwelche Fragen stellen.«

Ich nicke mit gemischten Gefühlen. Ich dachte, es wäre vorbei. Jetzt muss ich mir das kleine Blechding doch noch einmal um den Hals hängen. Muss doch noch weitermachen …

Aber ich werde nicht mehr kämpfen! Ich will nur noch rauskommen, überleben. Irgendwann muss das Ganze doch ein Ende haben.

»Herr Major«, ich räuspere mich, weil meine Stimme wieder belegt ist, »ich muss … eine Meldung machen.« Ich kann nicht mehr weitersprechen und werfe Wilhelm einen hilflosen Blick zu.

Er scheint zu verstehen und steckt die Hand in seine Brusttasche. Als ich sehe, wie er etwas in seiner Faust einschließt und es dem Major hinhält, ist mein Hals wie zugeschnürt. Wilhelm nimmt mir die Erklärung ab. Er öffnet die Hand und zeigt dem Major die halbe Erkennungsmarke.

»Herr Major, ich melde, dass Gerhard Engler im Kampf gegen die Rote Armee gefallen ist. Wir konnten ihn nicht aus dem Kampfgebiet entfernen.«

Major Schirmer schaut lange auf das halbrunde Metallstück, das er entgegengenommen hat. Dann legt er mir eine Hand auf die Schulter. Ich zittere. Er sagt nichts und ich bin ihm dankbar dafür. Ich will keine leeren Phrasen vom Heldentod hören oder dass es ihm leid tut. Kein

Wort würde einen Unterschied machen. Erst nach einigen Minuten bringe ich die Kraft auf, dem Blick seiner blauen Augen zu begegnen, und sehe all das Unausgesprochene darin.

»Gibt es jemanden, den ich informieren soll?«, fragt er.

Ich schüttle den Kopf. »Er war Waise«, flüstere ich.

Major Schirmer nickt mitfühlend. Dann drückt er noch einmal meine Schulter, bevor er mich loslässt.

»Jungs«, sagt er. »Ich möchte euch hier nicht noch einmal sehen, verstanden? Verschwindet und lasst euch nicht wieder erwischen.« Er setzt ein strenges Gesicht auf.

Wilhelm salutiert. »Jawohl, Herr Major. Danke, Herr Major.«

Ich nicke und mache auf dem Absatz kehrt.

Kapitel 40

Die Nacht im Lager ist unerträglich lang. Einige Soldaten sitzen vor ihren Zelten und saufen. Ich halte mich abseits, kann aber trotzdem nicht schlafen. Es kommt mir vor, als hätte der Tag, der hinter mir liegt, mehrere Jahre gedauert. Dabei waren es nur wenige Stunden ... Stunden, in denen sich alles verändert hat ... Stunden, die mir kaum Raum zum Nachdenken gelassen haben. Ich kann nicht begreifen, dass Gerhard heute Morgen noch da war, und jetzt nicht mehr.

Schließlich mache ich mich auf in den Wald, unter dem Vorwand, austreten zu müssen. Ich will allein sein, fort von dem Lärm des Lagers und den viel zu fröhlichen Stimmen. Obwohl kein künstliches Licht mir den Weg weist, bewegen sich meine Füße wie von selbst über die Steine und Wurzeln am Waldboden. Langsam verklingen die Stimmen. Ich höre nur noch die Geräusche des nächtlichen Waldes. Das Rascheln der Bäume im Wind, das leise Knacken im Unterholz, das auf ein nachtaktives Tier hinweist, den Ruf eines Käuzchens.

Im Mondschein sehe ich das silbern schimmernde Band eines kleinen Baches vor mir, der durch den Wald gluckert. An einer unbewachsenen Uferstelle knie ich mich hin und halte meine Hände in das kalte, klare Wasser. Ich habe immer noch das Gefühl, dass Gerhards Blut an ihnen klebt. Mit der linken Hand schrubbe ich meine rechte, die im eiskalten Wasser langsam taub wird. Doch das reicht nicht aus. Ich ziehe meine Hand über die kleinen Kiesel am Grund des Baches. Sie sind rund gewaschen. Es schmerzt nicht genug. Deshalb scheuere ich mit dem Handrücken über einen rauen Stein am Uferrand, bis meine Knöchel brennen und sich kleine Hautfetzen davon ablösen.

»Was machst du da?«

Ich schrecke zusammen. Wilhelm steht hinter mir; ich habe ihn gar nicht kommen gehört. Er ist die letzte Person, die ich momentan sehen will.

»Hau ab, Braun.« Meine Stimme hört sich so unbeteiligt an, dass ich mich wahrscheinlich selbst nicht ernst nehmen könnte. Wilhelm jedenfalls steht immer noch vor mir und schaut auf mich herab.

»Was machst du da?«, wiederholt er.

»Meine Hand waschen. Sie ist voller Blut.«

»Das liegt aber nur an deiner komischen Art, sie zu waschen.«

Ich betrachte meine blutigen Knöchel. »Hau ab«, sage ich noch einmal.

»Zwing mich doch«, gibt Wilhelm zurück und hockt sich auf einen der Felsen neben mir. »Ich kann hier genauso sitzen wie du.«

Ich merke, wie erneut Wut in mir aufsteigt. Erst will ich ihn in die Flucht schlagen, aber dann ist es mir egal. Ich lege die andere Hand auf meine wund gescheuerten Fingerknöchel und drücke sie an die Brust.

»Große Töne spucken konntest du schon immer«, sage ich ohne viel Energie.

»Und du warst schon immer ein Mädchen.«

Ich bringe nicht einmal mehr die Kraft auf, mich davon provozieren zu lassen. »Was willst du, Braun? Warum folgst du mir ständig wie ein verlorener Hund?«

»Ich dir folgen?« Wilhelm spuckt aus. »Als ob ich das nötig hätte! Ich hab dich da rausgezogen, schon vergessen? Hätte ich dich auch da verrecken lassen sollen wie …?«

»Halt den Mund«, schreie ich. »Wenn einer dort liegen sollte, dann du. Du wolltest doch so unbedingt mitmachen. In diesem blöden Krieg … Fürs Vaterland und so weiter. Konntest es gar nicht erwarten, dich freiwillig zu melden.«

Wilhelm bleibt still. Im Mondlicht, das vom Wasser reflektiert wird, sehe ich, dass seine Nasenflügel beben. Ich starre wieder auf den Bach und tauche meine geschundene Hand hinein, um sie zu kühlen. Es hat nicht geholfen. Der körperliche Schmerz hat den seelischen nicht ausgelöscht.

»Mein Vater wollte das.« Wilhelms leise, fast trotzige Stimme unterbricht wieder meine Gedanken.

»Dein Vater! Der ist auch einer von denen …« Ich beiße mir auf die Zunge.

»Einer von denen – was?«, fährt Wilhelm auf.

Was soll's! Wenn er mich verpfeift, dann ist es halt so. »Einer von denen, die das hier alles angezettelt haben«, sage ich bitter. »Wegen Leuten wie ihm sind wir alle in dem Schlamassel … musste Gerhard …«

»Was weißt du schon von meinem Vater?«, knurrt Wilhelm.

Ich starre ihn furchtlos an. »Glaubst du, ich weiß nicht genau, was er macht? Hast du den Häftlingszug schon vergessen?«

Wilhelm kneift die Lippen fest zusammen.

»Denkst du, bei ihm lief das anders, in seinem Arbeitslager?«

»Ich weiß selber, was mein Vater macht! Das brauchst du mir nicht zu erzählen! Ich weiß, dass er sie hart rannimmt ...«

»Hart rannimmt?«

»... sonst spuren die nicht! Eine harte Erziehung stählt den Charakter, hat er immer gesagt. Bei mir hat er's auch nicht anders gemacht. Deshalb bin ich auch kein Weichling geworden wie du.«

»Und hat er dich auch halb verhungern lassen? Für mich siehst du nicht aus wie ein lebendes Skelett. Aber wer weiß ... Jemandem, der Hunde prügelt, traue ich alles zu!«

Wilhelms Gesicht zeigt echten Schock. Vielleicht hat er verdrängt, wie ich einmal unwillentlicher Beobachter so einer *charakterstählenden* Szene geworden bin, als ich bei Brauns die Uhr repariert habe. Viele Eltern schlagen ja ihre Kinder, aber Braun – er hat richtig drauflos geprügelt ... Und dann wollte er sich Wilhelms Hund vornehmen, aber Wilhelm ist zu meiner Überraschung dazwischengegangen. Danach bin ich ihm im Flur über den Weg gelaufen. Er hatte rote Augen und einen großen blauen Fleck am Kinn.

Wie er jetzt mit erstarrten Gesichtszügen auf dem Stein sitzt, tut er mir fast leid. Mit so einem Vater gestraft zu sein ...

»Also ist mein Vater ein Schwein! Willst du das damit sagen?« Seine Stimme klingt hohl, nicht so wütend, wie ich es erwartet hätte.

Ich begegne seinem Blick und halte ihn fest. »Das musst du selbst entscheiden ...«

Wilhelm bricht einen Zweig von einem nahen Haselstrauch ab und kratzt damit Muster in den Ufersand. Als er wieder spricht, scheint er tief in diese Kritzeleien versunken. »Keine Ahnung.«

Ich schlucke und wage es nicht, ihn anzuschauen. Wir hören dem leisen, traurigen Schrei eines Käuzchens zu.

Wilhelm wirft den Zweig ins Wasser. »Wegen Engler«, flüstert er plötzlich, »ich meine, Gerhard ...« Seine Kiefer mahlen, als würde er kauen.

Ich winke rasch ab, als mir wieder Tränen in die Augen schießen.

Aber ich meine noch zu hören, wie er ganz leise etwas murmelt, das im Rauschen des Baches beinahe untergeht. Es klingt wie: »Tut mir leid.«

Die militärische Lage wird immer unübersichtlicher. Von Süden, Norden, Osten und Westen stürmen die Alliierten gleichzeitig auf Berlin zu. Und wir sind dazwischen gefangen.

Mir ist es egal. Seit Tagen kann ich kaum essen, obwohl unsere Kompanie vergleichsweise gut versorgt wird. Im Dämmerzustand zwischen Wachen und Dösen lasse ich mich im Marsch mitziehen und glaube immer wieder, Gerhard neben mir laufen zu sehen. Wenn ich aufschrecke, erkenne ich, dass es Wilhelm ist, nicht Gerhard, und wieder sticht es in meiner Brust.

Gerhard hat wenigstens alles hinter sich, die Gefahren, die Angst, die Strapazen ... Ich frage mich zum wiederholten Male, wie lange das noch so weitergehen soll. Die ständigen Angriffe von russischen und amerikanischen Jabos stumpfen meine Sinne ab, obwohl sie mir jedes Mal wieder das Blut durch die Adern jagen. Das zeigt mir, dass ich noch lebendig bin. Dass ich noch ein wenig Willen zum Überleben habe.

Rückzug Richtung Elbe – so lautet die unausgesprochene Parole. Dort steht der Amerikaner, heißt es, und keiner will in russische Gefangenschaft kommen.

Ein Strom deutscher Soldaten zieht sich über das wellige Land in Richtung Elbufer. Schmutzige, abgekämpfte, müde Gestalten. So muss ich auch aussehen. Manchmal fallen Schüsse, manchmal stoßen wir mit feindlichen Truppen zusammen ... der Feind befindet sich überall.

Ich habe keine Ahnung mehr, welcher Tag, oder gar welcher Monat heute ist. Nur an den Veränderungen in der Natur um mich herum erkenne ich das langsame Voranschreiten des Frühlings. Die Luft bleibt noch kühl, besonders in den Nächten, aber ich begrüße die ersten hellgrünen Knospen und die Weidenkätzchen, die mir zeigen, dass das Leben weitergeht, wie alles in der Natur.

An einem Morgen, an dem es gar nicht richtig hell werden will, erreichen wir das Ufer der Elbe, die wir vor unzähligen Tagen bei Dessau vor den Russen verteidigen sollten. Sie führt noch immer Schmelzwasser mit sich; ihre schlammigen Fluten sind weit über die Ufer getreten. In der Mittelrinne gurgelt und braust die Strömung und treibt Äste und ausgerissene Sträucher mit sich.

Wir laufen den anderen nach, bis wir zu einem riesigen Auffanglager kommen. Hier, in der Nähe von Tangermünde, warten auf der anderen Seite die Amerikaner, um die übersetzenden deutschen Soldaten in Gewahrsam zu nehmen.

Von einer Bodenwelle aus kann ich das gesamte Bild überblicken und bleibe unwillkürlich stehen. Ein riesiges Heereslager erstreckt sich vor mir: Hunderttausende Soldaten, die darauf warten, über die schmale Pontonbrücke – ein paar auf schwimmenden Tonnen befestigte Bretter – über den Fluss zu kommen, oder auf einem der wenigen Boote übersetzen zu können. Die Schlange der Wartenden scheint endlos und immer kommen neue Soldaten an.

Über die Brücke kann nur einer nach dem anderen im Abstand von drei Metern balancieren. Auch die kleinen Pionierboote können nur eine Handvoll Menschen einladen. Bis wir an der Reihe sind, kann es ewig dauern. Tage, Wochen … Die Russen werden uns längst eingekreist haben.

Ich falle erschöpft ins taunasse Gras. Was für einen Sinn hatte es, so lange durchgehalten zu haben … Ich will nicht mehr. Ich will nur noch hier sitzen und abwarten, was passiert. Mich nicht mehr anstrengen. Das ist das Ende, so oder so. Entweder nehmen mich die Russen gefangen oder die Amerikaner. Oder … Es ist egal. Gerhard liegt noch irgendwo hinter mir. Er hat es nicht einmal bis hierher geschafft und ich würde mich am liebsten zu ihm legen.

Kapitel 41

Wilhelm lässt sich neben mir ins Gras sinken. Auch wenn mich seine Gesellschaft nicht mehr stört, will ich lieber meine Ruhe haben. Allerdings bin ich zu müde, um ihn zu vertreiben oder überhaupt ein Wort mit ihm zu wechseln. Eine Weile schauen wir dem Treiben im Lager zu. Die langen Schlangen vor den Pontonbrücken werden nicht kürzer. Viele Soldaten haben es bereits aufgegeben, zu warten. Sie fällen Bäume in Ufernähe, um sich Flöße zu bauen. Um uns herum strömen mehr und mehr Menschen zum Fluss hinunter.

»Was meinst du, wie lange es dauern wird?«, fragt Wilhelm.

»Zu lange.«

Wilhelm schaut mich unverwandt von der Seite an. »Was jetzt?«

»Warum fragst du mich das?« Seit wann bin ich derjenige, an den Wilhelm sich wendet, um Rat einzuholen?

»Wir könnten den Floßbauern unsere Hilfe anbieten«, sagt er, ohne auf meine patzige Antwort einzugehen.

»Das bringt doch nichts.«

»Hier herumsitzen bringt es aber auch nicht«, fährt Wilhelm mich an.

Ich starre vor mich hin, die Arme um die Knie geschlungen und das Kinn darauf gestützt. Unten am Ufer legen einige Soldaten ihre Ausrüstung ab und waten ins Wasser, um sich in die Strömung zu stürzen. Die Fluten sind so bleigrau wie der Himmel über uns. Ich beobachte die stecknadelgroßen Köpfe, wie sie den Fluss hinabtreiben, von der Strömung gezerrt und herumgewirbelt. Einige der Köpfe verschwinden, bevor sie das andere Ufer erreichen, verschluckt vom reißenden Fluss.

»Irgendwas müssen wir doch tun«, beharrt Wilhelm.

»Dann geh doch zu den Flößen«, sage ich unbeteiligt. »Geh und frag, ob sie dich mit übersetzen lassen.«

»Und du?«

Ich zucke mit den Schultern.

»Willst du hier sitzen bleiben, bis die Russen kommen?«

»Was interessiert es dich?«

»Es interessiert mich nicht«, gibt er verächtlich zurück. »Ich dachte nur, du wärst nicht mehr so feige ...«

»Feige?«

»Hier sitzen und nichts tun, das kann jeder«, sagt er. »Ist natürlich einfacher, als einen Weg zu finden, über den Fluss zu kommen.«

Ich runzle die Stirn. Kann er mich nicht endlich in Frieden lassen?

Wilhelm blickt finster vor sich hin. »Weißt du ... ich hab dein Selbstmitleid satt. Reiß dich endlich zusammen. Du bist nicht der Einzige, der einen Freund im Krieg verloren hat. Das ist nun mal so. Im Krieg sind schon immer Männer gefallen. Die Leute sind damit klargekommen und haben weitergemacht.«

»Woher willst du wissen, wie es ist, einen Freund zu verlieren? Du hast doch gar keinen!«

»Und was für ein Freund bist du, wenn du's ihm so zurückzahlst?«, fragt er ruhig.

Ich balle die Fäuste und rupfe einige verwelkte Gras-halme aus. Ich sollte mich nicht um seine Worte kümmern, aber ich kann nicht anders. »Was soll das heißen?«

»Wem tust du einen Gefallen damit, wenn du jetzt auch noch draufgehst? Das macht ihn auch nicht wieder lebendig. Er würde wollen, dass du überlebst.«

Ich beiße die Zähne zusammen und werfe die Gras-halme weg. Ist mir egal, was er sagt. Was weiß er schon über Gerhard, oder mich, oder irgendwen sonst? *Ich kann nicht ohne ihn nach Hause kommen.*

Erst als Wilhelm ein genervtes Schnaufen von sich gibt, merke ich, dass ich es laut ausgesprochen habe. »Was hät-test du denn deiner Meinung nach noch tun sollen?«

»Ich …«

»Du hast ihn mitgeschleppt, so lange es ging. Ver-dammt, ich hab ihn selber getragen – und er war nicht leicht«, schimpft er. »Du kannst nicht jeden retten.«

Die Worte rufen eine vage Erinnerung in mir wach. Willi, der vor Augusts Krankenbett sitzt und von seinen Erfahrungen als Sanitäter im Weltkrieg erzählt. Es kommt mir seltsam vor, dass ausgerechnet Wilhelm seine Worte verwendet.

Wilhelm springt auf die Beine. »Dir ist echt nicht mehr zu helfen, Köhler. Ich gehe jedenfalls zu den Floßbauern.« Er wirft mir einen letzten Blick zu, verdreht die Augen und springt die Wiesen herunter.

Ich schaue ihm nach. Er kann echt ein Arschloch sein. Aber ein Lügner ist er nicht. Das heißt natürlich nicht, dass irgendetwas von dem, was er gesagt hat, stimmt. Oder? Verdammt, wieso lasse ich mich von ihm so durcheinan-derbringen? Er hat überhaupt kein Recht, so mit mir zu sprechen! Immer muss er sich aufspielen. Wenn Gerhard hier wäre ... was würde er tun? Das Bild, wie er vor mir auf dem Waldboden liegt, mit dem großen, feuchten Fleck auf der Brust, überfällt mich ungebeten. *Denk an unsere Abmachung.* Bis jetzt habe ich immer gedacht, er habe unsere Abmachung, aufeinander aufzupassen, gemeint. Dieses Versprechen, das ich nicht gehalten habe. Erst jetzt fällt mir wieder unser Gespräch ein, über unsere Pläne nach dem Krieg.

Meine Hand tastet in meinem Mantel nach der Taschenuhr, die ich während all der Kämpfe und Fluchten gehütet habe. In den letzten Tagen, seit ... seit das passiert ist, habe ich sie nicht mehr rausgeholt. Die Zeiger sind stehen geblieben.

Was soll ich jetzt machen?

Luise hat mir das Versprechen abgenommen, die Uhr heil zu ihr zurückzubringen. Und meine Familie braucht mich. Ich hasse es, Braun recht zu geben, aber es bringt keinem was, wenn ich hier herumsitze und das Ende abwarte. Gerhard hätte das auch nicht gewollt. Wenn ich nichts tue, dann habe ich wirklich verloren ... Ich werde –

In dem Augenblick schlägt eine Granate mitten ins Lager der wartenden Soldaten ein. Ich höre erst gar nichts mehr. Dann dringen die gedämpften Schreie langsam wieder an meine Ohren. Im Lager rennen alle durcheinander. Das Trommelfeuer von Osten hat begonnen. Die Russen kommen ...

Ich stecke die Uhr wieder ein, lasse mein Gewehr im Gras liegen – jetzt brauche ich vor Kettenhunden keine Angst mehr zu haben – und sprinte in großen Sätzen den seichten Abhang zum Fluss hinunter, wo jetzt alles drunter und drüber geht. Schreie, Gebrüll und Flüche erfüllen die Luft. Ein tödliches Gedränge, ein regelrechter Ansturm auf die Brücken hat begonnen. Ich halte mich davon fern und suche nach den Floßbauern, die sich abseits befunden haben. Gleichzeitig versuche ich, mir einen Überblick über den Charakter der Elbe zu verschaffen, Strömungsrichtung und -geschwindigkeit, Breite und Uferbeschaffenheit abzuschätzen. Ich rufe mir die Stellen in Erinnerung, an der einige der Schwimmenden untergegangen sind. Dort müssen sich gefährliche Wirbel unter der Wasseroberfläche befinden.

Ich weiß, dass es schwierig wird, aber ich kann es schaffen. Ich war schon immer ein guter Schwimmer, habe in meiner Kindheit vor keinem See Halt gemacht. Nur die Kälte macht mir Sorgen … das Schmelzwasser wird immer noch eisige Temperaturen haben. Ich muss an meinen Bruder Frank denken, verdränge die Erinnerung aber rasch wieder.

Schließlich entdecke ich Wilhelm, der mit Bärenkräften, noch verstärkt durch Panik und Verzweiflung, auf eine Weide in Ufernähe einhackt. Die russische Artillerie feuert ungehemmt ins Lager, obwohl die Amerikaner von der anderen Seite her wütend brüllen und gestikulieren. Natürlich können die Russen das nicht sehen. Sie sind noch zu weit weg. Aber ich habe nicht vor zu warten, bis ihre Infanterie uns erreicht.

»Lass es – das dauert zu lange«, rufe ich Wilhelm schon von Weitem zu.

Er hält inne und sieht beinahe erleichtert aus, doch dann hackt er weiter auf den Stamm ein.

Ich reiße ihm die Axt aus der Hand, während er gerade seinen Griff festigen will.

»Hey, was soll das!« In seinen Ton ist die Aggression von früher zurückgekehrt. Er überragt mich noch immer um eine Kopflänge, aber ich bin nicht mehr eingeschüchtert.

Die Axt schmeiße ich ins feuchte Gras und versuche, mich gestikulierend über das Getöse hinweg verständlich zu machen. »Ehe wir das Floß gebaut haben, sitzen die uns schon längst auf der Pelle.«

»Und wie willst du sonst hier weg?« Er deutet mit einem Arm in Richtung der Schlangen vor den Brücken und der überfüllten, wackelnden Boote auf dem Fluss.

Da schlägt eine weitere Artilleriegranate direkt neben einer der Pontonbrücken ein. Eine riesige Wasserfontäne spritzt nach oben, die Brücke wackelt gefährlich. Alle, die sich in der Nähe des Einschlags befunden haben, stürzen zu beiden Seiten der Brücke ins Wasser und treiben entweder schreiend davon oder werden nach unten gerissen.

Wilhelms Augen sind weit. »Siehst du!«

Ich nicke entschlossen. »Es gibt nur eine Möglichkeit.«

Er zieht fragend die Augenbrauen hoch.

»Wir schwimmen durch den Fluss.«

Er starrt mich an. »Hast du sie noch alle? Du hast doch gesehen, was mit den anderen passiert ist!«

»Nicht mit allen. Man muss die richtige Technik kennen. Du darfst nicht gegen die Strömung schwimmen, sondern musst dich von ihr treiben lassen, um Kräfte zu sparen, selbst wenn wir dann ein paar hundert Meter weiter am anderen Ufer rauskommen.«

»Das ist trotzdem eine Schnapsidee. Wenn du nicht von den Strudeln unter Wasser gezogen wirst, dann erwischt dich die Kälte. Die Männer, die da rein sind, dachten auch alle, sie kriegen das hin.«

»Die haben aber ihre Sachen ausgezogen. Vor allem den Mantel. Wir müssen alles anlassen, dann behalten wir unsere Körperwärme länger bei uns.«

»Und der nasse Mantel saugt sich voll und wird schwer wie ein Stein.«

Ich schaue Wilhelm fest in die Augen. »Schiss, Braun?« Ich klinge viel sicherer, als ich mir bin.

Aber meine Worte haben die gewünschte Wirkung. Wilhelm kneift die Augen zusammen. Seine Nasenflügel blähen sich, als er tief ein- und ausatmet.

Dann knirscht er: »Also gut, Köhler. Einer muss dich ja wieder rausfischen.«

Ich verkneife mir ein Kommentar und gehe zum Ufer, um nach einer guten Eintrittsstelle Ausschau zu halten.

»Wir sollten weiter flussaufwärts laufen«, sage ich, als ich bemerke, dass Wilhelm mir folgt. »Wenn wir zu weit abdriften, ziehen uns die Amis auf der anderen Seite nicht raus.«

Sie stehen mit Seilwinden am gegenüberliegenden Flussufer verteilt, aber nur auf einer gewissen Strecke. Als wir uns weit genug vom Lager entfernt haben, mache ich Halt und lege mein Koppeltragegestell und die Ausrüstung ab. Die brauchen wir nicht mehr.

Wilhelm schaut noch einmal unschlüssig auf den schnell strömenden Fluss und das andere Ufer. Ich schätze die Entfernung auf hundertfünfzig Meter. Es mag nicht weit aussehen, aber unser Weg wird länger sein, da wir schräg durchschwimmen müssen. Es wird viel Kraft kosten.

Er schüttelt leicht den Kopf und murmelt: »Du bist echt verrückt. Und ich muss verrückt sein, auf dich zu hören.«

Kapitel 42

Wir sind nicht die Einzigen, die diese Idee haben. Viele scheinen sich zu denken – besser in die Fluten wagen, als in russische Gefangenschaft zu gehen.

Während ich meine Ausrüstung ablege, beobachte ich, wohin die anderen Soldaten treiben, wo sie Probleme mit der Strömung bekommen, wo sich gefährliche Wirbel unter der Wasseroberfläche verstecken. Wann immer ich einen Kopf nicht mehr auftauchen sehe, dreht sich mein Magen um.

Ich überlege, wie ich die Uhr und meinen Ausweis vor dem Wasser schützen kann, und wickle sie schließlich in meine Zeltplane, die ich in den ansonsten leeren Tornister stecke. Während ich die Trageriemen fest anziehe, kommt mir eine Idee. Ich krame in der liegen gelassenen Ausrüstung nach einem Seil. Ein festes Hanfseil sollte es tun. Das eine Ende werfe ich Wilhelm zu, das andere befestige ich an meinem Tornister.

»Was soll ich damit?«, fragt er.

»Mach es irgendwo fest. So verlieren wir uns nicht. Und wenn einer weggetrieben wird, kann der andere ihm vielleicht helfen.«

Wilhelm zögert, das Seil in der Hand. »Dann werden wir mit runtergezogen, wenn der eine untergeht.«

Ich funkele ihn an. »Du hast doch dein Messer dabei.« Feigling!

Wilhelm gibt nach und bindet das Seil an seinem Gürtel fest. Es ist etwa fünf Meter lang. Genug, damit wir uns nicht in die Quere kommen. Dann hole ich noch einmal tief Luft und drehe mich zur Elbe um.

Über die sanft abfallenden Flussauen nähere ich mich langsam dem Wasser. Ich trage noch immer meine Stiefel, die Uniform und meinen Mantel. Es fühlt sich ganz und gar nicht richtig an, in voller Montur schwimmen zu gehen. Aber ich bin mir sicher, dass unsere Chancen so besser stehen.

Das Gras ist matschig und quietscht unter meinen Tritten. In kleinen Mulden haben sich Pfützen schmutzigen Wassers gesammelt, die einen abgestandenen Geruch verbreiten. Als ich die ersten gluckernden Ausläufer der Elbe erreiche, drehe ich mich noch einmal nach Wilhelm um. Sein Gesicht ist kreidebleich, aber seine Miene zeigt die gleiche grimmige Entschlossenheit, die auch ich empfinde und die meine Angst überlagert.

Ich wate in den Fluss. Die undurchsichtigen Fluten, in denen vermodertes Gras und Zweige schwimmen, umschwappen meine Knöchel. Ich sauge tief Luft ein, als das kalte Wasser in meine Stiefel dringt. Es geht rasch tiefer; hinter mir höre ich Wilhelms patschende Tritte. Der Zug der Strömung ist schon am Ufer kräftig zu spüren.

Los jetzt! Je länger ich warte, desto größer ist die Wahrscheinlichkeit, dass mich doch noch der Mut verlässt. Das ferne Donnern der Artillerie bestärkt meinen Entschluss. Das Wasser umspült meine Knie, dann meine Hüften. Ich halte den Atem an und werfe mich bäuchlings in die Fluten. Der dicke, wollene Mantelstoff dämpft den Schock des kalten Wassers ein wenig.

Sobald ich den Uferbereich hinter mir gelassen habe, in dem man noch stehen kann, spüre ich den Sog, der mich flussabwärts zieht. Ich lasse mich mittragen und konzentriere mich darauf, den Kopf über Wasser zu halten und mit kräftigen, aber ruhigen Schwimmzügen nachzuhelfen. Das andere Ufer wirkt meilenweit entfernt. Ich höre das Rauschen des Wassers und Wilhelms keuchenden Atem hinter oder neben mir. Ab und zu spüre ich einen Zug am Seil, wenn wir zu weit auseinanderdrifteten.

Etwas greift nach meinen Füßen. So fest, als hielte mich eine unsichtbare Hand umklammert. Im nächsten Augenblick schwappt das Wasser über meinem Kopf zusammen. Ich habe gerade noch Zeit, meine Lungen mit Luft zu füllen. Wild paddele ich mit den Beinen, um mich loszureißen, und versuche, die aufkommende Panik niederzudrücken. Um mich herum ist es dunkel. Ich habe keine Ahnung, wo oben und unten ist.

Ruhe bewahren! Nicht hektisch werden. Das kostet nur Kraft. Mit möglichst kontrollierten Armbewegungen, kämpfe ich mich durchs Wasser, in die Richtung, die ich für oben halte. Ein kurzer Ruck am Seil weist mir den Weg. Mein Kopf stößt wieder über die Wasseroberfläche.

Ich hole keuchend Luft. Wilhelm ist mir voraus. Der Zug durch seinen Körper hat mir geholfen, dem Strudel zu entkommen. Jetzt gelangen wir in die Mittelrinne des Flusses, wo die Elbe am tiefsten ist und die Strömung am schnellsten. Ich kann bereits die Amerikaner in ihren dunkelgrünen Uniformen erkennen, die am Ufer auf- und ablaufen und nach Schwimmern Ausschau halten. Einige kleine Raupen mit Seilwinden stehen bereit. Wir müssen nur in deren Reichweite kommen.

Die Kälte beginnt langsam, mir unter den Mantel und auf die Haut zu kriechen. Bereits jetzt spüre ich meine Zehen nicht mehr. Mein Herz klopft, trotz der eben ausgestandenen Furcht und der körperlichen Anstrengung, langsamer. Ich merke, wie mich eine süße Müdigkeit und Trägheit einzulullen versucht.

Ich zwinkere mit den Augen, um mich wach zu halten, und ziehe tief die kühle Luft ein. Noch ein paar Minuten, dann haben wir's geschafft. Bruchstückhaft erscheint immer wieder das andere Ufer vor meinen Augen, dann taucht mein Kopf halb unter. Auf und ab, auf und ab. Einatmen, ausatmen.

Als ich zur Seite blicke, sehe ich einen abgestorbenen Baumstamm, der mit der Strömung auf mich zurast wie ein Rammbock. Ich verdopple meine Schwimmanstrengung, um mich aus der Reichweite dieses Geschosses zu bringen. Der Baumstamm dreht sich im Wasser, sodass er uns seine Breitseite zuwendet. Eh ich mich versehe, ist er auf unserer Höhe. Ich bemerke noch, wie er Wilhelm mit voller Wucht an der Schulter erwischt. Dann spüre ich einen starken Ruck am Rücken, als das Seil sich spannt und mich wieder nach unten zieht. Verdammt. Der Schlag muss ihn außer Gefecht gesetzt haben.

Mein Kopf taucht ins eiskalte Wasser, das mir in Ohren und Nase strömt. Es brodelt und schäumt um mich herum. Auch wenn ich die Augen aufreiße, sehe ich nichts als dunkle, braune Fluten, in denen kleine Stückchen schwimmen.

Ich paddele mit den Armen, aber es hilft nichts. Es ist, als würde mich ein Gewicht nach unten ziehen. Ich komme nicht mehr hoch. Hilfe! Mein Blick verengt sich durch Panik und Luftmangel.

Mir fällt ein, was ich zu Wilhelm gesagt habe. *Du hast doch dein Messer.* Ich muss mich losmachen. Orientierungslos taste ich nach dem Seil, das an meinem Tornister befestigt ist. Ich kann ihn doch nicht einfach so im Stich lassen. Nicht einmal Braun. Obwohl meine Lunge sticht und ich meine Glieder kaum noch spüre, ziehe ich mich am Seil entlang, in der Hoffnung, irgendwo auf Wilhelm zu stoßen.

Die Strömung ist nahe dem Grund schwächer. Meine nach vorne tastende Hand fühlt ich etwas Weiches, einen Körper. Mein Atemreflex wird jetzt übermächtig. Ich muss mich sehr zurückhalten, nicht an die Oberfläche zu schwimmen, nicht ohne ihn. Ich greife unter seine Schultern und will ihn mit nach oben ziehen, doch ich spüre Widerstand. Wir hängen fest.

Er schafft es nicht, flüstert eine Stimme. *Du musst ihn zurücklassen. Man kann nicht jeden retten.*

Nein! Meine Finger, die sich gar nicht mehr wie meine anfühlen, tasten am Seil entlang. Ich merke, dass sich die Schnur um einen im Boden steckenden Ast oder Baumstamm gewickelt haben muss. Ein spitzer Zweig reißt mir die Haut ein, aber ich spüre es kaum. Jede Sekunde bringt uns beide dem Tod näher. Das Messer! Wilhelm hat es in seinen Gürtel gesteckt. Wenn es nur noch da ist! Ja, ich habe es. Ich ziehe es heraus und hacke blind auf das Seil ein. Meine Arme erschlaffen.

Endlich ist es durch. Das Messer entgleitet meiner Hand. Ich packe Wilhelm am Kragen. Mit allerletzter Kraft ziehe ich uns beide nach oben.

Mein Mund öffnet sich unwillkürlich, als meine Lungen nach Luft lechzen. Blasen steigen auf, mir wird schwarz vor Augen. Nein, doch nicht schwarz. Es ist licht hier.

Gerhard, von einem hellen Leuchten umgeben, erscheint auf einem goldenen Feld direkt vor mir und winkt mir zu. Die Ähren haben die gleiche Farbe wie Luises Haar. Er lacht und bedeutet mir, ich solle zu ihm kommen. Ich bemühe mich ja. Die Beine und Arme wollen nicht mehr so, wie ich will. Ich versuche zu rennen, aber bewege mich keinen Zentimeter vorwärts. Er deutet auf etwas, das vor mir im Gras liegt, und lächelt. Ein Seil. Ich hebe das Seil auf und halte es ganz fest. Ich weiß nicht, warum das wichtig ist, aber ich vertraue meinem Freund.

Dann spüre ich ein scharfes Brennen in meinen Lungen. Ich reiße die Augen auf, sehe einen Fetzen verhangenen Himmels über mir. Das ist nicht der blaue Himmel über dem Feld, auf dem ich eben war …

Meine Brust fühlt sich an, als würde sie gleich platzen. Mit tiefen, rasselnden Zügen sauge ich die Luft ein. Der Nebel vor meinen Augen lichtet sich langsam. Meine eine Hand hält noch immer Wilhelms Mantelkragen umklammert, die andere ein dickes Seil, das die Amerikaner von der anderen Uferseite ins Wasser geworfen haben.

Da steht jemand auf der Wiese und winkt. Es ist nicht Gerhard. Natürlich nicht …

Ich lasse mich von dem Seil mitziehen, während ich mit dem anderen Arm versuche, Wilhelms Kopf über Wasser zu halten. Doch meine Kraft verlässt mich. Als ich schon glaube, es geht nicht mehr, spüre ich harte Kiesel unter den Stiefelsohlen. Dann wird es wirklich schwarz um mich.

Kapitel 43

Die nächsten Tage vergehen in einer endlosen Abfolge aus Wachen und Schlafen, Tagträumen und Albträumen, aus denen ich schweißgebadet erwache.

Ich liege im Feldlazarett der Amis, zusammen mit anderen deutschen Soldaten. Wilhelm haben sie schon nach einem Tag wieder entlassen, nachdem er sich von der Tortur erholt hatte.

Aber mein Fieber will nicht weichen. Ich erinnere mich, dass in einem meiner wachen Momente ein deutscher Arzt etwas von einer Infektion gesagt hat. Manchmal klappern meine Zähne so aufeinander, dass ich schon Angst habe, mir einen zu brechen. Im nächsten Moment schwitze ich derart, dass ich mir am liebsten alle Kleider vom Leib reißen würde. Mein Kopf dröhnt, meine Lippen sind aufgeplatzt und rau, sogar meine Augen schmerzen in den Höhlen.

Hin und wieder fühlt es sich an, als würde jemand mit einem heißen Eisen meine Backenzähne berühren, sodass ich vor Schmerzen aufschreie.

Ich spüre etwas Kühles auf der Stirn, das gut tut. Jemand träufelt mir Wasser auf die geschundenen Lippen. Als ich die Augen öffne, sehe ich verschwommen eine vertraute Gestalt vor mir sitzen. Gerhard, denke ich, und schlafe erschöpft, aber zufrieden wieder ein.

Irgendwann kehrt mein volles Bewusstsein zurück. Ich schaue mich verwirrt um. Reihen von Feldbetten mit grau-weißen Tüchern, in denen magere Gestalten liegen, umgeben mich.

An meinem Bett steht – Wilhelm. Es war doch nicht Gerhard, der sich letzte Nacht um mich gekümmert hat. Aber warum sollte ausgerechnet Wilhelm das tun?

Wieder legt sich ein heißes Eisen an meine Backenzähne und ich zucke zusammen. Mit einer Hand taste ich nach meinen Wangen. Sie fühlen sich stark geschwollen an.

Wilhelm geht und kommt mit einem Arzt zurück, der mich untersucht.

»Du hast dich unterkühlt und jetzt sind deine Backenzähne vereitert«, sagt er, nachdem er mit den Fingern vorsichtig meinen Mund aufgemacht und hineingespäht hat. Schon das lässt mich wieder tausend Schmerzen leiden.

»Es wird uns nichts anderes übrig bleiben, als sie zu ziehen. Sonst geht der Eiter ins Blut und löst eine Blutvergiftung aus. Ich bereite alles zur OP vor.«

Er geht und ich starre an die Decke. Jeder Muskel in meinem Körper tut weh, aber die Schmerzen in meinem Kiefer überschatten alles. Obwohl ich mir nicht gern die Zähne ziehen lasse, kann ich es kaum erwarten, bis diese Dinger draußen sind.

Jetzt erst bemerke ich, dass Wilhelm noch neben meinem Bett steht und unschlüssig auf mich herabschaut.

»Morgen, Köhler. Hast ja lang genug geschlafen«, brummelt er.

Ich versuche, etwas zu erwidern, aber alles in meinem Mund fühlt sich geschwollen an, selbst die Zunge. Ich bringe kein Wort zustande.

Er knetet seine Mütze in den Händen. »Ist bestimmt nur 'ne kurze OP. Hast Glück gehabt, dass es nur deine Zähne erwischt hat. Bei den anderen Männern hier ... die Hälfte kommt nicht mehr dazu, die Hosen hochzuziehen.«

Ich runzle die Stirn und forme mit den Lippen ein Wort. *Ruhr?* Wilhelm nickt.

Ich bin mir nicht sicher, ob ich es besser getroffen habe. Der Schmerz, der von meinem Kiefer ausstrahlt, ist immer noch benebelnd, obwohl die Morphinspritze, die mir der Arzt vorhin gegeben hat, langsam Wirkung zeigt. Allerdings stelle ich es mir auch nicht besonders angenehm vor, ununterbrochen zu scheißen. Und um mich herum liegen viele Soldaten, denen Gliedmaßen fehlen. Ich habe nicht einmal den kleinen Finger verloren ...

»Stinkt wie eine Latrine da draußen, im ganzen Lager. Na ja, ich ... lass dich mal in Ruhe.«

Er knetet wieder seine Mütze, was bei einem Riesenkerl wie ihm komisch aussieht, mich aber erst recht irritiert, weil ich Wilhelm noch nie so erlebt habe ... so ... verlegen? Ich nicke schwach.

Er setzt seine Kappe auf und dreht sich weg, geht aber noch nicht. Ich beobachte ihn verwirrt, als er sich wieder zu mir umdreht und einen Schritt auf mein Bett zumacht. Er strafft seine Schultern. »Übrigens, danke.«

Ich blinzle.

Es kostet ihn merkliche Überwindung, weiterzusprechen. »Du hast mich da rausgezogen, oder?«

Da ich nicht antworte — weil ich nicht kann, aber auch, weil ich noch immer zu baff bin, so etwas aus seinem Mund zu hören —, fährt er fort: »Ich kann mich nur noch daran erinnern, wie der Baumstamm auf mich zugerast kam. Keine Chance, auszuweichen. Im nächsten Moment wache ich hier im Lazarett auf. Ich habe keine Ahnung, wie ich hierhergekommen bin.«

Er schaut mich fest an und ich glaube, widerwilligen Respekt in seinen grauen Augen zu sehen.

»Ich schulde dir was.«

Nach der OP, die ich halb wach, halb betäubt überstanden habe, werde ich jeden Tag mit meiner Pritsche hinaus in die Sonne geschoben, damit die warmen Strahlen die Heilung meines Kiefers unterstützen. Das, zusammen mit der kräftigenden Brühe, lässt meine Lebensgeister bald zurückkehren.

Wilhelm kommt jeden Tag vorbei, wenn ich draußen sitze, und leistet mir Gesellschaft. Wir reden nicht viel miteinander. Manchmal gar nicht. Trotzdem merke ich, dass er sich verändert hat. Wenn mir jemand vor einem Jahr gesagt hätte, der Braun könnte ein ganz anständiger Kerl werden, hätte ich ihn ausgelacht.

Wenn wir uns unterhalten, kommt das Gespräch oft auf unsere Ziele und Pläne. Der Krieg ist vorbei, vor ein paar Tagen ist Hitler gefallen – jedenfalls sagen sie, dass er gefallen ist. Es geht das Gerücht um, er habe sich selbst getötet, was mich nicht wundern würde … Es ist nur noch eine Frage der Zeit, ehe Deutschland endgültig aufgeben muss. Aber was wird dann aus uns, den Gefangenen in diesem endlosen Lager aus behelfsmäßigen Zelten, den Männern ohne Zukunft?

»Ich weiß nicht, was ich machen soll«, sagt Wilhelm. »Wenn wir rauskommen, wird alles anders sein. Alles, was ich mir vorher vorgestellt habe … Meine Familie … ich weiß nicht einmal, was sie mit ihnen gemacht haben.«

Ich schweige und wundere mich im Stillen darüber, dass ich für Braun Mitleid empfinden kann. Wenn sie seinen

Vater geschnappt haben ... Als SS-Offizier wäre er selbst ohne seine Uniform an der Tätowierung am Oberarm zu erkennen. Ich habe gehört, dass die Alliierten viele SS-Angehörige auf der Stelle erschossen haben. Wilhelm weiß das bestimmt auch. Und obwohl sein Vater vermutlich ein Verbrecher war und es verdient hätte ... es sind schon zu viele Väter in diesem Krieg gefallen.

* * *

Ich starre aus dem Fenster, während der Zug munter über die Schienen rattert. An mir vorbei ziehen mit einer dünnen Schneeschicht bedeckte Felder, gespickt mit vereinzelten Gehöften, aus deren Schornsteinen Rauch quillt.

Kaum zu glauben, dass ein Jahr schon wieder um ist. 1945 neigt sich dem Ende zu und alles hat sich verändert.

Je näher ich Leipzig komme, desto aufgeregter werde ich. Ich frage mich, ob mir die Umgebung schon bekannt vorkommt oder ich es mir nur einbilde. Ich spüre gleichermaßen Freude und Furcht. Freude, meine Familie wiederzusehen; Furcht, dass sie mich nicht erkennen, nach all den Monaten, die mich sicher verändert haben. Oder dass ihnen in der Zeit, in der ich weg war, etwas zugestoßen ist.

Beim Aushändigen meiner Entlassungspapiere haben sie mir angeboten, eine Ausbildung bei der Polizei anzufangen. Weil der Krieg so vielen Männern das Leben gekostet hat, herrscht überall Arbeitskräftemangel. Ich habe rigoros abgelehnt. Eine Waffe nehme ich nie wieder in die Hand, das habe ich mir geschworen.

Wilhelm hat das Angebot angenommen. »Ich weiß nicht, was ich sonst machen soll«, hat er zu mir gesagt, als wir uns das letzte Mal gesehen haben.

Ich bin mir nicht sicher, ob ich froh bin, ihn los zu sein, oder ob ich ihn vermissen werde. Vielleicht ein bisschen von beidem. Er war die letzte Verbindung zu meinem alten Leben in Schlesien, das jetzt nicht einmal mehr zu Deutschland gehört. Während der letzten Monate in Gefangenschaft habe ich mich an ihn gewöhnt. Als wir uns verabschiedet haben, konnte ich von dem alten Hass, den ich einmal für ihn empfunden habe, nichts mehr spüren. Wir haben uns mit einem Handschlag getrennt.

Die Straßen Leipzigs, durch die ich mit meinem schweren Seesack auf dem Rücken wandere, kommen mir seltsam vertraut und gleichzeitig unbekannt vor. Ausgebrannte Gebäude und Bombenlücken stören noch immer das Stadtbild, aber die Trümmer wurden schon beseitigt. Jedes Haus, das noch bewohnbar ist, wurde mit Familien vollgestopft, die ihr eigenes Heim verloren haben. Kinder in abgewetzten Mänteln und viel zu dünnen Schuhen spielen am Straßenrand und eine junge Frau mit Kopftuch eilt mit einem Kinderwagen voller Kohlen an mir vorbei. Wenn ich russische Soldaten auf Streife passiere, senke ich den Blick.

Ich durchquere den Park, in dem ich mich von Luise verabschiedet habe. Als ich das letzte Mal nach Leipzig gekommen bin, ist Gerhard neben mir gelaufen. Beim Gedanken an ihn zieht sich meine Brust schmerzhaft zusammen. Gleich darauf stockt mir der Atem. Vor mir liegt die Straße, in der Luise und Tante Martha wohnen. Doch da steht nur noch das Haus von Tante Martha.

Wo ehemals das Nachbarhaus stand, Luises Haus, befindet sich eine Lücke. Nur einige Steine zeigen noch die früheren Mauern des Hauses an, sogar der Keller darunter ist eingefallen. Der alte Apfelbaum streckt verlassen seine knorrigen, kahlen Äste aus.

Von Angst erfasst beschleunige ich meine Schritte, um daran vorbeizueilen und an die Tür von Tante Martha zu klopfen.

Es ist Lieschen, die mir öffnet. Ihr Mund steht offen und ihre Augen werden kugelrund. Dann schlingt sie ihre dünnen kleinen Arme um meine Taille, nur für ein paar Sekunden.

»Anton ist wieder da«, schreit sie, nachdem sie mich losgelassen hat, und rennt mit hüpfenden Zöpfen den Gang hinunter. »Anton ist hier.«

Auf ihren Ruf hin öffnen sich alle Türen im Flur und Mutter tritt aus der Küche. Ich bekomme kein Wort hervor, als wir uns anschauen. Das Lächeln in ihren Augen lässt sie viel jünger wirken und bringt ihr ganzes Gesicht zum Strahlen. Tante Martha, die hinter ihr steht, bricht in Tränen aus. Ich schaffe es gerade noch, meinen Seesack abzusetzen, da zerquetscht mich Mutter bereits in ihrer Umarmung. »Mein Junge«, höre ich sie murmeln.

Ich bin wieder daheim. Das Jubelgeschrei meiner Geschwister klingt wie Musik in meinen Ohren, während ich Mutters Wärme spüre, den rauen Stoff ihres Pullovers unter meinen Händen. Hier habe ich das Gefühl, alles vergessen zu können, was hinter mir liegt.

Mutter entlässt mich nach langer Zeit und ich merke kaum, wie mich auch Tante Martha und Onkel Emil in ihre Arme ziehen. Ich fühle mich wie in einem Traum, alles scheint unwirklich – bis mir wieder einfällt, was ich draußen gesehen habe.

Ich versuche, mich über das Lärmen der Kinder hinweg verständlich zu machen.

»Was ist denn in dem großen Sack? Heiligabend ist doch erst übermorgen«, piepst Lotta.

»Anton, willst du sehen, was ich mit deinem Messer für dich geschnitzt habe?«, ruft Fritz laut in mein Ohr.

Ich ergreife Onkel Emils Arm, um ihn auf mich aufmerksam zu machen. »Onkel, Mutter, was ist ...«, es kostet mich Mut, die Frage auszusprechen, »was ist mit den Hofmanns passiert?«

Ich mache mich auf betroffene Gesichter und drucksende Erklärungen gefasst.

»Das ist während der letzten Kriegswochen geschehen«, sagt Onkel Emil leise. Ich schlucke.

»Aber keine Sorge«, fällt Mutter ein, die wohl meinen Gesichtsausdruck deuten kann. »Luise und ihre Familie haben es überstanden. Sie sind in Markranstädt bei den Großeltern.«

Sie zieht mich erneut in die Arme und wischt sich die Tränen aus den Augen. Die Erleichterung lässt mich beinahe noch einmal schwindeln.

»Was ist mit Helmut? Habt ihr etwas gehört?«, stelle ich die nächste Frage, die gestellt werden muss. Ich habe mich mit meinem ältesten Bruder zwar nie wirklich gut verstanden, aber er ist immerhin mein Bruder.

»Er ist noch in amerikanischer Kriegsgefangenschaft. Schon kurz, nachdem du eingezogen wurdest, haben wir das Telegramm von ihm erhalten. Es geht ihm den Umständen entsprechend. Leider ist er nicht minderjährig. Es lässt sich nicht sagen, wann die anderen entlassen werden.«

Ich beobachte die Kleinen, die neugierig um den Seesack herumspringen. Meine Güte, wie groß Erich geworden ist!

»Wir haben auf alle aufgepasst, Anton«, sagt Max stolz und steckt die Daumen in den Hosenbund.

Ich nehme den Sack mit in die Küche und beginne, vor den staunenden Augen meiner Familie den Inhalt auf dem

Tisch auszubreiten. Packungen mit Mehl, Zucker, Salz, Graupen und getrockneten Erbsen, Butter, Käse, Brot und Schokolade …

»Oh, Anton, das ist ja wie bei Hänsel und Gretel«, seufzt Tante Martha und schnuppert an einer besonders großen, geringelten Wurst. »Wo hast du das nur alles her?«

»Im Westen gegen meine Zigarettenmarken getauscht, die ich doch nie gebraucht habe«, erwidere ich und teile Schokolade an meine Geschwister aus. Die strahlenden Augen wirken groß in ihren dünnen Gesichtern. »Ich wusste ja, dass ihr hier nicht viel kriegt.«

»Und das haben sie dich einfach so mit über die Grenze nehmen lassen?«, fragt Onkel Emil.

Ich schmunzle. »Na ja, einen Augenblick lang dachte ich wirklich, ich muss alles abgeben. An der Zollkontrolle vor Erfurt, bei der Demarkationslinie zur sowjetischen Zone, hat mich ein russischer Wachmann herausgewunken und mir befohlen, den Sack auszupacken.« Ich erinnere mich daran, wie ich geschwitzt habe, als ich Lage um Lage meiner so schön geschichteten Lebensmittel herausholen musste.

»Ich hatte ihn schon fast zur Hälfte geleert und mein Zug sollte in fünf Minuten weiterfahren, da hat er auf einmal abgewinkt und gesagt …«, ich imitiere, so gut es mir möglich ist, die brummige Stimme mit ihrem russischen Akzent: »Einpacken!«

Die Kinder quietschen vor Vergnügen bei der Nachahmung. Ich sage ihnen nicht, dass es vielleicht die Tränen in meinen Augen gewesen sind, die den Zollbeamten doch noch zu einem Einsehen bewogen haben.

»Und dann hast du den Zug noch gekriegt?«

Ich lächle. »Gerade so. Sonst wäre ich ja nicht hier.«

Mutter legt mir einen Arm um die Taille und lehnt ihren Kopf an meine Schulter. »Aber das bist du. Jetzt haben wir dich endlich wieder.«

Kapitel 44

Ich trete von einem Fuß auf den anderen, während ich darauf warte, dass mir jemand die Tür öffnet. Meine Nerven zittern wie überspannte Saiten. Wird sie sich freuen, mich wiederzusehen? Ist sie überhaupt zu Hause? Vielleicht hätte ich mich vorher ankündigen sollen. Aber ich weiß gar nicht, ob Luises Großeltern ein Telefon haben. Die Tür geht auf und ich halte die Luft an.

Luise starrt mich an wie eine Erscheinung, eine Hand noch immer an der Türklinke. Ihre Sprachlosigkeit gibt mir Zeit, sie zu mustern. Sie hat sich verändert, wirkt ... erwachsener. Ihre weichen weißblonden Haare, die immer in zwei langen Zöpfen rechts und links über ihre Schulter gefallen sind, sind verschwunden. Sie trägt jetzt kinnlanges Haar, ein wenig ungewohnt, aber es steht ihr.

»Anton«, flüstert sie schließlich.

»Hallo.«

»Wie bist du ... wann ... warum ...«, stammelt sie und nimmt zaghaft die Hand von der Klinke, um sie nach mir auszustrecken, wie um sich zu vergewissern, dass ich wirklich da bin. Bevor ihre Hand meinen Arm berührt, hält sie inne.

Die Zeit steht still, als sich unsere Blicke treffen. Ihre kornblumenblauen Augen leuchten unverändert hell. Dann lässt sie ihren Arm sinken.

Die heldenhafte Rückkehr aus dem Krieg – sollte sie mir nicht um den Hals fallen? Was habe ich erwartet?

»Ich bin wieder da«, sage ich.

»Ich wusste nicht ... warum hast du nicht geschrieben?« Die Frage klingt hilflos, nicht anklagend, eher ... flehentlich.

»Ich habe ein Telegramm geschickt, aber ...«

»Ach, richtig. Unser Haus.«

Ich nicke. »Tut mir leid.«

Sie nickt ebenfalls. Dann schweigen wir wieder. Es gäbe so viel zu sagen. Wo soll man da anfangen?

»Seit wann bist du wieder hier?«, fragt sie und schaut sich im Flur um, als wolle sie sehen, ob uns jemand beobachtet.

»Erst seit ein paar Tagen. Ich bin gekommen, so bald es mir möglich war.«

Sie schenkt mir einen Blick, den ich nicht deuten kann. Dann greift sie nach einem Wolltuch auf der Garderobe und schlingt es sich um den Hals. »Gehen wir eine Runde?«

Wir laufen nebeneinander durch das verschneite Markranstädt, das von den Bomben wenig zu spüren bekommen hat; kaum zehn Zentimeter voneinander entfernt, aber ohne uns zu berühren.

»Wo ist Gerhard?« Sie schaut mich zaghaft von der Seite an.

Ich blicke auf meine Füße. Das ist der schwerste Teil. Schon als ich es Mutter sagen musste ... Ich habe ihr nur erzählt, dass er gefallen ist, keine Einzelheiten. Ich könnte es nicht ertragen, die Szene noch einmal vor meinem inneren Auge wachzurufen. »Er ist nicht ... da«, murmele ich. »Er ...«

Sie bleibt abrupt stehen. »Du meinst ...?«

Ich wende mich zu ihr um und sehe sie stumm an. Mehr benötigt sie nicht als Bestätigung. Ihre Augen werden feucht; sie schlägt eine Hand vor den Mund. »Es tut mir so leid«, flüstert sie.

»Mir auch.«

»Er war immer so fröhlich und voller Optimismus ...« Ihre Stimme bricht.

»Ja«, sage ich und schlucke. »Was ist mit deinem Vater?«

Sie seufzt. »Wir haben nichts gehört. Die Nicht-Minderjährigen Gefangenen werden erst später entlassen ... in unbestimmter Zeit. Aber selbst dann ...«

Ich höre die Hoffnung und gleichzeitige Resignation in ihrer Stimme. Der Krieg hat bei uns beiden hässliche Wunden hinterlassen, die nicht so bald wieder heilen werden.

Ein Rabe krächzt neben uns in einem Baum. Seine klugen Augen mustern uns, als wir an ihm vorbeigehen. Vereinzelte Fußgänger kommen uns entgegen. Wir weichen automatisch aus und werden dadurch kurz voneinander getrennt.

»Und wie ist es dir ergangen?«, fängt Luise wieder an, nachdem wir eine Zeit lang schweigend nebeneinanderher gelaufen sind. »Was haben sie nach dem Kriegsende mit euch gemacht?«

Ich ordne meine Gedanken, versuche, die Trauer wegzudrängen und mich auf unser Gespräch zu konzentrieren.

»Ich war in amerikanischer Kriegsgefangenschaft. Erst musste ich als Uhrmacher für die Amis arbeiten. Die Kriegsbeute begutachten – Uhren, Edelsteine, Goldschmuck, Wertsachen ... eben alles, was sie so haben mitgehen lassen.«

Sie macht große Augen.

»Dafür haben sie mich auch gut behandelt und ordentlich gefüttert. Irgendwann wurden wir in ein anderes Lager verlegt. In der Nähe von Hamburg. Dort bin ich mit einem Kameraden bei einem Müller untergekommen. Weil wir minderjährig waren, durften wir uns in einem gewissen Umkreis der Mühle frei bewegen. Ich hätte dort bleiben können ... im Westen. Aber ich wollte immer nur nach Hause. Auch wenn das bedeutet, mich wieder unter die Kontrolle der Russen zu begeben.«

»Ja ... die Russen, die haben hier echt alles unter Kontrolle«, sagt sie sarkastisch. »Was hast du jetzt vor?«

»Erst mal muss ich Geld verdienen«, sage ich. »Meine Familie unterstützen. Vielleicht finde ich Arbeit bei der Demontage der Industrieanlagen in Leuna.«

»Und dann?«, fragt Luise.

»Ich bin mir noch nicht sicher. Wenn ich ein wenig angespart habe, dann könnte ich vielleicht ...« Ich nehme all meinen Mut zusammen und schaue sie an. »Würdest du mir beibringen, wie man Noten liest?«

Auf ihrem Gesicht bildet sich ein Lächeln, halb fragend, halb überrascht. »Im Ernst?«

Ich lächle zurück und nicke.

»Klar bringe ich dir das bei. Alles, was du willst ...«, sagt sie in einem undefinierbaren Tonfall. Ich verschlucke mich beinahe.

Wir laufen noch eine Weile durch die beinahe leeren Straßen, während die trübe Wintersonne immer tiefer wandert. Sie erzählt mir, was sie selbst in den letzten Kriegswochen durchgemacht hat – bevor die Amis Leipzig besetzt haben.

»Wir sollten wieder zurück«, sagt sie schließlich. Sie klingt bedauernd. »Ab Einbruch der Dunkelheit gilt Ausgangssperre für alle. Alle Deutschen, natürlich.«

Ich schaue mich um. Es ist bereits dämmrig, der westliche Himmel von einer feinen Röte überzogen. Ich habe gar nicht bemerkt, wie das Tageslicht geschwunden ist, so vertieft war ich in unser Gespräch.

»Wir nehmen eine Abkürzung«, sagt Luise und macht einen Schwenk über den Marktplatz, vorbei an der Kirche.

Als wir um eine Ecke biegen, höre ich auf einmal raue Stimmen. Vor dem Kino hat sich eine Traube russischer Soldaten gebildet, von denen einige die unverkennbaren Pelzmützen tragen. Sonst wirkt die Straße wie ausgestorben.

Ich greife Luises Arm, um einen anderen Weg einzuschlagen, damit wir nicht an den Russen vorbeimüssen. Ihre Stimmen klingen betrunken, auch wenn ich nicht verstehen kann, was sie sagen. Plötzlich ertönt der helle Schrei eines Mädchens aus Richtung der Soldaten.

Wir bleiben stehen. Ein grobes Auflachen, dann lallt eine männliche Stimme: »Komm!«

Die Soldaten rücken auseinander. Jetzt sehen wir die zwei Mädchen, die sie zwischen sich eingekreist haben. Luise wechselt einen nervösen Blick mit mir.

Ich handle, ohne nachzudenken. »Versteck dich! In der Gasse dort«, raune ich ihr zu.

Sie zögert, aber mein entschlossener Blick scheint sie zu überzeugen. Sie verschwindet im Schatten eines engen Gässchens.

Nachdem ich mich versichert habe, dass sie nicht zu sehen ist, schreite ich zielstrebig quer über die Straße auf die Gruppe zu. »Hey, ihr da, lasst sie in Ruhe!«, rufe ich.

Ich spüre das bekannte Kribbeln der Angst, als sie sich zu mir umdrehen und mir mit finsteren Gesichtern entgegenblicken. Doch irgendjemand muss den Mädchen ja helfen. Ich habe im Krieg schon Schlimmeres überstanden – auch wenn ich da nie absichtlich in die Gefahrenzone hineingelaufen bin.

»Lasst sie in Ruhe«, rufe ich noch einmal.

Es ist, als werfe man Steine nach einem Wachhund. Erst ignoriert er dich, aber irgendwann ist seine Geduld überschritten und er wird aggressiv. Diese sieben jungen Russen sind es nicht gewohnt, dass ihnen ein Deutscher die Stirn bietet. Sie lassen von den Mädchen ab, um sich ganz mir zuzuwenden.

Nur keine Furcht zeigen, rede ich mir ein. Dem Löwen offenen Blickes entgegentreten.

Die Mädchen sind schlau genug, die Ablenkung zu nutzen und davonzuhuschen.

Ein bulliger Typ mit pockennarbigem Gesicht krempelt sich die Ärmel hoch und kommt auf mich zu. Die anderen folgen ihm. Ich warte, bis die Mädchen außer Sichtweite sind, dann will ich ebenfalls die Beine in die Hand nehmen. Doch da haben sie mich schon umzingelt.

Breitbeinig stehen sie um mich herum, die Arme überkreuzt, die Gesichter in der hereinbrechenden Dunkelheit kaum zu erkennen. Sie sehen aus, als würden sie jeden Moment zuschlagen und ihr Opfer nur noch einige Momente in Sicherheit wiegen wollen, um sich an seiner Angst zu weiden. Sie sind sich vollkommen sicher, dass sie mich haben. Seltsamerweise bin ich vollkommen ruhig.

Ich höre auf meinen Instinkt. Als mich der bullige Typ am Schopf packen will, lasse ich mich blitzartig auf den Boden fallen und schlittere auf den Knien über das Kopfsteinpflaster, genau zwischen den Beinen seines Gegenübers hindurch. Dahinter springe ich auf und renne, so schnell mich meine Beine tragen. Auch das Weglaufen habe ich im Krieg geübt.

Ich schlage eine Richtung ein, die mich von Luise und den Mädchen wegführt, und horche auf Schritte hinter mir.

Erst scheinen sie zu verdutzt, um zu reagieren. Ich erhasche einen kleinen Vorsprung. Doch als ich in die nächste Seitenstraße einbiege, höre ich schon das hallende Poltern ihrer Tritte auf dem Pflaster und ihre erzürnten Rufe.

Obwohl sie getrunken haben, schließen sie rasch zu mir auf. Das Fußgetrappel kommt näher, als ich an einer Gabelung einen winzigen Moment überlege, wohin ich mich wenden soll.

Ein Ruck reißt mich zurück. Einer hat mich am Jackenzipfel erwischt. Ich schlage nach hinten und es gelingt mir, mich loszumachen. Aber gleichzeitig weiß ich, dass ich sie nicht mehr lange abhängen kann. Einer von denen ist sicher schneller als ich und ich kenne mich hier nicht aus.

Ich mache eine Biegung auf den Marktplatz und sehe direkt vor mir den Eingang zu einer Gaststätte, *Zum Alten Eber*. Die Vordertür steht sperrangelweit offen und der Innenraum ist schwach beleuchtet. Vielleicht lüftet der Wirt gerade. Ohne darüber nachzudenken, ob es einen Ausweg gibt, platze ich direkt in die Gaststube hinein.

Der Wirt, ein feister Mann mit breiten Schultern, stellt gerade die Stühle hoch, um durchzukehren. Er schaut mich mit trägem Blick an, in dem keine Überraschung liegt – als würde jeden Abend ein Junge in seine Gaststätte gestürmt kommen.

»Wir haben geschlossen«, brummt er.

»Gibt es hier einen Hinterausgang?«, presse ich zwischen zwei keuchenden Atemzügen hervor und renne bereits weiter in den hinteren Teil des Raums.

Er schaut mich schweigend an. Dann muss auch er die Flüche und Rufe der russischen Soldaten hören, die draußen nach mir suchen. Er deutet mit dem Daumen hinter sich.

Ich sprinte um die Tische herum auf die Hintertür zu, die gut verborgen im dunklen Flur hinter der Gaststube liegt.

»Aber da ist Sackgasse«, ruft mir der Wirt noch nach, als ich die Türklinke herunterdrücke.

Ich renne trotzdem weiter, höre bereits, wie die Russen in den Laden stürmen, und finde mich in einem kleinen Hinterhofgarten wieder. Der Wirt hatte recht. Hier gibt es keinen Ausweg. Der ganze Garten ist von einer etwa drei Meter hohen Steinmauer umgeben.

Eine drei Meter hohe Mauer ...

In meinem Kopf macht irgendetwas klick. Ich sehe wieder die Grenadierwand vor mir, über die Müller uns so oft gehetzt hat.

Lauf zu, du warme Socke, höre ich Müllers kreischende Stimme in meinem Kopf. *Kriech nicht dahin wie eine Schnecke. Du musst drüberfliegen, verstehst du. Einfach Augen zu und rüber.*

Ich kann das, denke ich, nehme Anlauf und renne einfach los, direkt auf die Mauer zu, als würde sie sich vor mir in Luft auflösen.

Mit Schwung tragen mich meine Beine die senkrechte Steinwand empor, ich ergreife die Kante, ziehe mich den letzten Meter hoch und hechte darüber. Auf der anderen Seite rolle ich mich ab und verschnaufe kurz.

Hinter der Mauer ertönen erstaunte Rufe und wütendes Brüllen. Die wissen nicht, wo ich bin. Ich rapple mich rasch auf, für den Fall, dass sie die gleiche Ausbildung genossen haben wie ich, und schleppe mich weiter in einen Park, der sich hinter dem Gasthaus anschließt.

Hinter einer der Linden lehne ich mich gegen den dicken Stamm und lausche. Die Nacht ist klar und ruhig. Es hat leise angefangen zu schneien. Die Flocken schmelzen auf meinem erhitzten Gesicht. Ich hoffe Luise ist gut heimgekommen.

Dann höre ich wieder die Stimmen der Russen, die offenbar um den Gasthof herumgekommen sind, um sich nach mir umzuschauen. Hartnäckige Biester. Wahrscheinlich ärgert es sie, dass ein halbes Hemd wie ich sieben von ihnen an der Nase herumgeführt hat.

Nach einer Weile verschwinden sie wieder und es ertönen andere Geräusche. Dem Krachen und Poltern nach zu urteilen scheinen sie dem armen Wirt die Gaststube auseinanderzunehmen.

Ich komme langsam hinter dem Baum hervor und laufe zögernd wieder in Richtung des Vordereingangs vom *Zum Alten Eber*. Es ist meine Schuld, dass sie den Laden demolieren. Wenn ich auftauche, lassen sie vielleicht ab.

Doch da hält ein Auto vor dem Gasthaus und vier uniformierte Soldaten mit Schlagknüppeln und gezogenen Pistolen springen daraus hervor. Sie rennen in die Gaststätte hinein.

Ich beobachte aus sicherer Entfernung, wie darin ein kleines Handgemenge entsteht. Dann werden die sieben jungen Russen von den vier Offizieren herausgeschleift. Vielleicht hat sich der Wirt per Telefon bei der sowjetischen Kommandantur beschwert. Die sorgen jetzt für Ordnung unter ihren eigenen Truppen.

Als alle weg sind, atme ich auf und laufe unschlüssig zurück zum Kino. Soll ich noch einmal zu Luises Haus gehen und nachfragen, ob sie angekommen ist? Ich versuche, mich an den Weg zu erinnern, den wir bei unserem Spaziergang genommen haben. Als ich an der Gasse vorbeikomme, taucht aus der Dunkelheit eine Gestalt auf. Ich bleibe wie angewurzelt stehen.

Im milchigen Schein einer Straßenlaterne erkenne ich die Silhouette von Luise, die schmalen Schultern, die zierliche Figur, ihr Gang. Um sie herum segeln dicke fedrige Flocken herab. Wie eine himmlische Erscheinung.

Dann tritt sie vollends ins Licht und unsere Blicke treffen sich. Mein Herz klopft, vielleicht noch immer vom schnellen Laufen. Sie fliegt mir in die Arme und presst ihr Gesicht an meine Schulter. Ich fühle mich an den Tag des Bombenangriffs erinnert. Sie lehnt sich leicht zurück, um mich anzuschauen. Ihre Augen glitzern im Laternenschein.

»Alles in Ordnung?«, fragt sie mit belegter Stimme.

Ich nicke und brauche eine Weile, um selbst ein Wort zustande zu bringen. »Du hast auf mich gewartet«, stelle ich fest.

Ein flüchtiges Lächeln streift ihre Lippen. »Natürlich habe ich gewartet«, sagt sie.

Wir sind uns so nah. Die Wärme ihres Körpers lässt mich die stille Kälte der Winternacht vergessen. Mein Mund wird trocken, aber eine kribbelnde Aufregung erfasst meinen ganzen Körper. Plötzlich nähert sich ihr Gesicht ganz langsam meinem. Ich schlucke. Muss ich etwas Bestimmtes machen? Wie küsst man ein Mädchen? Was, wenn ich …?

Meine Gedanken setzen endlich aus, als ich ihre kühlen Lippen auf meinem Mund spüre. So weich. Ich wusste nicht, dass Mädchen so weiche Lippen haben. Und wie sie duftet, süß und betäubend zugleich. Immer wieder muss ich mir ins Gedächtnis rufen, dass ich nicht träume. Ich stehe wirklich hier und halte sie in den Armen, fühle, wie sich ihr Brustkorb nah an meinem hebt und senkt. Es ist viel besser als in jedem Traum.

Als sie sich von mir löst, ist ihr Haar mit einer dicken Schicht Schnee überzogen. Wie lange haben wir so dagestanden? Ich strecke meine Hand aus und ergreife ihre – nicht zögerlich und schüchtern, sondern als müsste es so sein, als würde ich es immer schon so machen.

Ich lächle sie an. »Ich bringe dich heim«, sage ich.

Hand in Hand laufen wir durch den glitzernden Schnee nach Hause.

Epilog

Der Silvesterabend ist eine ruhige, klare Nacht. Meine Geschwister sind schon in die Betten geschlüpft, obwohl es noch nicht Mitternacht ist. Noch hat das neue Jahr nicht begonnen.

Ich trete nach draußen in den Garten. Die eisige Winterluft umhüllt mich. Obwohl ich keine Jacke trage, ist mir nicht kalt, wenn ich die Hände in den Hosentaschen vergrabe. Ich lehne mich gegen den Gartenzaun und lege den Kopf in den Nacken, um die funkelnden Lichter zu betrachten. Mein Blick verliert sich in dieser endlosen Weite der Milchstraße, die sich wie ein seidiges Band über den Himmel schlängelt.

Vielleicht, denke ich plötzlich, wird ja jeder Mensch nach seinem Tod zu einem solchen Stern. Der Gedanke ist natürlich lächerlich. Trotzdem suche ich nach einem Stern, der Gerhard ähnelt. Ich finde ihn unter der Kassiopeia. Er funkelt mich besonders verschmitzt an und hat einen warmen gelblich-orangenen Farbton. Ich beschließe, mir seine Position und Helligkeit zu merken.

Die Kirchturmuhr in der Nähe schlägt zwölf. Das Jahr 1946 ist angebrochen. Ein Feuerwerk gibt es nicht - die Menschen haben in den letzten Jahren genug Explosionen erlebt.

Vor einem Jahr, an Silvester, hat es angefangen ... Damals war ich noch in Breslau, viele Kilometer entfernt. Sie haben mich meiner Familie entrissen, in die Kaserne gesperrt und zum Sklaven dieses verdammten Krieges gemacht – sie alle, die jetzt nicht mehr an der Macht sind und von denen bald nicht mehr übrig sein wird als ein schwarzer Fleck in der Geschichte Deutschlands. Sie sind schuld an Gerhards Tod, und an Augusts.

Der Brief von Augusts Mutter fällt mir wieder ein. Ich war überrascht, als Mutter ihn mir Heiligabend überreicht hat. Überrascht und nervös. Hasst sie mich jetzt, macht sie mich für alles verantwortlich? Aber der Brief war ganz anders als erwartet.

> *Lieber Anton,* schrieb sie,
>
> *haben Sie vielen Dank für Ihren herzlichen Brief! Wir können kaum in Worte fassen, wie viel es uns bedeutet hat, zu wissen, dass unser August nicht allein gestorben ist, dass Sie für ihn da gewesen sind, auch wenn wir es nicht konnten. Ich weiß, dass unser August Sie immer bewundert hat und so sein wollte wie Sie – und damit hat er sicher recht gelegen. Sie müssen sich überhaupt keine Schuld geben. Vielleicht hat Gott ihn zu sich geholt, damit er die schrecklichen letzten Monate des Krieges nicht mehr miterleben musste. Es ist uns ein Trost, zu wissen, dass sie seine Erinnerung lebendig erhalten werden.*
>
> *Wir wünschen Ihnen alles erdenklich Gute!*

Ich muss auch jetzt wieder hart schlucken, wenn ich daran denke. Was für ein Stein mir vom Herzen gefallen ist. Ich wusste gar nicht, dass er dort gelegen hatte, bis sich das Gewicht gelöst hat.

Mit diesem neuen Jahr fängt mein Leben an.

Ich bin es Gerhard und mir selbst schuldig, dass ich das Beste daraus mache – aus diesem neuen Leben. Es ist noch unbekannt und fremd. Ich kann mir noch nicht genau vorstellen, wie ich es bewerkstelligen soll. Aber wenn jetzt nicht die Zeit ist, meine Träume zu verfolgen, wann dann?

Ich habe überlebt! Ich habe den Krieg überstanden, ich bin über die Elbe geschwommen. Wenn ich das geschafft habe, dann kann ich alles schaffen.

Ich hole die Taschenuhr heraus und klappe den Deckel auf. Die filigranen Zeiger bewegen sich unermüdlich weiter und zeigen die Uhrzeit an … fünf nach zwölf. Als ich das kühle Metall in meiner Handfläche fühle, reift ein Plan in meinem Kopf heran.

Ich werde arbeiten gehen und Geld verdienen, wie ich es Luise gesagt habe. Von dem Geld werde ich etwas sparen, mir davon eine eigene Geige kaufen und Musikunterricht nehmen. Ich werde so lange üben, bis ich endlich so gut bin, wie ich es gern sein würde. Wenn nötig die ganze Nacht hindurch. Nebenbei kann ich die Abendschule besuchen, um mein Abitur nachzuholen; Luise wird mir dabei helfen.

Es sind große Pläne. Wenn ich so in den blinkenden Sternenhimmel schaue, überwältigt mich ein neues Gefühl der Freiheit und Unbegrenztheit. Als wäre alles möglich. Fast glaube ich, mich in den Himmel hineinstürzen zu können.

Der Stern, den ich für Gerhard ausgesucht habe, blinkt mir freundlich zu, als wollte er sagen. *Ja, genau, alter Junge, jetzt ist der Groschen endlich gefallen.*

Nachwort

Viel wurde bereits über die Nazi-Zeit und den Zweiten Weltkrieg geschrieben. Nach einigen Jahrzehnten des Schweigens, fingen die Menschen in Deutschland an, sich wieder mit ihrer Vergangenheit auseinanderzusetzen. Bei der Vielzahl an Erzählungen, Erfahrungsberichten, Dokumentationen und Romanen ist es schwierig, noch etwas ganz Neues herauszubringen. Aber das war auch gar nicht meine Absicht. Jede Geschichte zählt, weil sie dazu beiträgt, nicht zu vergessen.

Mit diesem Roman wollte ich zuallererst die Erlebnisse meines Opas niederschreiben. Letztendlich stehen die aber nur stellvertretend für das Schicksal von so vielen. Deshalb sind alle Charaktere fiktional und die Ereignisse nur angelehnt an seine Erzählungen. Das meiste davon ist tatsächlich passiert, einiges hätte so passieren können (mehr Informationen dazu auf meiner Website: www.anjamay.de).

1929 geboren erlebte mein Opa, Hubert Stych, den Beginn des Zweiten Weltkriegs mit zehn Jahren und hatte das Pech, im letzten Kriegsjahr noch als sechzehnjähriger Soldat eingezogen zu werden. Schon als ich klein war, habe ich ihn immer wieder darüber ausgefragt und er hat bereitwillig erzählt. Damals klang das Ganze für mich wie ein großes, aufregendes Abenteuer. Erst später wurde mir klar, dass mein Großvater etwas durchgemacht hatte, das kein Fünfzehn- oder Sechzehnjähriger erleben sollte. Ich begann, ihn als Stück lebende Geschichte zu betrachten, denn das Erstaunlichste an seinen Schilderungen war schließlich, dass er mir, seiner Enkeltochter, davon berichten konnte. Er hatte überlebt. Und manchmal wirklich mit allerhöchstem Glück.

Für mich (und vermutlich andere Deutsche meines Alters) ist es heute schwer vorstellbar, dass das, was momentan in anderen Teilen der Welt geschieht, auch bei uns noch nicht weit zurückliegt und jederzeit wieder eintreten könnte. Das Leid und Elend, das Krieg über die Menschen bringt, sollte kein Leser am eigenen Leibe erfahren müssen. Aber es an der Seite einer Romanfigur zu erleben kann vielleicht zum Verständnis unserer Vergangenheit und den Problemen in der heutigen Welt beitragen.

Anja May

Über die Autorin

Anja May ist in Leipzig geboren und aufgewachsen. Dort studierte sie auch Biologie und machte ihren Doktortitel bei der Erforschung von Bakterien unter marsähnlichen Bedingungen. 2015 schaffte sie den Sprung zur selbständigen Autorin und Übersetzerin. *Am Ende dieses Jahres* ist ihr Debütroman.

Anja liebt Bücher, Spaziergänge bei Sonnenuntergang und die USA, wo sie zwei Jahre gelebt hat.

Um mehr über Anja und ihre Bücher zu erfahren, besucht ihre Website www.anjamay.de. Dort findet ihr auch viele Bonusmaterialien und Hintergrundinformationen rund um den Roman.

Quellen

Viele Bücher und Internetseiten wurden für die Recherche dieses Romans herangezogen. Hier eine Auswahl der wichtigsten Quellen:

Bücher:

Breloer, Heinrich: Geheime Welten: Deutsche Tagebücher aus den Jahren 1939 bis 1947. Frankfurt a.M.: Eichborn 1999. ISBN 3821844841

Focke, Harald & Reimer, Uwe: Alltag unterm Hakenkreuz - Wie die Nazis das Leben der Deutschen veränderten - Ein aufklärendes Lesebuch. Reinbek: Rowohlt 1979. ISBN 349914431X

Friedrich, Jörg: Der Brand: Deutschland im Bombenkrieg 1940-1945. 9. Aufl. Berlin: Propyläen 2002. ISBN 3549071655

Kershaw, Ian: Das Ende: Kampf bis in den Untergang – NS-Deutschland 1944/45. München: Pantheon 2013. ISBN 978-3-570-55207-0

Lewis, J.E.: World War II: The Autobiography. Running Press 2009. ISBN 0762437359

Miller-Kip, Gisela: »Der Führer braucht mich«: Der Bund deutscher Mädel (BDM): Lebenserinnerungen und Erinnerungsdiskurs (Materialien zur Historischen Jugendforschung). Weinheim: Juventa 2007. ISBN 3779911353

Partschefeld, Hans: Viel zu schnell erwachsen – Zeitzeugenbericht eines Flaksoldaten. Rosenheim: Rosenheimer 2006. ISBN 347553679X

Von Buch, Wolfgang: Wir Kindersoldaten. Berlin: Siedler 1998. ISBN 3886806448

Welzer, Harald & Neitzel, Sönke: Soldaten: Protokolle vom Kämpfen, Töten und Sterben. Frankfurt a.M.: S. Fischer 2011. ISBN 3100894340

Websites:
http://www.jugend1918-1945.de/
http://chroniknet.de/
https://de.wikipedia.org
http://der-weltkrieg-war-vor-deiner-tuer.de.tl/
http://www.zweiter-weltkrieg-lexikon.de/forum/
http://www.lexikon-der-wehrmacht.de/
https://www.dhm.de/lemo

Buchempfehlungen:
Frank, Anne, Frank, Otto H., Pressler, Mirjam: Anne Frank Tagebuch. 17. Aufl. Frankfurt a.M.: Fischer 2011. ISBN 978-3-596-15277-3

Hoffmann, Moritz: Untold Stories: Lebenserinnerungen aus dem Zweiten Weltkrieg – Eine Anthologie. Walldorf: Moritz Hoffmann 2015. ISBN 978-1-517-67562-2

Kempowski, Walter: Das Echolot – Der Krieg geht zu Ende. Der Hörverlag 2007. Sprecher: Rolf Boysen, Otto Sander, Rosemarie Fendel, Achim Höppner

Noll, Dieter: Die Abenteuer des Werner Holt. 9. Aufl. Berlin. Aufbau 2008. ISBN 978-3-7466-1043-6

Oppermann, Hermann: Trümmerjunge. Action-Verlag (Hörbuch) 2013. Sprecher: Bodo Henkel

Richter, Hans Peter: Damals war es Friedrich. 61. Aufl. München: Deutscher Taschenbuch Verlag 2012. ISBN 978-3-423-07800-9

Welskopf-Henrich, Liselotte: Jan und Jutta. 22. Aufl. Halle: Mitteldeutscher Verlag 1989. ISBN: 3354005688